大唐雙龍傳

【修訂版】

黃易

作品集

卷十

【目錄】

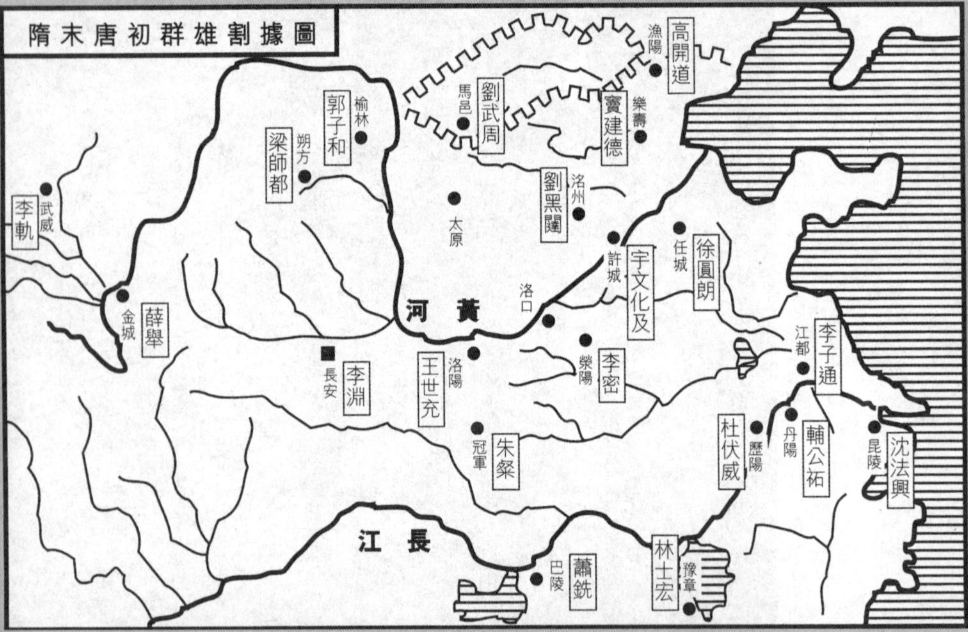
高開道
漁陽
劉武周
馬邑
竇建德
樂壽
郭子和
榆林
梁師都
朔方
李軌
武威
劉黑闥
洺州
太原
許城
宇文化及
徐圓朗
任城
薛舉
金城
河黃
洛口
長安
李淵
王世充
洛陽
李密
滎陽
江都
李子通
朱粲
冠軍
杜伏威
歷陽
輔公祏
丹陽
沈法興
昆陵
江長
巴陵
蕭銑
林士宏
豫章
隋末唐初群雄割據圖

第一章

殺出南陽

黃易作品集

第一章 殺出南陽

祝玉妍近十多年來，從未像這一刻般滿蓄殺機，她剛才可說施盡渾身解數，卻只能令徐子陵受了點毫不足道的輕微內傷。而最令她心寒的是對方根本不怕她的「天魔幻相」，使她天魔大法的威力大打折扣。此時她捨去生擒對方的念頭，決意全力斃敵，免去將來徐子陵變成另一個寧道奇的後患。

徐子陵若曉得祝玉妍心內的想法，當可非常自豪，但此刻他腦筋轉動的只是如何保命逃生，好在日後取回這令他悲憤痛心的血債。面對祝玉妍驚天動地、威力無儔的全力一擊，他絕不可退縮，否則會是兵敗如山倒之局，直至被殺。

祝玉妍的天魔大法製造出來的「力場」，比之婠婠又多了數十年千錘百煉，達至爐火純青、登峰造極的魔功和經驗在其中。在一般情況下，縱使以徐子陵目前的突破和功力，對祝玉妍的掌勁仍是借無可借，卸無可卸。幸好他因曾有過受婠婠把天魔勁送入體內以對付尤鳥倦的體驗，故比寇仲更深悉天魔功法的虛實微妙，在這生死懸於一線的危急存亡之際，只好拚命一試。

他仰首上望，雙目神光大盛，手捏施無畏印，被寒勁入侵得差些凝結的血液頓時開始流通，血管同時收窄，使血液奔行加速，全身眞氣周遊不息，適才乏力的感覺頓即消去，體內氣勁澎湃，再變化出正反兩股力道，往左微移三尺，一拳擊出。

祝玉妍此刻殺機更盛。

本被她天魔勁壓得鬥志全消的年輕對手，忽然全身衣袂拂揚，變成另一個人似的站得穩如泰山，而她更不明白的是對方擊來的一拳竟沒有絲毫勁道，偏又有種玄奧莫測的感覺。

驀地對方往橫移開，自己無堅不摧的天魔勁場像忽然失去重心和目標似的，晃晃盪盪，使催勁的她反而難過至極點，但這時變招已來不及，雙掌惟有原式不變，改向下推。以祝玉妍經驗的豐富，眼力的高明，仍要自認對徐子陵看不通，摸不透。

「轟！」臂伸至盡，離祝玉妍從天擊來的玉掌只有五尺的距離時，徐子陵體內正反兩股眞氣變爲絞旋而依相反方向旋動的一股氣柱，像暴發的洪流般，脫拳而出，迎上祝玉妍全力的一擊。

氣勁交擊。祝玉妍悶哼一聲，被震得斜飛開去。徐子陵則再口噴鮮血，踉蹌打轉的掉下瓦坡，著地前，探足一點，箭矢般投往遠方。祝玉妍足尖一點屋脊，又迴飛追來。

徐子陵望著前方二十丈許火光熊熊、冒起大量濃煙的一組房舍投去。能否在仍有的一段距離前逃過祝玉妍的追截，將是生和死的分別。一記硬拚下，祝玉妍和他在絕無轉寰餘地中，同告受傷，分別只在輕重之異。能令這魔門大宗師受傷，他實可堪告慰。

適才他先以施無畏印凝起的護體眞氣，藉正反移力把將他籠罩得動彈不得的天魔勁場卸開，再發拳攻擊，利用他新近領悟回來寶瓶印式的發勁方法，令祝玉妍摸不清他的手法，不但硬擋她全力一擊，還成功地借去她少許眞氣，更憑這注生力軍的眞氣，在墮地前大幅舒緩了經脈的傷勢，致能有餘力逃竄。

尚差五丈便可進入濃煙密布的火場，而祝玉妍仍在十丈以外，在這有利的形勢中，忽然人影一閃，一位清秀俊雅、動作瀟灑的中年文士，竟攔在前方，手橫銅簫哈哈笑道：「徐兄弟可好？辟守玄恭候多時。」

徐子陵只看對方動作的迅快輕鬆，氣度丰姿，立即斷定此人魔功之高，尤在邊不負之上，自知必無可避，猛咬牙齦，以最剛猛的大金剛輪印，運聚所餘無幾的眞氣，絲毫不緩的直擊敵手。辟守玄搖頭嘆道：「這叫飛蛾撲火，不自量力。」

銅簫一擺，在空中畫出反映背後火光的芒光，呼嘯聲隨之大作，彷似鬼哭神號。

就在徐子陵對攻出的一拳已失信心，自嘆小命不保的一刻，守玄背後的濃煙火光中異響突起，接著一團滾動的槍影，像龍捲風般往辟守玄捲去。

形勢登時完全逆轉過來，輪到「雲雨雙修」辟守玄腹背受敵。

以辟守玄之能，亦知難以抵擋兩大年輕高手的前後夾擊，尤其後面攻來的伏鷹槍事起突然，他因只顧前方以致背部空門大露，在措手不及下只能先求自保，雖明知只要擋得徐子陵一招，祝玉妍可及時趕上，仍要心中嗟嘆的往橫閃開，還要有多遠避多遠。

剎那間徐子陵和突利會合一起，徐子陵乘勢一把扯著突利臂膀，拉得他和自己斜掠而起，投入濃煙深處。

祝玉妍趕到時，已遲了一步。

寇仲策馬急馳，望著火頭濃煙騰奔天上，染紅了城南天際的天魁道場發狂般奔去，心中充盈殺機。所有通往道場的大街小巷均被該是與季亦農有關的武裝大漢封鎖，嚴禁其他人接近或趕去救火。此時寇仲的井中月沾滿鮮血，硬闖七、八個關口，直趕到這裡來。就在這時，渾身火星炭屑、狼狽不堪的徐子陵和突利從災場鑽出來，撲上牆頭。站在牆頭的徐子陵往他瞧來時突然腳步踉蹌，差點掉下牆頭，幸得突利一把抓著，拔身而起，再往寇仲投去。

兩道人影同時出現在三十丈許外牆頭處，迅若幽靈的往他們追來，寇仲認出其中一個是「陰后」祝玉妍，心叫乖乖不得了，接過落在馬背的徐子陵和突利，立即勒轉馬頭，轉入長街，各人提氣輕身，大幅削減馬兒的負擔，三人一騎，倉皇逃命去也。

奔出二十多丈，十多名大漢持矛揮槍從兩旁撲出，箭矢更驟雨般從屋頂兩邊射下來。突利大喝一聲，灑出漫天槍影，形成一個保護網，擋得勁箭拋飛墮地。徐子陵左右開弓，以拳勁掌風，震得撲來的敵人東倒西歪，拋倒跌退。

寇仲大喝道：「此仇不報，誓不為人。」井中月閃電般在馬頭前掣動，擋路者無一倖免的濺血倒下。

健馬沒片刻停留的闖關而出。他們已無暇去看祝玉妍和辟守玄是否仍追在背後，只知凡擋我者，格殺勿論，來到兩條大街交叉處，三人渾身浴血，但卻闖過多關，殺掉對方近百人，戰況之烈，非身在其中，實難以想像。

突利喝道：「轉左！」

寇仲記起李元吉、康鞘利等人正在北門外湍江的碼頭上，轉左將可直抵西門，忙策馬左行。

突利叫道：「快一點！妖婦愈來愈近哩！」

寇仲和徐子陵別頭後望，只見祝玉妍和辟守玄一先一後，追近至十餘丈的距離，只要稍有延誤，會立即給追上，心中喚娘，欲催馬加速，豈知口吐白沫的馬兒早達至腳速的極限，倏忽間祝玉妍又追近至八、九丈。

兩旁的房舍像幻影般往兩旁急速倒退，前方人影你追我逐，數百人正在拚命廝殺，吶喊連天，伏屍處處。最令三人安慰的是西門處城門大開，顯是負責守城的南陽幫眾，遇襲下見勢色不對，開城逃命，否則馬兒難以飛越城牆，這麼稍一耽擱，必被敵人追上無疑。

寇仲策馬在交戰雙方的空隙中左穿右插，瞬那間進入深達六丈的門闕，馬兒忽然前蹄失足，把三人傾倒滾地。三人滾出門外，來到吊橋邊緣處，再彈起來，奔過吊橋，落荒逃去。祝玉妍和辟守玄追至橋頭，終於力竭，停下來眼睜睜瞧著他們沒在城外黑暗深處。

三人在城外一個山頭頹然坐下，遙望南陽，仍隱見沖天而起的煙火。

寇仲苦笑道：「這次眞是一敗塗地，能執回小命是邀天之倖。」

雙膝跪地的徐子陵，木無表情的沉聲道：「他們怎樣了？」

正急促喘氣的突利艱苦答道：「該逃出來吧！我半強迫的勸得應羽、呂旡瑕等十多人護著呂重從秘道離開，才回頭找你。」

寇仲忽然起立，一對虎目狠狠盯著南陽城上方火光，道：「所有舊恨新仇，終有一日我們要與祝玉妍清算。」

突利道：「下一步該怎麼走，還要到冠軍去嗎？」

寇仲徵詢徐子陵的意見道：「陵少怎麼說？」

徐子陵仰首望天，道：「我們最好先找個地方躲起來，否則見到鷹兒在頭頂上飛來飛去的時候，將後悔莫及。而且像我們現在的情況，根本沒有逃亡的本錢。」

突利一覺醒來，太陽已君臨大地，在中天處射下暖洋洋的光線。徐子陵仍趺迦盤膝，閉目冥坐，卻不見寇仲的蹤影。他們身處的隱閉峽谷在南陽西北五十里外的山區內，叢林密布，濃蔭掩蔽，正是藏身的好地點。峽底一道溪流蜿蜒而過，淙淙水聲，份外令人感到山林的平和安逸，尤其在經歷過昨夜的腥風血雨後。突利悄悄起立，三人中論傷勢，以徐子陵最重，所以需更長調息時間。

抵達谷口時，寇仲正躲在一叢濃密的樹蔭下向天觀望，當突利來到他身後，寇仲往天一指，道：「看！」

突利循指示瞧去，一個黑點正在山區外十里許處的原野上飛翔，找尋目標。

寇仲問道：「誰的鷹？」

突利仔細觀察，低聲道：「該是康鞘利的鷂鷹，終追到來哩！」

黑點又往遠處移去，消沒在一座小山之後。

寇仲嘆道：「還是陵少心水清，若我們昨夜只知逃走，現在又會給人追得喘不過氣來。」

突利在他旁單膝跪下，道：「我們要重新決定逃走的路線，多了陰癸派這大敵，我們的處境更是不妙。」

寇仲道：「你的地理常識竟比我這漢人還好，眞是諷刺，不如由你來設計逃亡路線吧！」

突利苦笑道：「你是否在諷刺我，因爲小弟下工夫研究你們的山川地理，只有一個目的，不用說出來你也該知是甚麼。」

寇仲笑道：「自古以來，你們和你的匈奴祖先，不斷入侵漢土，究竟是因仰慕我們中土的文化，還是想要我們的財帛子女土地？」

突利淡然道：「若用兩句話來說，就是乘人之危或爲人所乘，這才是入侵的動機，我不攻你，你便來侵我，有甚麼道理可言。」

寇仲沉吟道：「可是從歷史看，總是你們寇邊進侵的多，我們是爲保衛國土而作反擊吧！」

突利分析道：「這只是一種誤解，由於戰術、地理和社會的分異，你們在大多數時間只能處於被動的形勢。坦白說，純以武力論，你們漢人實在不是我們對手。眞正令我們佩服的只有你們戰國時的『鐵騎飛將』李牧，即使以漢武帝的強大，雙方仍只是兩敗俱傷之局。」

寇仲大感面目無光，反駁道：「既是如此，爲何你們的國界不能擴展越過陰山長城呢？可見我們或不擅攻，卻是善守。」

突利心平氣和的道：「希望這番討論不會損及我們兄弟間過命的交情。」

寇仲老臉微紅道：「當然不會。只是氣氛熱烈了點，可汗請繼續說下去。」

突利嘆道：「說下去可能會更難聽，少帥仍要聽嗎？」

寇仲苦笑道：「不要說得那麼難聽行嗎？」

突利探手摟上寇仲肩頭，道：「我是誠心把你當作兄弟，故坦言直說。若比較高下，我們是以勇力勝，你們卻智計占優。一直以來，漢人對付我們最厲害的法寶，不外分化與和親兩大政策，武功只作後盾之用。只要能令我們出現分裂和內鬨，你們可隔岸觀火，安享其成。若以武力論，早在南北朝分立時，我們已橫掃漠北，建立起強大的可汗國。但你看看現在的情況，好好一個突厥汗國不但分裂爲東西兩國，頡利還要置我於死地。若大家同心合力，你們憑甚麼阻止我們北下。」

寇仲聽得默然無語。突厥的分裂，確與隋室的離間政策有莫大關係，這是看準突厥權力分散的弱點。因爲突厥的最高領袖大可汗下還有若干像突利這種小可汗，各有地盤，實際上無論治權和武力均是獨立的，所謂「雖移徙無常而各有地分」。故「分居四面，內懷猜忌，外示和同，難以力征，易可離間」。只要向其中某汗拉攏示好，可製造衆汗間的矛盾。隋室雖對這種勇武善戰，來去如風，有廣闊沙漠作藏身處的強大遊牧民族用武無地，卻是有計可施。

突利續道：「你們是以務農爲主，人雖多我們千百倍，但調動軍隊卻非是易事，往往只會引起民變。且防線又長，難以集中防守，遠征嗎？我們只要斷你們糧道，你們便成缺糧勞師的孤軍，哪能抵擋我們這些出身大漠的精騎突襲，只是天氣的變幻和沙漠的酷熱，你們注定是敗亡之局。」

寇仲苦笑道：「事實如山，教我如何分辯。唉！可否告訴我，像你們現在存心使中土四分五裂，支持漢人打漢人的高明妙策，是否趙德言替你們想出來的？」

突利搖頭道：「定此策者乃『武尊』畢玄的親弟暾欲谷，此人不但武功高明，且謀略過人，在我國地位僅次於畢玄，甚得頡利尊敬信任。」

寇仲嘆道：「果然厲害，這叫以其人之道，還施彼身，離強而合弱。照這麼看，說不定這次可汗被設計陷害，也是出於這個甚麼谷的獻計，希望能收回所有小可汗的兵權，建立一個集權中央的國家，到連西突厥都被平復時，中土將有大災難。」

突利一震道：「我倒沒想得這麼深入，但畢玄……唉！利害關頭，確很難說。」

徐子陵此時來到兩人身後，道：「看！」

兩人望往萬里無雲的晴空，鷹又朝他們的方向飛來。

寇仲道：「該到哪裡去呢？」

徐子陵淡淡道：「入黑後我們重返南陽，到時見機行事如何？」

兩人為之愕然。

城內雖行人較少，天魁道場盡成瓦爍殘片，但南陽情況跟事變前分別不大。更如徐子陵所料，沒有關卡截查來往人流，城門碼頭均保持開放。南陽的命脈在乎貿易，而貿易的基本條件必須保持南陽的開放和穩定，使本地和四方往來的商賈放心大做生意。昨夜季亦農在陰癸派傾巢而出的支持下，一舉把敵對的南陽幫和天魁派兩大勢力，以雷霆萬鈞的姿態連根拔起，正是要把混亂減至最低。

可想像季亦農現在正忙個不亦樂乎，頻向其他幫派領袖和大商家保證他們的利益，以確立自己的治權，接收南陽幫和天魁派轄下的業務。在這種時候回城，既可避過李元吉和雲帥兩方人馬的追捕，又大出陰癸派意料外，由明轉暗，可伺機反擊或逃遁，至少爭得喘一口氣的時間。三人渡過護城河，在城西翻牆入城，以眞面目找了間旅館作落腳的地點，寇仲到飯堂向夥計打探消息，突利和徐子陵留在房中等候。

突利懷疑的道：「我們是否會太張揚？」

盤膝坐在椅內的徐子陵道：「假若可汗是季亦農，是否會大張旗鼓的命人四處找我們呢？」

突利恍然道：「子陵的腦筋確比我靈活，季亦農當會極力掩抑，有點像襄陽錢獨關的情況。假若他告訴手下或其他幫派，說要對付的人是名震天下的寇仲和徐子陵，所有人都會懷疑他有甚麼憑藉？」

徐子陵微笑道：「陰癸派勢將偃旗息鼓，惟恐別人知道他們的存在，所以我們暫時該是安全的，兼且誰料得到我們會留此險地。」

突利嘆道：「可惜昨夜一戰將是秘而不宣。否則子陵能與祝玉妍在正面交鋒下全身而退一事，足可令子陵聲價大增百倍。」

徐子陵淡然自若道：「虛名虛利，求來作甚麼。現在陰癸派的勢力愈趨壯大，我們若不能趁這要緊關頭對陰癸派展開反擊，到米已成炊時，一切遲了。」

突利大訝道：「現在不是米要成炊嗎？憑我們三個人的力量，能幹出什麼事來？」

徐子陵雙目閃過濃重的殺機，一字一字的緩緩道：「只要殺死季亦農，整個局勢將可扭轉過來。」

此時寇仲回來，坐在床沿處，道：「南陽城表面看大致平靜，其實人心惶惶，有人說南陽幫的楊鎮會在兩天內反攻，又有人說朱粲會乘虛而來。對季亦農，城民大多沒甚麼好感。」

徐子陵道：「天魁道場被夷為平地，城民有甚麼反應？」

寇仲道：「他們均認為季亦農太過分，據說不但中立的荊山派和鎮陽幫大為震怒，與季亦農同流合污的朝水幫、灰衣幫及湍江派都認為不該弄至如此地步。但懾於季亦農聲威大振，故敢怒不敢言。季亦農此舉，已激起公憤。唉！若非我們插手，祝玉妍該不會為利害所逼，蠢得採取如此激烈的手段。」

突利道：「現在我們應如何行事？」

徐子陵忽然打出「有人接近」的手勢，寇仲則目射精光，盯著房門。

接著「咯！咯！」敲門聲響，三人交換個眼色，均驚疑不定。

他們的敵人實在太多，敲門的可以是任何一方的人，而若行蹤這麼輕易被人掌握，當然大是不妙。

一把柔媚的聲音在門外道：「人家可以進來嗎？」

寇仲雖覺耳熟，一時卻記不起這麼誘人的一把嗓音是屬於哪位女主人，沉聲道：「請進！」

「咿呀」一聲，沒上門的房門被推開來，現出一位婀娜多姿，身段惹火迷人的美女，外披耀眼的黃色披帛，頭戴帷帽，下繫紅色的石榴裙，花枝招展，艷光四射。

寇仲啊一聲的立起來，施禮道：「原來是海沙幫新任幫主『美人魚』游秋雁小姐芳駕光臨，頓令篷室生輝，小弟幸何如之。小陵還不讓坐。」

徐子陵忙起身移往一旁，游秋雁「噗哧」一笑，毫不客氣坐入椅子裡。突利雖仍弄不清楚游秋雁跟他兩人關係，但總聽過海沙幫的名字，糊里糊塗下為她斟茶遞水。徐子陵掩上房門時，趁機往外窺看，肯定沒被重重包圍後，在游秋雁看不到的角度向兩人打出「安全」的手號。

游秋雁像會滴出水來的美目橫了寇仲一眼，微嗔道：「為何這麼目不轉睛的盯著人家，怕我出手偷襲嗎？秋雁哪有這麼大的膽子？」

寇仲微笑道：「首先是小弟從未見過游幫主穿得這麼漂亮；其次是想起以前和游幫主三度交手的情景，忍不住神馳意亂，茫不知無禮失態。」又向徐子陵道：「小陵！你來說，游幫主是否出落得更迷人呢？」

事實上他完全猜不到理該是敵非友的游秋雁忽然出現在這裡的原因。所以先來一番胡言亂語，好看清楚她的來勢。

徐子陵朝這本是前海沙幫主「龍王」韓蓋天姘婦兼手下，一向以色相顛倒衆生的女人用心多瞧兩眼，發覺她果如寇仲所言，樣相順眼多了，不知是否眉眼間添加了幾分莊重，令她在氣質上生出變化。

韓蓋天自餘杭一戰被他偷襲重傷，從此退出江湖，改由游秋雁坐上他的位置，人事的變遷，確教人唏噓難禁。

游秋雁不知是否想起以往兩次交手，均被寇仲輕薄便宜，還是給寇仲的誇張稱讚感到既得意又靦覥，竟出奇地現出不應在她身上發生的女兒家羞態，兩邊臉蛋各飛起一朵紅暈，白寇仲一眼道：「人家是為你們好，才冒險來見你們。偏是盡說輕薄話兒，是否想把秋雁氣走。」

寇仲糊塗起來，抓頭道：「為我們好？游大姐怎知我們在這裡？」

游秋雁舉杯淺飲一口熱茶，美目瞟了突利一眼，向寇仲露出詢問的神色，不用說話，那對大眼睛足可把心意清楚傳送。寇仲和徐子陵同感愕然，皆因當年在巴陵城外，游秋雁聯同大江幫的斐炎和「毒蛛」朱媚、白文原等來對付他們，被他們殺得狼狽逃生。游秋雁更為寇仲所擒，最後又把她放了。所以均估計游秋雁多少是為朱粲來找他們，但如若她竟不知道突利是誰，當然該與朱粲沒有關係。

寇仲微一沉吟，在感應不到游秋雁的惡意下，斷然道：「這位是東突厥的突利可汗。」

游秋雁嬌軀微顫，深深打量突利兩眼，露出狐疑之色。突利的目光在她嬌軀上下巡視，毫不掩飾自己對此女的興趣。游秋雁傲然挺起酥胸，絲毫不介意突利把她當作是野馬般看待的目光，再向寇仲拋個媚眼道：「我的手下當然認識你和小陵，你們這麼毫無忌憚的投店落腳，難道不怕給朱粲和李元吉兩方的人發覺和來尋晦氣嗎？」

徐子陵問道：「貴幫和陰癸派是甚麼關係？」

游秋雁微一愕然，皺眉道：「我們怎會和陰癸派拉上關係？」

寇仲若無其事的道：「我們最近見過你的兄弟把一批火器賣給陰癸派的人嘛。」

游秋雁一怔道：「你們是否指賣給錢獨關那批江南製造的火器？」

寇仲和徐子陵交換眼色，開始有點相信游秋雁對他們並無惡意，當然仍尚未弄清楚游秋雁登門造訪的目的。

徐子陵解釋道：「錢獨關正是陰癸派的人。」

游秋雁現出恍然神色，沉吟片晌道：「海沙幫再非以前的海沙幫啦！以前爲了擴展勢力，我們不得不先後依附宇文閥、沈法興和朱粲，結果如何你兩個該比任何人更清楚。現在我們已改弦易轍，只做生意，不過問江湖之事，聲勢反與日俱增，你們明白人家的意思嗎？」

寇仲欣然道：「當然明白，更恭賀游幫主有此明智之舉。不過既是如此，游幫主爲何來見我們這三個滿身麻煩的人呢？」

游秋雁俏臉再紅起來，瞥寇仲千嬌百媚的一眼後，垂首輕輕道：「你們是我的朋友嘛！眼見你們有難，人家怎能袖手旁觀。」

徐子陵和寇仲愕然以對，均想不到可從游秋雁口中聽到這番說話。

徐子陵移到寇仲旁坐下，劍眉輕蹙道：「若游幫主因我們惹上麻煩，我們怎過意得去？」

游秋雁微笑道：「大家是老朋友，何用說客氣話呢？」

這回差點輪到徐子陵抓頭，一直以來，海沙幫均和他們勢不兩立，前幫主韓蓋天還因他們落至黯然下台，老朋友的關係不知從何說起。

突利問道：「游幫主可知南陽現在的情況？」

游秋雁冷哼道：「表面看似是以季亦農爲首的一方控制大局，其實他們根基未穩，遲早要把戰果讓人。」

三人終看出一點端倪。

寇仲訝道：「游幫主似乎和季亦農不大和睦？」

游秋雁雙目殺機一閃，冷靜的道：「不用瞞你們，在南陽我們只賣『偃月刀』楊鎮一個人的賬，這次季亦農不顧江湖道義，借外人之力以血腥手段鎮壓自己人，已激起公憤，人人都想得而誅之。」

寇仲終明白過來，道：「朱粲對這事怎樣反應？」

游秋雁微聳香肩道：「當然是要乘虛而來，聽說他正調動兵馬，集結戰船，隨時會大舉東來，收復失地。不過這樣做對他並無好處，落到他手中時南陽只會變成一座死城。」

突利道：「楊鎮目前身在何處？」

游秋雁略一猶豫，始道：「他已潛返南陽，正密謀反擊。聽說你們曾助天魁派抗敵，季亦農引來的究竟是何方神聖，爲何憑三位的功夫仍招架不住？」

寇仲答道：「是陰癸派的人，季亦農另一個身分正是陰癸派的門人。」

游秋雁失聲道：「甚麼？」

寇仲微笑道：「情況愈來愈有趣哩，若有游幫主相助，說不定我們可反敗爲勝，把季亦農宰掉。」

游秋雁一對秀目燃亮起來，道：「你要人家怎樣助你？」

寇仲道：「我要有關南陽的所有消息情報，尤其季亦農的一舉一動，我便可針對之而設計出整個刺殺的大計。」

游秋雁站起來滿有信心的道：「你們在這裡靜候我的好消息吧！」

這充滿誘惑妖媚魅力的一幫之主去後，寇仲的臉容忽然變得無比的冷靜，問道：「這女人可信嗎？」

徐子陵沉吟道：「很難說，她絕非會害羞的那種女人，卻兩次露出少女般羞澀的神色，大異她往日對男女關係視若等閒的作風，教人費解。且又刻意打扮的來見我們，是否她情不自禁地愛上你呢？」

突利插入道：「她是來騙我們的。」

兩人爲之愕然，他們雖是心中存疑，卻不明白突利因何能如此肯定。

突利長身而起，透窗外望，緩緩道：「我有一項本領，是兩位有所不及的，就是觀女之術。」

寇仲訝道：「可汗看出甚麼特別的事情來？」

突利沉聲道：「此女在接到我們在此出現的消息時，該是與男人交歡正濃，所以眉梢眼角的春意仍未盡退，她不是因害羞而臉紅，而是意猶未盡。若我所料不差，她的男人當是『雲雨雙修』辟守玄，只有他會在這等時刻，仍與女人歡好，因爲有綽號你叫的哩！只有通過雲雨採補之術，他才能令耗損的功力迅速回復。」

寇仲道：「可汗的分析該不會錯到哪裡去，問題是假若陰癸派既知我們在這裡，何須轉轉折折的耍花招，索性傾巢而來對付我們便成。」

徐子陵道：「可能祝玉妍、婠婠和一衆元老高手去了城外追搜我們，甚或因要事趕往別處去，老辟自問沒辦法留住我們，遂另施毒計。」

寇仲同意道：「應該是這樣。唉！可汗何不早點說出來，只要我們跟在那婦人背後，說不定可把老辟宰掉，可大大消一口氣。」

突利轉過身來，苦笑道：「少帥並非第一天出來行走江湖吧？試想以辟守玄那種比狐狸還奸狡的老江湖，怎會不躲在一旁監視我們是否會跟蹤那婦人呢？」

寇仲兩眼亮起來，道：「假若祝妖婦和婠妖女真的不在南陽，將是完全不同的兩回事。」

突利苦思道：「游妖婦爲何要誆我們留在這裡等她？」

徐子陵道：「有兩個可能：一是結集本身的力量，包括通知祝妖婦或婠妖女趕回來；一是要通知我們的敵人，最有可能的當然是李元吉和康鞘利的一方。」

寇仲彈起來道：「那我們還留在這裡幹嘛？等死嗎？」

徐子陵從容道：「無論哪一種可能性，都需要一段時間。可想像客店外必有陰癸派的高手在監視，假若我們此時能神不知鬼不覺的溜出去，事情等於成功了一半。」

突利道：「有心算無心，此事並不困難，但溜出去後，我們該立即離城，還是另有行動？」

寇仲一對虎目湧起深刻的仇恨和殺氣，冷然道：「天魁道場的血債只是其中一筆賬，我們和陰癸派再沒有甚麼話好說的，不殺他娘的一個痛快，我以後會睡不安穩。」

徐子陵斷然道：「既是如此，我們溜出去再見機行事，我心中有一個關鍵人物，就是可汗在這裡的眼線霍求，說不定可從他身上分別把握到李元吉和季亦農的行蹤。」

兩人同時稱妙。

徐子陵長身而起，微笑道：「讓小弟當可汗和少帥的探路小卒如何？」

大笑聲中，三人在高張的鬥志下，並肩離去。

徐子陵於院牆落回地上，搖頭道：「敵人布下的暗哨可監視旅館的整個外圍，除非掘一條地道，否則休想從地面離開。」

三人伏在後院角落的暗影裡，想不出偷偷潛離的好辦法，以徐子陵感官的靈銳，若他認爲敵人的監視網無隙可尋，那事實必是如此。可見陰癸派在南陽仍是高手雲集，不易硬拚。

突利道：「現在至少證明小弟所料不差，游秋雁乃陰癸派遣來的奸細。」

寇仲胸有成竹的道：「愈困難的事愈有趣。我偏要在這種情況下取季亦農的狗命，好讓祝妖婦知道要對付我們是必須付出代價的。」

徐子陵熟知他性情，笑道：「你又在打甚麼鬼主意。」

突利忽感全身血液沸騰，不但忘記了目前四面楚歌，處處受敵的危險，還感到與兩人並肩作戰的無窮樂趣。縱使在最艱苦和失意的時刻，寇仲和徐子陵仍能保持樂觀的心境和強大的鬥志，誓與強敵周旋到底。

寇仲得意洋洋的道：「記得當年在揚州被困楊廣別院的情境嗎？」

徐子陵點頭道：「原來你想重施故技，讓我去辦吧！」

徐子陵潛回客房，突利一頭霧水的問道：「究竟有何妙計？」

寇仲湊到他耳旁道：「我們要製造出遁離的假象，待敵人離去後，我們再從容反擊。」

突利一知半解時，徐子陵急掠而回，寇仲忙問道：「做了甚麼手腳？」

徐子陵低聲道：「我在牆上寫下『秋雁姊：請代通知老辟，我們殺季亦農去也』，少帥認爲此一著還過得去嗎？」

寇仲眉飛色舞道：「陵少果是文采風流，情詞並茂，小生拜服。好啦！該躲到哪裡去呢？」

突利這才明白過來。

徐子陵道：「這麼多空房間，隨便找一間躲起來便成，我們的信譽這麼好，說出的話包保人人相信，白牆黑字，寫出來的更能增人信心。」

三人躲藏的房間，向西的窗與原本的客房遙遙斜對，只隔了一個小花園，可直接監視其動靜。在暗黑中，三人坐在地上，輪流探頭察視。

寇仲低笑道：「最妙是敵人怕惹我們生疑，不敢進入旅館的範圍來探視，否則我們的妙計就行不通，現在唯一的希望是那賤人快點回來。」

突利縮首挨牆坐下，嘆道：「等待最是難耐，但世民兄的堅毅耐力，卻是我所認識的漢人中罕見的。」

徐子陵道：「這麼說，你們突厥人都是長於堅忍的啦！」

寇仲正留意隔鄰房間的動靜，住在房內的人早酣然入夢，傳來陣陣鼻鼾聲，接口道：「難怪你們的突厥精兵這麼厲害，來如獸聚，去如鳥散，無蹤無跡，又不用固守任何城市防線，這種戰術定要好好學習。不過在中土採這種作戰方式，卻會被冠以流寇的惡名。」

突利反駁道：「沒有組織和理想的才叫流寇，我們人人在馬背上生活，全國皆是精兵，怎可相提並論。」

徐子陵道：「你們兵雖精人卻少，恐怕只勉強及得上我們一個大郡，最厲害處仍是來去如風的戰略。一擊不中，遠颺千里。不過若入侵中土，這種優勢會逐漸消失，那時人數太少的弱點將會暴露無遺。」

突利苦笑道：「子陵確是一針見血。不過頡利卻不是這麼想，他認爲只要好好利用中土各方勢力的矛盾和衝突，可逐步蠶食中土，完成這遠古以來便存在的偉大夢想。」

徐子陵聽得露出深思的神色，再沒有說話。

寇仲岔開話題道：「畢玄究竟高明至甚麼地步？」

突利未及回答，足音響起。三人移到窗下，探頭外望，游秋雁來到對面房間處，舉手敲門，只兩下便發覺有異，推門入內，又旋風般掠出房外，揮手發出煙花火箭，直衝夜空，爆出一朵紅芒。寇仲恨得牙癢癢的，想起自己曾兩次放過她，此女仍要來害他，恨不得撲出去把她捏死。

衣袂聲響，數道人影先後落在房門外的走道處，三人認得的是「雲雨雙修」辟守玄、「魔隱」邊不負、聞采婷、「陰后」祝玉妍和一個身穿青衣的中年男子，卻不見婠婠。他們像鬼魅般出現，並沒有驚擾好夢正濃的房客。只是祝玉妍一人，已足可令他們倒抽一口涼氣，忙把頭縮回窗下，怕惹起她的感應。

祝玉妍的聲音在園子另一邊響起道：「辟師叔你這次的失策，錯在對這兩個小子認識不深，致低估他們的才智。若換了是婠兒，必不會犯同樣的錯誤。」

正全神運功竊聽的寇仲和徐子陵暗叫慚愧，若非突利有觀女奇術，說不定會著了辟守玄的道兒。辟守玄剛從房間看畢牆上留書步出走道，嘆道：「最令人難以相信的是他們竟猜到秋雁背後有我在指使，他們憑的是甚麼呢？」

祝玉妍平靜地道：「懊悔只是於事無補，立即爲我通知婠兒，無論要費多少人力物力，務必在四大賊禿截上他們前，把他們一殺一擒，留下個活口逼出楊公寶藏的藏處。」

陌生的男子口音道：「他們在牆上留言要殺亦農，亦農該如何應付，請宗尊賜示。」

三人聽得心中叫好，這叫踏破鐵鞋無覓處，得來全不費工夫，至少知道季亦農是何模樣。

祝玉妍淡淡道：「這只是虛言恫嚇，他們自顧不暇，又欠缺情報消息，憑甚麼來殺你。照我看他們會立即離開南陽，有多遠逃多遠。不過小心點也是好的，由現在起，辟師叔和不負會寸步不離伴在你旁，既防那兩個小子，也防楊鎮或朱粲兩方的刺客。」辟守玄道：「待會兒亦農約了荊山派和鎮陽派的人在月蘭舍談判，我和不負跟在一旁，似乎不太妥當。」

祝玉妍答道：「辟師叔可見機行事，只要能確保亦農的安全便成。」

她的音量不斷降低，顯是因說及機密，用上束音的功夫。此時突利只能聽到像蜜蜂在遠處飛過隱隱傳來的嗡嗡之音，幸好徐子陵和寇仲仍可捕捉到她大部分的說話，再把其餘猜想出來，連成完整的內容。

祝玉妍似是身有要事，說畢即要遠離的樣子，續下命令道：「采婷找三個人假扮那些小子，製造假象，引李元吉一方的人追去。楊公寶藏關係重大，本尊絕不容他們落入別人手裡。」

聞采婷道：「宗尊所言甚是，縱使沒有楊公寶藏一事，我們也不宜留下禍根，致成將來之患。」

祝玉妍轉向游秋雁道：「秋雁留意朱粲那方面的情況，若有任何異樣，立即通知我們。現在分頭行事去吧！」

瞬眼間，祝玉妍等走得一個不剩。沒有燈火的暗黑房間裡，突利正要說話，卻給徐子陵和寇仲同時打出手勢阻止，突利醒覺，連忙把到達唇邊的說話吞回去。好一會兒後，徐子陵緩緩探頭外望，只見瓦頂上人影一閃，果然是祝玉妍去而復返，嚇得縮身躲避。時間一分一分的過去，兩刻鐘後，到寇仲再探頭外望，祝玉妍已蹤影渺然。

寇仲低聲道：「你估祝妖婦這回是否眞的走了。」

突利咋舌道：「眞狡猾！」

徐子陵道：「事實上她打開始時已深信我們有本事避過所有耳目離開，只是後來生出懷疑，但並不堅定。現在該已走啦！」

寇仲點頭道：「她忽然把聲音壓低，正因心內開始懷疑我們仍未走。」

突利不解道：「那她爲何不索性著手下搜遍客店？」

寇仲笑道：「這是自負才智的人的通病，就是自信自己的想法是最聰明的。不過她這一著確是陰毒有效，只是不幸遇上了比她更聰明的人吧！」

徐子陵接口道：「還有她們是見不得光的，習慣秘密行事。更重要的原因是若她下令搜索，事一張揚，我們可先一步突圍離開。」

寇仲提議道：「陵少出去看看如何？」

徐子陵又耐心的多等半晌，穿窗而出，片刻後回來道：「眞的走哩！」

寇仲立即興奮起來，大喜道：「這回季亦農有難了。」

三人伏在屋脊暗處，虎視眈眈的瞧著對面燈火通明的月蘭舍。附近的店舖均已關門，但月蘭舍這些煙花之地，此時卻是開始活動的好時光，大門入口處的廣場停滿馬車，客人不絕如縷。

突利沉聲道：「該如何下手？」

徐子陵環目一掃，道：「要潛入這人多雜亂的地方是輕而易舉，問題是如何在被敵人發現前，尋上季亦農。」

寇仲道：「我們已耽擱了一段時間，不能再等。幸好季亦農的陽興會手下並不認識我們，季亦農更不會蠢得叫手下留意像我們般的三個人。時機稍縱即逝，我們一於行險博他娘的一鋪。」

突利欣然道：「和你們混在一起少點膽汁都不行，去吧！」

不一會兒三人來到街上，大搖大擺的朝月蘭舍的大門走去，把門的大漢招呼慣來自各地的武林人物和商旅，並沒有因他們的陌生面孔而問長問短，欣然領他們進入大堂。

鴇婆迎上來時，寇仲立即充闊氣的重重打賞，樂得鴇婆眉開眼笑，殷勤侍候道：「三位大爺有沒有相熟的姑娘？」

徐子陵環目四顧，大堂雖坐有十多個客人，卻沒有人特別留心他們，放下心來。從黑暗藏處來到這燈明如白晝的大廳，感覺既強烈又古怪，似是再不能保存任何秘密。

寇仲隨口道：「聽說有位小宛姑娘，對嗎？」小宛正是與天魁派弟子謝顯庭相好的青樓姑娘，羅榮太與他爭風吃醋的「禍源」。

鴇婆臉露難色道：「眞個不巧，小宛這兩天染恙病倒，怕不能侍候大爺們哩！不過大爺放心……」

寇仲與兩人交換眼色，截斷她道：「或者她現在病好了也說不定，儘管給我們試試看，告訴她是謝公子的朋友來了。」又再多塞一兩銀子進她手裡。

鴇婆問道：「是哪位謝公子？」

寇仲道：「是漢南來的謝魁公子，先看她能否來陪我們，不行的再找別的姑娘，最要緊是給我們找間最好最大的上等廂房，明白嗎？」

鴇婆笑道：「難得三位大爺賞光，東二樓的廂房景致最好，現在只剩一間，請隨奴家這邊走。」

三人隨鴇婆從大廳另一道門進入內園的長廊，兩旁花木扶疏，東西各有一座兩層高的木構樓房，占地極廣，被長廊接通，喝酒猜拳和歌聲樂韻，在兩樓間迴盪激揚，氣氛熱烈。

不過他們哪有欣賞的心情，尤其寇仲和徐子陵想起他們的「青樓運」，只能硬起頭皮，看看最後會是甚麼結果。

突利卻是心情大佳，故意問道：「西樓爲何這麼寧靜的呢？」

鴇婆答道：「西樓南翼二樓十間廂房全給人包起，因客人未到，所以這麼寧靜。」

三人聽得精神大振，寇仲忙問道：「何方豪客如此闊氣？」

鴇婆露出謹愼神色，道：「奴家不太清楚。」

到進入廂房，點下酒菜，鴇婆小婢離開後，三人長笑舉杯痛飲，以慶賀安然混進這裡來。雖然對如何進行刺殺仍大感頭痛，總勝過在外面遙遙望進來的情況。

寇仲瞥了向東的窗子一眼，笑道：「早知要間景致不那麼好的廂房，便可透窗直接瞧見季亦農那間房。」

突利輕鬆的道：「剛才我差點想要那老鴇爲我們轉去西樓，不過回心一想，還是遠觀能見山是山，見水是水。」

徐子陵微笑道：「讓我作第一輪的哨探。」言罷穿窗而出，登上屋脊。

寇仲像季亦農已成囊中之物的神態道：「待會兒季亦農的臭屁股尚未坐熱時，我們就兵分兩路，由可汗和小陵突擊老辟老邊兩人，我則負責把老季斬開兩截。再用你老鄉的戰略一擊中的，遠颺千里，溜之大吉。」

突利笑道：「想起殺人，肚子特別餓，希望酒菜比老季早點來就更理想哩！」

談談笑笑時，敲門聲忽然響起。「咯咯咯！」兩人同時色變，皆因事先全無警兆，若是端菜來的廝役，怎瞞得過他們的靈銳感覺。

來人推門而入，直抵兩人以雲石作枱面的桌子對面的空椅子悠然坐下，溫柔發藍但又鋒利如刀刃的目光盯著寇仲，搖頭嘆道：「少帥這是聰明一世，愚蠢一時，假若你們離城後立即遠颺，怎會陷入現今絕境？」

寇仲和突利均頭皮發麻，難以置信的瞧著安坐桌子另一邊的雲帥。

寇仲深吸一口氣，勉強把亂成一片的心緒回復過來，道：「國師可否說得清楚一點。」

雲帥半眼不望突利，當他不存在般從容道：「兩個時辰前，少帥重返南陽，意圖行刺季亦農的消息不逕而走，本人初時並不相信，直至剛才親眼目睹少帥進入青樓，方敢肯定少帥的行動全在別人算中。」

徐子陵穿窗而入，若無其事的和雲帥打個招呼，坐下道：「國師說得不錯，李元吉和康鞘利的人已把此處重重圍困，季亦農當然沒有出現，我們中了祝玉妍借刀殺人之計。」

寇仲拍桌嘆道：「好妖婦！果然厲害。」

到此刻他才知道問題出在甚麼地方。祝玉妍打開始便猜到他們仍身在客館裡，所以裝模作樣的說話，透露季亦農會到月蘭舍來的消息，引他們自己投進陷阱去，再借別人的力量來收拾他們。最厲害處是祝玉妍還故意再逗留一陣子，令他們深信不疑祝玉妍的話。

假若祝玉妍當時把他們逼出來動手，雖是必勝的局面，卻未必有能力把他們全留下來。徐子陵和寇仲聯手的威力可說天下皆知，缺少了婠婠的祝玉妍，無論如何自負，也知要生擒其中一人的困難。上上之策自是坐看他們先與李元吉或雲帥兩方面的人拚個三敗俱傷，那說不定她更可將三方人馬一網打盡。這妖婦確是智計過人，難怪陰癸派如此興盛。照消息傳出的時間計算，游秋雁來見他們時，已奉命施行此借刀殺人的毒計，除非他們立即離開，否則陰癸派方面伏在旅館外的人絕不會出手。游秋雁詐作出外打聽消息，其實是要拖延時間好讓李元吉、雲帥等人趕來對付他們。一子錯滿盤皆錯，現在他們縱能過得雲帥和李元吉這兩關，最後怕亦逃不出祝玉妍的魔掌。

不過懊悔從來不是寇仲的習慣，倏然間他冷靜下來，思慮通透澄明，哈哈笑道：「多謝國師指點，我們是中了祝妖婦的奸計，其中過程不提也罷。眼前只想知道國師對我們要採取的是甚麼態度和立場？」

雲帥淡淡道：「若在兩個時辰前，少帥向本人問同一句話，我會有完全不同的答案。」目光轉向突利，續道：「康鞘利因何會與李元吉聯手來對付可汗？」

突利知道長話該短說，因爲李元吉派到城外搜捕他們的高手，正不斷奉命趕回來，每過一刻，他們的實力會增強一分。沉聲道：「整件事包括國師目前坐在這裡，均是頡利和趙德言作的安排，要先借國師的手來殺我突利，再集中全力對付國師。穿針引線的是安隆，他和趙德言一直暗中勾結，國師想想便會明白。」

雲帥露出深思的神色。三人靜待他的反應，目前他們可說陷身絕境，一個不好，他們將是力戰而亡的結局。但如若雲帥肯站在他們的一方，能逃生的機會自是大幅增加。自碰上李元吉後，他們一直在動雲帥這張不知是吉是凶的牌張的腦筋，逢此生死關頭，終於發揮作用。

在他們眼睜睜下，雲帥微笑起立，輕輕道：「三位好自爲之。」就那麼推門而出，還輕輕爲他們掩上房門。三人愕然以對，雲帥的反應，仍是有點出乎他們意料之外。

突利冷哼道：「我們殺將出去如何？」

寇仲雙眉上揚，大喝道：「手下敗將李元吉，可敢和我寇仲再戰一場。」

聲音遠傳開去，震撼著月蘭舍每一個角落，所有吵聲樂聲潮水般退走消失，東西二樓變得鴉雀無聲。突利和徐子陵均被他嚇了一跳，想不到他如此大膽，如此妄不顧生死，皆因一旦陷身重圍，不要說尚有康鞘利一方的突厥高手，只是李元吉、梅洵、李南天、秦武通、丘天覺五大高手，已有足夠的實力把他們的小命留下。眼前唯一之計，是全力突圍，利用陰癸派跟李元吉、康鞘利兩方是敵非友的微妙關係，製造利於逃生的混亂。

寇仲向李元吉挑戰，與送死並沒有分別，即使寇仲占得上風，其他人亦絕不會袖手旁觀，否則怎向李淵和李建成交待。

李元吉的聲音從斜對面靠西的廂房傳過來，怒道：「誰是你的手下敗將，你三人已是窮途末路，若肯下跪求饒，本王保證給你們一個痛快。」

另一把男聲道：「在下南海派梅洵，寇少帥這麼有興致，不如先跟在下玩一場如何？」

寇仲得意地低聲向徐子陵和突利笑道：「看！一句話就試出敵人最強的一點，死地乃生門，我們出去！」

兩人恍然大悟，寇仲跳將起來道：「陵少！枱面！晁老頭！」

「砰！」寇仲破門而出，突利一頭霧水之際，徐子陵竟把整張雲石桌舉起，抖掉桌面的酒菜杯盤，又運功震斷四條腳子。

「砰！」另一門破裂的聲音傳來，寇仲掣出井中月，往正匆忙從椅子起立迎戰的李元吉、梅洵和康鞘利三人殺去。

這時徐子陵全力把圓形的雲石桌面擲出，摧枯拉朽的把破門裂壁撞開更大的缺口，風車般飛旋投往寇仲破門殺入的敵人廂房去。

突利這才明白，這可說是唯一「破敵」之法，否則只以李元吉和梅洵的實力，足可把三人纏得難以逃生。由於月蘭舍的形勢，敵人自然會把力量集中在屋頂上和東面的園子裡，反而沒想到他們會捨易取難，往兩樓間的園子逃去。

突利掣出伏鷹槍，與徐子陵撲出房外，兩邊廊道各有十多名敵人殺至，兩人哪會迎戰，齊往李元吉的廂房搶去。

寇仲井中月閃電劈出三刀，分別擊中三名強敵的兵器，心中大凜。

李元吉固是槍勁凌厲，梅洵和康鞘利的反擊對他的威脅亦差不了李元吉多少，可見兩人武功之高，只稍遜於李元吉，其中又以梅洵比康鞘利更勝半籌。

李元吉大喝道：「小子找死！」槍芒暴張，從右側往寇仲攻來，氣勁嗤嗤，把寇仲籠罩其內，只是他這一關，已不易闖過。

梅洵躍上桌面，足尖一點，千萬道金光，像暴雨般灑下，聲勢雖凶，姿態仍是優美好看，只這一點便知他能成爲南方最大門派之首，是有其眞材實學。康鞘利則從桌子另一邊攻來，揮舞兩柄馬刀像旋風般凌厲逼人。寇仲哈哈一笑，在三人大惑不解下，忽然單膝跪地，井中月挑中桌腳，整張桌子頓時往右方的李元吉砸去。此時桌面破門而入，梅洵本往寇仲當頭灑下的金槍竟全刺在桌面上，硬被徐子陵貫注其內的勁力震得彈往屋樑。李元吉收槍避桌時，康鞘利亦因旋飛桌面令他稍微失神之下，寇仲的滾滾刀光已從桌面下貼地攻至，嚇得他不顧一切，硬是撞破左壁，滾進鄰房去，駭得房內的客人妓女奔走尖叫，形勢混亂至極點。

「轟！」圓桌面破壁而出，掉往花園內。突利和徐子陵同時殺入房中，突利的伏鷹槍趁李元吉狼狽躲避桌子的當兒龍捲風般往他捲去。徐子陵兩手盤抱，一股螺旋眞勁，衝空而上，追著升上屋樑的梅洵攻去，凌厲驚人至乎極點。剎那間，敵人布在這房間最強的主力在三人高明的戰略和連環強攻下冰消瓦解，再擋不住他們的突擊。

寇仲在徐子陵和突利中間穿出，井中月疾劈從破門攻進來的丘天覺，以丘天覺的高明，亦惟有往後退開，登時把自後擁來的己方人馬撞得左傾右跌，潰不成軍。

「鏘鏘鏘！」李元吉擋得突利的伏鷹槍，寇仲的井中月又來了，爲保小命，哪還管得攔人，當下怒叱一聲，學康鞘利般破壁避進另一邊的廂房去，那房間本伏滿他的手下，因全擁到房外應變，變成空室。

「蓬！」梅洵反掌下劈，迎上徐子陵全力一擊，他尚是首次碰上會旋轉的勁氣，只覺對方的氣勁如杜如風，集中得如有實質，哪吃得消，悶哼一聲，借力衝破樑瓦彈上屋頂的上空，瞧得伏在屋頂的己方高手人人瞠目以對，茫不知下面發生甚麼事。

梅洵本要出聲通知在屋頂指揮的李南天！敵人會往西樓的方向逃走。但因忙於化去徐子陵入侵的氣勁，硬是不能啓口說話，惟不斷上升打滾，藉此消解襲體的氣勁，差點把心高氣傲的他氣得噴血。

徐子陵解決了梅洵的威脅，左掌虛按，暗捏印訣，把重整陣腳後從破洞反攻的康鞘利再次逼退。

「砰！」寇仲破壁而出，來到東西兩樓間花園的上空，只見以「長白雙凶」符眞、符彥爲首的二十多名李閥與突厥好手組成的聯軍，從西樓方向殺奔出來，頗有威勢。寇仲卻是心中大喜，知道自己估計正確，由於沒有人猜到他們會往這方面強闖，所以把守這一關的力量最是薄弱，只要不讓對方截住，李元吉等只能落在尾巴後空趕。大喝一聲「三角陣」，寇仲往下急墮。

徐子陵和突利先後從破洞撲空降下，足踏實地時三人形成一個三角陣，由突利的伏鷹槍打頭陣，狠狠刺入像一盤散沙的攻來敵人中。李南天和手下率先從屋頂躍下，狂追而來。忽然有人在東樓下層大叫「失火啦！失火啦！」濃煙火屑從其中一間廂房冒出。原來躲在窗後看熱鬧的客人與姑娘，登時亂成一片，奪門穿窗的逃生，叫喊震天，那情景就像末日來臨。

突利在徐子陵和寇仲的翼護下，既去除左右後三方之憂，槍法全力展開，首先殺得符眞、符彥左右閃開，長槍直貫一敵胸口，再掃得另兩敵東拋西跌，倏忽間衝破敵陣，破壁進入西樓的底層。

寇仲等都不知誰人放火幫忙，來到西樓廂房間的長廊，人頭湧湧，廊道滿是想逃離災場的男男女女，哭喊震天，混亂至極點。

突利帶頭闖進另一間廂房，再破壁而出，來到月蘭舍的西院牆處，外面就是通往城北的大街。三人正要逾牆離開，忽然駭然止步。只見牆頭現出三道人影，祝玉妍居中，辟守玄和邊不負分傍左右。

祝玉妍嬌笑道：「能逃到這裡來，算你們本事，小仲不是要和齊王單打獨鬥嗎？」

後面叱喝連聲，左右兩端同現敵蹤。除非他們變成一飛沖天的鳥兒，否則只能以力戰而死作收場。

第二章 魔長道消

黃易 作品集

第二章　魔長道消

突利驀地發出像野獸般的咆哮聲，伏鷹槍幻出萬千槍影，槍在寇仲和徐子陵前頭，斜衝而起，人槍渾成一股風暴般往牆頭上的祝玉妍直擊而去。

寇仲和徐子陵心中湧起難以形容的感覺。這是以下駟對上駟的方法。雖說高踞牆頭占有以上臨下的優勢，但因牆頭狹窄，僅可容足，卻是利攻不利守，要穩守不移更是難上加難。不過在眼前緊迫的形勢下，只要陰癸派的三大頂尖高手能擋格他們一招半式，令他們難越院牆，李元吉方面的高手合攏過來，他們便要宣告完蛋大吉。

三個攔路人中，自以祝玉妍武功最高明，任何人要闖她那一關，肯定會被擊下牆頭，突利這麼做，擺明是犧牲自己，以成全武功勝過他的寇仲和徐子陵，以最弱的人纏死「陰后」祝玉妍，俾寇仲和徐子陵可分取較弱的辟守玄和邊不負，說不定能一舉闖關突圍。只要能越過院牆，由於陰癸派和李閥是敵非友，會出現敵我難分的混亂情況，對逃走大大有利，不像現時般李閥的人只會全力向三人攻擊。

寇仲和徐子陵給突利自我犧牲、輕生死重情義的行爲激起滔天鬥志，要他們捨突利而去根本是絕無可能，情願一起戰死。

就在突利雙腳離地之際，寇仲低喝一聲「老雲秘技」，以暗語知會徐子陵後，兩人同時振臂騰身，似要分別從辟守玄和邊不負左右外檔突圍破關，朝高達三丈的牆頭電射而去。

祝玉妍聽到寇仲低喝「老雲秘技」，已留神注意，一時間她雖完全把握不到寇仲說話的暗示，但她乃魔門一代宗師，眼力、心智何等高明，見兩人振臂而起的身法玄奧古怪，所採路線似直實曲，暗叫不妙。

此時突利的伏鷹槍已把他的「龍捲槍法」發揮盡致，完全不顧自身安危的施出兩敗俱傷的攻堅招數，縱使以她之能，亦要全力應付，否則一下分神，大有可能被他逼下牆頭，故只能嬌叱道：「小心迴飛之術。」卻難以抽身助辟、邊任何一方。

「陰后」祝玉妍一對羅袖忽然鼓脹，車輪般交叉絞動，全力迎上突利迅速射至的伏鷹槍。辟守玄和邊不負聽得呆了一呆，眼見寇仲和徐子陵明明是搶向外檔突圍，且此乃最高明的戰術，迫他們必須移位攔截，怎會迴飛往祝玉妍所在處。

魔門中人慣於利己損人，在心理上實無法明白寇仲和徐子陵不肯捨突利而去的行爲。

高手相爭，只一線之差。辟守玄和邊不負再沒有時間深思祝玉妍的警告，更不相信對方有迴飛的本領，同時移離祝玉妍，全力截敵。

邊不負左右兩環從袖內探出，像一對追逐飛舞的銀蝶般，迎上徐子陵變幻無方的雙掌。他曾和徐子陵多次交手，最能感覺到對方突飛猛進的武功，就在徐子陵離地上攻之際，他便感到這年輕對手的精、氣、神全鎖定在他身上，充滿一去無回，同歸於盡的慘烈況味。他不知這是因突利激發起徐子陵義憤的力量，還以爲他是爲保小命故以這種攻勢突圍，不由暗中留下三分功力，表面看似要硬擋，其實用的卻是卸移的精妙手法，務令對方有力難施。無論徐子陵有多大進步，他要寸步不移的硬擋徐子陵三招兩式，該是絕無問題。辟守玄的銅簫發出尖銳的破空嘯聲，在他頭上畫出一個又一個的圈子，每個旋圈，銅簫的眞氣均會隨之增聚。兩眼則目不轉睛的瞧著寇仲的井中月來勢，只要給他命中對方寶刀，他敢打包票可把寇仲掃得倒跌回去。

如論武功，身爲師叔的辟守玄勝邊不負其實不止一籌，在派內只次於祝玉妍、婠婠和青出於藍的林士宏之下。寇仲雖是強橫，他仍有十足把握穩守牆頭。

此時月蘭舍多處冒起濃煙火屑，火勢初起時本可輕易撲滅，但因寇仲和李元吉兩方的爭鬥先動搖了人心，又以爲是其中一方蓄意放火，所以舍內人人爭先恐後逃命，致火勢一發不可收拾。

李元吉、梅洵、康鞘利、李南天、丘天覺和秦武通首先追至，六人穿窗破壁的搶出來，見到有人攔截被他們恨之入骨的寇仲等三個大敵，哪管對方是誰，立即疾撲而上，啣尾往三人攻去，三人頓然陷入前面可能全無去路，後方卻有追兵的窘局。其他李閥部衆和突厥高手亦聚攏至院牆之下，同時吶喊助威。

祝玉妍冷笑一聲，終決定主動下撲，要在半途迎擊突利，把他逼回牆下，以爭取一瞬時間，助武功最弱的邊不負對付徐子陵，只要截住徐子陵，寇仲縱使逃去，也會回轉來援救他的好兄弟。對於這兩個小子，她再不敢掉以輕心。此亦是應付兩人迴飛之術的最佳戰略。就在她雙腳躍離牆頭的剎那，西樓屋頂處破風之聲大作，一片金雲以令人難以相信的高速，彎彎的從上而下朝她狂攻而來。

以她的武功和修養亦爲之大吃一驚，這時她所有招式勁氣全針對正在丈半之外從下攻來的伏鷹槍而發，要在金雲飛至之前變招分迎上下兩方的敵人實是力有未逮，最糟是她雙腳離牆，換勁亦有所不能。且她從對方外貌已認出從天而來的偷襲者正是西突厥國師雲帥，此人就算在公平的情況下和自己單打獨戰，仍有一番惡鬥，何況在她這種顧此失彼的情況下。萬分無奈中，祝玉妍當機立斷，硬沉氣落回牆頭，再足尖輕點，往牆外飄避。

牢不可破的牆頭陣勢終現出破綻，且退避的是陣內最強的一人。辟守玄和邊不負見狀驚駭欲絕，此時寇仲和徐子陵的身法同生變化，斜彎往祝玉妍先前站立處，變成從內側往兩人攻去，就在井中月砍上辟守玄的銅簫，徐子陵雙掌對上邊不負雙環的當兒，突利成功搶上牆頭，威武不可一世的大喝道：「打！」辟守玄和邊不負根本不知道他要打哪一個，雲帥的彎月刃更在空中構成無比的威脅，心志被奪下，齊齊翻下牆頭，步上祝玉妍的後塵。

天空的雲帥長嘯一聲，竟凌空改變方向，越過牆頭，朝投往對街瓦頂的祝玉妍攻去，其輕身功夫，確當得上當世無雙的讚語。

雲帥的聲音從上方傳下來道：「迦樓羅兵已入城，我纏著她，三位快走！」

寇仲和徐子陵剛抵達牆頭，街上不見半個行人，對街卻湧出數以百計該是陽興會的武裝大漢，忙向突利打個招呼，齊往剛落在街上的「雲雨雙修」辟守玄攻去。

陽興會眾湧上來時，辟守玄早給三人殺得汗流浹背，狼狽敗退。邊不負想過來幫手，反給己方的人擠在外圍處。

李元吉等躍下牆頭，陽興會眾不知就裡，照攻無誤，立成敵我難分的混戰之局，情況混亂。辟守玄慘叫一聲，左肩終中了徐子陵一記隔空劈掌，閃往一旁，三人壓力頓時大減，緊守三角陣，由突利的伏鷹槍開路，朝長街向北的一端殺去。殺得天昏地暗，星月失色。

三人每發一招，總有人傷亡倒地，氣勢如虹下，迅速與李元吉那方的戰場拉遠，硬在敵人前仆後繼擁上來拚命的形勢下，殺出一條血路。

雲帥與祝玉妍追追逐逐的到了屋脊的另一邊，令人難知其況。

驀地長街另一端喊殺聲起，迦樓羅兵終於趕至，見人便殺，聲勢洶洶，陽興會的戰士登時亂作一團，四散逃命。逢此兵慌馬亂之時，寇仲三人擔心的再非陰癸派或陽興會，而是李元吉和康鞘利的強大聯軍，瞬刻間他們趁機破出重圍，來到大街和一道橫街的交叉點，不過均已兩腿發軟，眞元損耗極鉅。

蹄聲驟起，長街前方百多騎全速奔來，領頭者赫然是迦樓羅王朱粲，只看其聲勢便知他已操控了大局，南陽終重新落入他手上。

三人大叫不妙，正不知該往左逃還是右竄的當兒，一輛馬車從左方暗黑裡狂奔而至，駕車者狂叫道：「上車！」

三人定神一看，竟是昨夜溜了去找小宛的謝顯庭，哪敢猶豫，事實上在力戰之後，三人不但身上多處負傷，且是身疲力竭，接近油盡燈枯的階段，見狀奮起餘力，撲附馬車，任由四匹拉車健馬帶得他們往長街另一端馳去，耳際生風下，險險避過朱粲的鐵騎。本朝他們追來的李元吉等人見狀哪敢逞強，亦紛作鳥獸散。由於三人的重量全聚在馬車的一邊，車廂另一邊立時兩輪離地，朝他們側傾過來，廂內傳來女子的尖叫。這時三人雙腳懸空，兼之內力所餘無幾，既難發勁把車廂推回原位更缺乏這麼大的氣力，眼看要車毀人傷時，他們人急智生，同時翻往車頂去，利用本身的重量壓在車廂另一邊上。

車輪和街上的碎石地發出不正常而刺耳劇烈磨擦的尖音，然後險險回復原位，再次四平八穩的往前衝刺。三人抹去一把冷汗下朝後瞧去，見不到有敵人追來，鬆了一口氣，才反過身來平均分布的仰躺廂頂，天空上星辰依舊，但南陽城已是人事全非，心中豈無感觸。

就在此時衣袂飄拂的破空聲從天而降，三人大吃一驚，人影自天而至，赫然是西突厥國師雲帥。這波斯的武學宗師準確無誤的落在全速奔馳的車頂上，雙足點在坐起來的寇仲和徐子陵間，撞得雙腿劇顫，跌坐下來，「嘩」的一聲噴出一蓬怵目驚心的鮮血，部分把車頂的後半截染紅，部分灑往街上。突利駭然張望，看看祝玉妍有否追來，寇仲和徐子陵忙把雲帥扶緊。

雲帥臉色轉白，喘息道：「妖婦果然厲害，我必須立即運功療傷，朱粲由北門進城，你們須在他封鎖南門前，逃往城外。」言罷盤膝閉目。

突利忙向謝顯庭道：「到南門去！」

謝顯庭應喏一聲，振韁催馬，馬車一陣顛簸，往左方小巷轉進去，差點把四人從車頂傾倒下來。月蘭舍所在的遠方火燄沖天，濃煙不住送往夜空，掩蓋了星月的光輝，似在預示這美麗繁榮的大城市未來黯淡的命運。城民大致平靜，茫不知南陽改換統治者，明天醒來後將會是另一番光景。

徐子陵心中惻然，往寇仲瞧去，見他呆看著遠方的火光煙屑，口中喃喃道：「終有一天，我會把朱粲逐出去。」

急遽的蹄音，粉碎長街的寂靜。不知是否這兩天南陽的居民對幫會間的鬥爭仇殺見慣見熟，習以爲常，又或驚怕惹禍上身，家家門窗緊閉，竟沒人探頭一看究竟。馬車轉入通往南門的大道，空寂的長街，寧靜有如一個不眞實的夢境，使人很難聯想到貪婪凶殘的迦樓羅兵已進駐城內，還對反對勢力展開無情的屠殺。

寇仲翻身落坐謝顯庭之旁，指指後面車廂，低聲道：「是你的小宛姑娘吧？」

謝顯庭微一點頭，然後兩眼淚花滾動，哽咽道：「他們死了嗎？」

寇仲心中一痛，嘆道：「凡人終須一死，只是先後遲早的問題。不過可堪告慰的是令師、應兄、瑕師妹和你的十多個同門及時逃生，現該安抵漢南，顯庭可到漢南和他們會合。」

謝顯庭喜出望外，舉袖拭淚。明白這非是縱情傷痛的時刻，提起精神繼續催馬驅車。

伏在車頂的突利探頭下來問道：「月蘭舍的火是你放的嗎？」

謝顯庭略帶嗚咽的語調道：「我一直躲在小宛那裡，見你們被李元吉的人包圍，情急下只好放火，以方便你們逃走。」又沉聲道：「是否他們幹的？」

這句話雖是沒頭沒尾，寇仲卻明白他的意思，道：「你見到令師，自會清楚昨晚發生的事。現在甚麼都不要想。你不為自己也該為小宛姑娘著想。」

謝顯庭再次灑下熱淚，顯是因未能與同門共生死而自責甚深。南城門出現大街前方盡端，烏燈黑火，把守城門的人看來逃得一乾二淨。謝顯庭勒馬收韁，減緩車速，緩緩進入深長暗黑長達六丈的門道。

勁飆倏起。反應最快的是徐子陵，早在進入門道之前，他已心生警兆，那是種很難解說的感覺，似有還無，全神觀察下又不覺異樣。所以他雖暗中戒備，卻沒有警告寇仲和突利。

偷襲者從後掩至，剎那間徐子陵想到對方必是先埋伏在高達二十多丈的城牆上，把他們的情況窺看得清楚明白，再在馬車駛進門道的當兒，貼牆無聲無息的滑下來，從門道頂壁遊過來居高下擊。只從如此身手推知，對方無論內功身法，均不在祝玉妍之下，但他卻肯定對方非是祝玉妍。伸手不見五指的暗黑中，偷襲者雙掌齊出，往徐子陵當頭壓下來。

徐子陵直覺感到對方要襲擊的目標不是自己，而是行功正在緊張關頭的雲帥，最令他難解的是這推來的兩掌實在太易擋架。憑他徐子陵現在的功力，儘管是寧道奇親來，他也有信心和對方硬拚，只要爭取得緩衝的時間，突利和寇仲同來幫手，則厲害如寧道奇亦惟有無功而退。

眨眼間的高速下徐子陵腦海轉過無數可能出現的情況，「蓬」的一聲，四掌交接。徐子陵駭然發覺對方左右兩掌勁道竟是截然不同，不但剛柔熱寒有異，且是剛猛之致，陰柔至極。更要命是剛熱的右掌勁狂猛如怒潮巨浪，傾瀉狂擊而來，左掌陰柔寒勁卻生出無可抗禦的吸卸之力。

若只是應付其中一種勁力，徐子陵就算功力及不上對方，亦有應付之法，但驟然在同一人的雙掌碰上兩種不同勁道同時襲來，頓感整個人就像活生生給撕裂為兩邊，立即全身經脈欲裂，邊寒邊熱，空有滿身眞氣，卻不知該如何施展。如此武功，確是驚天動地，駭人聽聞。徐子陵惟有暗捏不動根本印，雙足緊釘在車頂處，死命苦抗，那人身子迅速下降，雙足往徐子陵胸口蹬來。

徐子陵哪想得到對方猶有餘力施出這麼凌厲的奪命招數，人急智生下，利用體內正反力道的運動，雙腳一蹬，身體後拗，不但險險避過敵腳，還把對方推離廂頂。這一著顯然大出那人意料外，怎想得到徐子陵竟能在自己龐大的壓力下，施出這種高明至極的連消帶打奇招，冷哼一聲，右掌前推，左掌後拉。

徐子陵像給人把整個身體無情地狂扭一下，五臟六腑同告受傷，喉頭一甜，同時心中一動，猛然狂噴鮮血，照頭照臉往那人噴去。

那人兩掌力道立生變化，似乎不費吹灰之力就把徐子陵往上方送去，險險避過他滿含氣勁的鮮血。反應神速處，教人大出意外。

「嗤嗤」連響，突利的伏鷹槍及時攻至，令對方無法向徐子陵再下殺手。寇仲亦同時衝至，在徐子陵背脊撞上門道頂壁前把他抱個正著，立時輸入眞氣，爲他療傷。

徐子陵和寇仲往下降去時，大喝道：「顯庭快走，遲則不及！」

馬鞭揚起落下，重重抽在馬股上，馬嘶輪響中，車子狂衝，馳出城門，迅速遠去。

在暗黑的門道裡，突利把伏鷹槍法施展至極盡，純憑感覺驟雨狂風的朝敵人攻去，豈知對方明明在槍勢籠罩的範圍內，可是十多槍刺出，卻槍槍落空，心中駭然時，槍鋒如遭雷殛，震得他往後跌退，接著兩手的陰蹻脈奇寒欲裂，陽蹻脈卻是灼熱難擋，根本不知如何化解，駭然下往後疾退。

誰人的武功詭異霸奇若此？寇仲和徐子陵足踏實地，分了開來，從退後的突利兩側同時向神秘大敵攻去，一時拳風刀勁，響個不絕。突利後退近十步，堪堪把入侵的敵勁化去，此時徐子陵和寇仲分別傳來數聲悶哼，顯然吃了大虧。他們慘在功力未復，及不上平時的五成功夫，不過縱使如此，敵人能一聲不吭的在兩人聯手攻勢下仍占盡上風，其身手亦實在駭人聽聞。突利重整陣腳，持槍攻去，嵌入徐子陵和寇仲之間，堪堪抵著敵人。驀地蹄音轟鳴，大批人馬從城內方向朝城門飛馳而至。

那人冷哼一聲，道：「算你們走運！」語畢一掌拂在突利槍尖處，突利噴血跌退時，他抽身後撤，從門道另一端逸去。

三人哪敢停留，忙溜出城外，落荒狂逃。

在城外一處密林內，三人先後滾倒地上，再爬不起來。

寇仲喘息道：「誰人如此厲害？」

徐子陵翻身仰臥，勉強睜開眼睛，透過疏枝濃葉瞧著澄澈依舊的夜空，道：「我終於明白甚麼是不死印法。」

突利猛地仰起頭來，駭然道：「『邪王』石之軒？」

寇仲吐出小半口鮮血，苦笑道：「果然是他，我明明一刀劈在他身上，怎知竟像無法劈得入的滑溜開去，刀勁卻被他吸納過去，還以之攻向小陵，不死印法就是最高明的借勁卸勁和吸勁的功法，源自天魔大法，但又比天魔大法更厲害。他是怎樣辦到的呢？」

徐子陵道：「我們如非在這幾天初窺借勁卸力的門路，絕不會明白他別闢蹊徑的奇異功法，照我看關鍵處在他能把兩種截然不同，分處極端的內勁合而爲一，再加以出神入化的運用，始能成就這種永立不敗之地的魔功，難怪慈航靜齋對他亦如此忌憚。」

突利道：「他隨時會追上來，我們是否應繼續逃走呢？」

寇仲艱苦地盤膝坐起，堅決的搖頭道：「不！來便來吧！只有在這種情況下行功，我們才能再有突破。」

夕陽在西方天際射出消沒前的霞光，染著數朵欲離難捨的浮雲，宛若凡間仙境。

寇仲來到徐子陵旁單膝蹲下，低聲道：「石之軒那傢伙沒來，究竟是我們好運還是他好運呢？」

徐子陵緩緩睜開修長的俊目，猶帶血漬泥污的嘴角露出一絲苦澀的表情，輕輕道：「我最擔心的事發生了，石之軒之所以放過我們，是因爲他的目標是雲帥，希望他吉人天相，能逃出石之軒的魔掌。」

寇仲劇震道：「我倒沒想過這可能性，你爲何不早點說？」

徐子陵雙目掠過仍在行功療傷的突利，嘆道：「我是得你提醒才忽然醒悟，無論石之軒能否追上雲帥，他定會回頭來尋找我們，你的狀況如何？」

寇仲雙目精光爍閃，沉聲道：「你這以戰養戰的修練方式，確是無可比擬的法門，比之甚麼閉關苦修更管用。不但功力大爲凝煉精進，最難得處是實戰經驗倍增，至少明白了原來最上乘的借勁卸勁功夫，是在體內的竅穴經脈內進行，這就是不死印法的訣要。」

徐子陵點頭道：「『多情公子』侯希白曾說過不死印法是把生和死兩個極端統一，敵人攻來的是奪命的死氣，而不死印法便是將這死氣轉化爲生氣，於是死即生，生即死，我們的借勁法與之相比實是小巫見大巫，相差以千里計。」

寇仲一對眼睛亮起來，道：「這並非沒可能辦到，只要我們的借勁法能在別人擊中我們之時進行，又有方法令攻者傷害不到我們，等於練成不死印法。」

徐子陵搖頭道：「我們永遠練不成像石之軒那種方式，除非能學他般身具兩種截然不同的眞氣，一生一死，但對我們來說，那是不可能的。」

寇仲信心十足道：「他有他的不死印法，我們有我們的『借卸大法』，只要知道有這種可能性，終有一天我們能辦到。」

徐子陵道：「小心畫虎不成反類犬。不過與石之軒之戰確對我們有極大的啓發，使我們豁然頓悟。但眼前當務之急，是如何可破他的不死印法？」

寇仲沉聲道：「我剛才爲這問題差點想破腦袋，幸而略有所得，覺得唯一的方法是當眞氣攻進他體內時，不被他切斷，如能搖控氣勁，便不怕被他採取化用。但最佳的方法，仍是如何發揚光大我們的

『借卸大法』。否則仍捱不了他多少招。」

徐子陵點頭道：「你的話很有道理，趁現在可汗仍在養息，我們玩幾招試試如何？」

寇仲正中下懷的欣然叫好，徐子陵和他長身而起，對視微笑，均有再世爲人的感覺。連他們自己都不知道，他們正朝武道的極峰不斷突破挺進，奠定了兩人日後超越衆生之上，晉身爲無可比擬蓋世武學巨匠的境界。

幾經輾轉，南陽最後仍回到朱粲手上。寇仲和徐子陵雖失意南陽，卻有三大得益。首先令陰癸派在荊北擴展勢力一事功敗垂成，襄陽依然是孤城一座。不過與陰癸派短暫的和平亦告結束，雙方均因南陽一役加深仇恨，勢不兩立。其次是與雲帥化敵爲友，少了這個來去如風的勁敵，無論實質和精神上都要輕鬆得多。經他們分析，雲帥當然不再甘於爲安隆和趙德言所利用。最後是因朱粲大軍突擊，打亂了李元吉的陣腳，使他沒法像以前般組織大規模的搜索行動，還要迅速撤離險地，免爲朱粲所乘。兼之從安隆處再得不到額外的情報，對追蹤三人的行動，自是大有影響。就是在這種形勢下，寇仲三人乘機北上，當然不敢掉以輕心，雖說少了雲帥和朱粲這些人馬，卻多出陰癸派和石之軒兩個更令他們頭痛害怕的大敵。

在向城購備衣物糧食等必需品後，他們便開始過城不入，專挑荒山野嶺趕路的生涯。休息時三人埋首鑽研武功。十多天後抵達洛陽南面的大城伊闕，不但寇仲和徐子陵的修爲大有精進，突利亦得益不淺，在伏鷹槍法和內家眞氣兩者屢作突破，深深領受到以戰養戰的無窮妙用。三人扮作往來各地的行腳商販，在伊闕城投店休息，然後分頭查探，好找得潛入洛陽的萬全之策。洛陽非比其他地方，乃龍蛇混雜之處，且是王世充的地盤，一個不小心，後果將相當不妙。

寇仲返回客店，徐子陵剛比他早一步回來，寇仲在椅子頹然坐下，像放棄一切似的意興闌珊，默然無語。

徐子陵在他旁坐下，奇道：「發生甚麼事，爲何像失去整個楊公寶藏的可憐樣相。」

寇仲搖首輕嘆，緩緩道：「我見到李秀寧。」

徐子陵愕然道：「她竟到這裡來嗎？」

寇仲道：「她該是路經此地，她……唉！她和情郎逛街購物，那模樣不知有多麼開心快樂。我卻在打生打死，還要爲如何潛入洛陽惆悵失落。」

李秀寧的情郎是柴紹。寇仲見到他們卿卿我我的，當然觸景傷情，悲苦自憐，可見寇仲仍未能對李秀寧忘情。伊闕城乃王世充旗下的重要城市，緊扼直通洛陽的伊水，李秀寧能在此隨意觀光，可知李閥仍未與王世充撕破臉皮對著來幹。李秀寧從南方的竟陵來到此處，不用猜也知她下一站是東都洛陽，要與王世充作最後的談判。如若王世充不肯投降，李閥的大唐便要和他以戰爭來決定天下誰屬。

徐子陵道：「這種事恕小弟有心無力，沒法子幫上忙。」

寇仲惱道：「難道你不可以說些安慰我的話，例如你已有了宋家姑娘，再不可三心兩意；又如說並非你比不上柴紹，只因這小子既比你先走許多步，又是近水樓台諸如此類的話嗎？」

徐子陵苦笑起來，探手拍拍他的寬肩，道：「說起自我安慰的本領，誰人及得上你寇少帥。我說的話只會是苦口良藥，例如假設你對秀寧公主餘情未了，將來有機會破入關中，你該怎麼面對她呢？所以你今後所有的作爲，應是惟恐她不恨你似的。」

寇仲愕然道：「你倒說得對。我既得不到她的芳心，令她恨我是沒辦法中的方法。不過出人頭地是我從少立下的宏願，倒不是因她而去爭天下。但她卻肯定是使我發奮的一個推動力。想想吧！當日在李小子的船上，那柴紹用怎樣的一副嘴臉來招待我們。」

當年的事，早在徐子陵記憶內褪色淡忘。更想不到對寇仲的傷害是如此深刻，致令他念念不忘。徐子陵不知說甚麼才好時，突利左手提著一罎酒，右手拿著大袋新鮮熱辣的鹵肉與饅頭回來，登時驅走房內重如鉛墜的沉鬱氣氛。三人擺開几椅，大吃大喝，情緒轉趨高漲。

寇仲道：「陵少可知伊闕的太守是誰？」

徐子陵淡然道：「若連這都不曉得，哪有資格做探子。人情冷暖，小心別人不賣你的賬。」

寇仲胸有成竹道：「不要這麼悲觀，楊公卿是一條好漢子，只要我痛陳利害，保證可打動他。」

突利放下酒杯，瞧著寇仲為他添酒，奇道：「你有甚麼利害可向他痛陳的？」

寇仲抓頭道：「這倒未有想清楚。但只要王世充不肯向李家屈服，我寇仲便大有利用價值。若直接向王世充講和，大家都很難下台，透過楊公卿去穿針引線，則是另一回事。」

突利搖頭道：「這叫節外生枝，一個不好，徒然暴露行蹤，倒不如待你起出楊公寶藏後，聲勢大增，再找王世充也不遲。」

寇仲道：「可汗的話不無道理，我此舉就此作罷。」

徐子陵橫他一眼，冷哼道：「說到底你是心思要見李秀寧一面吧？」

寇仲似要洩憤地重重一掌拍在徐子陵肩膀處，嘆道：「眞是甚麼事都瞞陵少不過。」

以李秀寧的身分，當然由楊公卿親自招呼，寇仲去見楊公卿，至少在感覺上可較接近李秀寧，這是非常微妙的心態。

突利道：「我買下三個到洛陽的快船艙位，今晚我們最好乖乖的留在房內，舒舒服服的睡他一覺，明早登船北上，只要沒有人曉得我們要到洛陽，有九成機會我可把你們神不知鬼不覺的弄進關中去。」

寇仲道：「表面聽來是十拿九穩，不過假若你那位莫賀兒站在頡利的一邊，我們將會變成自投羅網，何況莫賀兒此舉不但要與頡利反目成仇，更會開罪李家，說到底都對他有害無利。」

突利不悅道：「莫賀兒不是這種人。」

徐子陵從容道：「可汗勿動氣，若事情只牽涉莫賀兒個人的榮辱，我相信在感恩圖報下他會為可汗做任何事。但可汗要他幫的這個忙卻是非同小可，一旦洩漏風聲，將關乎他和族人的存亡興衰。所以我們仍是小心點好。」

突利的臉色直沉下去，撫杯沉吟片刻後，低聲道：「兩位既有此想法，那因何我們要到洛陽來呢？」

寇仲探手搭上他肩頭，微笑道：「我們是為可汗到這裡來的，可汗可由此北返，經幽州回國，大家一場兄弟，多餘的話不用說啦！」

突利虎軀劇震，忽然探手就那麼把兩人摟個結實，感動的道：「能和兩位結成兄弟，是我突利的榮幸，不過我突利豈能在此等時刻捨你們而去，此事再也休提。」

放開兩人後，寇仲舉杯祝酒，三人痛盡一杯，徐子陵道：「可汗請勿怪我，無論從任何一個角度看，可汗亦不宜與我們一起闖長安。」

突利苦笑道：「我比你們更把問題想通想透，可是要我就這麼棄你們而去，恐怕會成為我突利背負終生的遺憾。」

寇仲道：「就算可汗能和我們潛入長安，但可汗和我們一道走南闖北的事再非任何秘密，可汗現身時，豈非人人皆知我們來了？可汗若隱而不出，亦只是徒然浪費時間。」

徐子陵接口道：「可汗當務之急，是須立即趕返族人處，以對抗頡利，愈早布置愈好，所以必須爭取時間。」

寇仲一拍他肩頭，誠懇的道：「看到可汗不顧本身利害要與我們共進退，我們已非常感激。上兵伐謀，在眼前的形勢下，最佳的策略是我們在洛陽分道揚鑣，各奔前程，其他全是下著。」

突利為之啞口無言，臉色陰晴不定，良久後嘆道：「我給你們說服啦！」

天尚未亮，三人來到城外伊水的碼頭處，等待登船。這艘來往伊洛的客船是艘大型風帆，可載客達百多人，所以船旁岸邊人頭湧湧，頗為熱鬧，更有利三人隱瞞身分。他們不敢站在一起，分散在人叢中，還故意穿上闊大的棉袍，戴上烏羊皮製的帷帽，佝僂起身體，以不引人注意為目的。

這些來往兩地的客船，獲利甚豐，故多為兩地幫會人物包辦，三人若不小心，很易洩露行藏，致前功盡廢。他們現在怕的再非是李元吉或祝玉妍，而是師妃暄和四大聖僧，又或神出鬼沒的石之軒。

一切似乎非常順利的當兒，蹄聲驟起，一騎自遠而近。三人從不同位置用神一看，均嚇得垂下頭去，來者赫然是一臉風塵之色的李靖。

李靖甩蹬下馬，將駿馬交給船伕，目光往等候登船的人群掃過來。幸好登船時刻剛至，鐘聲鳴響，三人連忙轉身，依次從扶梯登上木船。寇仲和徐子陵見到這位恩怨難分的大哥，百感叢生，又大感頭痛，若換了別的人還可在必要時痛下辣手除掉，以免走漏消息，但對他怎狠得下心來呢？客船共分上下兩艙，每艙設有七十多個臥位，三人擠進景致較差的下層客艙去，分散坐好。正求神拜佛李靖不要進入這客艙來時，李靖昂然出現在艙門處，目光灼灼的掃視艙內的乘客。

寇仲嘆一口氣，長身而起，哈哈笑道：「人生何處不相逢，李大哥請這邊坐。」

李靖目光掠過徐子陵和突利，在寇仲身旁坐下，嘆道：「收手吧！」

寇仲冷然道：「這句話是否李世民要你來向我們說的？」

兩人均以內功把聲音蓄聚，只送進對方耳內而不會擴散，故雖是前後座的人仍聽不到他們的對話。

李靖雙目射出充滿深刻感情的神色，苦笑道：「我這次違抗秦王命令來警告你們，縱使秦王肯體諒我的苦衷，但恐亦再難返回關中。」

寇仲虎軀微震，他雖恨李靖對素素的無情，卻知李靖乃頂天立地的好漢子，絕不會說謊打誑。現今長安唐廷內以秦王李世民為首的天策府，正與李建成、李元吉的太子集團爭持激烈。假若李世民的手下暗中向敵人通風報信，建成元吉等當然會在唐帝李淵前大造文章，派李世民的不是。故李靖若再返回長安，李世民在讒言可畏之下，怕會很難維護他，勾結敵人可是殺頭的死罪。故在李靖這麼一個胸有大志的人來說，他這番話確是因前途盡毀有感而發。

寇仲登時減去幾分恨意，道：「李大哥何不立即折返長安，當作沒見過我們不就可免煩惱嗎？」

李靖搖頭斷然道：「我既然來了，就不打算回去。我現在只希望你們聽我李靖一句話，千萬勿要到關中去。」

寇仲默然不語好半晌，眼觀鼻、鼻觀心的平靜地道：「你是怎樣找上我們的？」

船身一陣抖震，啓碇開航。

李靖淡淡道：「你聽過楊文幹嗎？」

寇仲搖頭道：「這傢伙是何方神聖？與李大哥能否找上我有何關係？」

李靖道：「此人外號『橫練神』，乃關中第一大幫京兆聯的龍頭大哥，以一身上乘橫練氣功名列『關中四霸』之首，李淵入關時他曾出過力，被賜賞爲慶州總管。此人武功高強不在話下，更是義氣過人，交遊廣闊，關內關外各大小幫派無不給足他面子，一向與建成太子關係密切。爲了防止你們入關，建成太子委託楊文幹通過關外幫會組成一面無所不披的情報網，密切監察入關的所有道路城鎮，只要你們踏入他的勢力範圍，包保無所遁形。」

寇仲微笑道：「好小子，果然有些門道，但這又和你能尋到我們有甚麼關係？」

李靖皺眉道：「怎會沒有關係？楊文幹既然直至此刻仍沒有你們的消息，自然代表你們仍在他的天羅地網之外，所以我斷定你們會先潛往王世充的地頭來，再圖西進入關。幸好我在這裡也有些辦法，可汗又是口音不大純正，被人認了出來，才知你們要坐船到洛陽去。唉！我可以猜到的，別人自然也可猜到，對嗎？」

寇仲頓感面目無光，苦笑道：「大嫂呢？她怎會容許你這麼來找我們？」

李靖容色一黯，嘆道：「那叫你們是我的好兄弟！不要提她哩！只要你們肯聽我的忠告，換來甚麼後果都是值得的。」

寇仲不由有點感動，嘆道：「李大哥實不該來的。你該知我們決定的事，從不會改變過來。」

李靖毫不訝異的道：「我當然清楚你們的性格作風，事實上整個天下都給你兩人弄得天翻地覆，形勢劇改。但問題是只逞匹夫之勇，會白白把有爲的生命斷送，現在建成太子爲立威天下，決定不惜一切人力物力務要把你兩人首級送到他父親駕前，並藉此羞辱秦王。你們這麼到長安去，起出楊公寶藏又如何？徒然便宜了建成太子，確是何苦來哉？」

寇仲恍然大悟，李靖並不單是爲他兩人著想，更爲李世民著想。皆因李世民和李建成兩方鬥爭正烈，各自招兵買馬，擴展勢力。如若他和徐子陵落入李建成手上，給李建成逼出寶藏的秘密，那李建成將財力陡增，聲勢驟盛。

江湖一直相傳，能得和氏璧或楊公寶藏者，將爲未來的眞命天子，和氏璧早已完蛋，那楊公寶藏不但有實質的作用，更有無可替代的象徵意義。難怪李建成硬要把對付寇仲和徐子陵的任務從李世民手上搶走，皆因事關重大。如若成功，李世民將會給比下去。

寇仲問道：「李建成究竟是怎樣的一個人？」

李靖正容道：「當然非是等閒之輩，否則以李元吉這麼桀驁不馴之人，怎會捨秦王而爲他賣命。他的長林軍更是高手如雲，不乏智勇雙全者，加上李元吉麾下高手，新近又得南海派投誠，論實力絕不在我們天策府之下。唉！我該怎麼比說才可使你們肯打消入關之意呢？」

寇仲像沒聽到他最後一句話般問道：「長林軍是甚麼行當？爲何會改個這麼古怪的名字？」

語氣轉冷。李靖終非徐子陵，怎猜得到寇仲內心的變化，訝異地瞥寇仲一眼，答道：「建成太子居於東宮，宮內有長林門，建成太子於長林門左右建居所，安置從各地招聘回來的好手，所以被稱爲長林軍。」

寇仲沉聲道：「李建成手下有甚麼人，竟可比你們天策府的實力更厲害？」

李靖為說服寇仲，不厭其詳的解說道：「文的有封德彝，此人甚得聖上寵信，智計過人，他正千方百計的助建成太子分化和削弱天策府的實力。武的則有所謂『長林五將』，分別是爾文煥、橋公山、薛萬徹、謝叔方、馮立。這五人各有官職，都是置身長林軍，由建成太子一手提拔。在加入長林軍前，早是名震一方的高手，絕對不能小覷。」

寇仲笑道：「為何不提李神通和楊虛彥呢？」

李靖皺眉道：「他兩人一向保持中立，不過對付的若是外人，他們當然站在建成太子的一方。」又嘆一口氣道：「但最令人頭痛的是建成太子新招攬回來的突厥年輕高手可達志，此人在東突厥與你們的好朋友跋鋒寒齊名，以一手自創的『狂沙刀法』震懾漠北，被畢玄推崇為年輕一輩中的第一人。對你兩人他正在摩拳擦掌，希望能一戰功成的除掉你們，好在中原揚威立萬。」

寇仲頓時雙目放光，興致盎然的道：「竟是個懂刀的傢伙，真有趣。」

李靖懍然道：「我說這麼多話，仍只是換來你一句『真有趣』。」

寇仲兩眼射出銳利神光，盯著李靖道：「李大哥勿要瞞我，這次你來找我們，是否秦王之意？」

李靖愀然不悅的道：「我李靖是甚麼人，怎會說謊來騙自己的兄弟？」

寇仲搖頭嘆道：「李大哥勿要怪我，皆因李靖再非以前的李靖，而是李世民手下一員大將，有些事恐怕身不由己。當我錯估你吧！但我亦對李大哥有一個忠告。」

李靖苦笑道：「請勿說出來。小仲，我可以再問一句話嗎？」

寇仲聽到他喚自己作小仲，想起當年初識時的情景，心中一軟道：「說吧！」

李靖望往艙頂，雙目射出濃鬱傷感的神色，輕輕道：「假設沒有素素的事，你們是否會聽我的勸告，打消關中之行呢？」

寇仲淒然道：「還何必再提素姐？人死燈滅，生命只像一個短暫的夢，我們哪還有餘情去怪李大哥你。」

李靖劇震道：「甚麼？」

徐子陵一直運功聽兩人的談話，此時接過來道：「李大哥！我們到船艙上再說好嗎？」

寒風呼呼，伊水滔滔。李靖樸實的面容像一尊石雕人像，木無表情，似對徐子陵述說的事全無感覺，但徐子陵卻感到他原本穩定有力的手在抖顫。兩人立在船尾處，天上烏雲密布，更添淒寒孤清的感覺。

聽罷往事，李靖長長吐出一口氣，以舒洩積蓄胸臆的憤怨。似乎平復下來時，虎目忽然湧出熱淚，劇震道：「是我負了她！」

李靖的眞情流露，登時打動徐子陵，道：「死者已矣！李大哥毋庸過度悲傷！終有一天我們也會步上素姐後塵，那時說不定我們又可再次在一起。」

李靖任由淚珠滴下臉頰，探手握住刀柄，對著江水發出一聲悲嘶，雙目殺機大盛，一字一字的道：「好！香玉山，終有一天我李靖要你這狼心狗肺的人爲素妹償命！」

徐子陵見李靖找到心中悲憤宣洩的目標，心中稍安，爲轉移他的神智，代寇仲說出他的忠告，道：「關中之旅，我們是勢在必行。李大哥最明智之舉，是當以前的事從來沒有發生過，大家再非兄弟，立即離開我們這兩個滿身煩惱是非的人，返回關中。以後就算對陣沙場，亦絕不可心軟留情。」

李靖默立片晌，深吸一口氣，壓下絞心的傷痛，沉聲道：「子陵告訴我，你們有多少成把握潛入長安，起出寶藏後又能夠成功把大批財物兵器運走？」

徐子陵暗忖若李靖曉得師妃暄正聯同四大聖僧務要生擒他們，陰癸派又要在師妃暄得手前將他們一擒一殺，恐怕連這句試探的話都沒好氣作詢問。苦笑道：「坦白說，沒有半分把握。」

李靖一呆道：「那你們爲何仍要去關中？」

徐子陵很想告訴他，自己陪寇仲去發瘋，是希望寇仲依諾在拿不到寶藏的情況下，放棄爭霸天下的夢想，但終究沒有說出來。

沉吟片刻，淡然自若的道：「人總是有僥倖之心的。又或者是我們自得到《長生訣》後，生命便像夢幻般的不眞實，令我們根本不知甚麼叫害怕。事實上我們一直在龐大的壓力下掙扎求存，愈艱難的事，愈令我們感受到生命的意趣。至少對寇仲來說，實情就是如此。」

李靖回復冷靜，分析道：「但這次是不同的，當年在洛陽，縱使你們四面受敵，但總有微妙的形勢可供你們利用。但長安城卻完全是另一回事。一旦敗露行藏，不要說楊公寶藏，要安然脫身亦只屬痴人說夢，我怎忍心瞧著你們去送死。」

徐子陵從容道：「李大哥定要把我兩個當作只是曾經萍水相逢的人，否則只會陷於進退兩難之局。我們既不爲自己的小命著想，李大哥何須費神關心我們？」

李靖雙目射出深刻的感情，嘆道：「你們爲何又口口聲聲喚我作李大哥？有些事是永遠不能改變的，想到終有一天要與你們在戰場上決一生死，我便難以釋懷。我像很明白你們，但又似絲毫不了解你們。」

徐子陵苦笑道：「皆因李大哥與寇仲是截然不同的兩類人，表面看似乎有很多地方相同，例如看重情義、胸懷大志等等，但不同之處更多，李大哥可知寇仲是個天生的冒險者，專挑困難的事去做，只有將不可能變成可能，才能從中取得樂趣。這樣說，李大哥明白了嗎？」

李靖愕然片晌，緩緩點頭表示明白，徐徐道：「我想一個人在這裡好好的想想。」

徐子陵返回船艙，突利已坐入剛才李靖的座位，正和寇仲在細語密斟。艙內的客人都不敢正眼瞧徐子陵，顯是猜到他們大不簡單，甚或猜到他們的眞正身分。突利旁邊的船客見徐子陵朝他望來，自動讓出位子，坐到徐子陵原先的位子去，弄得徐子陵啼笑皆非，只好多謝一聲，坐到突利身旁。

迎上寇仲詢問的目光，徐子陵先點點頭，又搖搖頭，指指腦袋道：「他要想一想。」

寇仲苦笑道：「我們是否又低估李建成那小子呢？」

徐子陵以苦笑回報。他們先是低估李元吉，更不把李建成放在眼內，還以爲長安只是李閥內軍功稱冠的李世民占盡優勢。剛才從李靖的口風，始駭然感到確實的情況根本是另一回事。李建成和李元吉攜手對抗李世民，背後又得李淵撐腰，加上像晁公錯、楊虛彥，甚至於石之軒等高手之助，純論實力，天策府也要給比下去。可是對李世民不利的情況尚不止此，由於李建成是太子的身分，心懷叵測的李密和獨孤峰均可能自甘作他羽翼，好鏟除大患李世民。

徐子陵問突利道：「可達志是否眞如李靖所說的那麼厲害？」

突利臉露凝重神色，道：「可達志投誠李建成，該是我離開關中後的事。我敢肯定是頡利甚至畢玄在背後指示的。否則以可達志的自負，怎肯接受漢人的命令？我曾兩次和他交手試招，表面雖是不分勝負，但我卻知他沒有使出眞功夫，這人的狂沙刀只可以深不可測來形容，頡利也對他佩服和禮遇非常。」

寇仲倒抽一口涼氣道：「如此看來，就算公平決戰，各自派人落場比武，我們也負多勝少，何況李建成絕不會和我們講江湖規矩的。」

徐子陵好整以暇的笑道：「你是不需爲此苦惱的。因爲我們沒機會踏進長安半步。」

突利心中湧起難以形容，既荒謬又可笑的奇怪感覺，啞然失笑道：「不如就隨我一起返回漠北，助我統一突厥算哩！」

兩人爲之莞爾，當然知他在說笑，但也感到他的誠意。

寇仲探手摟上突利肩頭，湊到他耳旁道：「我若尋不到寶藏，兼又死不去，定會到突厥去找你，但你可不能薄待我，至少要弄個葉護給我過過宰相的癮兒。」

突利斷言道：「一言爲定！」旋又笑道：「現在我是衷心渴望你找不到寶藏。」

寇仲伸個懶腰，道：「看來我們行蹤已洩，下船時說不定有強大軍旅在恭候我們，我們是否該早點下船呢？」

話猶未已，船速忽然大幅減緩。三人你眼望我眼，均大感不妙。

兩艘戰船從後趕上，與客船並排在伊水間推進。寇仲、徐子陵和突利三人撲上艙面時，李靖竟不知所蹤。把客船挾在中間的戰船並沒有劍拔弩張的緊張情況，只是著令客船緩駛，船伕們噤若寒蟬，只知從命。

客船管事的幫會頭目來到三人身後低聲道：「這是楊帥的座駕船。」

三人目光照往船桅的旗號，楊公卿從船艙大步踏出，呵呵笑道：「三位路過敝境，怎能不讓楊某稍盡地主之誼。」

寇仲大喜道：「楊公別來無恙。」提氣縱身，投往楊公卿船上，徐子陵和突利只好緊隨其後。

戰船增速開行，轉眼把客船拋在後方，寒暄一番後，楊公卿笑道：「主上聞悉諸位南來，已不知等得多麼心焦。」

寇仲隨口應道：「是否心焦我們仍未死呢？」

楊公卿苦笑道：「少帥萬勿誤會，我們進艙內再說。」

踏入艙門，楊公卿立即摒退左右，坐好後，楊公卿笑容斂去，冷哼道：「王世充得人而不能用，只知大封親族，用人惟私，白白辜負少帥爲他經營出來的大好優勢。現今李家隨時大軍東攻，當然記起少帥的種種好處。」

寇仲想不到楊公卿對他們如此有情有義，坦誠相告，舉杯道：「小子敬楊公一杯。」

突利亦舉杯道：「楊公卿果然是好漢子，王世充有楊公而不知善待，注定他沒有好下場。」四人轟然對飮，各有感觸。

突利道：「若唐兵立即來攻，楊公認爲勝負機會如何？」

楊公卿斷然道：「除非是李世民親自掛帥督師，尙或有成功機會，否則唐軍必無功而退。」

三人爲之動容。寇仲皺眉道：「楊公是否前後矛盾，剛說過王世充因不懂用人，要自食惡果，現在卻又這麼高估他的分量。」

楊公卿道：「我指的只是王世充坐失良機。若他肯委少帥以重任，趁從瓦崗軍得到大批兵將糧甲馬匹的當兒，乘薛舉父子攻打唐軍項背之勢，直闖關中，令李閥前後受敵，說不定眞能乘勢攻克長安。可惜他忌才之心太烈，只知鞏固戰果，到薛舉父子被李世民所破，已是悔之不及，我和老張對他能不心灰意冷？」

老張是王世充另一員大將張鎭周，與寇仲頗爲相得。只聽楊公卿毫不尊重的直呼王世充之名，便知他和王世充關係惡劣至難以彌補的地步。

徐子陵奇道：「現在李閥聲勢大盛，更無西面之憂，楊公爲何仍深信王世充有抗唐的實力。」

楊公卿道：「唐軍雖盛，可是王世充新近得瓦崗降兵十多萬，降將中包括單雄信、秦叔寶、程知節等，均是不可多得的將材。最重要是洛陽乃天下堅城，易於防守，且備有飛石神炮和能射五百步的強弓弩箭，城內守將更全由王世充的親族擔當，豈是唐軍要攻便可輕易攻下來的。」

寇仲苦笑道：「照我看事情卻非如此，唉！王世充是否眞的想見我，不會又是布局要殺我吧？」

楊公卿道：「理該不會，現在他最擔心的是唐軍東來，他曾親口向我和老張力言，絕不會加害少帥，否則我楊公卿怎肯陪他幹這種卑鄙無恥的勾當。」

寇仲信心十足的道：「只要他肯聽我一席話，包保他不敢動我半根毫毛。」

徐子陵問道：「秦叔寶目前身在何處？」

楊公卿答道：「他該在洛陽。」

寇仲笑道：「終於要和老朋友碰頭啦。」

又一手攬著突利肩膀，擠眉弄眼的笑道：「說不定我可弄頂八人大轎，教人打鑼打鼓的送可汗回老家。哈！」

兩艘戰船泊在洛陽城外的碼頭處，由楊公卿派人飛報王世充，教他出城來見。這是楊公卿和寇仲三人深思後的行動，否則如「誤入城內」，王世充食言，將難以脫身。

寇仲趁徐子陵和突利到船艙上去欣賞東都在落日下壯麗的城景時，忍不住問起楊公卿有關李秀寧的事。楊公卿當然不知道他和李秀寧的關係，還以爲他想知道關內外的情勢，嘆道：「所以我說你們是來得合時，否則恐怕王世充仍不肯向你們低頭認錯。李秀寧擺明是爲李閥出面來對我們作最後一次勸降。假若我們不肯屈服，唐軍將會大舉來犯。正因形勢緊迫若此，王世充不得不想到再借助你們。否則在唐軍兵迫洛陽時，你們少帥軍亦乘勢來攻，洛陽危矣。」

寇仲給勾起另一問題，暫時忘掉李秀寧，問道：「董淑妮不是給李淵作妃嬪嗎？若兩軍開戰，她怎麼辦？」

楊公卿道：「出嫁從夫，像淑妮這種情況古已有之，有甚麼大不了。聽說李淵對淑妮愛寵不在另兩名寵妃張婕妤和尹德妃之下，又得李建成暗地支持，在唐宮要風得風，要雨得雨，哪管老天是否會塌下來呢？」

寇仲又因董淑妮想起榮姣姣，再由榮姣姣想起榮鳳祥的辟塵妖道，道：「榮鳳祥是否已返回洛陽？他跟王世充目前關係如何？楊公有告訴王世充，榮鳳祥其實是老君觀的辟塵老妖喬扮的嗎？」

當年辟塵派出可風道人作奸細，助李密和獨孤閥來行刺王世充，行動差點成功。

楊公卿憤然道：「不知榮鳳祥使出甚麼手段，令玄應太子爲他大力斡旋，結果榮鳳祥賠上大批財物，與王世充仍保持良好關係。三天前他父女從南方回來，你見到王世充時最好不要提起此事，否則不但王世充很難下台，玄應太子更會大感不悅。」

寇仲苦笑道：「難怪他們父子大失人心哩！」

徐子陵和突利卓立船頭，遙望矗立前方的洛陽城，想起來此途中那驚濤駭浪般的過程，心中都有種渡過重重險處的歡暢感覺。落日在左方山巒後霞彩散射，更添這偉大城都不能替代的驕人氣象。

徐子陵忽然問道：「劉武周和宋金剛是否只是頡利的走狗？」

突利露出不屑神色，道：「可以這麼說，劉武周此人出名反覆，舊隋時爲馬邑鷹揚府校尉，馬邑太守王仁恭甚器重之，一手把他提拔，豈知他不但與仁恭的侍妾私通，還在鬧饑荒時詆譭仁恭不肯放糧濟饑，激起公憤後與鷹揚派弟子襲殺仁恭，行爲既不義又可恥。對我們來說，這種人倒最宜任他在中原搗亂。咦！你因何問起他呢？」

徐子陵道：「我只想知道他們和頡利的關係，更要弄清楚王世充有否與劉武周結成聯盟，否則可汗只會從一個險境，踏進另一險境。」

突利恍然道：「子陵確是心思細密，爲了討好劉武周，王世充這卑鄙小人確會把我出賣。又或暗中通知劉武周在途中截殺我，那王世充可把責任推得一乾二淨。」

徐子陵道：「從楊公卿的口氣裡，我們可知王世充現時仍是有恃無恐。想來原因正在劉武周和宋金剛，一旦他們在旁虎視，唐軍亦不敢出關東來。所以王世充絕不會爲寇仲而開罪劉宋兩人，劉宋則不敢拂逆大靠山頡利之意。」

突利沉聲道：「子陵是否想指出眼前只是王世充針對我設下的陷阱？」

徐子陵微笑道：「王世充絕不敢在東都動手對付你，因爲這麼笨人出手的行動太不划算，只會招來可汗親族的報復，更會成爲我和寇仲的死敵，又引起本部大將如楊公卿、張鎭周等的不滿，於他有百害而無一利。上上之策仍是如可汗所說的暗中知會劉武周，讓他們在途中伺機行刺，再來個苦肉計，讓他的一方損掉幾個手下，那就誰都不會對他起疑哩！」

突利嘆道：「子陵的腦袋眞厲害，我看你的推測八九不離十。所以王世充這奸賊卑躬屈膝的來相就。如此反有利我們，可將計就計，從容對付。唉！想起彼此患難一場，這麼的說離即離，眞教人割捨不得。」

徐子陵遙望太陽的最後一絲采芒消沒在西山背後，淡然道：「日月推移，人事變遷，只要我和寇仲死不去，大家終有聚首的一天，希望那非是對陣沙場就成哩！」

燈火亮起，一艘船從東都駛出，向他們順流開來。王世充終聞訊而至。

在王玄應和王玄恕兩個兒子陪同下，老狐狸王世充故意穿上便裝，到船上來見寇仲三人，隨行者中更不覺暗伏有高手。甫見面他裝出慚愧自責的表情，怪自己受小人所惑，一時糊塗，致有此近乎忘恩負義之舉，最後把所有責任推到李世民身上。

三人當然不會揭破他，虛與委蛇一番後，寇仲表示有密話要和他們三父子說，入艙後分賓主坐定，寇仲笑道：「只看聖上的神氣，便知聖上對唐軍出兵關東一事胸有成竹，不知寇仲有沒有說錯呢？」

王世充尚未回答，王玄應傲然道：「如論聲勢，唐軍仍遠及不上以前的瓦崗軍，他們雖能在關中稱王稱霸，但在此地豈輪得到他們逞強。當年李建成、李世民來攻洛陽，還不是落得個灰頭土臉而回。」

寇仲聽得瞪大眼睛呆看著他，王玄應似完全忘掉當日是靠誰去大破李密的神氣，說出來氣燄飛揚，像功勞盡歸諸他一身的情況。

王世充顯然有點不好意思，責怪的瞥王玄應一眼，接著道：「我們當然不敢輕敵，不過李家與薛舉父子一戰下元氣大傷，暫時仍未有足夠能力來犯。而且我們現正全力備戰，嚴陣以待。」

王玄恕昔日曾隨寇仲到偃師決戰李密，比誰都更清楚寇仲的豐功偉業，嫩臉微紅，露出羞慚之色，垂下頭去。

王玄應意猶未盡的道：「李閥雖再無西面之憂，但想破我東都，只是痴人作夢。」

若非寇仲絕不容洛陽落入李世民手內，現在大可拂袖而去，只恨東都洛陽關係重大，牽連到巴蜀這個可攻打南方、控制大江上游的戰略要塞，不得不耐著性子坐在那裡好向他父子痛陳利害。

正思量間，王世充道：「我早知寇兄弟非是池中之物，但仍想不到寇兄弟能在短短年許間於彭梁創立名震天下的少帥軍，還先破杜伏威和沈法興的聯軍於江都，再破蕭銑、朱粲、曹應龍的聯軍於沮水之濱，如此戰績，即使李世民亦難有所及，只要少帥肯捐棄前嫌，不再計較我王世充作過的糊塗事，大家結成聯盟，何懼他區區唐軍。」

寇仲心知肚明自己的少帥軍兵微將寡，仍未被王世充真的放在眼內，他看中的只是自己的才智和聲望。當日王世充意圖殺他而不果，聲譽受到嚴重的打擊，更令手下看穿他妒才的本性。如若與寇仲言歸於好，自然對他低落的聲名大有好處。兼之不用屯重兵去防守東線，更是有百利而無一害。說到底，包括李世民在內，誰願意樹立像寇仲、徐子陵這種可怕勁敵。

寇仲微微一笑道：「表面看來大鄭確是兵精城固，但若是李世民親自督師來攻，情勢可能不像玄應太子想像般那麼樂觀。」

王玄應閃過怒色，旋又壓下不悅的情緒，耐著性子沉聲問道：「少帥何有此言？」

王世充深悉寇仲過人的才智，露出注意的神情。

寇仲從容道：「若我是李世民，可率大軍從關中直驅河南，以堅攻堅，盡克東都西線的主要據點，硬是迫貴方退守洛陽。然後再施之以分化之計，通過不擇手段的威逼利誘招降東都外圍大小城池的守將，玄應太子以爲尚有多少機會守得住洛陽？」

王世充和王玄恕同時色變。要知王世充因任用親私，致令政權內部矛盾重重，不得人心，派系鬥爭，無時或已。反之李世民一向聲譽極佳，只是能容李密一事，早使天下敬佩。兼之又有佛道兩門在背後撐他的腰，確大有機會不費一兵一卒的招降王世充手下大批離心的兵將。王世充要與寇仲重修舊好，正是藉此穩定軍心，所以寇仲一番分析正命中王世充的要害。

王玄應怎肯就此認輸，硬撐道：「李世民一天攻不下東都，也贏不了這場仗。待他兵將倦疲、傷亡慘重時，我們可部署突擊反攻，教他來易去難。」頓了頓又道：「這當然是假設他能把我們迫得退守洛陽而言，否則一切休提。」

王玄恕忍不住道：「李世民擅長騎兵戰陣，戰無不克，我們若將主力放在城外與他決勝負會是以己之短，對敵之長。」

王世充點頭同意道：「玄恕說得對。」又轉向寇仲道：「縱是唐軍兵力十倍於我，想攻入洛陽，仍非易事，少帥對此有甚麼看法？」

寇仲讚賞的瞥王玄恕一眼，道：「只有傻子會去硬撼洛陽，當貴方退守洛陽，我若是李世民便會南取伊闕，北圍河內，再分兵攻打洛口和回洛兩大重鎮，主力大軍則連營北邙山，完成對東都的包圍圈，斷絕所有糧餉供應，令貴方陷於孤立挨打的困境。」

當日他爲對付李密，對洛陽附近的形勢下過一番苦功，更與楊公卿等反覆研究，故對洛陽的虛實強弱瞭若指掌，隨口說出，王玄應也欲辯無言。

王世充臉色再變，旋又平復下來，從容笑道：「憑李家現在的兵力，恐怕仍難以辦到少帥所言的情況。」

寇仲對付王世充的策略就是一招「恫嚇」，務要令他像上次般感到大禍迫在眉睫，他才可將王世充變成手上對付李世民的一隻有用棋子。否則東都若破，他少帥軍將盡失西北的屏障，陣腳未穩便被大唐軍勢如破竹的殲滅。

寇仲漫不經意的道：「聖上是否認爲李世民的實力不足以應付你和劉武周的聯軍，故有恃無恐呢？」

王世充臉上震動的神色一閃即逝，以微笑掩飾內心的驚駭，淡然自若道：「我大鄭與他定揚可汗素無邦交，是敵非友，少帥爲何會猜到我跟劉武周聯手抗唐呢？」

寇仲見王世充的表情，更肯定上次宋金剛到洛陽，是與王世充訂立秘密協議，聳肩道：「縱使你們雙方沒有盟約，但劉武周和宋金剛對李閥的老家太原一向垂涎欲滴，只是欠缺一個機會，薛舉父子攻唐本是良機，趁宋金剛偕高手刺傷李世民時出兵攻唐，只可惜他敗得太快，令劉宋難以配合。這次若李世民來攻洛陽，劉宋絕不會坐視，以免再錯失機會，豈知卻正中李小子的下懷。」

三父子正靜心聆聽，到最後一句，忍不住同露駭容。

寇仲不待他們有思索的空間，若無其事的突然問道：「榮鳳祥在南方開不成商幫大會偕女兒回來後，有沒有告訴聖上杜伏威已投降李家呢？」

王世充終失去冷靜，失聲道：「甚麼？」

寇仲暗鬆一口氣，知道費盡唇舌，連施攻心之計後，終打動這頭虛偽卑鄙的老狐狸。

第三章

門庭若市

黃易作品集

第三章 門庭若市

王世充依寇仲之言，在毫不張揚下安排寇仲三人進入東都，住進城南擇善坊一座小院落，緊傍通津渠，乃前巷後河的格局，還有個小碼頭，泊有快艇以供三人出入。若走陸路的話，一盞熱茶的工夫可到接通南北天街的天津橋，交通非常方便。他們更婉拒王世充派人來侍候的提議，希望靜靜休息，以恢復旅途的勞累。

楊公卿親自爲他們攜來酒菜衣服，約好明天在董家酒樓與張鎮周共進早膳，方道別離開。

三人沐浴更衣停當，舒舒服服的聚在主堂中吃喝談笑，好不開心。

寇仲把與王世充父子三人的對話詳細交待後，突利嘆道：「坦白說，當年你大破李密，我和世民尚以爲你寇仲是七分運氣，只有三分是靠眞實本領。其後再敗宇文化及，搗亂杜沈聯軍，又令蕭銑、朱粲和曹應龍慘敗，我們亦只當你是詭計得逞。到今晚聽到你嚇唬王世充有關唐軍攻打洛陽的戰略，才幡然醒悟你寇仲實是軍事的長才。你有如天授，隨口而出的策略，別人想破腦袋都想不出來。若王世充肯把指揮權讓給你，你跟世民兄鹿死誰手，將是未知之數。」

寇仲苦笑道：「他連自己忠心耿耿的大將都不信任，何況是我。」

徐子陵道：「你有否和他談及可汗的問題。」

寇仲皺眉道：「眞奇怪，竟是他主動提出，且表現得異常積極。不過當我提議由楊公卿護送可汗回漠北，他卻說另有人選，這老狐狸不知又在轉甚麼歪念頭。」

突利佩服地盯徐子陵一眼，把徐子陵的分析向寇仲道出來。

寇仲拍腿道：「還是陵少心水清，我卻一時想不到那麼遠，王世充安排了明晚送你起程北上，此事該如何應付？」又道：「難怪他矢口否認跟劉武周、宋金剛有協議，該是怕我起疑心。」

徐子陵沉吟道：「你曾教王世充與竇建德結盟，這方面老狐王有甚麼話說？」

寇仲恨得牙癢癢的道：「我曾旁敲側擊的問過，他卻不露口風。哈！今晚該有他忙的哩！我眞想摸到榮府去，看看他如何向榮鳳祥興問罪之師。」

突利搖頭道：「榮鳳祥在洛陽的勢力根深柢固，他雖要倚靠王世充，但王世充逢此緊張時刻何嘗不要倚靠他。我猜王世充定要啞忍這口氣，遲些才和榮鳳祥算賬。」

這次輪到寇仲和徐子陵臉色微變。寇仲之所以要在王世充前「挑撥離間」，皆因榮鳳祥父女立場曖昧，既與陰癸派似是盟友，又與楊虛彥有千絲萬縷的關係。榮鳳祥若能在洛陽保持勢力，對兩人自是有害無利，倘再引進石之軒或祝玉妍兩大魔門頂級高手來對付他們，將更大大不妙，說不害怕是騙人的。

寇仲苦笑道：「可汗的分析不無道理，照我看王玄應對榮妖女迷戀甚深，說不定目前正在香暖的被窩裡向榮妖女傾訴我們的秘密呢。」

突利哈哈笑道：「說起被窩和女人，我便意興大動，這是否你們所謂的『飽暖思淫慾』？」

徐子陵舉杯笑道：「喝酒沒有問題，但若可汗提議逛窰子，請恕小弟不能奉陪，你可央少帥這從少年開始便大發青樓夢到現在的勇漢陪你。」

寇仲拿起酒杯，佯怒道：「陵少想害我嗎？你該知我和你是青樓同一運，從沒有一次逛青樓是有好結果的，包括上一次差點給祝妖婦陷害成功。」

大笑聲中，三人碰杯痛飲。想起從漢水來此險死還生的旅途，份外感到眼前此刻的珍貴。「砰！砰！砰！」外院門給人拍得震天價響，尤其對方不以門環叩門，更令人有驚心動魄的感覺。三人面面相覷，想不到有人如此大膽時，一把粗豪的聲音在外頭嚷道：「秦爺叔寶來哩！還不快快開門。」

接著秦叔寶的熟悉聲音道：「老程你低聲點不行嗎？誰人喜歡聽你那把破鑼般的腔子。」

寇仲和徐子陵大喜，剛敞開大門，久違了的秦叔寶和另一大漢早踰牆而入，均是一身酒氣，興奮莫名。

秦叔寶搶上石階，兩臂大鵬展翅的一把將兩人摟個結實，哈哈笑道：「誰想得到當日荒山遇到的兩個不名一文的毛頭小子，竟變成縱橫天下的風雲人物。你這兩個小子眞沒有義氣，自己逃之夭夭，卻累得我給沈落雁那婆娘生擒去爲她做牛做馬。」

寇仲和徐子陵見到這血性漢子，亦是熱血沸騰，與他摟作一團，互相拍打，彷彿只有通過原始的摟抱動作，方可表達心中的衝動。前者笑道：「有心不嫌遲，我們把你的老闆扳倒，不是同樣能令你脫離苦海嗎？」

那隨秦叔寶來的大漢不耐煩地咕噥道：「老子不摟女人睡覺陪你到這裡來。你卻只顧敘舊，不給我引見，他奶奶的眞不夠朋友。」

秦叔寶放開兩人，皺眉道：「我都說自己來便成，你卻硬要陪我來。小仲小陵，這個就是曾以五百兵破敵萬人的程咬金。」

兩人曾多次聽過他的名字，且印象深刻，一來是他的名字古怪易記，更因他是著名的猛將，早有結識之心。定神打量，此人體魄健壯，身如鐵塔，膀闊腰圓，肌肉發達，面容頗爲醜陋，但卻流露出眞誠爽直的味道，教人歡喜。

程咬金不滿道：「我已改名爲程知節，再不是程咬金，小心我打扁你的臭嘴。」

秦叔寶捧腹大笑，程咬金伸出粗壯的手掌，分別和寇仲、徐子陵握手爲禮，欣然道：「我最愛結交英雄豪傑，老秦曾多次向我談及與你們結識的經過，今日終於見到哩！來！我們喝酒去。」

突利從大門步出，笑道：「要喝酒何不到屋裡來？」

三巡過後，氣氛愈趨熾烈，五人一見如故，加上幾杯黃湯下肚，都是有哪句說哪句，拋開所有顧忌。

程咬金向突利笑道：「我本不喜歡你們突厥韃子，不過見你能口吐人言，又是小陵和小仲的兄弟，兼想起韃子像我們漢人般也有好壞之分、君子小人之別，才肯坐下和你喝酒，豈知愈看你愈順眼，敬你老哥一杯。」

突利啼笑皆非，哭笑不得的和他對飲，幸好突利亦最欣賞這種毫不矯揉造作的爽直硬漢，故不以爲忤。

秦叔寶分別把餸菜夾到各人碗內，笑道：「我剛才和老程這傢伙去窰子尋歡作樂，一人摟著一個妞兒埋頭苦幹的當兒，楊公卿使人來通知，說你們三人來了。我也算夠義氣，立即急流勇退，來會你們。」

程咬金哂道：「明明聽得你在鄰房不到三個回合便偃旗息鼓，還吹甚麼大氣。」

秦叔寶反脣相稽道：「原來你是只聽不幹，難怪敲門時這麼大火氣。」

衆人失聲狂笑時，秦叔寶嘆道：「今晚我們定要痛快的鬧他娘一場，因爲明天黃昏我和老程奉命要護送一個人上北疆，眞是不巧。」

寇仲清醒過來，與徐子陵和突利交換個眼色。

突利沉聲道：「你們竟不知要送甚麼人嗎？」

程咬金見三人臉色有異，訝然道：「王世充說出發時方告知我們北上的路線和護送甚麼人，有甚麼不妥呢？」

秦叔寶接口道：「我們是在黃昏時接到玄應太子傳遞的令諭，著我們召集本部候命出發。想起旅途寂寞，遂趁今晚去享受一番。」

徐子陵問道：「你們對王世充的觀感如何？」

程咬金不屑的道：「他比之李密更不如，王玄應那小子更不像人，想起就令人生氣。」

寇仲道：「最近有沒有人來游說你們背棄王世充。」

秦叔寶一呆道：「你是怎會知道的？沈落雁曾潛來洛陽，游說我們重投李密，不過已被我們拒絕，此事該沒有人知道。」

徐子陵嘆道：「你們當然不會說出去，但沈落雁卻會故意洩漏，以逼你們造反，這叫離間計。」

程咬金勃然大怒道：「沈落雁眞可惡。」

寇仲道：「王世充更是混帳，因爲他想殺你們。」

程咬金和秦叔寶爲之愕然。

突利好整以暇的道：「王世充教你們護送的人正是區區在下，這叫借刀殺人，刀子則屬於劉武周和宋金剛。」

寇仲待要解釋，一把女子的聲音在後院碼頭方向傳來道：「寇仲、徐子陵，你們給我滾出來。」

寇仲苦笑道：「陵少你慢慢向兩位老哥解釋清楚。我要代李大哥去安慰他的好嬌妻，算夠義氣吧！」

紅拂女消瘦少許，但仍是那麼明艷照人，傲然立在延伸往河道的石階的頂端處，冷若霜雪的狠狠盯著寇仲，沉聲道：「李靖在哪裡？」

寇仲暗中咋舌，知她性烈如火，一個不小心侍候，便是動手火拚之局。偏是自己不能傷她，對著她那把使得出神入化的拂塵，確是非常難捱。忙陪笑道：「大嫂消息真是靈通，我們來到這裡屁股兒尚未坐暖，你便懂得尋上門來，可憐我們還自以為行蹤隱秘。」

紅拂女嗔道：「不要喚我作大嫂，你若真把李靖當作兄弟，不會累得他不聽秦王的命令千山萬水來尋你們這兩個自以為是的傢伙。」

寇仲苦笑道：「誰不自以為是？嘿！我可不是說大嫂你……」

紅拂女截斷他道：「少說廢話，李靖究竟在哪裡？」

寇仲忙把與李靖相遇的情況說出來。紅拂女明顯鬆了一口氣，容色稍緩，用神上上下下盯視他的幾眼，閃過驚異神色，以較溫和的語氣道：「你們可知與王世充合作，等於與虎謀皮，受過一次教訓還不夠嗎？」

寇仲謙卑的點頭道：「大嫂教訓得好，我們會小心的哩！」

紅拂女聲調轉柔，語重心長的道：「在目前的情況下，你們想潛進長安是難比登天。要在建成太子全力戒備下起出大批財物兵器更是難上加難。唉！我該怎麼說你們才肯打消主意？秦王一直視你們爲知心好友，直至現在仍沒有改變，但你們卻令他進退兩難，也令你大哥睡不安寢。」

寇仲嘆道：「這叫人各有志，若有選擇，我豈願與世民兄爲敵？不過假若我和小陵眞能在建成、元吉眼睜睜下奪寶而回，對秦王只有好處而沒有壞處。」

紅拂女玉容轉冷，淡然道：「你仍自大得認爲可再創奇蹟嗎？聽說寶藏內只是藏書便達十車之多，兵器更數以萬計，就算在沒人理會，城門大開的情況下，恐怕一天時間都運不完那麼多東西，而你仍認爲可以盜寶離開，豈不是痴心妄想。即使你們能神鬼不知的潛入長安，終會顯露行蹤，最後還是死路一條。」

寇仲欣然道：「我知大嫂是爲我們好，只是我這個人對愈沒有可能的事，愈有興趣去嘗試。否則就不會弄垮李密，又到現在仍沒有送掉小命。」

紅拂女怔怔的瞧他好半晌，忽然垂首輕輕的道：「聽你的語氣，是否不再怨恨你的李大哥呢？」

寇仲想起素素，心中一痛，頹然道：「還有甚麼好恨的呢？素姐已離開塵世！」

紅拂女嬌軀微顫，失聲道：「素素死了？」

寇仲不想再提素素的事，道：「詳情你可問李大哥，照我看他定在城內，大嫂勸他回長安吧！請他再不要理會我們。」

紅拂女欲言又止，終還是去了。

回到廳堂，四人停止說話，目光落在臉色沉重的寇仲處。

寇仲坐下來，強顏一笑道：「人已走哩！」

突利問道：「她怎知我們在這裡的？」

寇仲搖頭道：「她沒有說，不過看起來我們這所謂秘巢已是街知巷聞的宅第，問題出在我們來得太張揚。嘿！你們商量出甚麼鳥兒來。」

他的粗話頓時令程咬金情緒高張，粗聲粗氣的道：「他奶奶的熊，王世充那昏君竟敢害老子，我要他吃不完兜著走。」

突利笑笑道：「我決定不走。」

寇仲失聲道：「甚麼？」

秦叔寶道：「可汗只是說笑。我跟老程決定隨可汗到他老家看看，研究一下他們的驍騎戰術爲何可比我們厲害。」

寇仲放下心來笑道：「可汗不怕給這兩個傢伙偷學秘技，將來反用來對付你們嗎？」

突利傲然道：「有些東西是偷不了的。」

徐子陵怕程咬金不服駁他，岔開去道：「我們決定將計就計，兩位老哥會乘機離開王世充，再不回頭。」

秦叔寶向寇仲道：「你不是創立甚麼少帥軍，照我看還是解散算了，在現今的情況下，任你寇仲如何英雄了得，智勇過人，只能是陪太子讀書，沒法有任何作爲。南方只有江都還可多挺一會兒。」

眾人想不到秦叔寶會忽然來個奇兵突出，坦言直說，靜下來看寇仲的反應。

秦叔寶乃精通戰略兵法的名將，作出的判斷當然有一定的分量。同時亦表明他和程咬金縱使離開王世充，亦不會因友情投向寇仲的少帥軍。

寇仲從容微笑道：「我們走著瞧吧！」

程咬金大力一拍寇仲肩頭，長身而起道：「好小子，有種。」

秦叔寶亦笑著站起來，道：「因可汗的事，我們不宜在這裡勾留過久。且我和老程仍有班共生死的兄弟追隨左右，需要時間作出安排。」

「噹！噹！」叩門聲又從院門處傳至。

寇仲苦笑道：「這叫門庭若市。」

突利起身道：「我帶他們從後面水路走，你和子陵去看是甚麼人。」

各人分頭行事。寇仲一人往西門，甫將院門拉開，雄勁集中至令寇仲呼吸頓止的拳勁衝臉而來，寇仲大喝一聲，亦一拳擊出，兩股拳風交擊下發出「蓬」的一聲劇響。寇仲虎軀猛顫，往後連退三步。是誰人拳勁如此厲害呢？

那人只退半步，豪氣干雲的大笑道：「寇少帥果然了得，猝不及防下接本人蓄勢而發的一拳，竟只退三步，可否再讓我試試你的寶刀呢？」

寇仲壓下翻騰的血氣，苦笑道：「王子的見面禮不是人人可以消受的。」

來訪的赫然是吐谷渾王子伏騫，這回他只是單身一人，穿的又是漢人的便服，與上次在東都見他時前那種前呼後擁的情況大不相同。

伏騫龍行虎步，氣勢逼人的走進前院，灼灼的目光掃視大門的方向，訝道：「子陵兄和突利可汗呢？」

「鏘！」寇仲掣出井中月，施出「井中八法」的「棋奕」，一刀劈在空處，帶起的勁氣，竟然使全院的空氣都給他硬扯到刀鋒去，形成一個類似天魔大法的力場，玄異至極。

自宋缺以刀施教，讓他領悟刀法的眞諦；再在赴九江途中，經多日在船上冥索苦思，創出「井中八法」，又經連番血戰，逃亡時拿徐子陵和突利作對手反覆鑽研改進，到此刻他的「井中八法」眞正大成，如臂使指，不致在與強敵對仗時派不上用場。

伏騫剛才那一拳，顯示出這吐谷渾王子的武技強橫，功底深厚。寇仲登時手癢，怎肯放過這個試刀的大好機會。伏騫先前說要領教他的刀法，雖是心中確有此願望，總是帶有說笑的成分，哪想得到他驟然出刀，且是如此莫測高深，不知他攻往何處的奇招。

「颼！」一條長只三尺許，每節三寸，由十三個鋼環節節相扣連結而成的軟鋼鞭從棉衣內抽出，迎風蹬直。伏騫同時腳踏奇步，閃電挪移，鋼鞭橫掃刀鋒，反應之快而精確，教人嘆爲觀止。

寇仲大笑道：「好！以攻代避，確是高明。」

體內正反之氣互動下，一個旋身，移往伏騫左側軟鋼鞭難及的角度，使出「戰定」，頓時刀浪翻騰，水銀瀉地的向這強橫的對手攻去。伏騫暗呼厲害，軟鋼鞭上攔下封，左擋右格，配以閃躍步法，施盡渾身解數去應付寇仲有如長河激瀑，滔滔不斷的凌厲攻勢。

兵刃交擊之聲不絕於耳，火爆目眩，精采絕倫。徐子陵則好整以暇的步出大門，在石階台上觀戰，心中大訝。要知他和寇仲在重回東都這段時間內，武功屢有突破精進，已到達可與祝玉妍那般級數的絕頂高手全力一拚的境界，豈知伏騫竟能在寇仲的絕世刀法下，仍有反擊之力，此人功力之高，可以推想。

「噹！」寇仲一刀掃出，硬把伏騫逼退三步，然後以一招「不攻」作結。

伏騫欲攻難攻，忽然長嘆一聲，把軟鋼鞭隨手拋掉，然後大笑道：「痛快痛快！最後這招有甚麼名堂，竟使我感到若要強攻，只會自招敗果？」

寇仲從容一笑道：「敬告王子殿下，這招乃小弟『井中八法』的起手式『不攻』。」

伏騫先是愕然，繼而開懷大笑，道：「確是名副其實，不能攻也。」

台階上的徐子陵問道：「伏騫兄為何要棄掉如此神兵利器。」

伏騫灑然笑道：「若本人用的是慣使的丈二矛斧，適才可以堅攻堅，試破少帥的不攻奇招。這鋼鞭既令我棋差一著，不棄之尚有何用，這正是對它的懲罰。」

寇仲大感此君妙不可言，欣然道：「王子勿要騙我，剛才王子棄鞭時，是想以鐵拳代鐵鞭，又忽然打消此意。」

伏騫雙目電芒一閃，點頭道：「少帥果然高明得出乎小弟意料之外，難怪能安然抵此，找小弟來試刀。」

徐子陵淡然道：「寇仲拿你試刀，背後實大有深意。」

伏騫愕然以詢問的目光投注寇仲。

寇仲點頭道：「我是要試試王子有否向裴矩尋仇的資格。」

伏騫劇震道：「甚麼？」

突利現身大門處道：「殿下何不到屋內把酒再談。」

伏騫目光移往突利，對這本是宿敵的人射出複雜深刻的神色。

坐下後，寇仲首先問道：「伏騫兄怎會曉得到這裡來找我們的呢？」他曾以同一問題請教紅拂女，卻得不到答案。理論上這秘密巢穴該只有王世充一方的人曉得。

伏騫卻不能不答他，道：「你們坐船從伊闕來此的事，在你們入城前已傳遍洛陽的大小幫會，非常轟動。但到剛才洛水幫的榮鳳祥始派人來向我告知你們落腳的地點，他這麼關照我，小弟頗感意外。」

寇仲拍桌怒道：「定是王玄應這小子洩漏給榮鳳祥知道的。榮鳳祥則以爲伏騫兄和可汗是勢不兩立。咦！王子不是要來和可汗算舊賬吧？」

伏騫搖頭微笑道：「在東突厥我的眞正敵人是頡利和趙德言，不過這方面的事暫且撇開不談。裴矩究竟躲在甚麼地方，是甚麼人在庇護他？」

徐子陵道：「伏騫兄誤會哩！裴矩只是一個虛假的名字，你這眞正的仇人另有身分，本身有足夠的力量應付任何人。」

突利苦笑道：「若非我們尚有點運道，怕不能與王子在這裡對話。」

伏騫沉聲道：「裴矩的另一身分究竟是誰？」

寇仲一字一字的道：「就是邪道八大高手中排名僅次於祝玉妍，但魔功可能尤有過之的『邪王』石之軒。」

伏騫終於色變。

寇仲再扼要地解釋一番，伏騫倒抽一口涼氣道：「若非是從三位處聽來，我絕不會輕信。因為事情太離奇和荒誕，大隋就那麼毀在一個人的手中。」

徐子陵笑道：「該說是毀在兩個人的手裡，皆因縱有石之軒，若無楊廣這昏君去配合，隋朝也不致步上秦廷的後塵，兩世而終。」

突利道：「坦白說，比之石之軒，我們任何一個跟他仍有段難以逾越的距離，最糟是他神出鬼沒，可以在任何一刻出沒，我們卻摸不著他的影子。」

伏騫沒試過身歷其境，還沒甚麼撼動感覺，寇仲和徐子陵卻聽得背脊寒氣直冒，因為突利說出他們心中的恐懼。

祝玉妍雖有資格令他們害怕，但總還略有蛛絲馬跡可尋。而令佛道兩門頭痛多年的石之軒，卻可在全無徵兆下忽然出現。不由想起吉凶未卜的雲帥，登時心情沉重，剛抵洛陽的輕鬆感覺不翼而飛。到此刻他們才深切感受到石青璇生母碧秀心的偉大，犧牲多年的修行，以一縷情絲把這魔功蓋世的邪人緊縛，使他的「不死印法」難竟全功，不能一統魔道，否則還不知會帶來甚麼大災禍。

伏騫苦思道：「既然他的徒弟楊虛彥目前偏向李閥中建成元吉的太子黨，那正表示石之軒仍要通過建成元吉去完成他某一精心策劃的大陰謀，而趙德言卻與石之軒的崇拜者安隆緊密合作，顯示這兩人均可能聽命於石之軒，那石之軒第一個要殺的人理該是可汗而非雲帥，但為何他竟捨可汗而去追擊雲帥？」

寇仲愕然道：「你是旁觀者清，我們倒沒想過這問題。石之軒是否因遇上祝玉妍延誤了時間，所以沒有追上來？」

徐子陵道：「我認為石之軒第一個要殺的人非是可汗，而是李世民。據消息說，李世民在離洛陽返回關中途上，被宋金剛率神秘高手襲擊，致受內傷。我當時已大感奇怪，憑李世民本身和隨行的天策府高手的實力，宋金剛方面有甚麼人夠資格傷他，初時還以為是親自出手，現在再次想起，傷他的當是石之軒無疑。」

寇仲吁出一口寒氣道：「石之軒終於再次出來興風作浪哩！」

伏騫看著他們猶有餘悸的模樣，駭然道：「他難道比寧道奇和祝玉妍更厲害嗎？」

寇仲苦笑道：「這個只有天才曉得。不過你若知道佛門四大聖僧聯手跟他三度交戰，仍給他安然逃去，那還是二十多年前的事，當可有個譜兒。」

伏騫顯然不知四大聖僧是何方神聖，經徐子陵說明，登時多添一重憂色。說起石之軒，四人連喝酒的興趣都失去。

突利道：「至少知道雲帥可能逃過大難，總是令人安慰的一件事。」

寇仲嘆道：「未必。石之軒之所以在南陽不對付你，皆因他不愁沒機會殺你，遲些或早些並沒有分別。照我看當時他放過你，原因是在我和小陵身上。」轉向徐子陵道：「你是否有感覺到他沒有全力出手？」

徐子陵苦笑道：「我根本不知他全力出手會是怎樣的一番景況。但當時我確感到他的目標是雲帥而非突利，眞是奇怪。」

假若石之軒是站在建成、元吉的一方，他自該下辣手來對付徐子陵和寇仲，好讓建成一方的聲勢能蓋過李世民，向李淵立功交待。至於突利，石之軒既和趙德言暗中有勾結，當然不會放過他。除去突利，對李世民的聲勢亦大有影響。當時三人力戰身疲，石之軒若尾隨追躡，憑他的絕世魔功，最少有八、九成把握可一舉把三人殲滅。可是他卻沒那麼做，故令人大惑難解。

寇仲卻因與李靖的一席話，想到可能的答案，嘆道：「若我所料不差，石老魔是希望我們能成功起出楊公寶藏，那他將可坐得其利。」

三人愕然望著他。

徐子陵憬然而悟道：「我明白哩！他是想把邪帝舍利據為己有，俾可再有突破。」

寇仲一呆道：「我倒沒有想過邪帝舍利，只是想起和氏璧和楊公寶藏任得其一者將是眞命天子的流言。所以李建成如能從我們手上把楊公寶藏據為己有，便可把李世民的聲威完全壓下去。石之軒正因想到這點，遂會放過我們，甚至還會設法令我們可安然潛入長安去起出寶藏。」

伏騫同意道：「我雖不知道邪帝舍利是甚麼東西，但既可令石之軒這種人物的修為再有突破，自是無價之寶。故此任何一個理由，都可得到像少帥說的推論。問題是石之軒為何要助李建成得天下呢？」

徐子陵肅容道：「這可視為佛道兩門與石之軒鬥爭的一個延續。其中尚有我們不知的陰謀，否則石之軒怎屑為之。」

伏騫嘆道：「三位竟肯讓小弟與聞這麼秘密的事，伏騫感激萬分。」

寇仲一拍額頭，笑道：「我倒沒想過是否該讓你知道的問題，因為早把你視為知己好友，也可能因同仇敵愾的關係。不過如果你出賣我們，也沒有甚麼好出賣的。」

突利微笑道：「我曾想過這問題，當想到王子與我合則有利這事實，僅有的一點疑慮消失了！」

徐子陵道：「我是憑直覺感到王子乃眞正的豪傑好漢，若事實非是如此，只好怪自己有眼無珠。」

伏騫舉杯大笑道：「讓伏騫敬三位一杯，喝下這杯酒後，我們便是好兄弟。」

四人轟然對飲，士氣高張，對石之軒的恐懼一掃而空。

突利擲杯地上，砸成碎片，拍桌道：「我決定不走啦！」

寇仲和徐子陵錯愕以對。

突利俯前低聲道：「石之軒絕不容我活著返回汗庭的。我們何不來個將計就計，布局殺他。」

三人均是聰明的人，頓時明白突利之計。寇仲和徐子陵只好同意，難道看著突利被石之軒幹掉嗎？

商量過細節後，寇仲笑道：「如此良宵，有甚麼有趣的事可以來玩玩的呢？」

徐子陵最清楚他的性格作風，哂道：「坦白點說出來吧！」

寇仲壓低聲音道：「我想取榮鳳祥的狗命，好殺魔門特別是陰癸派的氣燄。」

伏騫一呆道：「榮鳳祥竟是陰癸派的人？」

寇仲略加解釋後，道：「榮鳳祥能繼上官龍坐上洛水幫大龍頭的位置，定因洛水幫內仍有陰癸派的餘孽隱伏其中，這叫換湯不換藥。現時魔門明顯分作兩大派系，分別以石之軒與祝玉妍爲首。如能殺死榮鳳祥，王世充會乘機把洛水幫置於控制之下，大幅削弱祝玉妍一方的勢力，而我們亦可大大出一口鳥氣，去他娘的！」

伏騫欣然道：「不知是你們的運氣好還是榮鳳祥的運氣差，今晚榮鳳祥在曼清院的聽留閣地廳大擺筵席，宴請……」轉向突利說下去道：「貴方以莫賀兒次設爲首的使節團。」

寇仲大喜道：「陵少以爲如何？」

徐子陵淡淡道：「我們到青樓除了鬧事打架，殺人放火，好像從未曾做過別的事。」

伏騫雙目殺機乍閃，沉聲道：「首先我們必須摸清楚宴會場地的形勢，這方面包在我身上。可汗有甚麼意見？」

突利斷然道：「刺殺榮鳳祥是事在必行。最好不要傷及莫賀兒一方的人，否則我會很難向莫賀兒交待。」

寇仲胸有成竹的道：「可汗放心，我們的目標只是榮老妖一人。」

伏騫猛然起立，笑道：「就讓小弟作個小東道，請三位大哥到曼清院聽歌喝酒，免致虛度良宵，三位意下如何？」

突利倒抽一口涼氣道：「萬萬不可，這兩個小子的青樓霉運，會把我們也連累的。」

寇仲和徐子陵聽得只能對視苦笑。

寇仲提議行刺榮鳳祥，並非只是逞一時的意氣，而是深思熟慮下作出的行動。榮鳳祥這辟塵老妖立場曖昧，不斷左右逢源的分別跟魔門兩大勢力勾結，更大體上控制北方的商社，對政治經濟的影響力確是非同小可。寇仲若不去掉此人，將來必大吃苦果。不過要在洛陽內殺榮鳳祥，等於捋虎鬚，蓋洛水幫乃北方第一大幫，實力雄厚。當日他們能把上官龍趕下台，只因成功揭破他是陰癸妖人的身分，在微妙的形勢下一戰功成。榮鳳祥則經過多年經營，其賭業霸主的形象深入人心，甚麼謠言對他都難起作用。若非王世充和他面和心不和，兼之寇仲先前曾向王世充揭示出榮鳳祥居心叵測，王世充又對他們另有圖謀，那他們在成功刺殺榮鳳祥後，只有立即有多遠逃多遠一途。

寇仲、徐子陵和突利從屋脊的斜坡探頭出去，遙觀對街燈火通明的曼清院。這種境況，他們已是駕輕就熟，感覺是歷史不斷重複。

寇仲低聲道：「我們若不是從大門進入曼清院，兼且不召妓陪酒，該不會觸動我們的青樓霉運吧！」

徐子陵苦笑道：「教我怎麼答你？」

寇仲用手肘輕撞左邊的突利，道：「你的青樓運當然比我們好，不如由你來計劃行動。」

突利皺眉道：「我慣了明刀明槍的決戰沙場，雖說擅長突擊伏襲，但這種於高手雲集，燈光燦然的宴會場合去刺殺其中一人，卻並不在行，還是要靠你老哥來動腦筋。」

寇仲向徐子陵道：「陵少有甚麼好提議？」

徐子陵沉聲道：「刺殺不外察情、接近、突襲三大步驟，察情由老伏包辦，最後的突襲當然該由我兩人操刀，現在只剩下如何接近榮鳳祥這個關鍵。」

突利並沒有為徐子陵把刺殺攬到他和寇仲身上而感到被輕視，皆因徐子陵和寇仲聯手的默契，已達天衣無縫之境，且天下聞名。

寇仲皺眉苦思道：「此事說難不難，說易不易。若有離席敬酒那類混亂情況，我們行事起來會方便得多。」

突利出慣這類宴會場合，搖頭道：「通常都是由主家在席上向全場敬酒，然後客方代表再作回應，不會像壽宴婚宴般到每席去敬酒答謝。」

風聲微聞，換上黑色夜行勁裝的伏騫來到徐子陵旁，道：「不知榮鳳祥是否猜到你們不會放過他，不但在院內各主要出入口派人守衛，他身旁還多了兩個生面人，觀其氣度舉止，肯定是高手無疑，我們是否仍要冒險？」

寇仲笑道：「王子莫要耍我，只看你這身行頭，便知你是第一個不肯臨陣退縮。」

伏騫欣然一笑，道：「幸好漠飛今晚代我出席此宴，故能透過他完全把握刺殺場地的情況。我有兩個提議可供三位參考。」

接而把一個圖卷展示，上面有宴會場地的形勢，包括筵席的位置和門窗所在，雖是簡略，足可令人一目了然。

伏騫道：「假若少帥和子陵兄有信心可在幾個照面下取榮鳳祥的狗命，我們可以用迅雷不及掩耳的方式，硬闖宴廳，由我和突利牽制他身旁的高手，少帥則和子陵全力撲殺榮老妖。」

突利道：「何不待他們離開時，我們在街上行刺他呢？」

伏騫道：「我也想過這一著，問題是他乃乘馬來的，走時也該策騎而去，到時他的手下緊傍左右前後，只會變成混戰的局面。」

寇仲忽然問道：「榮妖女有出席嗎？」

伏騫搖頭道：「沒有，除王世充父子外，洛陽有頭有臉的人都到來赴會，包括王世充的心腹郎奉和宋蒙秋。」

徐子陵道：「硬闖突襲是沒辦法中的辦法，非不得已實不宜冒這個險。榮鳳祥名列邪道八大高手，魔功深厚，最糟是我們仍未摸清楚他的底子虛實，加上他提高警覺，在這種情況下，我們一個不好，反會爲其所乘。伏騫兄另一計又是如何？」

伏騫道：「另一計就是假扮捧托餚饌上席的侍從，誰認出我們就先發制人把他點倒，只要能混進去，可見機行事進行大計。」

寇仲欣然道：「此計最合我的胃口，就這麼辦。」

徐子陵目光落到攤開在屋脊的圖卷上，皺眉道：「榮鳳祥和莫賀兒的主桌設在北端，捧菜上席的入口則在南端，由入口至主桌至少是二十步的距離，你以為我們可瞞過疋疑神疑鬼的榮老妖嗎？」

設宴的地廳位於聽留閣的南座，北面的門窗對著寇仲借之以擊敗上官龍的方園和正中的大水池，但由於有洛水幫的守衛，要從那邊神不知鬼不覺的潛進去，是不可能的。就算四人改變面目，由於他們無不體型出衆，想喬扮捧菜的侍僕去瞞人只是個笑話。所以伏騫才會有先發制人，見機行事之語。關鍵在能走到多近才被人發覺。

伏騫道：「我們必須製造一些事件，把所有人的注意力吸引開去，喬扮侍僕一法始有望成功。」

寇仲微笑道：「我想到哩！」

曼清院聽留閣的氣派，因其四座高樓環迴連結的結構，確有其他青樓無法模仿的瑰麗景況。由於曼清院屬於洛水幫，要在這麼一處地方去行刺洛水幫的大龍頭，等於要深入虎穴去取虎子，一個不小心露出行藏，將被敵人群起圍攻，難以脫身。幸好伏騫乃曼清院的大豪客，慣於在此夜夜笙歌，在今晚的情況下雖不宜親自出面，仍可通過手下訂得在榮鳳祥設宴處上層靠北的一個廂房。若從向水池的窗戶躍下去，可穿窗越廊的入內向背窗而坐的榮鳳祥施展突襲。伏騫的手下依計通知曼清院的管事，如無召喚絕不可派人進來，故伏騫、寇仲得以從容潛進無人的廂房，等待刺殺時刻的來臨。

兩人透窗下望，見到下層外的半廊走道處共有八名武裝大漢把守巡邏，人人一副如臨大敵的樣子，均大感頭痛，要瞞過八名好手的耳目入內從事刺殺行動，是絕無可能的事。只要榮鳳祥略有驚覺，行刺將會失敗。幸好他們另有妙計，否則此刻就要打退堂鼓。

伏騫低聲道：「現時該上第四道菜，曼清院的貴賓宴共有九道主菜，最好榮鳳祥飲飽食醉，那行起刑來方便一些，他死了亦不致成餓死鬼。」

在沒有燈火的廂房內，寇仲微笑道：「想不到伏騫兄這麼風趣。」目光落到院內的水池上，想起當日在過千人注視下，大發神威於數招內擊垮上官龍的往事，心中湧起萬丈豪情道：「洛水幫可能命中注定在曼清院的聽留閣犯上地忌，否則怎會先後兩個幫主都要栽在這裡？」

伏騫感覺到寇仲的強大信心，以微笑回報，卻沒有答話。

寇仲隨口問道：「伏騫兄此行除了要找石之軒算賬，是否尚有其他目的？」

伏騫道：「尚要順道一看中原的形勢。而目前我們吐谷渾的大患是東突厥的頡利可汗，此人野心極大，手段凶殘，極難應付。」

寇仲欣然道：「突利可汗該是王子的一個意外收穫哩！」

伏騫的眼睛在從窗外透進來的月色燈光下閃閃生輝，沉聲道：「突利若能重返汗庭，將會是東突厥因爲分裂由盛轉衰的一個關鍵。突利是東突厥頡利外最有實力的可汗，本身又是所向無敵的統帥，兵精將良。所以無論我要付出怎樣大的代價，也要保他安返北域。」

寇仲憬然而悟，明白伏騫爲何如此不顧一切的來助他們對付榮鳳祥，非只因榮鳳祥與石之軒的曖昧關係，更因殺死榮鳳祥等於斷去石之軒在北方的耳目，令頡利一方難以掌握突利返汗庭的行蹤。

伏騫沉聲道：「頡利在北方並非全無敵手，西突厥固與他們相持不下，在他北方的敕勒諸部，其中的薛延陀、回紇兩大部落亦日漸強盛，現在表面上雖是年年向頡利進貢，可是頡利貪得無饜，不斷苛索，只要東突厥內部不穩，這兩個部落定會起兵叛變。所以我非常同意少帥的分析，無論用任何手段，頡利都要千方百計不讓突利活生生的回去，皆因事關整個東突厥盛衰的大問題。」

寇仲倒抽一口涼氣道：「原來我和陵少竟捲進這麼重要的域外大鬥爭中去。」忍不住又問道：「你們吐谷渾不是在西疆雍州、梁州外的青海一帶嗎？與東突厥至少隔了一個西突厥，爲何對東突厥仍如此顧忌？」

伏騫道：「從長遠來說，是怕東西突厥統一在頡利之下，短線來說，是怕頡利通過你們漢人西北的領土直接攻擊我們，那便全無隔閡。」頓了頓後，微笑續道：「坦白說，只要你們漢人強大起來，可成爲我們的屛障，我將無須發動干戈，否則我們須主動出擊，向中原擴展，奪取武威、張掖、敦煌那類邊塞重鎭，以對抗突厥的精騎。所以我必須親自來中原一趟，以定未來國策。我你間能否相安無事，要瞧你們哩！」

此時突利雄壯的聲音在下層響起，兩人連忙戴起頭罩，把面目完全掩蓋，只露出一對眼睛，凝神蓄勢靜待。

突利進入聽留閣南廳的時間，是經過精心計算的，不但出現得突如其來，且在狂歌熱舞之中，第五道菜上席之前。此時酒筵中氣氛被推至最高峰，打扮得像彩蝶的十八名歌舞伎以輕盈優美的姿態，踩著舞步像一片彩雲般從大門退走之際，突利倏然現身大門處，背負伏鷹槍雄姿英發的氣魄，立即吸引廳內過百賓客的目光。美伎分從他左右離開，守門的洛水幫好手爲他氣勢所懾，又見他是突利可汗，竟不敢攔阻。

偌大的廳堂，共設十八席，每席約十人，圓桌子分布在四邊，露出中心廣闊的空間，作歌舞的場地。榮鳳祥和莫賀兒所在的主席，設在對正大門的北邊，離入口處約三十步的距離。

突利仰天發出一陣長笑，朗聲道：「榮老闆請恕突利不請自來，皆因聞知次設在此，既急於見面，更要來湊個熱鬧。」

榮鳳祥頓時露出警覺戒備的神色，莫賀兒則大感意外的倏地起立，喜道：「可汗何時來的呢？」

莫賀兒只是中等身材，年紀在二十六、七間，但卻長得非常粗壯，國字口臉，生滿鐵針般卻修剪整齊的短髯，延接鬢邊，深目高鼻，雙眼閃閃有神，頗有霸氣。隨他來赴會的四名下屬亦從左右兩席處起立致敬，益顯突利尊貴的身分。

榮鳳祥起立施禮，表現出主家的風度，呵呵笑道：「可汗大駕光臨，榮鳳祥歡迎還來不及，罰的該是我才對。」

突利環目一掃，廳上大半賓客均曾見過，王世充的心腹將領郎奉和宋蒙秋坐在主席，碰上突利的鋒銳眼神，勉強露出笑容，抱拳作禮。

突利以微笑回報，注意力卻落在另兩人身上。這兩人分別坐於榮鳳祥左右兩席，座位的角度可監視南北兩邊門窗，他們接觸到突利的目光，立射出凌厲神色，顯示他們不單知道突利是來者不善，更在提聚功力，以應付任何突變。突利可百分百肯定他們乃魔門中人，皆因他們均和榮鳳祥般，從兩眼透出與別人不同的邪門味兒。

此時捧湯的僕役魚貫入廳，突利耳際傳來徐子陵的聲音道：「老朋友！是時候哩！」

突利登時脊骨猛挺，一拍背上伏鷹槍，大步踏前，朝主席逼去，搖頭嘆道：「榮老闆眞懂得裝蒜，你根本早曉得本汗何時來洛陽，卻裝作不知，確是該罰。」

本在交頭接耳的賓客頓時靜止下來，變得鴉雀無聲，只有上菜侍役的足音，在廳內響起。誰都看出突利不只是來湊興那麼簡單。莫賀兒愕然盯緊突利，射出詢問的神色。

榮鳳祥雙目神光劇大盛，皺眉道：「可汗這番說話是甚麼意思？」

包括那兩名該是魔門老君觀的高手在內，所有注意力全集中到突利身上，茫不知由徐子陵扮成的侍役，正步進南廳。

徐子陵以寇仲的醜漢面具掩蓋英俊的臉龐，出其不意點倒一名侍僕後，把他挾到僻靜處換上他的裝束，趁膳房內人人忙得天昏地暗的一刻，瞞天過海的混在捧菜的隊伍中捧起一盤滾熱的羹湯上席。他並不是胡亂的挑人，被他李代桃僵的侍僕不但長得最高，侍候的更是榮鳳祥所坐的主家席，只要突利能把榮鳳祥方面的人全部心神吸引過去，縱有其他人發覺侍僕群中突然換過另一個人，亦不會驟然生疑。

徐子陵低垂頭，裝出謙卑得不敢看人的尊敬模樣，入門後避開廳心，靠著酒席繞往主家席。他把功力盡量收斂，腳步虛浮，如有人留意察看，也會以爲他不懂武技，不會防範。

爲掩護徐子陵的眞正刺客，突利忽然微增步速，這速度的增加微僅可察，非是高手絕難有所感覺。榮鳳祥當然是高手，且突利正針對他而來，頓生感應，橫移少許，離開座位，又往後稍退，眼神轉厲，冷喝道：「可汗尚未答我？」

突利暗中計算徐子陵到達攻擊位置的時間，倏地立定，笑道：「榮老闆可敢先答本汗一個問題？」

此時他離榮鳳祥尚有十多步的距離，又隔著桌子和坐在桌子另一邊的賓客，兼之仍未亮出動武的兵器，對榮鳳祥並沒有燃眉的威脅，但那兩名分坐左右兩席的老君觀高手，已離座而起，晃身掠往榮鳳祥背後。廳內只要是有眼睛的，都看出突利是來向榮鳳祥尋釁，氣氛立即充滿劍拔弩張，一觸即發的味兒。

莫賀兒最是尷尬，他深悉突利霸道勇悍的作風，要對付一個人時，天王老子都阻止不了。主家席的其他賓客無不是老江湖，又或是身家豐厚的大商家，誰不怕殃及池魚，紛紛離席移往一旁，形勢頓見混亂。廳內不乏洛水幫堂主級的首領人物，十多人同時起立，手按兵器，只待榮鳳祥一句說話下來，動手圍攻大敵。

榮鳳祥哈哈笑道：「可汗此言可笑之極，有甚麼問題我榮鳳祥是不敢答的？」

退往一旁的郎奉環目四顧，在找不到寇仲和徐子陵的影蹤後，插入道：「萬事可以商量，可汗若和榮老闆有甚麼過節，只要請出主上，必可解決。」

坐於主席右方下首第三席的邢漠飛，依伏騫的吩咐保持低調，只學其他大部分賓客般仍坐在席內，靜觀變化。徐子陵此刻已來到郎奉和宋蒙秋身後，躲在那裡，暗提功力。只要略一閃移，立即可進入攻擊的最佳位置。廳內形勢看似混亂，事實上卻是兩陣相對，壁壘分明。

榮鳳祥在己方兩大高手左右護翼下，傲立在主家席和進入方園北門之間的位置，主家席的賓客均退往左右兩旁，讓雙方可遙相對峙，中間只隔一桌酒席。

洛水幫的其他頭領，無不離開席位，雖未湧往立在廳心的突利，均進入隨時可搶出來攔截突利向榮鳳祥發動攻擊的位置。把守大門的七、八名洛水幫好手，從大門外奔進來，怒目瞪視突利雄偉的背影，作好作戰的準備。守衛北門的手下本要進廳護駕，卻被榮鳳祥打出手勢，仍然留守在北門外的半廊，防止有人從後施襲。除此之外是十多名上菜的侍僕，人人進退不得，只好呆然站著，其中又只徐子陵這假扮的侍僕仍手捧熱湯。

突利裝出驚疑不定的神色，不住拿眼睛打量榮鳳祥後側的左右兩名魔門高手，口中卻道：「榮老闆果然豪氣，那就告訴本汗，榮老闆與『邪王』石之軒究竟是甚麼關係？」

廳內絕大部分人顯然從未聽過石之軒之名，大感錯愕。

榮鳳祥雙目瞇了起來，好半晌後，一字一字的道：「我從未聽過石之軒這個名字，可汗何出此言？」

突利的反應更大出其他人意料之外，聳肩笑道：「既然如此，當是一場誤會，請恕本汗無禮闖席。」就那麼一個轉身，似欲離開。

榮鳳祥厲喝道：「且慢！」

徐子陵暗運體內正反眞氣，閃電切入突利和榮鳳祥間去，與後者只隔一張擺滿盅碗餚饌的桌子，在上至堂主，下至守衛的洛水幫衆從突然警覺中紛紛驚呼怒喝撲過來的混亂形勢下，手上熱湯早化成兩股火辣辣的水柱，向榮鳳祥後側的兩名老君觀的護駕高手激衝而去，其去勢之勁與籠罩範圍之廣，除非對方內勁更勝徐子陵，兼有方法封擋這種沒有固定形態，無孔不入的「奇門暗器」，否則只有橫移上跳，又或躲往枱下幾種閃避途徑。

徐子陵同時飛起一腳，足尖點在桌沿處，送入螺旋氣勁，整張大圓桌像活過來般，連著桌面的東西一起旋轉，由慢至快的朝榮鳳祥三人有如一個平放的車輪般切去，配合兩股激射的水柱，令對方完全處於措手不及的被動劣勢。突利此時掣出伏鷹槍，旋身斜飛，把「龍捲槍法」展至極限，帶起萬千槍影，越過徐子陵上方，凌空往榮鳳祥投去。

就在突利來到頭頂之際，徐子陵大喝一聲「臨」，先以不動根本印凝聚功力，接而化為大金剛輪印，然後雙拳疾擊，頓時狂飆湧起，兩股氣柱在離榮鳳祥胸口三尺許處時合而為一，像有實質的鐵柱般以雷霆萬鈞之勢搗向敵人。出其不意，攻其不備。剎那間榮鳳祥和兩名護駕高手，在徐子陵和突利天衣無縫的刺殺行動下，大堂內雖滿布洛水幫的人，仍要陷身於求救無門的局面裡。

榮鳳祥發覺左右兩人均往橫躲閃開去，接著「眞言」貫耳而入，震動他所有經脈，竟是膽顫心驚，虛蕩難受，使他難以及時躍起，以迎戰突利，同時避過徐子陵的凌厲攻勢。錯失良機下，突利的伏鷹槍和徐子陵的隔空拳，已鋪天蓋地的攻來，還有切腹而至的大圓桌。忽然間，榮鳳祥變成獨力求生的孤軍，除了倚靠自己外，再無任何人能加以援手。

榮鳳祥當然不會任由宰割，只要他能爭取少許時間，己方的人便可蜂擁而來，展開反擊。立即猛喝一聲，往後飛退。由於被從左右射過的水柱影響，完全限制他逃避的路線，所以縱使他非常不情願，仍只有往後直線飛退，「砰」的一聲破窗而出，落往與南廳連接的半廊處。

守在外面的洛水幫好手從左右兩方趕來應援，但被水箭所阻，仍要慢上一線，才可及時截得如影附形追殺而至的突利和徐子陵。生與死只是一線之隔。

「蓬！」榮鳳祥兩袖揮打，硬捱了徐子陵的拳風，渾體劇顫，卻借勢加速飛出，堪堪避過突利的伏鷹槍。

「轟！」圓桌破壁而出，將兩名洛水幫好手撞得骨折肉裂，慘呼墮地，突利已落在桌上，槍芒暴漲，登時再有兩人應槍拋跌，威勢驚人。

徐子陵亦來至半廊處，暗捏寶瓶印，連續發出十多道拳勁，硬生生把湧來援手的人逼得留在廳內，大有一夫當關，萬夫莫敵之概。

榮鳳祥此際正落在北園廊外的草坪上，踏地時一個踉蹌，步履不穩，見到兩人並不乘勢追擊，只是牽制己方援兵，心知不妙，勁氣迎頭罩至。駭然上望，寇仲的井中月像閃電般迎頭劈來，龐大凌厲的刀氣把他完全籠罩，產生寸步難移的可怕感覺。榮鳳祥無奈下，急運全身功力，兩袖上揚，拂往井中月。

就在這生死存亡的緊急關頭，殺氣從右側湧來，狂猛如怒濤驚浪的致命拳風，像一堵牆般無情壓至。榮鳳祥駭然瞧去，只見另一個以黑布罩臉的人像從虛無冥府中走到現實世界的勾魂使者般，正欺身攻至。他知道自己因心神全被寇仲驚天動地的一刀所懾，竟忽略了另有一名大敵，若剛才不稍作猶疑，全力逃命，說不定能避過此劫，但現已是悔之不及。

「蓬！」寇仲重重一刀痛劈在榮鳳祥雙袖上，又借力往後翻飛，好助徐子陵和突利阻截追兵。榮鳳祥應刀噴出一口鮮血，步履踉蹌，伏騫和他錯身而過。淒厲的慘叫聲下，榮鳳祥整個人似若不受控制，驟失平衡的陀螺那樣轉跌開去，眼耳口鼻全滲湧鮮血，滾跌地上。

伏騫一聲呼嘯，三位戰友應聲飛退而來，與他會合後頭也不回依預先定好的路線迅速撤離，成功逃去。

從鐘樓高處望去，濃煙火屑沖天而起。

寇仲冷笑道：「就算把整個東都燒掉，榮老妖都不會復活過來。燒掉的又只是王世充給我們棲身的房子。眞奇怪！王世充爲何仍不採取干涉行動呢？」

徐子陵默默凝視被寒風吹得逐漸稀散的黑煙，沒有答話。

突利笑道：「虧你們會想到躲到鐘樓上來，似明實暗，又可監察洛水天街的廣闊地區。」

一隊二十多人的洛水幫眾，匆匆經過天津橋，像要趕到甚麼地方去的樣兒。

寇仲沉聲道：「下一步該怎麼走？」

突利答道：「待伏騫老哥探聽清楚形勢後，再作決定仍不嫌遲，榮老妖之死，當會使祝妖婦陣腳大亂，不知所措。」

徐子陵忽然道：「看到剛才那隊洛水幫的騎士，你們有甚麼感覺？」

寇仲一呆道：「經你提起我便感到大有疑竇，他們不但沒有絲毫垂頭喪氣的神情，還隊形整齊，士氣昂揚，究竟是怎麼一回事？」

突利低呼道：「不用猜哩！伏騫來了。」

伏騫仍以黑布罩頭，身穿夜行勁服，從橫巷竄出，繞房過舍後才逼近鐘樓，又故意過鐘樓不入，好一會兒再次出現鐘樓之下，直掠而上。

三人知他是爲怕被人跟蹤，故而採取這麼迂迴的路線，心中湧起不祥的感覺。

伏騫來到鐘樓上，扯去頭罩，苦笑道：「三位是否覺得榮鳳祥過分窩囊呢？」

寇仲一震道：「那個難道不是榮老妖嗎？」

伏騫坐下來，挨著支撐銅鐘的鐵柱架，搖頭嘆道：「我不知道是否有眞正的榮鳳祥，事實上是另一個榮鳳祥又生龍活虎的出現，在他女兒的陪同下，去向王世充興問罪之師，而洛水幫的人則傾巢而出，四處找尋我們。」

徐子陵苦笑道：「我們殺的只是可風喬扮的榮鳳祥，而非辟塵扮的榮鳳祥，當時我已微感有異，但問題是因他兩人魔功同源，眼神均有相似的地方，加上我當時沒時間深究，誤中副車而不知。」

寇仲恨得牙癢癢的，但已錯恨難返。

突利頹然挨貼外牆滑坐，苦惱道：「現在該怎麼辦呢？說不定會牽累莫賀兒和他的隨員。」

伏騫道：「這個可汗放心，莫賀兒代表的是頡利，任榮老妖有天大的膽子，也不敢動他。反是可汗你絕不能在洛陽露面。」

突利一呆道：「難道少帥和子陵能露面嗎？」

伏騫道：「就算對方明知他們有份參與，他們都可來個一概不認，加上王世充定要維護他們，應該可以過關。」

寇仲冷然道：「不如我們闖進榮府，再和榮老妖火拚一場，看看誰的拳頭更硬？」

徐子陵道：「這只是匹夫之勇。上兵伐謀，我們現在是宜靜不宜動，再看看風頭火勢，始決定怎樣把榮老妖幹掉。」

伏騫點頭同意道：「現時榮府虛實難測，我們不應冒這個險，幸好敵人不知我有份參與此事，兼之對我又顧忌甚深，所以可汗可到我處暫避風頭。少帥和子陵則可公然露面，以測試敵人的反應，不過你們三人以後絕不能被發覺走在一起。」

寇仲見兩人並不反對，只好同意。

伏騫向突利遞上遮臉頭罩，笑道：「小弟尚未有時間坐下來研究對大家都有利的未來計劃哩！」

寇仲掏出那個勾鼻絡腮的面具，淡淡道：「可汗亦可公然露面，不過是另一張臉吧！」

伏騫和突利離開後，寇仲忿然道：「這回我們眞是棋差一著，弄到現在不上不下的，氣死人哩！」

徐子陵心平氣和道：「有得必有失，至少宰掉可風，對老君觀的實力亦造成嚴重的打擊，辟塵會很難找另一個人來喬扮他。唉！也輪不到我們不服氣，他兩個無論聲音、外貌、神態都那麼維妙維肖的。」

寇仲低呼道：「又有人來哩！」

一道黑影從屋簷一瀉而下，迅速接近，赫然是太子王玄應。兩人記起曾把他攜到這裡來，難怪他朝鐘樓尋至。寇仲沉下臉去。

王玄應翻入鐘樓，半蹲著地，喜道：「果然在這裡找到兩位大哥。」

寇仲恨恨道：「你還有臉來見我？」

王玄應何曾被人如此當面指責，色變道：「少帥何出此言？」

寇仲冷笑道：「若不是太子把我們落腳的地點洩露給榮老妖，他怎能四處通知我們的敵人，讓他們排隊般逐一尋上門來？」

王玄應一呆道：「竟有此事？難怪少帥誤會，但我可指天立誓，消息確不是從我處洩漏出去。我王玄應再怎麼蠢，亦知出賣你們對我大鄭是有害無益的。」

寇仲和徐子陵愕然互望，他們雖對王玄應全無好感，仍感覺到他不像說謊。消息究竟是怎樣洩出去呢？榮鳳祥又爲何要四處散播？

王玄應苦笑道：「不過我們這回眞給你們害苦了，父皇也不知怎麼向暴跳如雷的榮鳳祥交代，你們若眞的殺了他，事情反易辦。」

徐子陵嘆道：「我們是眞的殺了他，只不過這榮鳳祥是由可風扮的。」

王玄應愕然道：「可風？」

寇仲生氣的道：「眞不明白你們父子在打甚麼主意？我一片好心的通知你們榮鳳祥就是老君觀的辟塵妖道，但你們卻置若罔聞，任由他繼續橫行，告訴我這是甚麼娘的道理？」

王玄應苦笑道：「還好說哩！我們得到少帥的警告後，立即派大軍把榮府重重圍困，我和父皇親率高手入榮府找榮鳳祥晦氣，豈知他全不反抗，任由我們驗他的面容，證明了他非是由別人假扮的，我們還以爲是中了少帥的離間計呢。」

寇仲倒抽一口涼氣道：「這麼說，該是有一眞兩假三個榮鳳祥，辟塵老妖確是奸猾。」

徐子陵問道：「根據太子聽來的，曼清院究竟發生甚麼事？」

王玄應道：「當時郎奉和宋蒙秋都在場，撲出南廳時，榮鳳祥已給他的人抬走，還以爲他非死也傷重垂危，怎知轉個照面他又沒事人似的，原來重傷的是另一個榮鳳祥。」

寇仲道：「聖上他老人家有甚麼話說？」

王玄應道：「父皇認爲你們該躲起來，待明晚把可汗送走後，你們才可現身，就算要對付榮鳳祥，以後有得是機會，並不用急在一時。」

寇仲皺眉道：「我們總不能在這裡吹風飲露到明天黃昏，眼前可躲到哪裡去？」

王玄應不答反問道：「可汗是否去見莫賀兒呢？」

徐子陵怕寇仲一時口快洩出與伏騫的關係，代答道：「他只是到附近留下與莫賀兒通訊的暗記，快回來哩！」

王玄應說出一個地址，道：「這地方只有我和爹兩人曉得，只要你們沒被跟蹤，躲上一兩天該沒問題。我走啦！兩位保重，明晚我們會安排人來接可汗。」

王玄應去後，寇仲冷哼道：「這小子在說謊。」

徐子陵點頭同意道：「王玄應一直不喜歡我們，剛才卻耐著性子解釋，和他一向的性格脾氣截然有異，但他為何要害我們？」

寇仲皺眉苦思，接著劇震道：「他娘的！王世充肯定和陰癸派結成聯盟，對這老狐狸來說，襄陽比之我的少帥軍更為重要，所以他明知榮鳳祥是辟塵扮的，亦如此放縱他。」

徐子陵點頭道：「你這猜測不無道理，假若真是如此，我們在可汗明天黃昏離開前，該仍是安全的。」

寇仲狠狠道：「這是王世充唯一容忍榮老妖的理由，愈想下去愈覺得這個猜估八、九不離十。哪來這麼多真假榮鳳祥，以王世充的精明老練，只看沒法裝扮的眼神便知榮老妖有否掉包，所以王玄應這小子肯定在騙我們，唉！」

徐子陵搖頭嘆道：「這叫有所求必有所失，你要助人家去守洛陽，人家不但不領情，還要把你出賣。事已至此，有甚麼好說的，快想想該如何應付未來吧！」

寇仲苦笑道：「若不是要設計對付石之軒，現在我們最佳選擇是立刻遠離洛陽。你不妨也來告訴我下一步棋該怎麼走。」

徐子陵道：「事關重大，我們理該去通知可汗和王子一聲，讓他們心裡有個準備。祝妖婦應尙未趕至，要打要逃，仍有時間。」

寇仲斷然道：「不如讓我們分頭行事，你負責通知兩位兄弟，我則探清楚敵人虛實，如何？」

徐子陵皺眉道：「你想到榮府還是皇宮去呢？」

寇仲道：「現在仍未決定，不要擔心，我有應付任何情況的把握。」

兩人約定不同情況下聯絡的手法和碰頭的地方後，各自去了。

第四章

佛影道蹤

黃易
作品集

第四章　佛影道蹤

徐子陵戴上弓辰春的面具，沿洛水朝西疾行，忽然有女子的歌聲從河中一艘小艇傳過來，唱道：「洛水泱泱映照碧宮，奔波營役到頭空，功名富貴瞬眼過，何必長作南柯夢！」歌聲淒婉動人，充滿傷感和無奈，飄盪在洛河遙闊的上空，在如此深夜，份外令人悠然神往。

徐子陵停下步來，心中一片寧和。自從與寇仲開始北上關中之旅，無數使他和寇仲猝不及防的事此起彼繼，像一波接一波的浪潮般糾纏衝擊，在生與死的邊緣掙扎求生。可是在這一刻，像失落了無數日子的平靜感覺，忽然又塡滿心間。整個人空靈通透，所有鬥爭仇殺陰謀詭計像與他毫無牽涉，再不復對他有半分影響。

倏忽間，他豁然而悟自己在武學上的修爲又深進一層。這是種無法解釋的感覺，臻至就是臻至，至於怎會在此一刻臻達這種境界，究竟是因爲剛才刺殺假榮鳳祥的行動，激發出這突破，還是因之前的不斷磨練，則怎麼都難以分得清楚。

何必長作南柯夢？生命本有夢般的特質，古聖哲莊周夢見自己化身爲蝶，醒來問自己究竟是他夢到蝴蝶，還是蝴蝶夢到他，正是深入淺出的闡明生命這奇異的夢幻感覺。明月在輕柔的浮雲後冉冉露出仙姿，以金黃的色光君臨洛陽古城的寒夜，本身就有如一個不眞實的夢。

何者爲幻，何者爲實。假設能以幻爲實，以實爲幻，是否能破去魔門天才石之軒創出來能把生死兩個極端融渾爲一的不死印法？徐子陵頓時全身劇震，呵的一聲叫起來。

小艇緩緩靠往堤岸，女子的聲音輕柔的傳來道：「如此良宵月夜，子陵可有興趣到艇上來盤桓片晌？」

徐子陵聞言騰身而起，悠然自若的落在小艇上，安然坐下，向正在艇尾搖櫓的絕色美女微笑道：「沈軍師既有閒情夜遊洛水，我徐子陵當然奉陪。」

沈落雁清減少許，衣袂秀髮自由寫意的迎河風拂揚，美目含怨的迎觀天上明月，櫻唇輕啓，淺嘆道：「密公敗啦！」

徐子陵心中一陣感觸，低吟道：「老驥伏櫪，志在千里外；烈士暮年，壯心不已。密公只是靜待另一個時機吧！」

沈落雁的目光落到徐子陵的俊臉上，輕搖船櫓，巧俏的唇角逸出一絲苦澀的笑意，搖頭道：「時機過去了永不回頭，密公之敗，在過於自負，否則王世充縱有你兩人相助，亦要俯首稱臣。」

徐子陵道：「你既做他軍師，爲何不以忠言相勸？」

沈落雁望往左岸的垂柳，淡淡道：「他肯聽嗎？對你和寇仲他只是嗤之以鼻，否則怎會一敗塗地。」

徐子陵道：「密公選擇降唐，當受禮遇，仍未算一敗塗地。」

沈落雁像訴說與自己全無關係的人與事般，冷哂道：「有甚麼禮遇可言，敗軍之帥，不足言勇！密公本以爲率兵歸降，當可得厚祿王爵，豈知唐皇給密公的官位不過光祿卿、上柱國，賜爵只是邢國公。反而世勣不但仍可鎮守黎陽，又獲賜姓李，官拜左武侯大將軍，這分化之計，立將密公本部兵力大幅削弱。我早勸他勿要入長安，他卻偏偏不聽，只聽魏徵的胡言，我沈落雁還有甚麼可說的？」

她荒涼的語調，令徐子陵感慨叢生，對她再無半分恨意，微笑道：「不能事之則棄之，沈軍師大可改擇明主，仍是大業可期。」

沈落雁淒然一笑，美目深注的道：「對李閥來說，我沈落雁只是個外人，且我亦心灰意冷，再無復昔日的雄心壯志！只好嫁雞隨雞，嫁狗隨狗，收拾情懷好好做個李家之婦。」

徐子陵心中一震，曉得沈落雁終於下嫁改了李姓的徐世勣，這回到洛陽是為要見秦叔寶和程咬金，卻不是爲李密作說客，而是爲夫君找助臂。

沈落雁垂下頭去，輕輕道：「爲甚麼不再說話？」

徐子陵忙道：「我正要恭喜你哩！」

沈落雁白他一眼道：「眞心的嗎？」

徐子陵俊臉微紅，坦然道：「沈軍師忽傳喜訊，確有點突然。不過對沈軍師覓得如意郎君，我當然爲你高興。」

沈落雁怔怔的瞧他好半晌，嘆道：「徐子陵呵！究竟誰家小姐可令你傾情熱愛呢？」

徐子陵想不到她如此直接，大感招架不住，乾笑兩聲，以掩飾尷尬，苦笑道：「這句話教在下不知如何回答。嘿！沈軍師怎知我會路經此處的？」

沈落雁「噗哧」嬌笑，又橫他嬌媚的一眼道：「不要岔開話題，我們是老相識哩！說幾句知心話兒也不成嗎？人家又不是要逼你娶我。」

徐子陵差點喚娘。他與沈落雁雖一直處於敵對的位置，情況至今未變，但事實上他卻從未對她生出惡感，又當然說不上男女之情。兩人間一直保持著微妙的關係，但沈落雁這幾句話卻把這微妙的包裹撕破。無論他如何回答，很難不觸及男女間的事，登時令他大爲狼狽。

沈落雁像很欣賞他手足無措的情狀，欣然道：「怎麼啦！是男子漢大丈夫的就問答我，究竟誰人能在你心中占上一個席位。要不要落雁點出幾位小姐的芳名來幫助你的記憶。」

一向沉著多智的沈落雁，終於不用抑制心內的情緒，坦然以這種方式，宣洩出心中對徐子陵的怨悵。

沈落雁像雲玉眞般，一直瞧著他們日漸成長，由兩個籍籍無名的毛頭混混，崛起而爲威震天下、叱吒風雲的英雄人物，又都是敵愛難分，糾纏不清。不過到現在雲玉眞已因素素一事和他們反目，而沈落雁雖名花有主，卻仍欲斷還連，餘情未了。

徐子陵深吸一口氣，差點要暗捏不動根本印，搖頭嘆道：「我和寇仲兩人是過得一天是一天，哪敢想及男女間的事，沈軍師不用爲此徒費精神啦！」

他不由想起石青璇和師妃暄，假若她們其中之一願意委身相許，自己會怎麼辦？又知這只是痴心妄想，連忙把奢望排出腦海之外，心內仍不無自憐之意。

沈落雁把艇轉入一道支流，離開洛水，幽幽一嘆，神情落寞，似重現由侯希白的妙筆能捕捉到的寫在扇面上那一刻永恆的神態。徐子陵看得爲之一呆，心中憐意大生。回憶當年在滎陽從暗處聽她和李世勣的對答，兩人間的關係顯然非是那麼和睦恩愛，結成夫婦也不知是吉是凶。

沈落雁把小艇緩緩停在一條小橋下，在橋底的暗黑中坐下來，橋外的河水在月照下爍爍生輝，形成內外兩個迥然有別的世界，氣氛特異。

她靜靜地美目凝注的瞧徐子陵，好一會兒微微一笑道：「想不到我們竟能全無敵意的在此促膝深談，可見世事無常，人所難料。」

徐子陵感受到這動人美女溫柔多情的一面，柔聲道：「沈軍師打算何時返回滎陽？」

沈落雁似怕破壞了橋底下這一刻的寧和，輕輕答道：「不！我要回關中去，向密公作最後一次的勸說？」

徐子陵愕然道：「最後一次？」

沈落雁輕點螓首，道：「我要他死了爭霸天下的雄心，乖乖的作李家降臣，否則縱使東山再起，終難逃滅亡之厄。」

徐子陵默然無語，沈落雁要勸的雖是李密，但何嘗不是對他和寇仲的忠告。

沈落雁幽幽一嘆，道：「現在杜伏威甘心降唐，被任命為東南道行台尙書令，封楚王，天下還有誰能與唐室爭鋒？」

徐子陵沉吟道：「假若唐室失去李世民，沈軍師又怎麼看？」

沈落雁搖頭道：「李世民是不會輸的，天下間只有徐子陵和寇仲堪作他的對手，其他人都不行。」

徐子陵愕然道：「沈軍師太看得起我們哩！」

沈落雁微笑道：「這倒不是我說的，而是秦王自己親口承認。他曾下過苦工收集和研究你們的戰術，結論是有如天馬行空，變幻莫測，令人根本無跡可尋，深得兵者詭變之道的意旨。你們欠的只是時間。只說寇仲吧！有誰能像他般勝而不驕，敗而不殆，天生出來便是運籌帷幄，談笑用兵的超卓將材？」

徐子陵苦笑道：「你們太過譽啦！寇仲這個自大的小子聽到也要臉紅。更可況我們正要到關中去送死，死不了始可以說其他的事。」

沈落雁微伸懶腰，向徐子陵示威似的展露胴體美好誘人的線條，再瞥他百媚千嬌的一眼後含笑道：「包括李世民在內，這回沒有人看好你們關中尋寶之行，獨有奴家卻持相反意見，對你們這麼有信心。子陵該怎麼答謝奴家？」

徐子陵一呆道：「你要我如何謝你？」

沈落雁忽然霞生玉頰，神態嬌媚無倫，橫他一眼後輕移嬌軀，坐入徐子陵懷內。徐子陵腦際轟然一震，已是軟玉溫香抱滿懷。

沈落雁的小嘴湊到他耳邊微喘道：「這次別後，沈軍師將變作李夫人，落雁亦從此再不沾手軍務。現在只願能留下與子陵一段美好的回憶，消泯過去的恩恩怨怨，所求是輕輕一吻，子陵勿要怪落雁放蕩。」

徐子陵來不及抗議或拒絕時，沈落雁的香唇重重印上他的嘴唇。小橋下別有洞天的暗夜更溫柔了。

寇仲躲在橫街暗黑處，挨牆而立，虎目閃爍生輝的監視斜對面榮府的大門。榮府燈火通明，光如白晝，中門大開，不住有外貌強悍的江湖人物進進出出。在這樣的情況下，要潛入榮府是不可能的。寇仲非真的要到榮府去探消息，而是要捕捉一個機會，以背上的井中月斬殺化身爲榮鳳祥的辟塵妖道。

他更憎恨的人是忘恩負義的王世充，但礙於形勢，必須留下王世充的狗命，以對抗東來的關中大軍。經過過去一段艱苦的日子，他的井中八法已臻成熟，可隨意變化，得心應手。最使他獲益不淺的是與婠婠的南陽之戰，令他知道不足之處，更清楚自己要繼續發展的長處。當他使出超水準的刀招時，即使以宋缺之能，亦要小心應付。那代表另一更上層樓的武道境界。若他能攀至那層次，他會成爲另一個「天刀」宋缺。適才在曼清院凌空劈往可風妖道的一刀，正表示他已破繭而出，晉入新一層次的刀法修爲的先兆。故令可風心神完全被他的井中月所懾，讓伏騫一擊奏功。對不能殺死辟塵老妖，他打心底的不服氣。現在他務要憑一己的力量，在幾近不可能的情況中做到這件事。至於是否會有這個機會，須由老天爺來決定。

此刻他心中全無雜念，不但沒有絲毫緊張，毫不把生死放在心內，連應有因等待而來的煩躁焦急，亦點滴不存。他感到似能如此的直待下去，直至宇宙的終極。這是從未有過的奇異精神狀態，冷若冰霜，穩如山嶽。

蹄音響起，一輛外觀平凡的馬車從榮府開出，轉入大街，御者位置坐著兩個人，赫然是在曼清院貼身保護可風妖道的兩個老君觀高手。寇仲大感奇怪，哪敢遲疑，一個翻身，躍上屋頂，遙遙尾隨追去。

徐子陵雖遠離剛才和沈落雁纏綿熱吻的小橋，鼻內仍殘留她醉人的香息，感受到沈落雁對他刻骨銘心的愛戀、傷感和無奈。他更奇怪自己雖對這美女有好感而無愛欲，但仍感到初吻旖旎溫馨，香艷迷人，動人至極點。假若吻他的是石青璇又或是師妃暄，會是怎樣的一番滋味？撲落一道橫街，倏地立定。月色灑照下的長街，無盡地延展眼前，再過三個街口，往左轉再越過通津渠，便是伏騫在洛陽宣風坊的行居。「噹！」一下能發人深省，微僅可聞，仿似來自天外遠方的禪院鐘聲，傳入徐子陵耳內。

徐子陵深吸一口氣，把旖念雜想全排出靈明之外，緩緩轉身，迎著手持銅鐘，卓立五丈外的佛門高僧從容道：「見過了空大師！」竟是來自淨念禪院武功練至回復青春的佛門聖僧了空大師。

了空大師微微笑道：「徐施主可肯隨貧僧返禪院留上一段時日呢？」

徐子陵心中苦笑，要來的終於來了。寇仲恐怕要面對的更是師妃暄和其他四大聖僧。

車輛駛進一所道觀去，寇仲按下窺看誰人從車廂走出來的好奇心，躲在橫巷暗處，耐心靜待。果然不到半盞熱茶的工夫，兩道人影分從道觀和對街另一座房舍躍落夜靜無人的清冷長街中，竟是兩名中年道士，只看他們迅疾的身法，便知武功亦甚了得。

兩道士相視一笑，其中一人低聲道：「此法有利有弊，白天較難撇掉敵人，晚上則易於察看有沒有跟蹤者。」

寇仲心中一震，連忙伏下，耳貼地面，隱約捕捉到遠處微弱的馬蹄聲音，暗呼好險，繞過兩個道士，繼續跟躡。這招確是簡單有效，馬車由道觀前門進後門出，再以暗哨察看是否有尾隨而來的跟蹤者。幸好兩個妖道得意忘形下洩露底子，令他醒悟過來。掠上一所房舍之頂，寇仲心中再生警覺，又伏下不動，大呼差點上當。

他想到的是老君觀的妖道無一不是老奸巨滑的老江湖，這麼躍到街心說話，而第一句就透露出布置的秘密實在太不合情理，可知肯定是在弄虛作假，假若他冒失追去，必然中計。且對方既知深夜因無其他車馬行走，故蹄音易被察覺這個破綻，怎會不設法補救？例如改乘另一輛以布帛包裹馬腳的車子，又或索性棄車而去，均是可輕而易舉撇掉追蹤者的可行方法。

寇仲暗抹一把冷汗，眼前分明是榮老妖精心策劃的一個陷阱，以用來對付他和徐子陵等敵人，自己差點上當。兩妖道騰身而起，消沒在道觀的院牆裡。

寇仲深吸一口氣，凝神專志，氣聚丹田，四周的景象立時清晰起來，從反映著的金黃月色，夜風拂過引起的氣流變化，無一能瞞過他以倍數提升的感官。就在此時，他聽到微僅可察的衣袂破風聲，在左後方迅速接近。寇仲毫不猶豫的躍落長街，鬼魅般往道觀撲去。

徐子陵淡然自若道：「大師的提議，請恕徐子陵不能接受。」

了空寶相莊嚴，低喧佛號，柔聲道：「施主徒具道眼慧根，難道仍看不破、放不下嗎？」

徐子陵聳肩道：「誰能看破？誰可放下？我追求的是自由自在的生活，要走便走，要住便住，不受任何左右。若看破放下是要給囚禁在淨念禪院內，這算是甚麼道理？」

了空嘴角逸出一絲笑意，輕輕道：「無生戀、無死畏、無佛求、無魔怖，是謂自在，概可由自心求得。自在不但沒有形貌，更沒有名字，沒有處所。愈執著自在，越發紛然叢雜，理緒不清。無在無不在，非離非不離，沒佛即是佛。」

徐子陵聽得眉頭大皺，又不能說他的話沒有道理，嘆道：「徐子陵只是一塊頑石，大師不必空費唇舌，我是絕不會隨大師回禪院去的。我們各有執著，似乎說到底都是要由武力來解決。」

了空道：「『唯一堅密身，一切塵中見』，施主明白這兩句話嗎？」

徐子陵苦笑道：「這麼深奧的禪理，有勞大師解說。」

了空緩步逼近，微笑道：「我們邊走邊說如何？」

徐子陵一呆道：「不是一直走到淨念禪院吧。」

了空笑而不答，與他擦肩而過。

徐子陵只好與他並排舉步，只聽這有道高僧道：「唯一堅密身即是佛心，凡人皆有佛性，佛心乃萬物的本體，即心即佛，而這佛心顯現在塵世間一切事物之中，故入世即出世，執著則非執著，全在乎寸心之間。施主只要一念之變，將可化干戈爲玉帛，施主意下如何？」

徐子陵仔細咀嚼他暗含禪機的勸語，沉吟半晌，迎著長街拂來的呼呼寒風，淡然道：「世上的紛爭，正因人心有異而產生。我明白大師的立場，大師也應明白我的立場。徐子陵豈是想妄動干戈的。」

了空領著他左轉進入一座宏偉寺院寬敞的廣場內，周圍老樹環繞，矗立在廣場另一邊的大雄寶殿隱隱透出黯淡的燈火。徐子陵停下步來，背靠正門，他雖自問靈覺遠超常人，卻自問沒把握去肯定師妃暄和四大聖僧是否正暗藏廟內，不提高戒心怎行。

了空走出十步，來到廣場中心處停步，轉過身來，後方三步許是個高過腰際的青銅香爐鼎。不知誰人在爐內裝上三炷清香，香煙嬝嬝升起，又給寒風吹散。殿頂反映星月的光輝，閃閃生爍。整個寺庭院清寂無聲，幽冷淒清。

「噹！」了空震響手托的小銅鐘，肅容道：「雁過長空，影沉寒水。雁雖無遺蹤之意，水亦缺沉影之心。可是雁過影沉，卻是不爭之實。徐施主可有爲天下蒼生著想過？」

徐子陵現在已清楚明白爲何師妃暄不惜一切的要阻止他們兩人往關中尋寶？怕的非是兩人能攜寶離開，因爲那根本是無法辦到的。她擔心的是寶藏會落在李建成手上，令李建成聲威大振，對正身處兄弟鬩牆派系鬥爭中的李世民更是不利。徐子陵很想告訴了空，他肯陪寇仲去冒這個險，只是希望寇仲知難而退，死去爭天下的野心，但終沒有說出來。

徐子陵重溫一回在剛才遇見沈落雁前對夢幻和現實的領悟和體會，沉聲道：「師小姐仙駕既臨，何不出來相見。」

寇仲貼牆滑入道觀的林園內，俯身急竄，繞過一座六角亭，環目一掃，不由心內叫苦。這是道觀左側的庭園，雖是小橋流水、亭台水榭俱備，布置典雅，但種的是疏竹，擺的是盆栽，根本沒有藏身處。人急智生下，寇仲閃落橋底，沉進橋下溪水裡，剛藏好身體，上方破風聲過，來人從側門進入道觀的主堂。對寇仲來說，這是場賭博，賭的是對方以為沒人跟來，一時疏忽下，被他趁隙而入。他感官的靈敏雖不如徐子陵，但亦有把握對是否已被敵人察覺，能產生感應，現在看來是成功了。

剛進入觀內的人，肯定是敵方負責對付跟蹤者的高手，其速度之快，寇仲也自愧不如，說不定就是祝玉妍或婠婠那級數的人馬，若她們進入道觀後他才試圖潛進來，危險性會大大提高。寇仲緩緩浮上水面，功聚雙耳，觀內敵人說話的聲音頓時一點不漏的傳入耳鼓內。

榮姣姣甜美的聲音在觀內響起道：「眞奇怪，那三個天殺的傢伙究竟躲到哪裡去呢？」寇仲醒悟過來，坐車從榮府到這裡的人是榮姣姣而非榮老妖辟塵，早知如此就在途中下手，殺掉妖女。

另一把女子的聲音道：「以寇仲的性格，絕不肯接受失敗，所以大小姐猜他會像在南陽那回般，鍥而不捨的要刺殺辟塵師叔。現在他顯然沒有追來，確不似他的爲人行事。」

寇仲再抹一把冷汗，暗呼妖女確是厲害，原來自己是這麼易被看穿的，難怪差點葬身南陽。說話的人正是陰癸派長老聞采婷，她現身於此，令寇仲大感欣慰。因由此而肯定他推測榮鳳祥與陰癸派結成聯盟一事是正確無誤。

祝玉妍的聲音此時響道：「算他們命大，或者因我們計劃施行的時間不對，又或他們另有要事纏身？不過王世充既肯與我們合作，他兩人始終插翼難飛。」

榮姣姣道：「但王世充的條件是要待把突利送走後，我們方可下手對付他們，師尊認爲可否接受？」

寇仲心中劇震，暗忖原來榮姣姣竟是祝玉妍另一個徒兒，這麼看老君觀是一直和陰癸派勾結。不由慶幸誤打誤撞的到這裡來，偷聽得如許重要的機密。對王世充當然更是恨之入骨。

婠婠的柔媚聲音傳來道：「洛陽可能是我們最後捉拿他兩人的一個良機。王世充這老狐狸本不可靠，且終是外人，對我們更非毫無顧忌。我的意見是只要他們暴露行蹤，我們立即全力出手，無須多作顧慮，請師尊定奪。」

寇仲倒抽一口涼氣，差點沉回溪底去。只是祝玉妍一個足可收拾他有餘，何況更有婠婠在。

「雲雨雙修」辟守玄發言道：「婠兒這番話不無道理，趁現在兩人仍懵然不知我們已抵東都，就殺他們一個措手不及。若待得師妃暄和那四大賊禿及時趕來，形勢將更趨複雜。」

此時辟塵老妖以他原來的聲音道：「唉！我擔心的卻是石之軒，他使人警告我，不准插手在他們兩人的事情內，確令我非常爲難。」

榮姣姣嬌聲道：「爹啊！現在他們殺死可風師叔，情況又怎同呢？不論石之軒如何霸道，也不能不講我們門派間的規矩。」

祝玉妍冷哼道：「道兄放心，石之軒若要怪你，讓他先怪到我祝玉妍頭上來吧！他愈來愈放肆啦！明知聖舍利乃我欲得之物，仍敢來和我爭奪。」辟塵再嘆一口氣，顯然因對石之軒顧忌太深，仍在憂心忡忡。觀內雖滿是魔門高手，但能與石之軒爭一日短長的，怕只有祝玉妍和婠婠兩人而已。

婠婠道：「刺殺可風師叔的除那三個小子外，尚有一人，若能曉得此人是誰，我們說不定可找到他們藏身的地方。」

寇仲頓時頭皮發麻，心中大罵婠妖女可惡。辟塵陰惻惻笑道：「此人是誰，我早有眉目，事發前伏騫的人曾在南廳上層訂下一個包廂，但人卻沒有來，由此可知端倪。但此事不能輕舉妄動，伏騫此人才智武功深不可測，手下又高手如雲，再配合上那三個小子，絕不易對付，倘一戰不成，反會破壞我們和王世充的合作。」

祝玉妍道：「道兒的意思是……」辟塵斷然道：「我和王世充仍要互相利用。若祝尊者不反對，我認爲最好是耐心點暫且按兵不動，等到明天突利離開後對他兩人採取行動。他們怎樣都猜不到王世充與我們的微妙關係。」

祝玉妍沉吟片晌，道：「我們當然尊重道兒的意見，就這麼辦吧！明天我們再碰頭，商量行事的細節。」婠婠輕嘆一口氣，壓低聲音道：「唉！師尊和宗主勿怪婠兒多慮，婠兒心中忽然湧起不祥的預感，假若我們按兵不動的待至明晚，他們很可能已逃離洛陽。低估寇仲和徐子陵的人從來沒有甚麼好回報的，李密是最明顯的例子。婠兒當然明白宗主的難處，但只要宗主向王世充指出他們大有可能看破他的圖謀，王世充說不定肯改變初衷。」

寇仲聽得又在心中大罵，偏又無可奈何，唯一的方法是及早通知伏騫，大家一起落荒而逃。辟塵默然片刻，沉聲道：「婠兒的話不無道理。好吧！我立即去見王世充，痛陳利害，看是否能把他打動。」

寇仲頓時精神大振，要刺殺辟塵妖道，此正千載難逢之機也。

師妃暄有若天籟的仙音從大雄寶殿傳來道：「子陵兄既然想見妃暄，何不進來見面。」徐子陵打從內心深處湧起連他自己都無法明白的複雜情緒，向了空施禮後，緩緩步入佛堂。

徐子陵雖茫然不知此寺爲何寺，但只看殿堂的雄偉建構，布局的精奇，便知此寺定是洛陽名剎之一。對門的白石台上，一座大佛結跏趺坐在雙重蓮瓣的八角形須彌座上，修眉上揚，寶相莊嚴的微微俯視，似對衆生之苦洞察無遺，氣宇宏大。金身塑像披上通肩大衣，手作施無畏印，嘴角掛著一絲含蓄的微笑。左右邊排滿天王、力士的立像，不但造型各異，其氣度姿態動作，至乎體形大小都呈現錯落有致、多姿多采的景貌，變化間又隱含某種和諧襯托的統一性。

剛才明明聽得師妃暄的仙音從此傳出，但入到殿堂，卻是芳蹤杳杳。徐子陵繞往佛台後方，正要穿後門而出，目光忽被供在佛台後一排力士的其中一尊吸引心神。此像腰束短裙，胸飾瓔珞，肢幹粗壯，肩寬胛厚，筋肉暴起，眉眼怒張，氣勢強橫猛烈至極。徐子陵忽然想起寇仲，寇仲的狂猛是內斂含蓄中帶著幾分玩世不恭的瀟脫，但那霸道的一面給人的感覺卻同出一轍。

師妃暄的聲音再次傳來道：「妃暄正恭候子陵兄的大駕。」

徐子陵此刻完全平靜下來，受到佛堂內出世氣氛的感染，他成功地把心中的雜念拋開，無生戀、無死畏、無魔怖。他心知肚明只要踏過門檻，他將會面對自出道以來的最大挑戰。但他仍一無所懼的舉步踏入大雄寶殿和後殿間樹木扶疏的庭園去。

師妃暄坐在園子中央處的小亭內，月色遍灑滿園，把枝殘葉落的樹影溫柔地投在園地上，美得像幅任何妙手都難以捕捉的畫境。只要有師妃暄出現的地方，怎樣俗不可耐的景況亦要平添幾分仙氣，何況本就是修眞聖地的名剎古寺。

徐子陵在師妃暄美目深注下，對桌坐下，師妃暄微笑道：「西蜀一別，匆匆數月，子陵兄風采更勝往昔，顯是修行大有精進，令人欣悅。」

徐子陵卻以苦笑回報道：「倘若師小姐所說之言出自眞心，豈非有點矛盾，因我功力精進，小姐要把我生擒活囚將會較爲困難，對嗎？」

師妃暄玉容靜如止水，只是修長入鬢的秀眉微一攏聚迅又舒展，笑意盈盈的道：「不要那麼嚴陣以待好嗎？妃暄只是想請你和你的好兄弟寇少帥暫時退隱山林，過點舒適寫意的生活，潛修武道，就像林中飛鳥，水中游魚，何等自由自在。」

徐子陵再次感受到師妃暄深合劍道的凌厲辭鋒。事實上自徐子陵點出師妃暄藏身寺內，兩人開始交上了手。看似別後重逢的閒話，骨子裡卻是互尋隙縫破綻，爭取主動。徐子陵是要保持戰意，爲自己的自由而奮鬥；師妃暄則在巧妙地削弱他的拚死之心，以達到生擒他的目標。最微妙處是兩人間大有「情意，使情況更爲複雜。

徐子陵回復從容自若的神態，淡淡道：「小姐這個『請』字是問題所在。說到底是要我們屈服順從你的安排。我和寇仲自少是無家的野孩子，最不慣受人管束，小姐明白嗎？」

師妃暄忽然垂下螓首，輕柔的道：「妃暄當然明白。所以決定隨你一起退隱山林，這樣你是否會好受一點呢？」

徐子陵心中劇震，忽然想起碧秀心和石之軒的關係，一時無言以對。

師妃暄仰起俏臉，凝望迷人的夜月，語調平靜的道：「楊公寶藏比之和氏璧更牽連廣闊深遠，不但影響到誰可一統天下的鬥爭，還觸及武林正邪的消長。寇仲以鐵般的事實證明了他不但是你之外的蓋世武學奇才，更是智勇無敵的統帥。若給他成功將楊公寶藏據爲己有，最終會與秦王成二強爭霸的局面，天下亦將長期分裂，萬民所受之苦，會甚過現今。妃暄請兩位退出紛爭，亦是不得已下的唯一選擇。」

徐子陵當然明白她的意思，只是由她的檀口一鼓作勢的闡明，份外感到震撼。

楊公寶藏不但是關中李家派系鬥爭的關鍵，由於其中藏有魔門瑰寶「邪帝舍利」，如果落入祝玉妍或石之軒手內，魔門大有可能蓋過佛道兩門，道消魔長，境況堪虞。師妃暄的憂慮非是沒有道理。而楊公寶藏乃前朝重臣名帥楊素所策劃，藉以在文帝楊堅對付他時作爲謀反之用。又由天下第一妙手魯妙子爲他設計藏寶秘處，所藏之物當然非同小可，落在誰的手上都會產生難以猜估的作用。這種種不能預知的後果，均爲師妃暄不願見到的。

徐子陵曉得自己正處於下風，只好嘆道：「小姐以爲我們眞有本事把整個楊公寶藏運離關中嗎？那可不是小小一方的和氏寶璧。」

師妃暄一對秀眸明亮起來，緩緩道：「換了是別人，妃暄定會認爲那是痴心妄想。可若是徐子陵和寇仲，只要稍有腦筋的人都不敢掉以輕心。李密便因此斷送了江山。」又抿嘴一笑道：「你們過往的成績太教人害怕嘛！」見到她忽然露出女兒家嬌憨的神態，徐子陵不由看得呆起來。

師妃暄輕嘆道：「回首處是解脫門，一回春到一回新，徐子陵啊！你還要妃暄向你說甚麼呢？」

徐子陵苦笑道：「小姐的苦心相勸，徐子陵非常感激。不過事已至此，誰都無法挽回，我曾答應寇仲，陪他往尋寶藏。若找不到，大家一起回鄉耕田；找到的話，則分道揚鑣，各走各路。這是我最坦白的話，本不願說出來，終還是說了！」

師妃暄平靜地道：「子陵兄有多少成把握可找到楊公寶藏？」

徐子陵道：「沒有半成把握，我們只知道大約的位置。」

師妃暄一字一字的道：「你是否想寇仲成功起出寶藏？」

徐子陵頹然搖頭，洩氣的道：「我只望他因找不到寶藏而死去這條心。」

師妃暄雙目采芒連閃，道：「但你們可知只要露出大約的位置，李元吉已大有機會尋到寶藏。」

徐子陵道：「這可能性確很大，李元吉不但不用像我們般左躲右避，還可公然進行大規模的發掘搜索。」

師妃暄肅容道：「若我們請少帥退出此事，徐子陵可以旁觀不理嗎？」

徐子陵斬釘截鐵的答道：「不可以！」

師妃暄俏立而起，輕吟道：「從何而來，復歸何處；夢時不可言無，既覺不可言有。」

看著她優美的背影消失在殿堂門後，徐子陵知道終於和這仙子般的美女決裂。他緩緩閉上雙目，一聲禪唱，傳入耳鼓。四大聖僧要出手了。

寇仲悄悄離開小溪，運功把身上水氣蒸發，趁眾妖道妖婦妖女仍在研究怎樣打動王世充之際，往後院方向潛去。他和徐子陵經過幾年來不斷被人天涯海角的追殺，被迫變成潛蹤匿跡的頂尖高手，憑藉遠超一般武林人物的靈覺感應，成功避過幾起妖道的哨椿，來到後院一座以修篁配襯的假石山之後，往外窺看。皇天不負有心人，從滎府開來的馬車果然停泊在那裡，問題是那兩個老君觀的高手，正挨在車廂旁閒聊。

兩人年紀在四十許間，均是太陽穴高高鼓起，雙目有神，形相邪異，若換上道袍，肯定是另兩個妖道。要在他們眼皮底下從車門偷進車廂內，根本是不可能的事。退而求其次，能潛進車底已非常理想。拉車的兩匹馬兒不時踏蹄噴氣低嘶，不知是否因天氣嚴寒，所以失去耐性。

寇仲眉頭一皺，計上心頭，想起徐子陵的寶瓶印法，學他般探手伸指，緩緩提聚功力，同時全神貫注在呼呼吹來的夜風去。驀地一陣勁厲的長風，拂背而至，寒風鑽入假石山時，變爲尖銳的風嘯聲，寇仲知是時候，忙發放指風，刺在十丈許外的馬股上，他亦同時竄出，伏地疾射。馬兒吃痛，立時長嘶一聲，跳蹄前衝，拉得馬車和另一匹馬兒也隨之往前。

猝不及防下，兩妖人亂了手腳，慌忙制止馬兒，注意力全集中到馬兒身上去，茫不知寇仲從後貼地鑽入馬車底，緊附在車軸間凹入的位置內。這兩人正互相交換採補之道的經驗和心得，談興大濃，故咒罵兩句後又「言歸正傳」，絲毫不以爲意。

足音輕起，寇仲由外呼吸轉爲內呼吸，收斂全身精氣，暗呼好險，只聽足音，便知祝玉妍等親自把榮老妖送上車，若他成功躲進車廂，當然會是糟糕透頂。敵人中有祝玉妍、婠婠在其中，他把探頭一看的念頭也打消，靜心聆聽。

祝玉妍冷漠不含絲毫感情的聲音在車旁響起道：「道兒此行關係重大，必要時須軟硬兼施，絕不能讓王世充含糊敷衍。」

車門被拉開。辟塵那把陰柔好聽的聲音道：「宗尊放心，本座對此人性格瞭若指掌，兼之我洛水幫控制著洛陽的經濟命脈，哪到他不依從我們。」

祝玉妍道：「據傳近年有人插手與你們競爭對外的生意，是否確有其事？」辟塵冷哼道：「這人是翟讓之女翟嬌，若非有竇建德在背後爲她撐腰，我早派人宰了她。」寇仲聽得心中一震，更是殺機大盛。

「雲雨雙修」辟守玄淡淡道：「區區跳樑小丑，能成甚麼氣候？要不要我們給宗主處理，保證乾乾淨淨的。」辟塵道：「千萬不可，若給人發現我們的關係，我勢將大增麻煩，此事我自會處理。商賈的事，最好仍是以商間的手段解決，否則我在地方上辛辛苦苦建立起來的聲譽，會毀於旦夕，洛水幫亦會因而分裂。」

祝玉妍道：「這方面的事道兄比我們更清楚，當然該由道兄處理。」

接而有人登上車廂，竟是除辟塵外，尚有個榮姣姣。寇仲心中叫苦，如若一擊不中，他將再沒有第二個機會。但這時騎虎難下，只好提氣輕身，避免妖道妖女從車廂的重量發覺有異。道別聲中，馬車開出。

一把古怪詼諧的聲音不知從何處傳來的唱道：「若人求佛，是人失佛；若人求道，是人失道。不取你精通經論，不取你王侯將相，不取你辯若懸河，不取你聰明智慧，唯要你眞正本如。要眠則眠，要坐即坐；熱即取涼，寒即向火。」

徐子陵腦海中清楚形成一個不拘小節，不講禮儀，意態隨便但卻眞正有道的高僧形像，與他心目中不苟言笑、寶相莊嚴的高僧大相逕庭。這禪唱的高僧不但話裡隱含令人容易明白的智慧，最厲害處是能把聲音弄得飄忽難測，只此一著徐子陵便自問辦不到，可推見他的出手亦難測難擋。

徐子陵仍沒有張開眼睛，淡然道：「可是禪宗四祖道信大師？」

那人哈哈笑道：「小子果然與佛有緣，一猜便中。再答老僧一個問題如何？上是天，下是地，前後佛堂，左右圍牆，寶藏在哪裡？」

徐子陵尚是首次遇上禪問，微微一笑道：「是否正如四祖剛才所言，寶藏只能從本如求得？」

道信大師笑得嗆氣的道：「唉！好小子，我還以為你會答寶藏是在長安。好！生者百歲，相去幾何，歡樂苦短，憂愁實多！何如尊酒，日往煙夢；花覆茅檐，疏雨相過。倒酒既盡，杖藜行過，孰不有古，南山峨峨。」

徐子陵心中一陣感觸，道信詩文中形容的境界，正是他所追求曠達而沒有任何約束，嘯傲山林的生活方式，雖明知道道信是要從心理上削弱他的鬥志，仍不由受到影響，暗忖自己為寇仲的犧牲是否太大呢？

一聲佛唱，接著鐘音輕鳴，誦經之音似從遙不可及的天邊遠處傳來，若不留心，則模糊不清，但若用神，則字字清晰，無有遺留，分明是佛門一種奇功。

只聽那人誦道：「若夫菩薩名大乘者，自身未度，先度衆生。發僧那於始心，終大悲而赴難。廣行六度，功越三祇。修漏無漏之慧業，獲生無生之慈悲。開佛見知，證極自性。所以能解脫者，皆由性識無定，逐境生心。為善為惡，曾未暫停。如魚遊網，將逝長流。脫或暫出，又復遇網。」

徐子陵雖然不能明白他每一句話的意思，但大致上也知他在開導他這條迷失在塵網的游魚，不管如何在正邪善惡中打轉，只顧自身的執著，未能像大乘菩薩的自身未度，先度衆生的大慈大悲行為。

同一把聲音忽然在前方近處響起道：「老衲天台宗智慧，向徐施主問好。」

徐子陵心頭劇震，知道自己心神受到兩人的禪唱佛誦影響，完全失去平時的靈銳，竟茫不知兩人來抵身旁，此戰實凶多吉少。想到這裡，立即暗捏不動根本印，心靈頓時回復澄瑩剔透，萬法皆空，同時還體會到他們的心境。倏地張目。

榮姣姣的聲音從車廂上傳下來，道：「爹，女兒不陪你到皇宮去啦！免得今晚又給玄應太子纏著，唉！世上竟有這麼討厭的男人。」

榮鳳祥陰聲細氣的道：「這世上甚麼樣的人都有，李淵若非有子如李世民，何能像如今的風光，王世充卻欠他的福氣。」

車底的寇仲到現在也弄不清楚榮姣姣與辟塵的「父女」關係，更弄不清楚她和祝玉妍、楊虛彥的關係。照理若榮姣姣是祝玉妍的徒弟，怎會和石之軒的徒弟攪在一起，除非楊虛彥不知道榮姣姣的眞正身分。

榮姣姣嘆一口氣，道：「『霸刀』岳山離開巴蜀後不知所蹤，眞令人頭痛。」

寇仲聽得精神大振，忙豎起耳朵竊聽。

榮鳳祥聲音轉冷，道：「想不到他不但死不去，還練成『換日大法』，此人一日不除，始終是我們的心腹大患。」

榮姣姣道：「現在最怕他往長安見他的老朋友李淵，由於他深悉我們魔門的秘密，若揭穿小妮和我們的關係，後果實難預料。」

寇仲聽得呆了起來，怎都想不到岳山會和李淵兩個像是風馬牛不相及的人，竟是好友。

榮鳳祥冷哼道：「祝玉妍那天不出手殺他，想必非常後悔。」

榮姣姣道：「祝玉妍並非不想殺他，而是在船上非是動手的好地方，她更不願讓人知曉她和白清兒的關係。」

只聽她直呼祝玉妍之名，便知她和祝玉妍的「師徒」關係大不簡單。

榮鳳祥道：「照我猜他該是往嶺南尋宋缺決戰，以雪前恥。最理想是宋缺一刀把他斬得身首異處，一了百了。」

馬車忽然停下來。寇仲低頭側望，車停處竟不是榮府大門，而是另一所房舍的院門，街上全無燈火，空寂無聲。

榮姣姣道：「我去哩！」接著是啓門的聲音。

寇仲心中大喜，緩緩抽出井中月，當榮姣姣逾牆而入時，他從車底滑出。御者處的兩名老君觀高手茫然不知刺客來到車門另一邊的車側處。馬鞭揚起，落下。

他首先看到的是自然寫意的坐在後殿頂瓦脊處，正舉壺痛飲的禪宗四祖道信大師。驟眼看去，他似乎在百歲高齡過外，皆因他一對白眉長垂過耳，雪白的長鬚垂蓋隆起的肚腹。但定睛細看，兩目固是神光電射，臉膚卻幼滑如嬰兒，且白裡透紅，青春煥發，光禿的頭頂，更反映明月的色光。雖肥胖卻不臃腫，一派悠然自得，樂天安命的樣子，給人和善可親的感覺。

見徐子陵往他瞧來，道信大師舉壺唱道：「碧山人來，清酒滿杯，生氣遠出，不著死灰，妙造自然，伊誰與裁？」

這六句的意思是有人來訪，以酒待客，充滿勃勃的生機，絲毫不沾染死灰般的寂寞無情，最神妙處是自然而然的境界，根本不需理會別人的裁定。道信大師不愧四大聖僧之一，字字珠璣，均爲要點化徐子陵。徐子陵微笑點頭爲禮，沒有說話。

智慧大師卓立於後殿正門石階上，灰色僧袍外披上深棕色的袈裟，身型高頎挺拔，額頭高廣平闊，鬚眉黑漆亮澤，臉形修長，雙目閃耀智慧的光芒，一副得道高僧，悲天憫人的慈祥臉相。合十低喧佛號。

徐子陵緩緩起立，從容自若的道：「尚有華嚴宗的帝心尊者、三論宗的嘉祥大師，請問法駕何處？」

道信大師向他高豎拇指道：「子陵果然志氣可嘉，那兩個老禿仍未抵洛陽，只要你能過得我們這一關，子陵可安心回去大睡一覺。」

智慧大師垂目觀心道：「罪過！罪過！這次因非只是一般的江湖爭鬥，請恕老衲要與道信聯手把施主留在此處之罪。」

他口上雖說「罪過」，可是情緒卻無半分波動，可知兩位佛門的宗師級人物，動起手來必是全力以赴，爲達到理想絲毫不講人情。

道信大師哈哈笑道：「老僧也要先請子陵原諒則個，爲公平起見，只要子陵能離開至善寺，我們兩個老禿再不會干擾子陵的行止。」

智慧大師眉目低垂，誦道：「一切有爲法，如夢幻泡影，如露亦如電，應作如是觀。」

徐子陵腦際靈光一閃，倏如千里迷霧忽然給一陣狂風吹得稀薄消散，萬里空明。離開鐘樓，他一直在深思夢境和現實的問題，這是因石之軒「不死印法」而來的奇想，怎樣能把眞與幻、虛與實的境界，提升到夢幻融入現實的極端境界。當時只隱隱感到這是個可行之法，仍未有實踐的蹊徑。待到智慧大師這四句禪偈傳入他耳內，有如暮鼓晨鐘，令他憬然通悟。解決的方法在於有爲和無爲的分別。徐子陵灑然一笑，離開小亭，往大雄寶殿走回去。

兩位佛門聖僧心中同時湧起訝異的感覺。要知自他們現身後，一直以經誦禪唱，配以精神的力量遙制徐子陵的心靈。豈知除了在開始的一段時間徐子陵曾顯現出受到影響的情況後，到徐子陵睜開雙目，立即回復清明。這刻含笑而起，每一個動作均有種渾然天成，瀟灑優美，教人不忍破壞的完美之感。

刹那間，道信大師和智慧大師均曉得自己落在下風。徐子陵以高明至極的心法，把握到他們的弱點。要知他們潛修多年，在一般情況下根本無法興起攻擊別人，訴諸武力之心。這次爲天下蒼生，可說勉爲其難而背此重任。現在徐子陵的每一下動作，每踏一步，其中無不隱含某種玄奧的法理在內，就像他們在觀看清泉在石上流過，青山不礙白雲飛翔的大自然動人景象，要去便去，要住便住，出沒自在。頓令他們無法興起干戈之意。當然他們不會坐視徐子陵這麼飄然離去，只有勉強出手，但已有違佛家之旨，生出無繩而縛的不佳感覺，大大影響他們的禪心。

轉瞬間，徐子陵消沒在大雄寶殿後門內。道信大師來到智慧大師旁，與後者對視苦笑。縱使以他們的眼力和修爲，亦感到徐子陵無論智慧武功，都是深不可測。

井中月疾刺而出，像刺穿一片薄紙般，破入車廂，穿透椅背，直取化身榮鳳祥的辟塵老妖的背心。積聚至巔峰的勁力殺氣像火山溶岩般爆發，沛然有莫可抗禦之勢。

這一刀絕非僥倖，若不是經過「天刀」宋缺以身作教和這些日子來的出生入死，精研苦修，絕不能達此成果。最厲害處是像徐子陵的寶瓶印般，不到發勁時敵人完全生不出感應。要知辟塵名列邪道八大高手之林，魔功當然臻至超凡入聖的境界。而寇仲竟可在他一無所察下刺出這一刀，傳出去保證可駭震天下。

寇仲拿捏的時間更是精準得絕對無懈可擊。他本蹲在近車頭處，當他挺腰而起時，馬車剛剛開出，使得完全站起出刀之際，恰在車窗稍後處，所以這一刀斜插而入，應該正好命中辟塵的背心要穴，任他的護體神功如何厲害，也擋不了寇仲這集中全力全靈，無堅不破的一刀。辟塵老妖此時才生出感應，他的反應亦顯現他的老辣和迅捷，雖是事起突然和毫無徵兆，仍能先往旁移，再朝前仆去，希冀能避過這殺身之禍。一聲把深夜的寧靜徹底粉碎的淒厲慘叫，震盪長街。

寇仲收刀疾退，借車子遮擋駕車兩個老君觀高手的視線，就那麼躲回車底內，此著賭的全是心理，哪有刺客不是一擊得手，立即遠颺速離；他卻要反其道而行。

「砰！」中刀的辟塵帶著從背部狂噴的鮮血，撞破車頂，落在道旁，再一個踉蹌，滾倒地上。兩名御者忙撲下施救，哪還有閒情去追趕似是無影無蹤的敵人。寇仲暗叫可惜，但已大為滿意，這一刀雖未能貫穿辟塵老妖的心臟，但勁氣震得他五臟六腑全受重創，一年半載休想復原。風聲疾響。

榮姣姣厲聲道：「誰幹的？」

一把陰柔悅耳，在這等時刻仍是不溫不火，像絲毫不因辟塵受襲重傷而動容的聲音突然在車子另一邊響起道：「這是刀子弄出來的破口，必是寇仲所為，這小子能避過宗主耳目，潛到此處發刀，確是了得。」寇仲給這把首次聽到的陌生聲音嚇個一跳，因為直到此人發言，他才知此人到了車旁，可知這人的武功高明至何等程度。

榮姣姣咬牙切齒的道：「趙先生定要為姣姣取回公道。」寇仲心中一震，終猜到這人正是排名僅次於「陰后」祝玉妍、「邪王」石之軒、「邪帝」向雨田之後的「魔帥」趙德言，他終於來了。

「魔帥」趙德言淡淡道：「姣姣放心，只要把宗主交給我，我可保他沒有性命之虞。寇仲果然名不虛傳，此著奇兵令我們部署大亂。姣姣立即去通知陰后，告訴她宗主已返老君觀養傷便成。」

寇仲暗忖此時不走，更待何時。

徐子陵卓立大雄寶殿，面對寶殿的正門與台階下的大香爐鼎，外院大門。區區數百步的近距離，卻代表他一段可長可短的生命的命運，假若他不能跨過外院門的門檻，他將成階下之囚。他並不認同寇仲爭霸天下的雄圖，可是卻不能讓任何人，包括代表正義的師妃暄、了空或佛門四高僧以此種方式令寇仲的大業如此這般慘淡收場，並淪為階下之囚。

鬥爭奮戰將由他在此刻展開。凡將意欲強加在別人身上的事，他都不能接受。說到底他和寇仲所有行事仍是問心無愧。逢此天下群雄競起的形勢，每個人都可追求自己的理想。寇仲既認為自己比高門大閥出身的李世民更有資格去當個好皇帝，他當然可為此作出嘗試和努力。更何況唐室的太子是李建成而非李世民，誰說得定李世民不會在派系鬥爭中敗下陣來。所以師妃暄和眾高僧的勸說，不能動搖其分毫，否則這場仗就不用打下去。

假若這是場生與死的決戰，那他根本全無機會，但只是一心逃走，而對方則志在生擒他，自然又是另一回事。徐子陵深吸一口氣，倏地掠出寶殿正門，眼前一花，一對巨掌迎面推來，看似沒有任何招式花巧，甚至沒帶起半分勁氣狂飆，可是徐子陵卻知對方已到大巧若拙的至境，無論作何閃躲退避，仍逃不出佛掌的籠罩。暗捏大金剛輪印，雙掌迎上。

「蓬！」四掌對實。

發掌攔截的正是智慧大師，近百年的佛門正宗玄功立如長江大河般傾瀉過去，豈知竟是毫不著力的虛虛蕩蕩，以智慧大師古井不波的心境，亦要暗吃一驚，收回部分功力，怕就那麼把徐子陵震斃。徐子陵應掌像斷線風箏般往後飄飛，到達石階盡處，眼看要由哪裡來就要回到哪裡去，跌入殿堂內時，徐子陵忽然改變方向，猛往上升，安然落在大雄寶殿廣闊的瓦背上。如此戰果，智慧大師固是意料之外，他和道信大師兩人定下的戰略，是要教徐子陵離不開大雄寶殿，與這年輕高手比拚韌力和耐性，直至他鬥志盡喪，袖手認輸。

徐子陵對此亦是始料不及。他本要利用同源而異的佛門正宗心法，好從智慧大師的雙掌借去點眞勁再憑正反相生的體內氣勁，凌空快速改向的身法，一下子脫出對方的攔截，溜之大吉。豈知智慧大師的掌勁已臻首尾相啣、圓滿無瑕之境，竟是借無可借。心叫不妙時，雄渾的眞氣透掌攻入，令他眞氣逆轉，眼看小命不保的當兒，徐子陵人急智生，不但放棄防守，還引導對方入侵的眞氣往左右腳底的湧泉穴洩去，若非經過和氏璧改造過的經脈，智慧大師又收回大部分勁氣，只這一推掌徐子陵立要吐血而亡。現下卻是因禍得福，入侵眞氣以逆行的方式貫通大小經脈，在洩出前不斷被徐子陵吸納融化，到從湧泉穴射出時，激撞地上，使他改後跌爲直升，到達殿頂。

徐子陵踏足瓦背，心叫好險，這時他終對智慧大師的武功有個譜子，知道若不用計，休想能回復自由。

「子陵果然了得！」

徐子陵往旁移開，回首一瞥，活像一尊大肚彌勒佛的禪宗四祖道信大師正悠閒自得的一腳往他踹來，似是來和他玩耍似的，臉上仍掛著笑嘻嘻的開懷表情。忽然間，徐子陵的心神完全被他這一腳吸引過去，至乎忘了這是月照當頭的深夜，交手的地方更在大雄寶殿之頂。

寇仲伏在小巷暗處，遙觀對街宅院的動靜，榮姣姣在片晌前逾牆入內，可見此乃陰癸派妖人藏身之所。正如「魔帥」趙德言所說，他重創辟塵，嚴重打擊了魔門分別以趙德言和祝玉妍為首兩方人馬的部署。辟塵以榮鳳祥的身分控制洛水幫，整個北方均在其勢力籠罩下，榮姣姣或可代父出掌大權，可是在聲威上將遠遜辟塵，若洛水幫從此陷入四分五裂之局，在寇仲來說那就非常理想。這並非沒有可能的，至少王世充便不容臥榻之側，有另一股能左右他權威的力量存在。

衣袂破風聲從對面傳來。在寇仲瞠目以對下，以祝玉妍為首的十多道人影，其中認得的尚有婠婠、辟守玄、霞長老、邊不負、聞采婷、榮姣姣，紛以全速離開大宅，朝西南方逢屋過屋的掠去。寇仲大叫不好，連忙往伏騫的住所趕去，只望能趕在前頭，通知他與麾下眾人先一步躲起來。祝玉妍這回該是動了眞火。

徐子陵雖曾與祝玉妍和石之軒那種頂級高手對敵，但眼下對道信大師這看似平平無奇的一腳，仍大感頭痛。最要命處是這一腳發出的氣勢勁道，產生出龐大無匹的壓力，把他的感官完全籠罩其中，連肌膚也如被針刺，失去往常的靈銳。寸步難移下，道信大師腳速驟增，疾取他腹下氣海的重要部位。

徐子陵身體雖像被萬斤重石硬壓著，靈台仍是一片清明，立即雙掌下按。「蓬！」徐子陵應腳斜衝而起，殿下智慧大師亦如影附形的凌空從下方趕上，雙手盤抱，一股氣柱沖天而至，直擊徐子陵背心，如被擊中，徐子陵將失去對抗之力。

徐子陵則心叫好險。自出道以來，連他都記不起有多少次給人圍攻，在這方面的經驗豐富至極。所以剛才擋道信大師那一腳是以卸爲主，順勢拔起的則是要脫出這禪門高僧可怕的勁氣場。此時最佳躲閃之法，莫如迅速改向，包保可避過智慧大師的凌厲氣勁，可是這麼做將會暴露自家的壓箱底本錢，別人有戒備下，恐怕難以重施故技。

徐子陵一聲長嘯，凌空翻騰，變成頭下腳上，一個施無畏印，然後掌化爲拳，全力痛擊在智慧大師所發氣柱的鋒銳上。「轟！」勁氣四濺。徐子陵噴出一口鮮血，翻翻滾滾的硬被送往距離殿頂近十丈的高空。

智慧大師低喧佛號，往下落去，降在道信大師之旁。兩人心中均知此戰接近尾聲，皆因徐子陵無論如何厲害，終與智慧大師近兩甲子的功力有一段距離，受傷之重，恐怕沒有一旬半月難以回復，目前該無再戰之力。

道信大師叫道：「罪過罪過，事非得已，子陵切勿心生怨怪，著乘魔道。」

抵達最高點，開始下落的徐子陵卻是心中暗喜，最難得是兩僧並肩立於一處，對他的逃走大大有利。假若適才兩人同時對他出手，他的形勢將更爲險惡。幸好他們自重身分，只是輪番出擊，演變出眼前的有利情況。早在翻滾上升時，他憑長生訣眞氣獨有的療傷能力，把傷勢大幅減輕，令他有足夠能力可溜之大吉。

智慧大師垂目觀心，雙掌合十；道信大師則提聚功力，好在徐子陵落下時將他接著。就在此時，徐子陵一聲長嘯，雙拳下擊，在三丈上的高空同時攻襲兩僧。道信大師和智慧大師哪想得到他仍有餘力反抗，且更勝剛才交手時所表現的功力，無奈下各拍出一掌，迎上徐子陵的拳勁。他們均怕把力道用猛，只用上幾成功力。

「蓬！」「蓬！」兩聲，徐子陵借力飛退，往院門方向投去，長笑道：「多謝兩位大師指點，徐子陵去也。」

道信大笑道：「子陵言之過早哩！」

兩大高僧施展壓箱底的本領，從殿頂電射而出，就在徐子陵越過院門前，後發先至的趕上他。道信大師左掌疾劈，切往徐子陵右肩。智慧大師兩袖一揮，雙掌從袖內探出，凌空虛抓，登時產生一股吸扯之力，徐子陵若出手擋格道信，將再不能借力逸往院門外。

徐子陵深知成功失敗，決定於這剎那之間，只要被迫落地，將永遠不能憑自己的力量離開此寺。在兩大高僧難以置信中，徐子陵猛換眞氣，體內正反眞氣奇異的運動下，猛地橫移，道信大師的劈掌頓時落空。徐子陵再一聲猛喝，雙掌下按，重擊地面，借那反撞勁力，往後翻騰，脫出智慧大師的吸勁。兩大高僧駭然落往地面時，徐子陵早在院門外的暗黑中消失得無影無蹤。

道信大師不怒反笑，哈哈開懷道：「英雄出少年，子陵請恕道信不送啦！」

師妃暄和了空現身在兩僧身後，均露出訝異驚佩的神色，事前有誰能猜到徐子陵竟有本領突圍而去。師妃暄若無其事的淡淡道：「前事不忘，後事之師，我們這次雖留不下徐子陵，但對計劃卻是有益無損，至少令我們能對他們的實力作出更正確的估計。」

寇仲伏在屋脊的另一邊，探頭瞧去，只見在二十丈外一所大宅屋頂上，祝玉妍等不知因何事停下來。這時他內心矛盾得要命，既想趁機趕在她們前頭，又想看看她們爲何停止前進。

一聲佛號下，祝玉妍等人所立處對面的瓦背上冒出一位手持禪杖，氣質雍容爾雅，身材魁梧威猛，鬚眉俱白的老僧，單掌問訊，道：「祝后行色匆匆，不知要趕往何處？」

祝玉妍冷笑道：「原來是華嚴宗的帝心尊者，是否動了妄心，要來管我陰癸派的事？」

寇仲心中大懍，暗忖原來是四大聖僧之一，難怪半點不懼陰癸派的人多勢衆，想必有其他三大聖僧在暗中爲他撐腰，說不定師仙子也在附近。想到這裡，背脊寒意直冒，悄悄翻下屋脊，躲往小巷暗處去。

帝心尊者平和的道：「若起精進心，是妄非精進。若能心不妄，精進無有涯。貧僧豈敢亂起妄心，只是見祝后殺氣騰騰，似欲大開殺戒，念及衆生無辜，特來勸告一聲。」

祝玉妍冷哼道：「我要殺的人，都不會是無辜的，尊者如若不肯讓路，莫怪本后眞要大開殺戒。」

帝心尊者從容微笑道：「新月有圓夜，人心無滿時。苦海無邊，回頭是岸。祝后何時才明白千尋萬求，卻唯此一事實。」

祝玉妍發出一陣清脆若銀鈴的嬌笑聲：「佛門四僧中，以三論宗嘉祥大師的枯禪玄功稱冠，尊者的大圓滿杖法居次，接而才輪到道信的達摩手和智慧大師的心佛掌，玉妍有幸，今晚借此良機，領教一下佛門絕學。」

帝心尊者吟道：「善哉！善哉！祝后既有此雅興，自當有人奉陪。」

祝玉妍訝道：「原來尊者是一心來尋釁生事，還說不起妄念。究竟是甚麼人來了？」

話猶未已，一陣清越的簫音從遠處傳來，只是幾個音符，卻令人泛起纏綿不休，引人入勝的玄異意象，比之以簫藝稱絕的石青璇亦毫不遜色。簫音倏斂。餘音仍是縈繞不去。暗裡的寇仲心中大奇，難道另三僧中竟有奏簫的高手在其中。

祝玉妍大出寇仲意料之外的道：「原來是寧道奇兄大駕光臨，令晚之事就此作罷。」

在寇仲頭皮發麻中，祝玉妍等匆匆離開，又待了半晌，到寇仲肯定帝心尊者和寧道奇亦離開後，才敢悄悄溜走，暗呼好險。

第五章

至善之戰

黃易 作品集

第五章　至善之戰

寇仲躍入該是伏騫和他手下落腳的華麗庭院，心中頓感不妙，顯然已人去樓空。寇仲仍不服氣，來回搜索兩趟，竟沒有留下隻字片紙。驚疑不定時，心生警兆，似是有人來至近處。寇仲心中大懍，他之所以能發覺對方接近，純粹是出於高手的直覺感應，非是聽到甚麼聲音。難道是祝玉妍、婠婠之流繞個圈的又來了。更糟糕的是來者是寧道奇或四大聖僧。寧道奇神龍乍現的以簫音駭退陰癸派，在他腦海中留下極深刻的印象，雖未至因而心膽俱喪，總有低對方一大截的不妙感覺。當然祝玉妍是犯不著與寧道奇、四大聖僧至乎師妃暄、了空禪師等硬拚一場，但祝玉妍如此「義無反顧」的掉頭便走，可看出寧道奇仍穩爲中原的第一人，沒有人能蓋過他的威望。

寇仲掣出井中月，在廳堂的椅子坐下，喝道：「誰？」

一道人影像輕煙般飄入，赫然立定，竟是伏騫座下第一高手邢漠飛，後者抱拳爲禮笑道：「終等到少帥啦！」

寇仲放下心，還刀入鞘，點頭道：「邢兄原來這麼高明，我差點看走眼。」

邢漠飛好整以暇的在他旁坐下，微笑道：「少帥過譽。不過小弟奉大王之命保護王子，當然下過一番苦功。」

寇仲目光移到他肩上露出的兩把刀柄，道：「邢兄是用刀的。」

邢漠飛道：「在西漠時我慣用的是箭和長矛，入中原後爲方便改用雙刀，發覺非但管用，還有意想不到的好處。」

寇仲像忘記伏騫等人的去處，興趣盎然問道：「是甚麼好處？」

邢漠飛答道：「刀槍劍戟，刀居第一。其鋒快和便於砍劈的優點，確非其他兵器能取代，且形製千變萬化，我這兩把長柄陌刀，很適合在馬上與敵交鋒。」

寇仲試探道：「邢兄在吐谷渾必定非常有名氣。」他是從對方可如此改用別的兵器，推測出邢漠飛武功不會在伏騫之下。

邢漠飛欣然道：「漠飛早視少帥爲知心好友，實不相瞞，在吐谷渾漠飛尚未曾遇過敵手。」

寇仲拍膝嘆道：「早說我是看走了眼，到剛才始知邢兄的厲害。」

邢漠飛對他的讚賞似是毫不在意，轉入正題道：「少主爲免我們成爲敵人攻擊的目標，所以化整爲零，散往各處暫避風頭火勢。徐爺比少帥早到片刻，已往少主藏身處會合，少帥請隨漠飛去吧！」

片刻後，兩人與藏在附近另一所毫不起眼的小房舍的伏騫、突利、徐子陵會合。

伏騫道：「明天開城後，我的人會分從水陸兩路離此北上，沿途作出部署，以保證可汗能安返汗庭。」

寇仲漫不經意的道：「我已重創辟塵喬扮的榮鳳祥，洛水幫會陣腳大亂，再難有效率的對付我們。」

衆人愕然下，寇仲解釋一番，說到魔帥趙德言已抵洛陽，神龍見首不見尾的寧道奇又出面將祝玉妍逼退，衆人均感奇峰迭起，洛陽已成臥虎藏龍之地。

寇仲向徐子陵苦笑道：「四大老……嘿！四大聖僧終於來尋我們的晦氣，尚有老寧在背後撐腰，這一關確不易闖。」

徐子陵淡淡道：「此事留待一會兒後再說。照我看帝心尊者和寧道奇這麼逼退祝玉妍，是要警告她不准插手到四大聖僧和我們的事情內。若我猜得不錯，祝玉妍將會撤離洛陽，只要我們能對趙德言迎頭痛擊，對可汗返回故土的行動將大大有利。」

寇仲動容道：「那就事不宜遲，趙德言肯定仍在哪處爲辟塵療傷。」

突利搖頭道：「趙德言生性奸詐多疑，絕不會留在該處。」

伏騫道：「可汗所言有理，不過我們既曉得趙德言在此，自可從容定計應付。」頓了頓又道：「榮鳳祥既傷重不起，陰癸派和趙德言亦難有大作爲，只要布置周詳，兼之秦叔寶和程咬金又站在我們的一方，縱使石之軒出手，我伏騫也有把握護送可汗回國。少帥和子陵兄可把精神集中去應付四大聖僧一事上。」

突利搖頭道：「要走我們一起走，否則怎算得上是兄弟。」

寇仲和徐子陵心中一熱，暗忖突利就如跋鋒寒，是眞正的朋友。

伏騫微笑道：「我也曾想過這問題，如果我們插手其中，只會逼令師妃暄、了空甚或寧道奇出手干涉，不但於事無補，反使情況更趨複雜。何況這並非生死決戰，只要少帥和子陵兄能在四高僧圍攻下安然突圍逃去，不被生擒，四高僧因自重身分，絕不會二度出手。這會是一場有條件限制的鬥爭，外人不宜捲入。」

突利聽得默然無語。寇仲伸手搭上突利肩頭，衷心的道：「可汗現在頭等重要的大事，是安然北返，其他都不要理會。我和陵少是從挨打中長大的，甚麼場面未遇上過。」

伏騫欣然道：「我是旁觀者清，兩位尚有一項優點未曾盡情發揮，只要能好好利用這長處，雖未必強過四僧的聯手，但在他們務要生擒你們的情況下，突圍逃走該是沒有問題。」

兩人呆了一呆時，突利和邢漠飛齊聲問道：「甚麼長處？」

伏騫沉聲道：「就是他們聯手作戰的威力。」

寇仲和徐子陵一震互望，均有撥雲霧見青天，豁然貫通的感覺。自出道以來，兩人聯手作戰不知凡幾，與任少名之戰，就全靠聯手之力，配合部署，故能以弱勝強，名震天下。儘管如此，兩人卻從來沒有眞正研究過如何聯手作戰；憑兩人對彼此的熟悉和默契，兼之武功勁氣均來自長生訣及和氏璧，聯合起來確可發揮無窮的威力。這個以聯手破聯手的戰略，實是最高明的方法，更是唯一的生機。

寇仲柏枱道：「王子果然高明，時間緊迫，我立即和陵少研究一下。」

伏騫道：「閉門造車，何不利用我們三人從實戰中作磨練，照我看只消一晚辰光，明早太陽出來時，兩位便可報名開赴試場應考哩！」

寇仲和徐子陵步入董家酒樓鬧哄哄的地下大堂，立即被請上四樓的大廂房。約好的楊公卿和張鎮周尚未出現，倒不是他們爽約遲到，而是兩人故意早到小半個時辰。董老闆親身來和他們寒暄敘舊，雖言不及義，已表現出這大商賈乃看重情義的人，否則誰敢在這等風頭火勢的時刻和他們沾上任何關係。

董老闆去後，寇仲飲一口熱茶，笑道：「榮妖女定是把她爹傷重的事實隱瞞，用以抑制洛水幫來向我們尋仇。」

他們故意在街上露面，以測試洛水幫的反應。假若榮鳳祥被襲重傷的消息傳出，洛水幫當然會來找他們的晦氣。不過若榮妖女要繼續控制洛水幫，最好的方法是當沒有這事發生過，並事事假傳榮鳳祥的命令，甚至抑制幫眾把事情鬧大，免得隱藏不住榮鳳祥傷重難起的消息。

徐子陵默默進食，腦際仍縈繞先前與寇仲從實戰中研究所得的聯手合擊之術。在這方面，他們確是天造地設的一對最佳拍檔。他已把與智慧、道信兩大高僧交手的情況詳告寇仲，令這小子信心倍增，士氣高張。

寇仲壓低聲音道：「橫豎都要走，我們今晚就走，我已有周詳的計劃。」

徐子陵點頭同意，輕輕道：「你有甚麼計策。」

寇仲笑道：「這叫明修棧道，暗渡陳倉之計。明的是我們詐作護送可汗北上，暗裏卻由你大搖大擺的直闖關中，我則另外設法。」

徐子陵愕然道：「你教我去送死嗎？」

寇仲笑道：「我怎會點條黑路你去走，你知否原來老岳與李淵乃是知交好友。」遂把從榮鳳祥「父女」聽到有關岳山與李淵的關係說出來。

徐子陵笑道：「原來是這件事。岳老在遺著裡確有提及李淵，還稱他『小刀』，且旁及其他人事。不過有甚麼用呢？若李淵眞的和岳山熟稔，只幾句話我便會露出馬腳。更何況師妃暄曉得岳山只是我的化身，這怎麼行？」

寇仲胸有成竹道：「岳山出名沉默寡言，行事不近情理，這種人最易喬扮，更何況他與李淵多年未見，到時隨機應變，該可蒙混過去。至於師仙子，無論她怎麼心切助李小子，但亦心存顧忌，絕不會把你如此出賣，此乃最高明的妙計。你將由外敵變成內應，對我們尋寶一事大大有利。」

徐子陵沉聲道：「但眼前最大的難題是四大聖僧，你怎麼應付？」

寇仲雙目寒芒爍閃的道：「這事定須在我們離開洛陽前解決，否則暗渡陳倉之計將胎死腹中，我打算主動出擊，與老張老楊吃過這頓酒飯，摸上至善寺去，與四大聖僧較量個清楚明白，看我們究竟是成王抑是敗寇，再不賭纏下去。」

徐子陵不得不同意寇仲想出來的確是目前的形勢中最可行的方法。由於有秦叔寶、程咬金跟伏騫兩方人馬的合作，他們可輕易製造出送突利北返的假象，兼且此事合情合理，又吻合他們重情重義的性格，誰都不會懷疑。

寇仲道：「不過其中一個先決條件是要把洛水幫癱瘓下來，令他們難以監察我們北上之行，而王世充則以爲秦叔寶和程咬金兩人必會依著他定下的路線北上，我們才可將計就計，把突利送返老家。」

徐子陵仍是不大放心道：「如此布置，是否眞可保得突利安然無事呢？」

寇仲伸手搭上徐子陵肩頭，微笑道：「放心吧！爲掩護你，我會眞的隨他們走一段路，如此可保萬無一失。」又低笑道：「沒有了洛水幫，石之軒和趙德言這對邪王魔帥，憑甚麼去把握突利的行蹤。兼且老寧和四僧均在附近遊弋，他們豈是全無顧忌。」

徐子陵苦笑道：「一於依你的計劃去博他娘的一鋪吧！」

寇仲舉杯大笑道：「祝我們的大計馬到功成。」

話猶未已，一把清越動人的女子聲音在門外道：「你們的大計已給我聽得，如何仍能馬到功成呢？」

兩人頓時嚇得驚駭欲絕，瞠目以對。

淡雅清艷的師妃暄悠然自若地在兩人對面坐下，仍是一貫的男裝打扮，從明媚秀眸閃射的靈光落在瞠目結舌的寇仲臉上，靜若止水地徐徐說道：「妃暄有個新的提議，可供少帥考慮。」

寇仲先瞥徐子陵一眼，見他已從驚駭中完全平復過來，心中微有所悟，深吸一口氣道：「我們剛才說話非常小心，仙子的隔牆有耳，只是在嚇唬我們，開個玩笑！對嗎？」

師妃暄目光移往徐子陵，見他正定神打量自己，報以微笑，柔聲道：「子陵兄的本領大大超乎妃暄估計之外，使妃暄不得不改變原定的計劃，作重新部署。」

徐子陵微笑道：「大家是老朋友啦！師小姐有甚麼話，請直言無礙。」

師妃暄微聳香肩，意態輕鬆的道：「妃暄早前請杜總管傳話要生擒兩位，才是真的嚇唬你們，好令你們打消入關之意，豈知反激起你們的鬥志，非意料所及。所以現在另有提議，想約好四位大師與你們在至善寺再作一次交手，假若兩位仍可安然脫身，我們以後袖手不理你們入關的事，否則你們取消尋寶之行，兩位意下如何？」

兩人愕然互望，暗呼厲害。師妃暄心平氣和的幾句話，首先令他們失去因恐怕遭受活擒囚禁而生的拚死之心，而事實上師妃暄亦可達到同樣目標。其次是逢此李閥派系鬥爭激烈，雙方爭持不下的時刻，暫且任得兩人自由自在並非沒有好處，眼前的是可護送突利可汗回國，好大幅削弱頡利入侵中原的力量；長遠的是為魔門樹立兩個頑強的勁敵。四大聖僧、師妃暄、了空等終是世外之人，不願長期直接捲入江湖的爭鬥中。

寇仲苦笑道：「假若小弟拒絕仙子的提議，是有失風度，請問此戰可否於一個時辰後舉行，因爲吃飽才有氣力嘛！」

師妃暄頷首道：「少帥沒有令妃暄失望，便依少帥指定的時間進行。唉！若妃暄有別的選擇，怎願與你們這麼對仗。」

她佩服寇仲是因他爽快接受挑戰，並沒有抗議四大聖僧聯手的不公平。更沒有要求改變地方，這使四僧因有一個指定的環境而發揮出最大的力量。要知兩人若蓄意潛逃，想截住他們絕非易事。四僧又勢不會在通衢大道中動手，所以寇仲首肯師妃暄的提議，實是勇氣可嘉。

徐子陵淡淡道：「師小姐沒打算親自下場，非常夠朋友哩！」

寇仲想起徐子陵明天會變成岳山，忙道：「我們從來不把仙子當作敵人，且是最好的朋友。」連徐子陵都聽得臉紅，明白他不良的居心，師妃暄微嗔道：「既當妃暄是好朋友，你就勿要仙子前仙子後的叫著，妃暄只是個普通修持的小女子。」

寇仲欣然道：「仙子發嗔的神情眞動人，難怪陵少……哎唷！」桌下當然是中了徐子陵一腳。

師妃暄早知他的口沒遮攔，亦不禁爲之氣結。旋又俏臉前所未有的微透紅霞，責怪的盯寇仲一眼，俏立而起，神態瞬即回復一向的清冷自若。兩人連忙起立相送。

師妃暄深深的凝視寇仲，輕柔的道：「祝玉妍連夜撤出洛陽，不過她對聖帝舍利絕不肯放手，以防落入石之軒手上，兩位對此應要小心點。」

寇仲抱拳笑嘻嘻道：「多謝仙子關心。」

師妃暄沒好氣的瞪他一眼，從容雅逸的離開。

重新坐好後，寇仲一把抓著徐子陵的肩膊低笑道：「兄弟你走運啦！照我看她對你眞的動了凡心，否則怎會顯現一般小女兒的羞澀情態。」

徐子陵尚未有機會責罵他，楊公卿和張鎭周來了，出乎意料之外的竟還有老狐狸王世充，氣氛登時異樣起來。

寇仲爲神色凝重的王世充奉茶，笑道：「聖上何用微服出巡，紆尊降貴的來見我們，一個口訊傳我們入宮見駕不就成嗎？」

王世充黑著臉沉聲道：「少帥可知自己的魯莽行事，闖出甚麼禍來？」

楊公卿和張鎭周先後趁王世充不在意，向他打個眼色，著他小心應付，顯是王世充曾在他們面前大發脾氣。

寇仲勉強壓下對王世充破口大罵的衝動，挨到椅背處，伸個懶腰，好整以暇的道：「聖上有否奇怪，爲何洛水幫的人仍未來找我們的麻煩？」

王世充勃然怒道：「當然知道，若非寡人費盡唇舌說服榮鳳祥，整個洛陽都要給翻轉過來。」

寇仲和徐子陵都心中暗罵：王世充確曾力勸榮鳳祥，不過只是勸他遲點動手，以免防礙對付突利的陰謀。

寇仲把左手腕枕在桌上，中指輕敲茶杯，目光凝注在不斷因震盪而惹起一圈又一圈漣漪的清茶，搖頭嘆道：「聖上你這是知其一不知其二，知其一的是由可風扮的榮鳳祥已給我們幹掉；不知其二的是辟塵扮的榮老妖亦告重傷，現在只剩下半條人命，能否過得今晚仍是未知之數。」

王世充、楊公卿和張鎭周頓時動容。

寇仲與徐子陵交換個眼色，微笑道：「臥榻之側，豈容他人鼾睡，目前榮妖女是獨力難支，假若聖上能把握機會，使人出掌洛水幫，說不定能把控制權奪取過來，此等手段，聖上該比我更在行，不用小子來教你。」

這番話暗含冷嘲熱諷，可是王世充的心神早飛往別處去，只當作耳邊風，卻仍不禁一震道：「榮鳳祥眞的傷得那麼重？可不要騙寡人。」

寇仲微笑道：「我寇仲甚麼時候騙過聖上？」

王世充終於臉色微紅，尷尬的乾咳一聲，道：「此事關係重大，寡人要先調查清楚，始作定奪。」雙目一轉，又道：「今天黃昏護送可汗北歸之事，可有改變？」

寇仲聳肩道：「一切依聖上指示，但爲萬全之策，我會和陵少隨行，直抵北疆始折往關中，聖上不會反對吧？」王世充欲言又止，終沒說出來，倏地起立，衆人依禮陪他站起來。王世充狠狠道：「兩位在洛陽最好安分守己，不要再鬧出事情來。」

寇仲聳肩道：「若沒有人來找我們鬧事，我們想不安分守己也不成。」

王世充臉色微變，旋又壓下怒火，問道：「可汗目前大駕何處？」

寇仲哈哈大笑道：「當然是躲起來避風頭，免得聖上難做嘛。聖上請！」

王世充氣得臉色再變，但終沒發作出來，拂袖往房門走去。張鎭周搶前一步爲他啓門，守在門外的十多名侍衛肅立致敬，排場十足。

楊公卿墮後半步，湊到寇仲耳旁低聲道：「李秀寧想見你。」

寇仲虎軀微顫，卻沒有作聲。楊公卿見他這副模樣和反應，諒解的略一點頭，拍拍他肩膀，又道：

「遲些再和你細說。」追在王世充等人之後離開。

「叮！」兩個杯子碰一記，寇仲喝下這杯祝茶後，道：「有沒有能脫身的預感？」

徐子陵苦笑道：「你當我能未卜先知嗎？不過根據徐某人的判斷，經昨夜一役，四僧該摸清楚我的底子，再無可能行險僥倖，而要憑眞功夫脫身。正如伏老騫說的：我們只能應試交卷，而不能弄巧作弊。」

寇仲點頭道：「你剛悟得心法非常重要，橫豎他們不是要活宰我們，我們借此機會盡展所長，輸了就改去找宇文化骨算賬，但你可不要故意輸掉才成。」

徐子陵啞然失笑道：「我若這麼做，怎還配作寇少帥你的兄弟？更何況現在我眞的想入關一開眼界。」

寇仲愕然道：「有甚麼眼界可開的？」

徐子陵微笑道：「都是你不好，想出由我扮岳山去探訪老朋友李淵這方法，令我不單大感刺激有趣，並覺說不定還可破壞石之軒的陰謀。」

寇仲搖頭嘆道：「說到底你認定我起不出寶藏，還說甚麼兄弟情深。」

徐子陵顯然心情大佳，笑道：「少帥息怒，但客觀的事實絕不會因人的主觀意志而轉移。先不說我們找到寶藏的機會非常渺茫，找到也難以搬走，你只好守諾認命，我又何樂而不爲。」

寇仲哈哈一笑，旋又壓低聲音道：「小子是否因仙子也動凡心而心花怒放？」

徐子陵哂然道：「你愛怎麼想都可以，時間差不多哩！能被佛門四大頂尖高手圍攻，想想都覺得是種榮幸。」

寇仲一拍背上井中月，猛地立起，仰天笑道：「是龍是蛇，還看今朝。井中月啊！你勿要讓我寇仲失望啊！」

兩人步出董家酒樓，同時往天上瞧去，只見點點雪花，徐徐飄降，塡滿整個天空，剎那間將先前的世界轉化到另一天地。每點雪花都帶有飄移不定的性格，分異中又見無比的統一。天街仍是人來人往，車水馬龍的熱鬧情景，往左右瞧去，較遠的地方全陷進白濛濛的飄雪中，爲這洛陽第一大街增添了豐富的層次濃淡，有如一幅充滿詩意的畫卷，把一切以雪白的顏色淨化。洛陽的居民爲此歡欣雀躍，以歡呼和微笑迎接瑞雪的來臨。

寇仲笑道：「我們甫出門口即下雪，這算是甚麼兆頭？」

徐子陵正別頭凝望另一端消失在茫茫雪雨裏的天津橋，欣然道：「管他娘的甚麼凶兆吉兆，總之我現在感到心神舒暢便成。」

不約而同下，兩人加入天街的人流，朝天津橋開步。他們大異常人的體型氣度，吸引了不少行人的目光。

寇仲與徐子陵並肩而行，嘆道：「誰會想到我們是到至善寺與佛門最厲害的四個和尙決鬥，而此戰又可能關乎到天下盛衰興替的大事？」

徐子陵心中一陣感觸，想起生命夢幻般的特質，點頭道：「我們在揚州混日子時，沒想過有今天此日吧？」

寇仲一拍他肩頭哈哈笑道：「說得好！那時我們只是兩個不名一文的無名小卒，每天為如何填飽肚子苦惱，還要動腦筋去應付言老大，想想都覺得現實做夢般虛假。更怕跌一跤醒過來，仍是睡在揚州廢園的狗窩裏。」

兩人步上天津橋，雪花下得更大更密，洛河和長橋均被濃得化不開白皚皚的冬雪籠罩，茫茫一片。

徐子陵在橋頂停下來，目光追隨一艘沒進雨雪深處的風帆，忽然道：「為何你不願去見李秀寧？」

寇仲虎軀微顫，雙手按欄，低首俯視洛河，雪花飄進長流不休的河水裏，立被同化得無痕無跡，一切是那麼自然和不經意。苦笑道：「教我怎麼回答你？相見爭如不見，我只會令她失望。」

徐子陵道：「假設你遇上她時名花尚未有主，你的命運是否會因而改變過來？」

寇仲搖頭道：「誰曉得答案？那時我們的身分太過懸殊，若我們當年就那麼跟了李小子，今天頂多只是天策府的兩個神將天兵，很難會有現在的得意際遇。禍福無門，倖是難料。」又岔開話題道：「嘿！師妃暄終於會臉紅哩！」

徐子陵啞然失笑道：「你這小子，總是死性不改，不肯放過這類話題。師妃暄怎說仍是凡人，自然有凡人的七情六欲，間中臉紅有啥稀奇，何況你的說話是那麼的大膽無禮。」

寇仲笑道：「她並非凡人，而是自幼修行把心湖練至古井不波，棄情絕欲的凡間仙子，她肯為你臉紅，可見到達情難自禁的地步。不是我說你，你這小子實在太驕傲，心中喜歡上人家姑娘，仍只藏在心內。」

徐子陵不由想起石青璇，嘆道：「緣來緣去，豈可強求！每個人也有自己追求的理想和目標，強要改變不會有甚麼好結果的。或者忽然有一天我想成家，想法又會改變過來。」

寇仲嘆道：「你徐子陵怎會成家？照我看你只會是隻閒雲野鶴，尋尋覓覓，卻又無欠無求的了此殘生。哈！了此殘生。」

徐子陵想起素素，心中湧起莫以名之的傷情。

寇仲伸手搭上他肩頭，跟他一起步下天津橋，若有所思的道：「眞奇怪！這場飄雪像觸動了我們心靈內某一境界，勾出記憶深處某些早被淡忘的事物。我們腳踏的雖是洛陽的天街，但感覺卻像回到兒時的揚州城，換過另一種更能牽動內心的方式去討論令我們神魂顛倒的標緻娘兒，談論未來的理想。」

徐子陵點頭同意，道：「當年我們確是無所不談，更不斷憧憬將來。眼前我們像得到很多東西，但又若一無所有。究竟是否眞有命運這回事？」

寇仲沉吟道：「你也知我以前從不眞的相信命運，好運壞運只是當話來說。可是在經歷這麼多事故後，我再不敢遽下斷語。無論我們到哪裏，宿命總像緊緊纏繞我們。例如娘死前爲何會告訴我們楊公寶藏的藏處，爲何我們又會遇上設計寶藏的魯妙子？更那麼巧寶藏就在關中，還牽涉到爭天下做皇帝和正道魔門的鬥爭，千絲萬縷，總要將我和你捲進去似的。這不是宿命是甚麼！」

只下這麼一陣的密雪，東都洛陽換上雪白的新衣，所有房舍見雪不見瓦，長街積起一層薄雪，剛留下的足印車痕轉瞬被掩蓋，過程不住的重複。

兩人漫不經意的轉入通往至善寺的街道，純淨樸素的雪景使他們心中各有沉溺，不能自已。雪點變成一拳拳的雪球，彷彿由一滴滴剔透的冰冷淚珠，化作朵朵徐徐開放的花朵，美得教人心醉。倏地停下，至善寺敞開的大門正在眼前。陣陣梵唄誦經之聲，悠悠揚揚從大雄寶殿中傳來，配合雪白蒼茫的天地，份外使人幽思感慨，神馳物外。

寇仲虎軀一震道：「爲何剛才我完全忘記了到這裏來是要面對生命中最重要的一戰？」徐子陵心中亦湧起奇異無比的感覺。寇仲一拍背上井中月，豪情狂起，哈哈一笑，大步領先跨進寺門內去。徐子陵緊隨在後，在這一刻，他完全不把勝敗榮辱放在心上，就像從天降下的瑞雪。萬古長空，一朝白雪。

他們繞過大雄寶殿，來到徐子陵與師妃暄昨晚交談的亭園內，除了不斷從後方大雄寶殿傳來的經誦外，四周空寂無人，只有雪花輕柔地默默從天飄降。

寇仲笑道：「我有種感覺：就像變成蜜糖那般，所有嗅到香氣的好蜂壞蝶，紛紛趕來分一點滴。」

兩人任由雪花落在身上，腳步不停的朝跟大雄寶殿遙相對峙的天王殿走去。殿後佛塔高聳，殿宇重重，左方似爲僧侶寢居的處所，右邊則爲齋堂、客堂等建築物，規模宏大。

徐子陵搖頭笑道：「你這小子，不時要來幾句不倫不類的比喻話兒，狂蜂浪蝶競逐花蜜，只適用於男追女的情況。我們只因惹得一身煩惱，人家要找麻煩便來尋上我們而已！」

天王殿內，中供大肚彌勒，背塑韋馱，左右分列四大天王，東西南北各護一天。塑工精絕，形神兼備，生動逼真。

四大聖僧，並排背著大門坐在佛壇前四個蒲團上，左右兩邊是曾和徐子陵交手的道信大師和智慧大師，中間旁放禪杖的一僧就是寇仲見過的華嚴宗帝心尊者，剩下來的一僧枯瘦黝黑，身披單薄的灰色僧袍，當然是祝玉妍譽之以枯禪玄功稱冠於世的三論宗嘉祥大師。

四僧默然結跏趺坐，就像多出來的四尊菩薩塑像，卻又令人在視覺上絲毫不感突兀，有如融渾進廣闊廟堂的空間去。一炷清香，默燃著插在供奉的鼎爐正中處，送出香氣，瀰漫佛殿。

寇仲並沒有被這種壓人的神聖氣氛所懾，踏前一步，哈哈笑道：「四位大師聖駕安祥，寇仲徐子陵兩小子特來參見。」

四僧同喧佛號。四僧聲音不一，聲調有異，道信清柔，智慧朗越，帝心雄渾，嘉祥沉啞，可是四人的聲音合起來，卻有如暮鼓晨鐘，震盪殿堂，可把深迷在人世苦海作其春秋大夢者驚醒過來，覺悟人生只是一場春夢！寇仲和徐子陵不由生出異樣的感受。

嘉祥大師以他低沉嘶啞，但又字字清晰，擲地有聲的聲音道：「兩位施主果是信人，若能息止干戈，更是功德無量。」

寇仲微微一笑，從容道：「難得大師肯出手指點，我寇仲怎可錯過這千載難逢的良機，不知如何算過得四位大師一關？」

道信大師哈哈一笑，道：「大道無門，虛空絕路，兩位施主只要能從來的地方回去，以後兩位愛幹甚麼，我們絕不干涉。」

兩人聽得你眼望我眼。道信的話暗含玄機，無門既指天王殿的大門，也可指外院的山門，兩者遠近不同，自是大有分別。四僧直至此刻仍是背向他們，殿外風雪漫空，氣氛更覺玄異。徐子陵感到落在下風，問也不是，不問更不是。暗捏大金剛輪印，沉聲喝出眞言。「臨！」四僧表面一點不爲所動，但兩人的眼力何等厲害，均察覺到他們頸背汗毛豎動，顯然被徐子陵這含蘊佛門最高心法的眞言所動。正是以子之矛，攻子之盾。

帝心尊者雄渾鏗鏘的聲音道：「善哉！善哉！徐施主竟精通眞言咒法，令老衲大感意外。言咒既出，青山綠水，處處分明。未知此法得於何處，乞予賜示。」

原本非常濃重的奇異心靈壓力和氣氛，在徐子陵的眞言咒後，已被摧散得無影無蹤，其中玄異之處，非身受者絕難明白。

徐子陵淡然一笑，徐徐道：「此爲眞言大師於入滅前遊戲間傳與小子的。」

智慧大師低喧佛號，柔聲道：「心迷法華轉，心悟轉法華。原來徐施主曾得遍遊天下佛寺的眞言傳以佛門秘法，難怪昨晚能不爲我們所動，不過眞言傳法之舉，其中大有深意，既是遊戲，也非是遊戲。」

嘉祥大師忽然道：「兩位施主可以出招！」

寇仲和徐子陵均愕然以對，四僧一派安詳自得，又是以背脊向著他們，在佛殿肅穆莊嚴的氣氛下，配合他們靜如淵嶽，莫測高深的行藏，自有一股凜然不可侵犯的氣勢，教他們如何出招。且四僧渾成一體，實有不戰而屈人之兵的氣概，圓滿無瑕，無隙可尋。朝這麼一個「佛陣」出招，任兩人如何自負自信，仍有燈蛾撲火，自取滅亡的恐懼。掉頭而走嗎？更是下作窩囊，且與寇仲先前說滿了的話大相違背。氣虛勢弱下，更是不堪一擊。倏地裏他們心知肚明，嘉祥大師這麼輕灑一招，又重新穩占上風，把他們逼到進不能、退不得的劣境。

寇仲發出一陣長笑，震盪大殿。「篤篤篤篤！」就在他笑聲剛揚，嘉祥大師敲響身前的木魚，是那麼自然而然，偏又像與寇仲的大笑聲格格不入。寇仲發覺很難再「放任」的暢懷笑下去，倏地收止笑聲。木魚聲同時而止，怪異之極。

寇仲駭然道：「大師眞厲害，這是否甚麼木魚眞言？」

道信哈哈笑道：「小寇仲眞情眞性，毫不造作虛飾，放之自然，難得難得。」

「鏗！」寇仲掣出背上井中月，再一聲長笑，一刀劈出。四僧同時動容。徐子陵也心中叫絕，皆因此實是唯一「破陣」的無上妙法。

這一刀並非擊向四僧任何之一，而是劈在四僧背後丈許外的空虛，落刀點帶起的氣勁，卻把四僧全體牽捲其中。要知剛才兩人是攻無可攻，守無可守，沒有任何空隙破綻可供入手。且寇仲笑聲被破，硬被逼處下風，若無應付手段，情勢將更加如江河下瀉。但他這忽然出刀，卻把整個形勢扭轉過來，只要四僧運功相抗，以平衡氣勢，寇仲等於破了他們非攻非守，無隙可尋之局。在氣勢牽引相乘下，寇仲還可化被動為主動，把「棋奕」變作「井中八法」其他厲害招數，那時進可攻，退可溜，再非先前動彈不得的劣勢。

帝心尊者高喧佛號，不知何時禪杖已到了他手裏，同時翻騰而起，來到寇仲前方上空處，運杖掃來。寇仲叫了聲「好」，發動體內正反之氣，往後疾退。徐子陵則跟他錯身而過，暗揑大金剛輪印，一拳擊出，正中杖頭。兩人的移形換位，就如幽林鳥飛，碧澗魚跳，全發乎天然，渾然無痕。

帝心尊者的「大圓滿杖法」，講求的是「隨處作主，立處皆眞」自由圓滿的境界，從無而來，歸往無處。無論對方防守如何嚴密，他的大圓滿杖仍可像溪水過密竹林般流過。初時估量寇仲只能運刀擋格，那他將可展開杖法，無孔不入，無隙不至的以水銀瀉地式的攻擊，把寇仲的鬥志信心徹底銷毀。

豈知寇仲不進反退，換上的徐子陵則以大巧若拙的驚人手法，在他杖法生變前一拳硬撼杖鋒。以帝心尊者修行多年的禪心，亦不由一陣波盪。道信、智慧兩僧則心中暗懍，知道經昨夜一戰後，徐子陵再有突破。

「啪」的一聲，有如枯木相擊。徐子陵感到帝心尊者大圓滿杖的內勁深正淳和，有若從山巔高處俯瀉的淵川河谷，廣漠無邊，如以眞氣硬攻進去，等於把小石投向那種無邊空間，最多只能得回一下迴響。思定智生，當然不會學昨晚般妄想借勁，暗捏印訣，把對方杖勁往橫一帶。

帝心尊者垂眉喝道：「徐施主確是高明。」說話間禪杖先順勁微移，倏地爆起漫天杖影，往徐子陵攻來。徐子陵像早知他會有此一著般，閃電橫移，蓄勢以待的寇仲弓背彈撲，一招「擊奇」，井中月化作黃芒，硬攻進如狂風暴雨的杖影深處。「噹！」杖影散去。帝心尊者柱杖而立，寇仲則在他十步外橫刀作勢，雙目精芒閃爍，大有橫掃三軍之概，兩人隔遠對峙，互相催逼氣勢，殿內登時勁氣橫空，寒氣逼人。

道信、智慧、嘉祥同喧佛號，倏忽間分別移往各處殿角，把三人圍在正中。嘉祥大師這下站起來，比徐、寇兩人還要高上三、四寸，瘦似枯竹，臉孔狹長，雙目似開似閉，左手木魚、右手木槌，自有一種說不出來的有道高僧風範。

智慧低吟道：「兩位施主比我們想像中的更見高明，貧僧佩服。」能逼得他們四人決意同時出手，說出去已可非常自豪。

帝心尊者嘴角逸出一絲笑意，柔聲道：「寇施主這一刀已得刀道要旨，寓千萬變化於不變之中，逼得老衲也要捨變求一，改守爲攻。天下間除『天刀』宋缺外，恐怕沒有人能使出這麼的一刀來。」

寇仲持刀的右手此時從痠麻中回復過來，想到自己能和這佛門似仙佛級數的人物硬拚一招而沒有吐血受傷，立即信心倍增，從容一笑道：「幸好今天不是與諸位大師以性命相搏，不如就以此香立約，假若香盡我們仍不能離開此殿，就當我們作輸，如何？」

道信笑道：「小寇仲快人快語，就此作定。否則我們這四個老傢伙會顯得太小氣哩！」

寇仲一聲長嘯，神態威風凜凜，豪強至極，冷然道：「此香怕仍有半個時辰可燒，小子就借此良機，先向尊者討教高明，不過請諸位大師留意，小子是會隨時開小差溜掉的。」語畢，踏出三步。

帝心尊者雙目猛睜，精芒劇盛，若是在庸手眼中，只能看到寇仲借步法令自己閃移不定，務讓出刀角度更爲難測。但帝心尊者何等樣人，一眼看穿寇仲是借踏步來運動體內奇異的眞氣，接著出刀將會更是飄忽難擋，且必是雷霆萬鈞，威凌天下之勢。以帝心尊者的造詣，亦萬不能任他蓄勢全力出刀，禪杖疾出，橫掃寇仲。

豈知寇仲竟大笑道：「尊者中計哩！」同時踏出第四步。

在場所有人，包括徐子陵在內，無不感到寇仲這一步實有驚世駭俗的玄奧蘊藏其中，看似一步，竟縮地成寸的搶至帝心尊者杖勢之外。後者受他前三步所眩，一時失察下那凌厲無匹的一杖，絲毫威脅不到這比他年輕兩甲子以上的對手。徐子陵亦感嘆爲觀止，他非是未領教過寇仲學自「天刀」宋缺的奇異步法，只是想不到他能如此全出乎天然的混雜在其他別有作用的步法中使出來，先誘敵出手，在對方猝不及防下驟然施展，最難得處是在全無先兆。

唰唰唰一連三刀連環劈出，勁氣橫生，把帝心尊者籠罩其中，只見井中月化作閃電般的黃芒，每一刀均從意想不到的角度劈入如牆如山的杖影裏，每一刀均封死帝心尊者的後著變化，逼得這佛門高人無法全力展開他的大圓滿杖法，令徐子陵感到難以相信眼睛所見的駭人事實，其他三僧則更不用說。

「噹噹噹！」寇仲收刀退回徐子陵旁，撫刀叫道：「痛快！痛快！眞痛快！」

帝心尊者單掌問訊，嘆道：「寇施主果然是武學的不世出奇才，老衲佩服。」

道信大師接口道：「照我看這一仗實不必費時間比下去，皆因若我們四個老禿一起出手，小寇仲勢難以這種奧妙的手法令尊者有力難施，倘有損傷，大家都不好受。」這番話等於說因寇仲太厲害，連道信也沒信心能在不出殺招下壓伏他們。

寇仲用手肘輕撞徐子陵，微笑道：「陵少怎麼說？」

徐子陵瀟灑的一聳肩膊，哂道：「我有甚麼意見？看你這小子吧！」

四僧心內無不讚嘆，兩人在他們龐大的功力下，仍是那麼寫意閒逸，談笑用兵，只是這點已隱具武學宗匠的風度，豈是一般高手能及。

寇仲發出一陣滿貫強大信心的長笑，搖頭道：「道信大師此言差矣！若只是我寇仲一個小子，此刻就要棄刀認輸，可是寇仲加上徐子陵，而我們的目標只是從殿門離開，將是另一回事。」

「篤！」寇仲和徐子陵均感一陣心寒膽落的悸動，這下由嘉祥大師敲出的木魚聲，似有穿牆透壁的異力，直送進他們心靈的至深處。倏忽間，被推崇爲四僧之首的嘉祥大師移至兩人正前方，帝心尊者則往後退開，與守在靠門左右角落處的道信和智慧，形成一個三角陣，把兩人圍在正中處。

嘉祥枯槁的長臉不見絲毫情緒波動，木魚早給藏在衲裏，乾枯的兩手從寬闊的灰袍袖探出，右手正豎居上，左手平托在下，淡漠的道：「兩位施主今日之敗，在於過分自信，我們四人近二十年從未與人交手，早難起爭鬥之心。但若只需在某一時限下把兩位留在此殿中，仍該可勉強辦到。事關天下蒼生，請恕貧僧得罪。」

寇仲持刀挺立，遙指嘉祥，發出波波勁浪，對抗嘉祥攝魄驚心的氣勢，朗聲應道：「我們非是過於自信，而是敢面對挑戰，故立下明確的目標。我寇仲之所以不肯棄刀認輸，爲的亦是天下蒼生。只因立場不同，你我兩方遂有截然相反的立論。」

道信哈哈笑道：「青青翠竹，盡是眞如；郁郁黃花，無非般若。小寇仲明白嗎？」

寇仲苦笑道：「甚麼是眞如？甚麼是般若？我尚是首次聽到，怎會明白呢？」

智慧大師雙掌合什，一串檀木製的佛珠垂掛下來，循循善誘的道：「眞如是指事物內蘊其中永恆不變的眞相，般若是指成佛的智慧，施主明白嗎？」

寇仲瞥了旁立垂手的徐子陵一眼，笑道：「小陵比我較有佛性，問他好了！」

徐子陵啞然失笑道：「是否凡物皆暗藏佛性，翠竹黃花既是其中之物，當然有佛的眞理和智慧在內。只是小子仍不明白，這與寇仲所說的立場不同，立論亦異有何關係？」

道信欣然道：「隨緣而動，應機而爲。我們是隨緣而動，兩位施主何嘗不是。緣起緣滅，因果相乘，所以有眼前此刻之約。施主雖能明白自己，卻不能明白眼前。執之失度，必入岔道。何如放之自然，體無去住？」

寇仲一振手上長刀，發出一陣震鳴，灑然道：「多謝點化，使弟子今天學曉很多以前從沒想過的道理。四位大師請再賜教。」

嘉祥大師一聲佛號，終於出手。

寇仲哪敢讓嘉祥搶在先手，全力進擊，施出「井中八法」的「擊奇」，在把氣勢推高至巔峰的狀態下，井中月化作黃芒，流星般劃過與嘉祥對峙的空間，疾取嘉祥胸口的部位。人與刀合爲一體，旁觀者無不感到其刀有撼嶽搖山之勢，不懼任何反擊硬架。換過是其他庸手，不待刀鋒觸體，早給其刀鋒發出充滿殺氣的刀勁所重創。

嘉祥大師全身文風不動，衣袂不揚，忽然枯瘦的右手從上登變爲平伸，身體則像一根木柱般前後左右的搖晃，右手再在胸前比劃，掌形逐漸變化，拇指外彎，其他手指靠貼伸直，到手掌推進至盡，拇指剛好一分不差的按在寇仲攻來的刀鋒處。

道信低喧道：「一指頭禪，施主小心！」

徐子陵看得心中咋舌，嘉祥跟寇仲迅若驚雷的速度恰正相反，每個動作均慢條斯理，讓人看得清清楚楚，可是他的「慢」，卻剛好剋制寇仲的「快」，由此可見他緩慢的舉止只是一種速度的錯覺，佛門玄功，確是驚世駭俗。

寇仲更是大吃一驚，他這招「擊奇」，乍看只是進手強攻的一招，厲害處在能發揮全力，以高度集中和疾快的刀勁，以強攻強。其實眞正玄妙處實在乎其千變萬化，可是嘉祥的「一指頭禪」，已達大巧不工的層次，眼睜睜的刀鋒就給他按個正著，完全無法可施。刀鋒有若砍上一堵精鐵打製的鋼牆，寇仲悶哼一聲，往後疾退，這一招立即抵至殘陽敗照的時光，再難有任何好景。一道眞氣，閃電般沿刀直刺入寇仲經脈之內。

嘉祥大師乘勢進擊，右手由左向右橫比，左手由下而上縱比，在虛空中畫出一個「十」字。徐子陵手捏大金剛輪印，雙手的手指向掌心彎曲，兩手大拇指並攏，中指反扣，纏繞食指，踏步向前，與疾退回來的寇仲錯身而過，然後一個旋身，帶起的勁氣狂飆剛好抵消嘉祥大師的氣勢壓力，印鋒精準無誤的刺在嘉祥大師在胸前比劃出來的「十」字正中處。

氣勁交擊，卻沒有半絲聲音。

嘉祥低吟道：「枯如乾井，滿似汪洋；三界六道，惟由心現。」

徐子陵虎軀劇震，刺中嘉祥的虛空十字，確有投水進一個乾涸了不知多少年月的枯井的感覺，可是當嘉祥低吟之時，這枯井忽然變成驚濤裂岸的大海汪洋，還如長堤崩潰的朝他狂湧過來。面對佛門絕學，徐子陵依然冷靜如故，心志絲毫不受影響，兩手分開，暗施卸勁，化去對方攻來多達四重的勁道，然後往後一仰，再拗腰挺回來時，一拳擊出。「蓬！」嘉祥大師往後微晃，徐子陵卻給硬生生震退三步。

寇仲卻動也不敢動，原來他忽然感到另外三僧的注意力全集中到他身上，只要他稍有異舉，在氣機牽引下，會立即成爲三僧全力圍攻的對象，實在妄動不得，只好眼睜睜靜觀變化。

嘉祥大師低垂的眼簾往上揚起，露出一對深邃難測，充滿哲人聖者智慧的神光，接著灰色的僧袍往下凹陷，緊貼全身，益顯他高挺頑瘦的體型，一掌拍出。動作行雲流水，又若羚羊掛角，玄機暗含。

帝心尊者長喧道：「正眼法藏。」

徐子陵一對虎目精芒大盛，迎上嘉祥大師銳利至可穿牆透壁的目光，心知肚明對方的招式雖似看來平平無奇，但實臻至反樸歸眞，大拙爲大巧的武道至境，像這一掌攻來，便任他以何種妙招奇技應戰，最後亦惟有硬接他一掌之途。其中玄奧處，確非任何言語可以清楚解釋。

乾如枯井，滿似汪洋。乾枯的一掌，正隱含似汪洋般的佛家博大淵深的眞氣。

徐子陵原地佇立，嘴角逸出一絲笑意，右掌迎擊，接著掌化爲拳，拳變一指，點在嘉祥大師掌心處。螺旋氣勁，破掌而入，竟是長驅直進，毫無阻滯。徐子陵不喜反驚，嘉祥這口枯井，突然又變成滿溢肆虐的大海汪洋，把螺旋氣勁反逼過來。徐子陵本早知對方有此一著，仍想不到變化得如此迅疾，螺旋勁先反方向轉收回來，再全力改向疾迎上去。「轟！」徐子陵俊容轉白，往後飄退，嘉祥如影附形的貼身追來。

寇仲心知此刻事關勝敗，嘉祥大師近百年的全力一掌豈同小可，徐子陵不倒地重傷確是能令天下震驚的事，再顧不得成了其他三僧衆矢之的的形勢，疾撲往前，右手井中月橫砍嘉祥，另一手則握上徐子陵的右手。

道信、智慧、帝心同喧佛號，逼近而至，同時出手。嘉祥大師左手輕拂，袍袖拂正刀鋒。「霍」的一聲，出乎衆僧意料外，嘉祥應刀飄飛，攻向徐子陵的一指頭禪再使不下去；始知兩人緊握的手變成一道貫通的橋樑，把他們同源而異的眞氣聯成一體，創造出眼前驕人的戰果。

其他三僧雖因此失去四人一舉聯手制伏兩人的預算，卻當然不會因此亂了陣腳，帝心尊者立即補上嘉祥避開而留下的空檔，化出萬千杖影，像一堵牆般從正面往他們疾壓過來。道信合十的雙掌推出，兩股氣勁滾滾翻騰的朝徐子陵左後側推來，教他再難以和寇仲連結在一起。智慧的檀木佛珠串揚起，隨著他奇異的步法，似是直搗寇仲的右耳鼓穴，但卻是可隨時改變方向，難測之極。

圍攻戰全面開展。寇仲和徐子陵緊握的雙手忽爾伸個筆直，身體往外檔傾斜，竟似陀螺般滴溜溜急旋起來。三僧哪想得到他們有此一著，登時失去原要攻擊的目標。

「叮！」寇仲的井中月分別擊中帝心尊者的大圓滿杖，又逼得道信運掌封架。徐子陵則揮掌重劈智慧大師的佛珠串，發出「蓬」的一下氣勁交擊聲。兩人借外傾和旋轉的勢道，攻出的角度和軌跡無不在三僧意料外，令這三位佛門的頂級人物也轉爲被動，改攻爲守，硬被逼開。

徐子陵一聲長嘯，右手運勁，把寇仲甩飛，有若離弦勁箭般往大殿正門射去。自己則借正反之氣，閃電截上嘉祥大師，兩手化作無數掌影，正面往他攻去。

道信和智慧兩僧負責把守大門，豈容寇仲這麼溜掉，展開壓箱底的本領，前者雙手隔空虛抓，使出「達摩手」十八式中的「拈柴擇菜」，登時勁風狂作，發出兩股暗帶迴旋的強大勁道，只要寇仲給捲中，保證要倒跌回殿內去。

智慧大師一聲「得罪」，手上佛珠串有三顆檀木珠脫手射出，後發先至的成品字形印往寇仲背脊，襲取他兩邊肩井和背心要穴。寇仲此時離殿門只不過半丈之遙，卻心知肚明這半丈之遙等於萬水千山，賠出小命都難以飛渡，當機立斷下足尖疾點地面，騰身而起，凌空一個翻騰，再借轉換眞氣的看家本領，硬是改變方向，險險避過兩僧的攻勢，反往殿心的徐子陵投去。

徐子陵正深陷險境，與嘉祥大師展開一場激烈無比的近身搏鬥，掌風拳影中，兩道人影兔起鶻落的鏖戰不休。表面看似是平分秋色，但寇仲一眼便瞧出徐子陵能活躍的地盤正不斷收窄，嘉祥的佛門奇技則層出不窮，逼得徐子陵不住硬拚，分明是以己之長，攻徐子陵之弱。

徐子陵之所以陷此劣境，主要是因在旁邁步盤旋，虎視眈眈窺伺的帝心尊者，他雖沒有出手，卻給他龐大的壓力和威脅，使他大受影響，分神戒備之下難以盡展全力應付功力比他深厚上一大截的嘉祥大師狂風暴雨般的攻勢。若非他的眞氣已臻隨心所欲的境界，加上新近學曉借勁卸勁的奇技，早給擊倒在地上。

寇仲一聲暴喝，忽然從空中落到地上，身隨刀走，力貫刀梢，化作黃虹，直往迎來攔截的帝心尊者射去。過不了帝心尊者這一關，休想能插手到嘉祥和徐子陵的戰圈內去。

道信和智慧立在正門左右處，沒有追來，他們均爲成名超過六十年的宗師級人物，身分地位非比尋常，若非在逼不得已的情況下，絕不願眞的以衆凌寡的來對付兩人。不過他們聯合把手殿門，等於一堵活的鐵壁銅牆，潑水難過。

帝心尊者往左一晃，禪杖橫掃，眼看掃中寇仲刀鋒，寇仲步法忽變，刀鋒竟在不可能變化的情況下生出變化，劃了個小圈，不但避過帝心尊者的禪杖，還挑中杖底，令這高僧也要大爲嘆賞。刀法至此，足可與「天刀」宋缺相提並論。帝心尊者微微一笑，禪杖下壓。同時產生狂猛的吸扯之勁，令寇仲難以脫身，更要殺其鋒銳之氣，連消帶打，不愧佛門四大聖僧之一。

寇仲心中叫好，使出從李元吉學來的回馬槍法門，人退刀隨，井中月左擺右搖，一下子從杖底脫身出來，接著又從半丈外處疾退回來，井中月急砍，刀光過處，帝心尊者在猝不及防下，禪杖終應刀盪開。若只是兩人相鬥，此刻帝心尊者隨便閃開，可重整攻勢，不會落在下風，可是帝心尊者此時的責任是要阻止寇仲往援徐子陵，形勢則完全兩樣。

寇仲刀光暴張，施出尚未對徐子陵用過的「井中八法」中的「兵詐」，幻出千萬點刀光，像殿外的暴風雪般，趁禪杖盪開的剎那，帝心尊者又不能不固守殿心陣地的形勢，往對手灑去。帝心尊者冷喝一聲，禪杖忽然變短，原來雙手改握到禪杖中開去，分別以杖頭杖尾使出一套細膩綿密、利於近身搏擊的杖法，迎戰井中月。

寇仲哈哈一笑，刀鋒幻化出來的芒點倏地消散，變回長刀一把，人卻移到帝心尊者左側杖勢不及處，一刀推出。如此奇招，帝心尊者仍是初次遇上。此際變招已來不及，兩手移往杖頭杖尾，運杖橫架。「噹！」寇仲痛砍禪杖，帝心尊者雄軀劇震時，寇仲借勢飛起，來到徐子陵和嘉祥上空。他使盡渾身解數，終爭取到這少許主動，突破帝心尊者這本是無隙可覓的關防。

徐子陵心中暗叫寇仲來得好，事實上他已到了山窮水盡的田地。帝心尊者與寇仲纏上後，他的劣勢仍沒有改善，皆因高手相爭，只要任何一方給逼落下風，絕難扳平過來，只會每況愈下，尤其像嘉祥大師這般級數的武學宗師，任何招式均臻爐火純青，千錘百煉的境界，根本不會有出錯的機會。若非嘉祥旨在消耗他的功力，他早便小命不保。

「噹！」嘉祥一掌逼退徐子陵，看似隨意的揮手彈指，寇仲凌厲無匹的一刀立即給震開，但亦解去徐子陵之困。

勁氣疾起，帝心尊者的大圓滿杖全力展開，鋪天蓋地的從後攻至。寇仲和徐子陵兩肩相碰，乍合又分，旋轉開去，分別迎擊嘉祥和帝心尊者。

以道信和智慧兩位大師的眼力，此時也有眼花撩亂的感覺，只見殿內四人戰作一團，初時寇仲和徐子陵給緊壓在一個狹小的空間內，可是兩人卻通過一種天衣無縫的聯擊戰術，時能增強功力地奇招迭出，活動的空間不住擴展，充滿活力。

佛壇香爐插的清香只剩下尾指般長的一小截，再捱不了多少時間，但照情勢發展下去，他們絕對沒有可能從嘉祥和帝心尊者的手下脫身，更遑論要闖關離殿。

「伏」的一聲，寇仲和徐子陵兩背相撞，徐子陵低喝道：「雲帥！」

寇仲感到徐子陵灼熱眞氣潮水般透背傳來，心領神會，知道最後的一個機會正在眼前，狂喝一聲，井中月使出「井中八法」第七法「速戰」，長刀先往裏彎，再迴擊往前，大有一往無前，不是你死便是我亡的氣勢。帝心尊者感到自己完全在寇仲的刀勢的籠罩之下，如若出杖硬拚，勢難留手，將演變爲生死相搏之局，如此豈是他所願見的，忙收杖疾退半丈，好作攔截。徐子陵凝神注視嘉祥從左右外檔拂來的雙袖，背脊弓彈，送得寇仲騰身撲飛，如影附形的追擊後撤防守的帝心尊者。

帝心尊者駭然醒覺寇仲雷霆萬鈞的一刀實包含著徐子陵的勁氣在內時，已是悔之不及，更因寇仲速度劇增，而自己則在後退之勢，怎擋得住他這排空而至、凌厲凶猛的一刀，無奈下往橫閃移，任由寇仲朝把守大門的道信和智慧投去，作第二次闖關的嘗試。

徐子陵此刻軟弱得差點跪下，舉起雙手向嘉祥道：「不打啦！」

嘉祥微一點頭，來到他旁，目光落在寇仲背上。成敗的關鍵全繫在寇仲處。縱使在兩丈開外，道信和智慧無不感到寇仲刀勢的威脅，寇仲由離地騰起，頭前腳後的投來，井中月緩緩推出，所有動作渾成一個無可分割的整體，最懾人處是兩位大師均感到當他攻勢及身時，將會是刀勢最巔峰的一刻，對闖關者或攔截的一方來說，都只有放手硬拚，分出生死一途。他們當然全無與寇仲以生死相拚之意，同時拔身而起，要趁寇仲刀勢未攀上最高峰前，把他從空中攔截下來。以他們聯手之力，又在蓄勢以待下，確有十成把握可以辦到。徐子陵等無不屏息靜氣，等待結果。

道信雙掌互相絞纏，像一對相戲的蝴蝶般迎向寇仲；智慧的佛珠串則循著一道玄奇的軌跡，剛好可在迎上寇仲時，把井中月套個正著。兩僧全力出手，眞是不同凡響。雙方距離迅速拉近，剩下不到半丈時，寇仲忽然迴飛往智慧大師的方向，完全避開道信玄奧無方的達摩妙手，全力攻向智慧大師。

嘉祥和帝心尊者同喧佛號。

智慧大師迅速判斷出若硬撼寇仲這包含徐子陵眞氣的一刀，將是兩敗俱亡之局，暗叫一聲「我佛慈悲」，從空中落下。

寇仲多謝一聲，暢通無阻的迴飛過來，彎彎的投向殿門，消失在殿外漫天風雪裏。

第六章

入關尋寶

黃易作品集

第六章　入關尋寶

寇仲滿身雪花的跨過門檻重進大殿，四僧像變成彌勒佛和四天王外另四尊泥塑神像，默立不動。

寇仲關切的瞥徐子陵一眼，還刀入鞘，瀟灑言道：「我們只有一人能成功借諸位大師的好心腸離殿，此仗或可當作和論。哈！怎麼計算才對呢？」

嘉祥乾枯修長的臉容現出個全不介懷成敗得失的笑意，慈祥合十道：「善哉善哉！出家人怎會斤斤計較。留亦是佛，去亦是佛。因緣而留，隨緣而去。」

道信大師哈哈笑道：「夢幻空花，何勞把捉？得失是非，一時放卻。兩位施主珍重！」

雪下得更大更密，團團綿絮般的雪花，隨風輕盈寫意的飄散，把人間轉化作純美迷離、觸人心弦的詭奇天地。兩人步出至善寺，大雄寶殿群僧誦經之聲仍潮水般傳來，抑揚頓挫。幾乎是不分先後地，他們各自噴出一口鮮血，灑得厚積白雪的地面出現兩片血紅。寇仲和徐子陵互視一笑，均有如釋重負、輕鬆得欲高歌一曲的悅愉感覺。

寇仲拭去嘴邊血漬，邊走邊道：「陵少眞行，時機把握得比他奶奶的還要準確，否則我們現在會是兩頭鬥敗公雞似的垂頭喪氣地走出來。勝和敗只是一線之差。」

徐子陵道：「我們今天學到的東西，比過去十多日加起來還要多。佛門絕學確是博大精深，幸好我們比之當日在南陽與祝妖婦婠妖女之戰，又大有進境。否則只是嘉祥大師那甚麼娘的『一指頭禪』，就可把我們打得一蹶不起。」

兩人穿街過巷的朝洛河和天津橋的方向走。初雪的興奮早已消失，街上行人大減，沒必要的話洛陽的居民都回到家中，藉溫暖的火爐陪伴以驅減風寒。

寇仲仰天長長吁出一口氣，道：「趁佛道頂尖高手齊集洛陽的一刻，無論石之軒如何自負也不敢輕舉妄動。我們趁此機會立即北上，小弟現在去找王世充安排，陵少則找可汗和王子報告喜訊，我自會來尋上你們。」

徐子陵當然無心留在洛陽，表示同意後兩人分頭行事。前者直抵洛河南岸，大雪濛濛中，洛河舟船仍是往來不絕，冒雪緩駛，不過卻似屬另一個空間層次。岸旁的垂柳古樹，均舖上雪白的新衣，白茫茫的天地，既開放又無比的隱閉神秘。一時間，徐子陵看得呆了，捨不得就此遽然離開。

師妃暄溫柔的聲音在他身旁響起道：「至善寺一戰，將令子陵名震天下，只不知今後何去何從？」

徐子陵別頭一看，在純白的雪花雪景襯托下，男裝打扮的師妃暄更像不食人間煙火的下凡仙子，而整個天地亦因她仙蹤乍現而轉化作人間仙境。微微一笑道：「我們只是狡計得逞，何足自豪。看小姐欣悅之情，似在為我們的僥倖脫身而高興，不是挺奇怪嗎？」

師妃暄微聳香肩，姿態神情有多麼動人就有多麼動人，白他一眼道：「徐子陵和寇仲從來不是妃暄心中的敵人，和你們交手只像在遊戲，何用介懷遊戲的得失。早在妃暄請四位老人家出山時，已有一切隨緣之語。更何況關中形勢劇變，大大不利秦王。你兩人此回入關搗亂，說不定會弄出另一番局面來，因果難料。」

徐子陵道：「原來如此！但假若我們眞能帶走楊公寶藏，小姐是否仍會袖手不理？」

師妃暄輕嘆道：「妃暄眞的不願去想那麼遠的事情，子陵明白人家的心情嗎？」

徐子陵心中微顫，這麼的幾句話，出自師妃暄的口中，已足表示她對自己不無情意，遂有最後一句的反問。

師妃暄美目深注的瞧著他道：「現今李建成的太子系勢力日盛，更得頡利支持，石之軒則在暗中搗鬼，又有李淵偏袒，形勢異常複雜，你們仍堅持硬闖關中，實在不智。」

徐子陵點頭道：「多謝小姐關心，不過只要小姐不親自出手對付我們，又或請寧道奇或了空大師兩位老人家出馬阻止，我們已感激不盡。」

師妃暄露出一絲無奈和苦澀的笑意，沒有答他。

徐子陵隱隱把握到她微妙矛盾的心情，話題一轉道：「小弟尚有一個請求。」

師妃暄微笑道：「徐子陵竟會出口相求，妃暄應否喜出望外？」

徐子陵啞然失笑，忍不住戲道：「你是仙子，我是凡人，凡人有辦不到的心願，不是該求仙子援救嗎？」

師妃暄莞爾道：「少有見子陵這麼好的心情，竟學足寇仲的口吻來調笑妃暄，小心妃暄拂袖不聽。」

徐子陵心懷大放，感到與這美女拉近不少距離，灑然自若的道：「我只是想請小姐想個辦法，好令突利可汗能安返汗庭吧！」

師妃暄瞥他一眼，抿嘴輕笑道：「啊！原來你們是要以明修棧道，暗渡陳倉之計，以潛入長安。」

徐子陵悅服嘆道：「小姐智慧驚人，只從小弟一個請求，立將我們看個通透明白。」

師妃暄嫣然一笑，語氣平靜輕柔的道：「可汗能否安返汗庭，事關突厥和中土的盛衰興替，難怪子陵會破天荒的出言請求。由此可知子陵對天下蒼生的關注，不下於妃暄。放心吧！妃暄特別請出散人他老人家，正是針對石之軒。普天之下，怕只有他老人家和四位大師才能令石之軒有三分顧忌。你們也要小心，石之軒絕不肯錯過寶藏內的聖帝舍利的。」又道：「唉！到此刻妃暄縱使代你們籌謀運算，仍想不到你們能憑甚麼妙計，可在李建成一方虎視眈眈下，神不知鬼不覺的潛入長安？」

徐子陵目光投往對岸茫茫風雪的至深處，輕輕道：「我們會立即離開洛陽，此地一別，希望與小姐在關中仍有再見之日，到時但願與小姐是友非敵，那將別無憾事。」

師妃暄合十道：「即心即佛，心佛衆生，菩提煩惱，名異體一；三界六道，唯自心現，水月鏡花，豈有生滅？汝能知之，無所不備。子陵兄萬事小心，不要勉強，妃暄不送啦！」

徐子陵沿河西行，心坎中仍塡滿師妃暄動人心弦的仙姿妙態。每回和她說話，也似能得到很大的啓悟。她說的話不但暗含玄機，更有深刻的哲理。世上人間的種種悲歡離合，有情衆生的喜怒哀樂，說到底不外人們自心的顯現。有如鏡中花，水裏月的短暫而虛幻。只要把這些看通看透，還有甚麼値得留戀的呢？如此看法雖然悲觀，卻含有顚撲不破的眞理在其中。因爲實情確是如此，只是衆生執迷不悟吧！可是她爲何在臨別時說出這番話來，是否在提醒他，也爲要警醒自己，確可堪玩味。「徐爺！」徐子陵暗叫慚愧，因心神過度集中在師妃暄身上，竟察覺不到有人從樹叢中走出來。來人到達身側，喜孜孜的道：「終找到徐爺哩！」

竟是劉黑闥清秀可人的手下，善用飛刀的邱彤彤。

徐子陵訝道：「原來是彤彤姑娘，是否劉大哥也來了！」

邱彤彤俏臉不知如何的嫣紅起來，赧然道：「喚我作彤彤便成，大帥也是這麼喚人家的。大帥沒有來，來的是大王，他正急著要與徐爺和少帥會晤呢。」

徐子陵心中一震，竟是竇建德親來洛陽，必是有要事與王世充商議，老狐狸卻瞞著他們。半刻後，徐子陵在附近停泊的一艘戰船上，見到這名震天下的霸主。竇建德年在四十許間，身材修長，舉止從容，髮鬚濃黑，沉著冷靜中有種雍容自若的奇異特質，鷹隼般的眼睛蘊藏著深刻的洞察力，氣度懾人。

摒退左右後，兩人在艙廳坐下，竇建德深有感觸的嘆道：「黑闥常在我面前對你們讚不絕口，當時我仍是半信半疑，直至此刻見到子陵舉手投足均有種瀟脫自然，毫不造作，但又完美無瑕的動靜姿態，才心服口服。我竇建德一生閱人無數，但只從『散人』寧道奇身上曾生出同樣的感覺。」

徐子陵最怕被人當面稱讚恭維，頗感尷尬。不過這夏帝沒像王世充般派頭十足，開口閉口稱孤道寡，已贏得他的好感。苦笑道：「大王勿要誇獎我這後輩小子，不知大王此次來洛陽，是否欲與王世充締結盟約？」

竇建德鷹目寒芒一閃，顯示出深不可測的功力，冷然道：「對王世充這種背信棄義的小人我竇建德絕無半點好感。只是唐強鄭弱，勢必不支。鄭若亡，夏必難獨善，要爭天下，不能不暫時和這種卑鄙小人敷衍，共禦強敵。」

這番話，等若承認與王世充結成聯盟。

竇建德似乎不願就此事談下去，話題一轉道：「寇少帥因何沒與子陵同行，我們是否可見個面呢？

我今晚仍要和王世充議事，明早離開。」

徐子陵歉然道：「我盡量和他說說看，不過我們亦須立即離城，以避強敵，恐怕很難騰出時間來。」

竇建德諒解的點頭道：「我會留在船上直待黃昏，子陵看著辦吧！聽黑闥說，你們和宇文化及仇深似海，不知是否確有其事？」

徐子陵雙目殺機一閃，點頭沉聲道：「這是我常放在心頭的一件事。」

竇建德嘴角現出一絲冷酷的笑容，道：「好！現在徐圓朗已歸降我竇某人，只剩下宇文化及仍在負隅頑抗。不論子陵和少帥怎樣看我竇建德，但我總視你們為黑闥的兄弟。大家是自己人，有甚麼談不妥的呢？你們關中之行後，請來找我們，好共商對付宇文閥的大計。」

徐子陵暗呼厲害，若論收買人心，竇建德比之王世充、李子通之輩確高明百倍，最教人佩服的更是絕口不提楊公寶藏，又或誰臣服於誰的問題。當下還有甚麼好說的，只好點頭應允。竇建德是個不多說廢話的人，親自送他到岸上，順道介紹隨行的中書侍郎劉彬和大將凌敬，這兩人一文一武，均長得一表人才，顯示出竇建德手下不乏能者。兩人對徐子陵客氣有禮，態度親切。

竇建德探手抓著徐子陵的肩膀，長笑道：「見到子陵，可推想出寇仲雄姿英發的神采，入關後，你們千萬不要勉強，可為則為，不可為則退。兩位抵達大夏之日，就是竇建德倒屣相迎之時，珍重珍重！」

徐子陵趕回去時，寇仲、伏騫、突利、邢漠飛四人正在擔心他的安危，見他回來，登時放下心頭大石。一聲出發，五人坐上正恭候院內的馬車，由王世充派來的人駕車冒雪起程。

寇仲問起他為何遲到，徐子陵把見到竇建德一事說出來，寇仲苦惱道：「除非我分身有術，否則只好緣慳一面。」又饒有興趣的道：「他是怎樣的一個人？」

伏騫和突利露出注意的神色，看徐子陵如何回答。

徐子陵苦笑道：「我看人通常純憑感覺，恐怕不能作準。」

寇仲笑道：「陵少的感覺一向靈驗如神才對。」

徐子陵露出深思的神色，道：「若沒有李世民，又或李閥失卻關中地利，那這天下勢將是竇建德的天下！」

寇仲等無不動容。

突利笑語道：「子陵為何不說沒有李世民和寇仲呢？不怕傷少帥的心嗎？」

徐子陵搖頭道：「因為我明白寇仲，由於劉黑闥的關係，他是很難與竇建德為敵的。」

伏騫大力一拍寇仲肩膀，豎起拇指道：「只聽陵少這句話，便知少帥是個看重情義的好漢子。」

邢漠飛忍不住道：「突竟竇建德本身是怎樣的一個人，竟能被陵爺如此推崇備至？」

徐子陵正容道：「這人老謀深算但又平易近人處近似蕭銑；豁達大度，知人善用則類李世民；豪雄蓋世，不計成敗又像杜伏威。若到江湖去混，必然是豪傑義俠之流，教人悅服。」

寇仲一拍桌嘆道：「難怪劉大哥肯甘心為他賣命。」

伏騫嘆道：「現在黃河以北之地，以竇建德穩稱第一，曹州的孟海公和盤據孟津的李文相被他先後破滅，任城的徐圓朗亦向他歸降，更得虞世南、歐陽詢、劉彬等謀臣為他設置官府朝制，手下兵精將良，聚衆達二十餘萬，確有實力可與唐室正面交鋒，如若與王世充結成聯盟，又得少帥、子陵之助，天下誰屬，誰能逆料？」

突利點頭道：「除少帥外，秦王最忌憚的確是竇建德而非王世充。」

寇仲嘆道：「只是杜伏威現今已投誠李小子世民，造成有利攻打洛陽的形勢，否則給李小子天大的膽子，也不敢西來進擊擁有天下最強大防禦力的東都洛陽。」

五人不約而同往窗外風雪漫天的洛陽瞧去，各有所感。

伏騫沉吟道：「戰戰降降，杜伏威的江淮勁旅所向無敵，投降是否只是緩兵之計？」

寇仲苦笑道：「我也希望老杜只是和李小子玩耍投降的遊戲，卻恨實情非是如此。杜伏威或者不是個仁慈的人，卻是個有始有終，言出必行的梟雄霸主。」

此時馬車抵達碼頭，三艘戰船正恭候五人的來臨。秦叔寶和程咬金親自開門迎接五人步下馬車。王玄應、王玄感兩兄弟代表王世充來送行，卻不見楊公卿和張鎮周。一番客氣的門面話後正要登船，蹄聲響起，三騎冒著風雪急馳而至。衆人凝目瞧去，中間一騎赫然是大唐公主李秀寧，左右兩人則是李靖和紅拂女伉儷。寇仲又驚又喜，首先迎上。

李秀寧衣著淡雅，玉容不施半點脂粉，只以斗篷棉袍遮擋風雪，更突出了她異乎尋常的高貴氣質和令人屏息的美麗。對寇仲來說，她就是天上高不可攀的明月，他永遠不能把她摘下來。

這大唐的貴女下馬後示意寇仲陪她避到一旁，輕輕道：「秀寧是來送行的。」

寇仲目光掃過立在遠處爲李秀寧牽著馬兒的李靖夫婦，忽然生出一種奇怪和使他頹喪的感觸，就像過去和此刻所幹的一切事，都沒有任何意義，將來也是模模糊糊的，茫然道：「柴紹呢？」連他自己也不明白為何拙劣至要提起這個人。

李秀寧垂首低聲道：「他不知我來的。唉！你為何不肯見人家呢？」

寇仲腦海一片空白，苦笑道：「見面又如何呢？」

李秀寧臉龐倏地轉白，悽然道：「你為何定要和二皇兄作對，難道不知他真的視你和徐子陵是好朋友嗎？」

寇仲深吸一口寒冷的空氣，神智清醒了些兒，沉聲道：「兄弟也可以鬩牆，何況只是萍水相逢的朋友。告訴我，李秀寧究竟是幫你二皇兄，還是李建成、李元吉？」

李秀寧緊咬下唇，露出悲傷疲憊的神色，搖頭道：「我不知道！真的不知道。」

寇仲心中一軟，深切感受到她無可解脫的矛盾和惆悵。自己兄弟相鬥的事實，定像個沉重的噩夢般在折磨這動人的公主，柔聲道：「公主放心，我此次入關，對秦王說不定是件好事。唉！他們都在等著我，我要走啦！」

李秀寧似乎也找不到可說的話，點頭道：「讓李靖夫婦陪你們去吧！若可汗有甚麼不測，秀寧怎向二皇兄交代？」

寇仲大吃一驚，終於完全清醒過來，暗忖如給二人同行，豈非難施暗渡陳倉之計？忙道：「這個萬萬不可，因為——」

李秀寧截斷他大嗔道：「是否要秀寧直接向可汗說才成？」

寇仲心想再拒絕更是欲蓋彌彰，頹然道：「依公主吩咐吧！」

李秀寧一對秀眸射出複雜難明的神色，深深瞧著他道：「到長安後，少帥可以見秀寧一面嗎？」

寇仲爲之愕然。

三艘戰船緩緩駛離洛陽，先沿洛水東行，抵黃河後始改向西行。

寇仲來到船面上，找到秦叔寶，問道：「這三艘船上的鄭兵，是否全在你老哥的控制之下？」

秦叔寶露出一個詭異的笑容，道：「現在還不是，但很快就是啦！」

寇仲滿意地拍拍他肩頭，低聲道：「將不屬我方的人趕下船便成，犯不著殺人，讓他們回去傳話給王世充，氣得他半死更大快人心。」

秦叔寶笑道：「這些事你還是嫩了點兒。我敢立生死狀在船上必有人通曉王老賊的全盤奸計，且有方法和宋金剛那邊暗通消息，只要我們將這人抓起來，施以重刑，撬開他的爛嘴，可將計就計，教宋金剛栽個大觔斗。哼！他算老幾，竟敢來害我？」

寇仲一拍額頭道：「還是老秦你比我行。」心知自己因李秀寧的約會，直至此刻仍未回復清明，故還是糊裏糊塗的。

秦叔寶笑道：「你是否弄上李秀寧那漂亮的妞兒，以至糾纏不清？這可是犯不著。老哥我是過來人，火頭來時，不如到窰子眞金白銀去買笑，只要你閉上眼睛，心中想著對方是公主，對方便是公主。完事後乾淨俐落，快活逍遙。一切事待天下一統再說，樂得無牽無掛，上沙場時是生或死只是等閒事。哈！才乾脆呢。」

寇仲記起他暗戀呂梁派掌門千金一事，暗忖他嫖妓時定將床上的對手幻想爲那位小姐，啞然失笑道：「這該算是你老哥的療傷聖藥吧！」

再商量了一些行事的細節後，徐子陵來了，閒聊幾句，徐子陵和寇仲往船尾密話。大雪早停，但已遍山銀裹，樹梢紛紛披掛雪花，寒風拂過，兩岸林木積得的雪團紛紛散落，化作片片雪花，在空中自由飄蕩，蔚爲奇景。天上厚雲積壓，太陽沉往西山，天地逐漸昏沉。

寇仲問道：「李靖和我們的惡嫂子在幹甚麼呢？」

徐子陵道：「我們的李大嫂並非蠻不講理的人，只因和我們誤會叢生，所以不太客氣吧！他們正跟王子和可汗談論外方甚麼突厥、鐵勒、高麗、吐番、黨項、吐谷渾、回紇、朔方的形勢，談得非常投契。」又皺眉道：「我扮岳山到關中找李淵，你卻憑甚麼鬼方法潛入長安？」

寇仲聳肩道：「只能見機行事，長安的城防這麼長，總有破綻空隙，入城後我們再以慣用的手法聯絡，到時再看看該怎樣著手尋寶。」

徐子陵道：「我今晚便走，你要小心點，別忘記以李世民的實力，亦要遇襲受創。我們現在看似人強馬壯，但仍比不上當日李世民的實力。」

寇仲道：「你有問過李靖關於李小子遇襲受傷的事嗎？」

徐子陵道：「有李大嫂在旁，很多事不便開口。」

寇仲表示明白，探手抓著徐子陵肩膀，沉聲道：「天黑後你離船登岸，千萬要小心。若有人懷疑你的身分，立即開溜，勿要勉強。」

徐子陵關切的道：「你也要小心。」

寇仲閉上虎目，心神飛越到長安的躍馬橋處。

在經歷千辛萬苦，重重困難波折後，決定他一生榮辱的關鍵時刻終於來臨。悠然神往的道：「我會比你遲三天起程，過年前該抵長安，記得算準時間來和我會合。哈！還有甚麼比茫不可測的將來更動人呢？」心中不由浮起李秀寧的玉容，旋又被宋玉致替代。

扮成岳山的徐子陵日夜不停的急趕三天路，這一天黃昏來到位於黃河南岸的桃林。自李世民破去薛舉父子的西秦大軍，聲威大振，很多接近潼關的本屬中立的城市紛紛歸附李唐，爲大唐軍鋪好出關的坦途。桃林正是其中之一，所以城牆懸上李閥的旗號。入城後，徐子陵投店休息，好養精蓄銳明早入關。

長安所在處的渭河平原區之所以被稱爲關中，因爲東有潼關，西有大散關，南有武關，北有蕭關，居四關之內，故稱關中。潼關爲四關之首，爲戰國時秦人所建。北臨黃河，南靠大山，東西百餘里，開路於斷裂的山石縫中，「車不容方軌，馬不得並騎」，有一夫當關，萬夫莫過之險，本名函谷關，東漢後改名爲潼關。戰國時期，六國屢屢合縱西向攻秦，但亦只落得屢屢飲恨於函谷的淒慘下場。雙峰高聳大河旁，自古函谷一戰場。就是這險峻的兵家必爭之地，令長安穩如泰山，避過關外的烽火戰亂。

徐子陵痛快的洗個澡，戴上岳山的面具，又用從途中購來脂粉染料，依陳老謀傳授的易容術，把露在衣服外的皮膚染成近似面具的顏色，以免被像雷九指般細心精明的人瞧出破綻。愈接近關中，他愈是小心翼翼。無論行住坐臥，他亦憑過人的記憶力，不住重溫石青璇指點他喬扮岳山的竅妙法門，又反覆把岳山遺卷載下的大小情事反覆惦記。連他自己也生出已化身爲岳山的古怪感受。回房再坐半個時辰，然後到客棧附設的食肆晚膳。剛跨過門檻，立即感到飯肆氣氛異樣。擺了十來張大圓桌的膳廳只正中一桌坐著一名華服錦衣的高大漢子，夥計則垂手肅立一旁。

那大漢見他來到，昂然起立施禮道：「晚輩京兆聯楊文幹，拜見岳老前輩，特備酒菜一席，爲前輩洗塵。」兩掌一擊，夥計立時流水般奉上佳餚美酒，擺滿桌上。

楊文幹親自拉開椅子，請徐子陵扮的岳山入座。徐子陵目光落在這可供至少十人飲飽食醉的豐盛筵席，心中暗唸幾遍楊文幹，記起李靖曾說過京兆聯乃關中第一大幫，而楊文幹則是京兆聯的大龍頭，人面甚廣，無論關西關東同樣吃得開，且更是建成元吉太子黨一方的人，負責在關東廣布線眼，以阻止他和寇仲入京。自己臨入關前給他截上，更得悉他「岳山」的身分，可見背後動用過難以估計的人力物力，算是很有本領。

縱使楊文幹被任命爲慶州總管，仍掩不住黑道梟雄的江湖味道。他的長相頗爲不俗，但神態舉止，均有種自命不凡，深信自己能翻手爲雲，覆手爲雨，可隨心所欲擺布別人命運的神態，彷彿老天爺特別眷寵他的樣子。

徐子陵擺出岳山生前一貫的冷漠神情，淡淡問道：「你怎知老夫是岳山？」

楊文幹恭敬的道：「岳前輩甫再出山，於成都力斃『天君』席應，此事天下誰不曉得。」

徐子陵仰天長笑道：「你這麼曲意奉迎的設宴款待老夫，究竟有何圖謀？若再胡言亂語，勿怪岳某人不客氣。」

楊文幹先揮退侍從，從容自若的移到酒席對面，微笑道：「岳老火氣仍是這麼大，何不先坐下喝杯水酒，再容晚輩詳細奉告？」

只看他的步法風度，徐子陵可肯定楊文幹是一流的高手，縱使及不上自己，但相差亦不該太遠，不由心中驚異，並從而推測出建成的太子系人馬，確有不凡實力。冷哼一聲，道：「老夫正手癢哩！若再浪費老夫的時間，恐要後悔莫及。」

楊文幹不答反問，好整以暇的道：「岳老是否想入關中呢？」

徐子陵大感不妥，無論楊文幹如何自負，照理也不該如此有恃無恐的樣子。想到這裏，心中一動，注意力從他身上收回來，搜索周遭方圓十丈內的範圍，冷笑道：「竟敢來管老夫的事，怕是活得不耐煩了。」

楊文幹忙道：「且慢！只要我給岳老看過一件物品，岳老自會明白一切。」探手往懷內去。

徐子陵悶哼一聲，拔身而起，險險避過從後射來的一道凌厲如迅雷疾電的劍光，他已撞破天花板，落足屋頂瓦坡處。不用看，他也知偷襲者是「影子刺客」楊虛彥。若非他知機不被楊文幹所惑，楊虛彥雖未必能傷他，但此時必陷於前後受敵的劣局裏。

屋脊處有人大笑道：「岳兄果然老而彌堅，只是腦袋仍是食古不化，除非肯答應此生不踏入關中半步，否則明年今日此時就是岳兄的忌辰。」

此人鬚眉俱白，頗有仙翁下凡的氣度，赫然正是海南派的宗師級人物「南海仙翁」晁公錯。徐子陵心中明白過來，由於岳山熟知魔門的事，所以楊虛彥絕不容他入關去見李淵，免壞了石之軒和楊虛彥苦心經營的奸謀。穿破一洞的廳堂下全無動靜，但徐子陵心知肚明自己正陷身重圍之內，隱伏一旁者說不定尚有石之軒在其中。撇開其他人，只是晁公錯已不易應付。

但他卻是一無所懼，凝起岳山的心法，雙目自然射出岳山生前獨有的神光，一點不讓的迎上晁公錯凌厲的眼神，木無表情的道：「想不到晁七殺行將入木的年紀，仍看不通瞧不透，甘做別人的走狗，可笑呵可笑！」

徐子陵全照岳山遺卷的語調稱謂，語含不屑。原來晁公錯自創「七殺拳」，仗之橫行天下，老一輩的人像岳山者均呼之為晁七殺。

晁公錯雙目射出深刻的仇恨，語調卻出奇的平靜，顯示他出手在即，一字一語像從牙縫刮出來的冰雪般沉聲道：「死到臨頭竟還口出狂言。哼！我晁公錯豈會懼你岳霸刀，你是否見過玉妍？她為何不宰掉你。」

徐子陵心底錯愕，暗忖聽他口氣暗含妒火，說不定晁公錯與祝玉妍曾有過一段情，所以對「他」這個與祝玉妍曾合體交歡且生下女兒的「情敵」恨之入骨。不過在岳山遺卷中卻沒有提及此事，而事實上在遺卷中岳山對祝玉妍著墨並不多，可能是不願想起這段往事。

這時他更明白晁公錯為何會現身此處，學足岳山般嘿嘿笑道：「我和她的事，哪輪到你來理。」

晁公錯雙目殺機大盛，鬚眉無風自動，四周的空氣立時以他為中心點旋動起來，由緩轉快，勁飆狂湧，冰寒刺骨，威勢駭人。

徐子陵知他出手在即，眼前只是提聚功力的前奏，連忙收攝心神，同時暗叫僥倖。他適才的心神一直放在眼前大敵身上，一來對方乃近乎寧道奇級數的前輩宗師，另一原因則是晁公錯在洛陽天街硬撼王世充車隊的威勢在他仍如昨晚發生般深刻，所以份外不敢大意。但這一刻當他暗捏不動根本印，進入井中水月，止水不波的佛道至境，靈台清冷如冰如雪，靈覺立時擴展往四周廣闊的空間去，把握到楊文幹和楊虛彥兩人均伏在後方兩側暗處，此外再無其他敵人。心中立即有了計算。

晁公錯居高臨下的俯視著他，長笑道：「岳霸你以為小妍真的愛上你嗎？她只是因你夠討厭，故選擇你作她的傳種男人。她真正喜歡的人，是石之軒而非你，讓我取你狗命。」

暴喝聲中，「南海仙翁」晁公錯隔空一拳擊至。他的一拳就像給正對抗波濤侵撞的岸堤轟開一個缺口，所有本繞著他旋轉的功氣一窩蜂的附在他的拳勁上，形成一柱高度集中的勁氣，由緩而快的猛然朝徐子陵擊至。以晁公錯爲中心的方圓數丈的空間，倏地變得滴勁不存，被他這驚天動地的一拳全扯空了，可怕至極點。

晁公錯的「七殺拳」是岳山在遺卷談論得頗爲詳細的一種絕技，其中更附有碧秀心的見解。所以徐子陵雖未親身體驗過，卻知之甚詳，心中早擬好應付之法。冷笑一聲，展開卸勁的功夫，先往左右搖晃一下，借護體眞氣散掉對方首兩波勁氣，接著一指點出，以寶瓶印法刺出比他拳勁更集中的眞氣，逆流而上的往晁公錯破空擊去。指勁一發即收，迴手雙手盤抱，送出另一股勁氣，迎上對方拳勁主力的第三波。「蓬！」勁氣交擊，徐子陵給震得血氣翻騰，差點吐血，連忙憑本身獨異的勁氣，把對方充滿殺傷力的眞氣引得從被和氏寶璧改造過的經脈經由兩腳湧泉穴洩出，屋瓦立時寸寸碎裂。晁公錯哼一聲，反要往外錯開，皆因指勁襲來，氣勢難禦，使他難以連續發出另一拳。徐子陵隨碎瓦往下掉去。同時把眞氣運轉，當他足踏實地時，受創的經脈剛好復元。生死關鍵，就在此刻。指風擊出，廳堂內燈火紛紛熄滅，徐子陵運動體內正反眞氣，閃電般鑽入酒席底下，把精氣完全收斂，不使有絲毫外洩。風聲驟響。晁公錯首先從破洞躍下飯堂，接著楊虛彥和楊文幹亦疾風般搶進來。

晁公錯冷喝道：「走啦！快追！」

聽著三人遠去的聲音，徐子陵心中好笑，也難怪三人如此大意，皆因誰都想不到「岳山」會不顧顏面的躲到桌底下來，甚至想不到他會窩囊至逃走。但他根本不是岳山，打不過就要溜要躲，全不用自惜聲名身分。他鑽出來時，還順手取了幾個饅頭，施施然的去了。

寇仲在黃河北垣縣的客棧一覺醒來，天已大亮，只覺身心舒暢，數日的舟車勞頓，一掃而空。自徐子陵離開後，他們裝出臨時改變路線的樣兒，棄舟登陸，改由陸路北上；事實上卻是改乘伏騫教人預備好的貨船，扮作最常見的搞中外貿易的商旅，秘密繼續行程。秦叔寶和程咬金兩人率的數百名親兵，則化整為零，暫時藏身在附近縣城的隱僻處。這一招可說非常穩妥，兼乘洛水幫內憂分裂之患的當兒，根本沒法有效偵察他們的行動。

在過了上黨城，肯定撇掉所有跟蹤者後，寇仲折返南方，沿黃河西赴關中，把護送突利的重任交予伏騫、李靖夫婦與秦叔寶、程咬金一眾人等。

梳洗後寇仲戴上麻皮醜漢的面具，用過早點，不敢耽擱，往碼頭碰碰運氣，看看能否搭上往關中的客船。豈知客船早告客滿，且大部分天剛亮時已經開出，正躊躇不知該乘搭明天的客船，多待一天才走，還是購一匹馬兒改走陸路之際，有人迎上來喜叫道：「原來是莫爺，想不到竟在這裏碰上你，令叔呢？」

寇仲還以為對方認錯人，定神一看，只見對自己說話的是個四十多歲似管家模樣的人，後面還跟有四名健僕，挑著許多大小包裹，顯是剛從城內購物回來。細看清楚，又覺甚是面善，一時卻想不起在哪兒見過。

那人見他發楞神態，明白過來，笑道：「令叔是莫為神醫嘛！當年在襄陽城外，令叔仗義相助，差點忘了收取診金，治好我們小公子進哥兒的怪病，還擒下奸賊馬許然，莫爺記不起了嗎？」

寇仲一拍額頭，道：「記起啦！你叫——哈！你叫——」

那人道：「我叫沙福，少爺和夫人不知多麼感激令叔和莫爺，只苦於不知如何尋找你們，令叔呢？爲何見不到他哩？」

寇仲很想問問他自己該叫莫甚麼東西，心中好笑，道：「家叔年紀大了，返南方家鄉後不願再出來闖蕩。哈！又會這麼巧，沙管家要去哪裏？」

沙福露出失望的神色，搖頭道：「眞可惜，像令叔這樣精通醫術的高人，又是大慈大悲的俠士，實在難遇難見。」

寇仲胡謅道：「沙管家過獎了，但我莫——嘛！已得家叔眞傳，敢說沒有十成也有九成心得。嘿！我現在趕著去找客船，改天再和沙管家聊天吧。請啦！」

沙福如獲至寶的扯著他衣袖，大喜道：「莫爺眞的已得令叔醫術的眞傳？」

寇仲一呆道：「我怎會騙你，但這回又是誰生病？」

沙福苦著臉道：「這回是老爺，莫爺懂否醫治傷寒症呢？」

寇仲暗忖憑自己《長生訣》加和氏璧的療傷聖氣，甚麼奇難雜症也該會有幾分治理把握，況且救人是好事，一拍胸口道：「這有何難，不過待我找到客船再說如何？」

沙福問道：「莫爺要坐船到甚麼地方去？」

寇仲道：「我想到長安去混混，看能否闖出一番醫業來。」

沙福欣然道：「如此就不用找船，因爲我們正好要往關中。莫爺請！」

寇仲這時，更想曉得自己的名字了。

徐子陵進入客艙，尚未坐穩，一名顯是幫會的大漢來到他旁，低聲道：「這位兄弟高姓大名，有沒有甚麼門派字號，到關中要幹甚麼事？」

徐子陵心中湧起怒火，這確是欺人太甚！他為了躲避楊文幹等人的糾纏，已改戴上弓辰春的面具，本以為可藉以過關。可是由於健碩高挺的體型，又買了把佩劍以掩人耳目，終惹起守在碼頭的幫會人物懷疑，這來盤問自己的大漢正是其中之一。冷笑道：「告訴本人你是何方神聖？看看是否夠資格向我問話？」

那大漢像吃定了他的毫不動氣，微笑道：「老兄你先給我到岸上來，否則這艘船絕不起錨開航。在江湖行走的都該是明白人，不會因一己之故累及其他乘客。」

船內此時坐滿旅客，人人側目以待，只差沒有起哄。徐子陵心中暗嘆，知道這麼磨下去對人對己均沒有好處，同時無名火起，拋開一切顧忌，隨那大漢離船。

甫出艙門，那大漢忽然低聲道：「小人查伙，是弘農幫幫主盛南甫座下四虎之一，剛才言語得罪，是不想外人看穿我們的關係，弓爺萬勿見怪。」

徐子陵大感錯愕，奇道：「你怎麼認得弓某人呢？」

查伙道：「下船再說。」

走下跳板，一輛馬車駛至，查伙道：「弓爺請上車。」

徐子陵大感茫惑的坐到車內，到馬車開出，查伙鬆一口氣道：「幸好截得弓爺，否則幫主怪罪下來，我查伙怎擔當得起。」

迎上徐子陵詢問的目光，查伙解釋道：「雷九指大爺與我們幫主有過命的交情，五天前他往關中時路經我們弘農幫的總壇，曾千叮萬囑要我們妥為招呼弓爺，還畫下弓爺的繪像，所以我們能把弓爺認出來。」

徐子陵這才明白，心中也不知該感激雷九指還是責怪他，否則他已在進入關中的途上。

查伙又道：「這個月來入關的關防，無論水陸兩路都盤查得很緊，沒有通行證又或跟關中沒甚麼關係的，一律不准入關。雷大爺也是靠我們為他張羅得通行證的。不過弓爺的情況更特別，據我們的消息：弓爺是名列被緝捕名冊上的人物之一，故絕不能暴露身分。」

徐子陵一呆道：「竟有此事？」暗忖即使仍扮岳山，也好不了多少。照道理，李建成的人該不知弓辰春就是他徐子陵，此事當另有因由。

查伙胸有成竹的道：「弓爺放心，若把弓爺弄進關內這區區小事也辦不到，我們弘農幫還能出來混嗎？」

馬車停下，查伙道：「我們早想好讓弓爺混進關中的萬全之策，只要掩去弓爺臉上這道好比活招牌的刀疤，來個改名換姓，再換上不同身分的服飾，便可依計行事。」徐子陵又是大感茫惑的隨他下車，發覺身在一所院落之內，苦笑一聲，隨查伙進屋去也。

兩艘式樣相同的三桅大船泊在碼頭旁，寇仲隨沙福登船，船上幾個該是護院一類的人物目灼灼的向他打量，其中一人大喜道：「原來是莫兄弟，令叔莫為神醫呢？」

說話的人是個白白胖胖的中年漢子，胖得卻紮實靈巧，顯然武功不弱。

寇仲對他仍有點殘留的印象，當然也把他的名字忘掉了。乾笑一聲道：「嘿！你好！」心中暗罵徐子陵甚麼名字不好改，卻要改作莫爲，後面加上神醫兩字，更是古怪彆扭，好像暗喻莫要做神醫似的。

沙福侍候慣達官貴人，知機的提醒他道：「這位是陳來滿陳師傅！」

寇仲忙續笑下去道：「原來是陳師傅，想不到又在這裏見面呢！」

其他護院見是相識，紛紛抱拳行禮，態度大改，變得親切友善。

沙福請寇仲在艙門外稍候，自己則入艙通知主人。寇仲有一句沒一句的跟頗爲熱情的陳來滿閒扯，重複徐子陵已返鄉耕田歸隱一類的胡言亂語，暗裏則功聚雙耳，追蹤沙福的足音。這麼分心二用，尚是首次嘗試。時而模糊，時而清晰，感覺怪異。

只聽有女子「呵」的一聲嬌呼道：「竟遇上莫少俠，他叔叔呢？還不請他們進來。」寇仲對少夫人的印象最深，皆因她端秀美麗，立時認出是她的聲音。

接著耳鼓貫滿陳來滿的話聲，登時聽不到沙福的回答。

寇仲敷衍了陳來滿後，艙內又有個年輕男子的聲音道：「他的醫術行嗎？若有甚麼差錯，大哥和二哥定不肯饒過我。」

少夫人溫柔婉約的道：「相公你不如先向婆婆請示，由她作主，那大伯和二伯便沒話說哩！」

此時陳來滿又問道：「莫兄弟武技高明，是否傳自令叔呢？」

寇仲又竊聽不到艙內的聲音，心中暗罵，卻不能不答，道：「我莫——嘿！一身技藝，都是家叔傳授，他常說我容顏醜陋，生性愚魯，沒有點技藝在身，出來行走江湖會非常吃虧，哈！」

陳來滿看看他那副尊容，確實難以說出任何安慰的話，只好道：「男兒最要緊的是志向遠大，像古時的子羽，出名貌醜，還不是拜相封侯，名傳千古。」

寇仲暗忖若把自己的志向說出來，保證可嚇他一跳，故作認眞的道：「不知子羽在娶妻方面，是否也稱心如意？」

這番話登時把其他的護院武師惹得哄笑起來，其中一個被人叫作雲貴的年輕武師失笑道：「做得宰相，當然是妻妾如雲，莫老兄何用擔心。」

沙福由艙內走出來，客氣的道：「莫兄請隨我來。」

寇仲向眾人告罪一聲，隨沙福走進艙內，只見窄長的廊道婢僕往來，忙個不休，他們見到寇仲這陌生人，眼中均帶點不屑的神色，顯是以貌取人，不喜歡他的長相。在其中一間分作前後兩進的大房內，寇仲見到少夫人程碧素，還有那俏婢小鳳和進哥兒，後者長高了很多，生得精靈俊秀，酷肖乃母，樣貌討人歡喜。只是寇仲的樣子太嚇人，進哥兒駭得躲在小鳳身後，才敢照乃母吩咐喚他一聲「莫大叔」。程碧素風姿如昔，秀目射出感激的神色，不過她感激的主要對象是徐子陵而非寇仲，客氣話說過後，詳細詢問「莫爲神醫」的情況，寇仲一一答了。

程碧素道：「莫少俠旅途辛苦，請先到房內休息，得養足精神，再勞煩少俠爲老爺治病。」

寇仲卻是心中叫苦，假若沙老爺所患的是絕症，他哪還有臉面對這位嫻淑可愛的少夫人呢？看船上這種陣仗，沙家該是舉家前往關中，只不知他們和關中哪位權貴有關係？船身輕顫，啓碇開航。

掩去臉上疤痕的徐子陵，依照弘農幫查伙的指示，來到垣縣主大街專賣鹽貨的興昌隆門外，只見三十多名夥計正把一包包的鹽貨安放到泊在門外的七輛騾車上，非常忙碌。只看門面，便知興昌隆很具規模，難怪能成爲關中海鹽的主要供應商號之一。正要進舖，兩名大漢把他攔住，不耐煩的道：「你來找誰？」

徐子陵運功改變聲音，答道：「我叫莫爲，弘農幫的查伙介紹我來見田爺的。」

兩漢聽得查伙之名，態度大改，其中一人道：「莫兄請隨我來！」

徐子陵跟在他身後，穿過堆滿鹽貨的主舖，通過天井，來到倉房和主舖間可容百人的大院落，鹽貨更是堆積如山，數十人正忙個不休。

那大漢著徐子陵在一旁站待，往兩名正在指揮手下工作的中年男子走過去，說了幾句話後，其中一人朝徐子陵走過來，道：「莫兄你是哪個門派的？」

徐子陵隨口答道：「鄙人的劍法乃家父所傳。」

那人問道：「令尊高姓大名？」

徐子陵胡謅道：「家父莫一心，在巴蜀有點名氣。」

那人臉無表情，當然是因從未聽過莫一心之名，扯著徐子陵的衣袖來到一邊道：「莫兄！不是我田三堂不想用你，而是我們這回要向盛幫主求援，皆因廣盛行那方面人強馬壯。所以我要的是眞正的高手，否則只是害了莫兄。」

徐子陵先前已被查伙告知事情的來龍去脈。廣盛行和興昌隆爲供應海鹽予關中的最大兩個商號，一向競爭激烈。前者有唐室太子系撐腰，後者則與秦王李世民一系關係密切。最近因建成、元吉的太子系勢力大盛，廣盛行的大老闆顧天璋亦放恣起來，以武力威嚇興昌隆，甚至派人劫掠興昌隆的鹽船，務要弄垮興昌隆。興昌隆迫於無奈下，惟有向江湖朋友求助，弘農幫幫主盛南甫正是其中之一。

盛南甫一方面看雷九指的面子，另一方面亦從雷九指口中得悉徐子陵這「弓辰春」武功高強，一舉兩得下，遂把徐子陵推薦給興昌隆，既可助興昌隆的老闆卜萬年應付強敵，徐子陵亦可借這身分的掩護混進關中。田三堂是卜萬年的大女婿，武功不弱，專責保護運鹽船隊，要入選當然得先過他的一關。

徐子陵微笑道：「田爺放心，盛幫主既敢介紹我來見田爺，自然對我的劍法信心十足，田爺可向查伙兄查問清楚。」

田三堂沉吟道：「莫兄與盛幫主是甚麼關係？」

徐子陵答道：「盛幫主的拜把兄弟是我的親叔。」

田三堂點頭道：「莫兄請隨我來。」

徐子陵隨他穿房越舍，來到另一處庭院，田三堂喝道：「給我拿棍來。」

左邊的廂廳走出三名武師模樣的人物，其中一人把長棍送到田三堂手上。

田三堂拿棍後神氣起來，擺開架勢道：「莫兄請出招，不用留手。」

徐子陵暗忖若不用留手，恐怕他擋不了一招。不過他當然也不可裝得太低能，因爲今天會有船隊啓程往關中，只有顯示出足夠的實力，對方才會讓他立即隨行，免致浪費了一個高手。

一聲得罪，徐子陵拔劍出鞘。旁觀的三位武師同時動容。行家一出手，便知有沒有。徐子陵雖蓄意隱瞞起眞正的實力，可是出劍及步法，均自具大家風範，連串動作看若流水行雲，渾成一個不可分割的整體。田三堂叫了聲「好」，在徐子陵氣勢壓迫下，作出應有的反應，揮棍疾挑。徐子陵一劍掃出，輕輕鬆鬆的盪開長棍，接著劍花乍現，封死田三堂所有進攻的路線。

田三堂駭然後退，接著臉露善色，叫道：「莫兄試攻我看看！」

徐子陵沉聲一喝，揮劍刺去。這一劍看似平平無奇，可是無論是身當其鋒銳的田三堂又或是旁觀者，均感劍勢凌厲，生出難以硬架的感覺。

田三堂根本不知如何擋格，再往後退，長笑道：「難怪盛幫主會把莫兄推薦給我興昌隆，得莫兄如此人才相助，還怕他甚麼顧天璋，莫兄今天請隨船隊入關，田三堂定不會薄待於你。」

三名武師知他是弘農幫方面的人，又見他身手高強，擁上來祝賀並攀交情。徐子陵放下心來，終於解決了潛入關中這令人頭痛的問題，只不知寇仲那小子是否也有同樣的好運道呢？

「咯咯咯！」正挨在椅中睡個甜熟的寇仲給敲門聲驚醒過來，他本意只是小坐片刻，好待少夫人的傳召去為沙老爺子「治病」，豈知這些日來晝夜不息的奔波趕路，令他疲不能興，就那麼睡個天昏地黑，酣然不醒。茫然起立，發覺晨早的陽光竟變成斜陽夕照，心中大訝，難道沙家的人連午膳都不請自己去吃？猛伸一個懶腰，順手把以油布包紮鞘身的井中月負在背上，把門拉開，頓時眼前一亮。門外除沙福外，尚有一位漂亮苗條的華服年輕女子，正以美麗的大眼睛上上下下的打量他，似要把他看通看透，目光直接大膽。

沙福介紹道：「這是我們的五小姐，我們曾來過兩趟，見莫爺睡得正酣，不敢驚擾。」

寇仲施禮道：「莫這——嘿！向五小姐問好！」

不屑之色一閃即逝，這位五小姐顯是對寇仲的醜陋長相沒有好感，勉強擠出點笑容，稍一回禮，淡然道：「莫先生養足精神了嗎？」

寇仲只求能坐船直抵關中，何況他自己也不敢恭維刻下這副尊容，哪會跟她計較，又伸個懶腰，微笑道：「沒問題！是否去給老爺子治病呢？」

沙福露出尷尬的神色，囁嚅道：「這個——」

沙五小姐截入道：「莫先生先請回房，芷菁想請教先生一些醫術上的問題。」

寇仲恍然大悟，定因沙三公子去向沙老夫人請示，故沙老夫人派出五小姐沙芷菁來考驗自己，看看有否爲老爺子治病的資格。這種權貴之家的確複雜，也心中叫苦，自己憑甚麼去答她醫術上的問題，只要一兩句話立即露出馬腳。不過他出道以來，甚麼場面沒有見過。哈哈一笑，跨步出門，沙福和沙芷菁大感愕然，自然往後退開。寇仲腳步不停的朝艙門走去。

沙福追上來扯著他衣袖急道：「莫爺要到哪裏去？」

寇仲道：「當然是跳船返岸，既不相信我的醫人功夫，我何必還留下來呢？」

沙福忙道：「莫爺誤會啦！五小姐不是這個意思，只因五小姐曾習醫術，所以先和莫爺討論一下老爺的病情吧！」

寇仲怎會眞的想走，只是以退爲進，避免出醜，「哦」的一聲轉過身來，面向氣得俏臉發白的五小姐沙芷菁道：「原來如此！我這人的脾氣一向如此，吃軟不吃硬。」

沙芷菁在沙福大打眼色下，一頓纖足，氣鼓鼓的道：「來吧！」

寇仲和沙福跟在她苗條迷人的背影後，朝艙廳走去，跨過門檻，入目的場面情景，把寇仲嚇了一跳。寬敞的艙廳固然是布置得美侖美奐，由裝飾到一檯一椅，無不極爲考究，還有是廳內坐滿男男女女十多人，人人把目光投到寇仲這神醫之姪的身上。

沙老爺子五十來歲，生得相貌堂堂，只是一臉病容，正擁被半挨在艙廳處的臥椅上，旁坐的當然是沙老夫人，亦是雍容華貴，富泰祥和，與沙老爺子非常匹配。其他男女分坐兩旁，三夫人程碧素身旁的該是三公子，長得文秀俊俏，充滿書卷的味道，惹人好感。大公子和二公子也很易辨認出來。前者三十來歲，看樣子精明老練，是那種不會輕易信人者；後者卻神態浮誇，一副驕傲自負的紈袴子弟樣兒。其他該是妻妾婢僕的人物，陳來滿跟另外五位武師則分坐入門下首處。艙堂內絕大部分的人都沒想過寇仲長得如此醜陋庸俗，均現出鄙視神色。

寇仲環目一掃，瞧得眼花撩亂時，沙老夫人道：「莫先生休息夠了嗎？」

慈和的聲音傳入耳內，寇仲打從心底舒服起來，施禮道：「多謝老夫人關心，鄙人一向粗野慣了，不懂禮儀，老夫人勿要見怪。」

旁邊的沙芷菁冷哼一聲，似乎是表示同意他自謂粗野，逕自到一旁坐下。沙福顯然在沙家很有地位，對他更是照顧備至，拍拍他肩頭指著沙老夫人另一邊在沙老爺子臥椅旁特設的空椅道：「莫爺請坐！」

寇仲在眾人大多顯示出不信任的目光注視下，硬著頭皮來到剛無力地閉上眼睛的沙老爺子旁坐下，道：「可否讓鄙人先給老爺子把脈。」

三夫人程碧素以鼓勵的語聲道：「有勞莫先生。」

大公子和二公子倒沒甚麼表情，但他們身邊的女人無不露出不屑與妒忌的神色，看來都是希望程碧素請回來的人最好出醜，治不好老爺子的重病。

在眾目睽睽下，寇仲拙劣的伸出拇指，按在沙老爺子放在椅柄的腕脈處。

大公子訝道：「醫師探脈都是三指分按寸關尺，為何莫先生不但只用一指，用的還是拇指，其中有甚麼分別呢？」

別的不行，論胡謅寇仲則是一等一的高手，乾笑道：「大道無門，虛空絕路，小人這手一指頭禪是家叔所創，與其他人不同。」

前兩句話是從禪宗四祖道信大師處借來用的，「一指頭禪」則是嘉祥的佛門絕學，聽得廳內沙家諸人均感奇奧難明，莫測其高深，但已沒有人敢質疑。

沙老夫人道：「就兒不要打擾莫先生。」

寇仲開始明白為何請人治病這麼簡單的事，三夫人程碧素也要丈夫去央老夫人出頭主持，權貴家族的媳婦確不易為。

他送出的真氣早在沙老爺子的經脈運行一周天，發覺老爺子的十二正經雖阻滯不暢，但真正的問題卻在任督二脈，正猶豫該否運氣打通。二公子嘴角含著一絲嘲諷的冷笑道：「醫家診症，講究望聞問切，莫先生卻像只重切脈。不知家父病情如何，煩先生告知一二。」

寇仲那有資格說病情，但已判斷出如若妄然為沙老爺打通任督二脈，說不定他會因氣虛不受補，來個一命嗚呼就糟糕透頂，把心一橫，真氣直鑽太陽肺經，接著走中焦，下大腸經，又還於胃口，循上到肺膈，再出腋下，行少陽心主經，循臂而行，最後由大拇指瀉出。所到處，蔽塞的經脈勢如破竹被他長生訣真氣豁然貫通。

眾人還以為他無言以對，老爺子「啊」的一聲睜開眼來，本是沒精打采的眼神回復不少神采。

老夫人大喜道：「老爺你感覺如何？」

老爺子沙啞的聲音道：「莫先生的醫術真神奇，我的胸口不再悶痛啦！手腳似也恢復了點氣力。」

寇仲心中大定，知道自己的長生訣氣功確有「藥到病除」的功能，哈哈笑道：「老爺放心，我有十成把握可治好你的病。老爺子有沒有胃口，先吃點東西，好好睡一覺，我再以一指頭禪爲老爺醫治。」

廳內諸人哪想得到他的醫術神奇至此，人人目瞪口呆，難以相信眼前的事實。

六艘貨船緩緩靠岸。這隊興昌隆的貨船隊，由田三堂親自督師，除夥計外，共有武師五十三人，包括徐子陵這新聘回來的高手在內。由於滿載鹽貨，船身吃水深，加上愈往西行，水流愈急，在滿布亂石淺灘的河道行走，即使熟諳水道的老手，這麼的逆流而上，亦頗危險，固只能在白天行舟，晚上要泊岸過夜。而這正是敵人發難的好時刻，所以全部人員均不准離船，武師則分兩班輪更守夜。

徐子陵是弘農幫主推薦來的人，又得田三堂器重，所以見過他劍法的武師陳良、吳登善和劉石文三人對他特別巴結友善。但也招致另一夥本以首席護院梁居中爲中心的武師形成的小圈子的猜忌和排斥。徐子陵自然不會把他們放在心上，見他們也不敢太過分，些許冷嘲熱諷，盡作耳邊風。當然亦不會曲意逢迎的跟他們攀交情。晚膳時，衆武師自然而然各就其朋黨關係分檯進食。徐子陵這一桌人最少，除陳良、吳登善和劉石文外，尚有幾位與三人友善和較中立的武師，氣氛頗爲熱鬧。

趁田三堂到了岸上辦事之際，梁居中一夥乘機發難，坐在梁居中旁的武師走過來道：「莫兄！聽田爺說你的劍法非常厲害，可否讓各位兄弟見識一下？」

整個艙廳立時鴉雀無聲，人人知道梁居中一方存心挑釁，要徐子陵這個莫爲的好看。

與徐子陵友善的三位武師中以陳良年紀最大，資歷最深，並不怕梁居中一夥人，不悅道：「大家兄弟以和爲貴，若有爭鬥損傷，田爺回來會不高興的，胡海你還是回去吃飯吧！今晚說不定會有事發生。」

胡海沉下臉時，梁居中那桌另一名武師怪笑道：「陳老休要把話說得那麼嚴重，田爺不在，自當由梁爺主持大局，他要摸清楚各兄弟的深淺，有起事來方懂得分配應付，大家只不過了解一下，哪來甚麼爭鬥？」

梁居中那桌和旁邊另一桌共二十餘人一齊起哄，支持這番說話。

胡海意氣風發的道：「說得對。我們是看得起莫兄，才要摸莫兄的底子！莫兄就和我胡海玩兩招給梁爺過目，不是連這點面子都不給梁爺吧！」

梁居中冷哼一聲，氣氛登時緊張起來。「鏘！」徐子陵拔出長劍，一話不說的就往胡海刺去，在眾人瞠目結舌下，只見胡海臉上現出似陷身噩夢中掙扎不休的神色，但卻完全無法擺脫。明明該夠時間避開去，偏偏他就像呆子般引頸待割的樣子，任由徐子陵劍制咽喉，仍沒法作出任何動作和反應。冷汗涔涔從胡海的額角滲出流下，剛才對方刺來一劍，隱含一股龐大的吸勁，似緩實快，欲躲無從。

廳內靜至落針可聞。梁居中方面的人無不色變，皆因他們深悉胡海之功夫，僅在梁居中之下。「鏘！」長劍回鞘，疾如閃電，準確得像會尋路回穴的靈蛇。

徐子陵像幹了件毫不足道的小事般，淡淡道：「我的劍是用來對付外敵的，不是用來對付自己人。既成兄弟，大夥兒最聰明的方法是同心禦外，興昌隆愈興旺，大家都有好日子過。」

胡海被他絕世劍法所懾，爲之啞口無言。

一陣掌聲從大門處傳來，只見田三堂陪著位體格軒昂高挺的年輕公子走進艙廳，均是臉含微笑，迎著徐子陵露出讚賞眼神。

眾武師一齊起立敬禮，轟然道：「七少爺到啦！」

陳良湊到陪衆人起座迎接的徐子陵耳旁道：「是我們大老闆的七公子卜廷，他是關中劍派掌門人邱文盛的關門弟子，他這麼突然駕臨，必然有事發生。」

一指頭禪顯示奇效，寇仲的地位頓時迥然不同，不但被邀共膳，沙老夫人還正式請他同赴關中，好沿途爲沙老爺子繼續治病。不過寇仲自己知自己事，藉口須閉門苦思治病良法，婉拒沙家的船上晚宴，回房慢慢享受老夫人貼身俏婢寶兒送來的豐富晚膳，同時也對如何醫好老爺子一事煞費思量。不要說上了年紀又體弱多病的人，即使普通的壯漢，假若隨意以眞氣打通他們的脈穴，由於對方不懂追循控制，動輒會有走火入魔之險。剛才他並非拿老爺子的命行險，皆因打通的經脈均與生死無關，但若眞要治好他的病，便複雜多了。尤其牽涉到任督兩大主脈，更不能輕舉妄動。

正思量間，門外廊道足音走過，兩俏婢正低聲談論他，其中一婢道：「這莫神醫眞本事，不用針不用藥，只用指頭按老爺的手腕便令他大有起色，令人難信。」

另一婢道：「不知我們能否也找他看病呢？我自上船後一直頭暈頭痛，四肢乏力。」足音遠去。

寇仲一拍大腿，精神大振，忖道：假若有他娘的幾支金針，可同時刺激不同的竅穴，並調較輸入的長生訣眞氣，說不定眞有可能按部就班的治好老爺子不知是甚麼病的病。想到這裏，儼似變成半個神醫。能幫助人，總是快樂的事。問題是自己連半根針都沒有，總不能堂堂莫神醫，要請人去張羅一套灸針回來。何況自己答應明早給老爺子治病，如再無另外的起色靈效，他正在上升的神醫聲譽勢將回跌。且剛才的眞氣貫穴只能收一時之效，老爺子很快會回復原形，這種種問題想得他的頭都痛起來，差點要另覓神醫治理。

此時俏婢寶兒親來爲他收拾碗筷，寇仲硬著頭皮道：「寶兒姐可否請五小姐來說幾句話。」

寶兒臉露難色，道：「此事要請示老夫人才行。」

寇仲道：「我只因五小姐精通醫道，對老爺子的病情當然特別了解，所以想向她請教一二，沒甚麼的。」

寶兒終於答應，點頭道：「小婢去向五小姐說說看。」

片刻後，寶兒回來把寇仲請往艙廳，沙家的少爺和們妻妾早回房休息，五小姐在貼身婢女小蘭的陪伴下，神情冷漠地接見寇仲道：「莫先生有何請教？」

寇仲胡亂問幾個問題後，道：「老爺子病情嚴重，只是一指頭禪恐也不能根治，必須兼施金針之術才成。唉！不過我那套針在旅途上丟失了！不知——」

沙芷菁有點不耐煩的截斷他道：「莫先生慣用哪種針呢？」

寇仲差點抓頭，只好反問道：「五小姐有哪些針？」

沙芷菁沒好氣的道：「有鑱針、圓針、鍉針、鋒針、鎞針、圓利針、毫針、長針、大針共九類。」

寇仲聽到頭脹起來，乾笑道：「不如把這些針全借予鄙人，那我便可針對不同的情況下針。」

沙芷菁眉頭大皺的道：「九針之宜，各有所爲，長短大小，更是各有所施。如若不得其用，怎能除病？」

寇仲哪敢在醫術上和她爭辯，以一個莫測高深的笑容掩飾自己的尷尬，道：「家叔知鄙人愚魯，故少談理法，只講應用。五小姐若想老爺子針到病除，煩請借針一用。」

五小姐再沒興趣和他說下去，起立道：「據莫先生的診斷，家父患的究竟是甚麼病？」

寇仲一直千方百計迴避這要命的問題，此際卻是避無可避，記起沙老爺經脈內陰長陽竭的情況，硬著頭皮道：「老爺子臟腑陰盛陽虛，是否長期的憂慮所致呢？」

最後一句純屬猜測，因見沙家須舉家遷離洛陽，其中定有不可告人的事故存在。

五小姐沉吟片晌，似是代表同意他診斷的微一頷首，道：「明早莫先生為家父治病時，自有灸針供先生之用。」說罷逕自去了。

寇仲吁一口氣，是神醫還是庸醫，明天將見分曉了！

第七章

西都長安

第七章 西都長安

徐子陵、陳良和梁居中三人隨在七少爺卜廷和田三堂身後，來到船面上。船隻由六艘增至九艘，新增的三艘由卜廷主持，剛剛開至，全部燈火通明，哨崗密布，顯是怕人偷襲。這趟船運事關重大，牽涉到興昌隆的盛衰。徐子陵的加入，使田三堂下決心把所有貨船集中一起，把積存的鹽貨一次運往長安，若全軍盡墨，對興昌隆的打擊會非常嚴重。

卜廷目注縣城掩映的燈光，沉聲道：「我雖然請出大師兄，但和京兆聯的談判終於破裂，楊文幹公開聲言絕不容我們的船隊安然入關。」

徐子陵心中一震，始知給廣盛行撐腰的竟是關中第一大幫京兆聯，難怪不把關中劍派放在眼內。此事背後當是李建成的太子系和李世民秦王系的鬥爭，在不同的層面上延續擴伸。而興昌隆顯然處於劣勢。

田三堂道：「眞奇怪！若要動手，只有今晚這個機會，可是據報縣城方面全無異樣，京兆聯究竟在打甚麼主意？」

卜廷點頭同意，因爲明天船隊便會過關，入關中後，京兆聯無論如何橫行無忌，亦不敢公然攻擊爲唐室欽准作鹽貨供應的船隊，否則秦王府必會插手追究，那時太子李建成也維護不了楊文幹。

陳良道：「京兆聯二龍頭歷雄長於水戰，會否在河中截擊我們？」

田三堂沉聲道：「我們希望他們這樣做，皆因我們準備充足，加上河面寬闊，縱使硬拚我們絕輸不了多少。」

徐子陵心中同意，他對水戰頗有認識，興昌隆這批船不但性能良好，做足防火工夫，且攻守裝置完備，最重要是操舟的均爲經驗豐富的老手。也正因如此，興昌隆的實力招來李建成一方之忌。

卜廷斷然道：「敵人肯定不會放過今晚這機會，我們要準備打一場硬仗。」

徐子陵忽然心中一動，向像他般默言不語的梁居中瞧去，後者嘴角逸出的冷酷笑意剛巧逝去，回復木無表情。

田三堂忽然道：「梁老師和莫老兄有甚麼意見？」

梁居中沉聲道：「七少爺和田爺請放心，若有人敢侵犯船隊，我和一衆兄弟必教他們來得去不得。」

卜廷道：「我們千萬不可托大，敢問莫老師可有甚麼看法？」

徐子陵淡淡道：「假若我們像現在般處於完全的被動，今晚必是全軍覆沒的結局。」

衆人聽得一呆。

梁居中以充滿嘲諷的語調道：「莫兄在尙未把握整個形勢前，切勿危言聳聽，動搖人心。」

卜廷轉過身來，向徐子陵道：「莫老師因何有此判斷？」

徐子陵從容道：「假設我是京兆聯的楊文幹，今晚必會從水陸兩路全力攻打船隊，一舉盡收殺人奪貨搶船的戰果，這當然遠勝純作水戰落得難以避免的各有損傷。」

田三堂動容道：「莫老兄確有見地，只不知如何能反被動爲主動呢？」

徐子陵微笑道：「首先我們必須先把內奸抓出來，讓敵人失去裏應外合的優勢。」

卜廷和田三堂愕然以對，梁居中則現出不安的神色。

陳良倒抽一口涼氣道：「莫兄憑甚麼說我們中有敵人的奸細？」

徐子陵冷靜的分析道：「皆因這是人之常情，京兆聯乃關中第一大幫，更得太子系在背後支持，廣盛行又像我們興昌隆般財雄勢大，三方面加起來，來頭既足懾人和誘人，加上人望高處，無恥忘義之徒自受不得威逼利誘，不生異心方爲奇事。」

梁居中終沉不住氣，怒道：「莫爲你是否別有用心，在這等生死關頭，仍要來破壞我們的團結？」

徐子陵心中好笑，比起自己的敵手如楊虛彥之流，梁居中實在相差遠了，好整以暇的笑道：「若這麼叫別有用心，那梁兄剛才爲何指使胡海來摸我的底子，不怕破壞團結嗎？」

其他三人的目光落在梁居中處。

梁居中色變道：「我不是奸細。」

陳良一向不滿梁居中的專橫和結黨的作風，嘿然笑道：「莫兄並沒有指你是奸細，只是問你爲何要摸他的底子吧！」

梁居中作賊心虛的退後一步，厲聲道：「陳良你是否想坐我的位子，所以聯同新人來誣衊我？」

當他再往徐子陵望過來時，徐子陵目射電芒，他登即再退一步，移近靠岸的船欄處。

卜廷道：「梁老師勿要動氣，若是問心無愧，爲何不答這麼簡單的問題呢？」

梁居中狠狠道：「現在七少爺也不信我，我梁居中留在這裏還有甚麼意思，由這刻起，我跟興昌隆一刀兩斷。」

說到最後一句時，拔身而起。

田三堂喝道：「截住他！」

卜廷才拔劍出鞘，徐子陵閃電搶前，後發先至的離船而起，趕上往上騰起的梁居中。兩人在空中以快打快。梁居中也算不弱，連擋徐子陵一拳三指，最後給徐子陵腳尖點中脅下要穴。

徐子陵抓著他的腰帶，從岸邊躍回船上，擲於艙面道：「若能從他口中逼出其他同黨的名字和敵人的計劃，今晚我們將可大獲全勝。」

鑼聲響起，燈火倏滅，九艘風帆同時轉舵疾馳，不是逆流西去，竟然順流東行。這著突如其來的奇招，登時令分別隱伏在岸邊和上游的四艘戰船上的敵人慌亂失措，不知該如何是好。在嚴刑逼供下，梁居中不但供出包括胡海在內的三個同黨，還說出京兆聯和廣盛行聯手進攻的大計。徐子陵據此擬出反擊的行動。

陳良叫道：「追來啦！」

徐子陵仍是神態從容，冷靜的注視從後趕至的四艘敵船，其他人無不露出緊張的神色，只看敵船的速度，便知對方並無載貨，船身輕快，可以很快趕上來。

卜廷道：「左方外檔的該是京兆聯副聯主歷雄的座駕船，他這人最講排場，無論坐車乘船，都要懸掛有他靈龜標誌的特大旗幟。」

徐子陵沉著的道：「是時候哩！」

田三堂發出命令，九艘風帆分三組行動，其中兩組各二艘船，靠往江岸，剩下的五艘船，仍原陣不變的往下游駛去。對方的戰船立即吹響號角，船上隱見敵人四處奔走，亂成一片。

徐子陵心想換過自己亦不知該如何應付這突變。若論兵法，歷雄根本不該追來，錯在他對興昌隆有輕敵之心，更以為仍有內奸接應，以致陷入眼前被動之局。不過敵船此際連掉頭撤走都辦不到，京兆聯和廣盛行聯軍從陸路來攻的大批人馬已被甩到遠方，等若虛設，剩下這支由四艦組成的水師在湍急的水流和冬季的北風吹送下，剎那間陷進重圍，較高的船速反成他們致敗的因由。

興昌隆的船上鑼聲再起，靠往兩岸的四船火箭彈石齊發，向位於外檔的兩艘敵船側舷投去。前行中的五艘船亦同時發難，從船尾射箭投石，對敵人展開無情的反擊。歷雄親自指揮的四船，投石機擺放的發射角度均是要攻擊前方目標，對從船側發動的攻擊一時間哪有還手的能力，兼之興昌隆方面是以兩船的力量集中猛攻一船，此消彼長下，使他頓陷挨打之局。火箭彈石暴雨般落在敵船上，船體立時百孔千創，木裂屑濺，火頭處處，完全被癱瘓了還擊的能力。

卜廷大喜道：「追！」

戰鼓喧天中，興昌隆四船從岸沿處斜斜駛出，此時他們已從下游變得反處在敵船的上游處，咬著敵方船尾攻去，而敵人則陷於腹背受敵的劣境。火箭首先施威，尤其從北岸開出的兩艘戰船借著風勢，在敵人箭矢臨身前，火箭畫出一道道美麗的黃芒，投在敵船上。剎那間，四艘敵船全陷進熊熊烈火中，再無絲毫反擊的能力。正如徐子陵所料，興昌隆大獲全勝。比起徐子陵的膽色才智，至乎戰鬥的經驗，歷雄當然差之甚遠，由始到終給徐子陵牽著鼻子來走。

見到敵人紛紛跳水求生，興昌隆方面更是士氣如虹，勁箭改而追殺在河中泅泳浮沉的敵人，鮮血使早被火光染紅的河水更添簇簇血紅。前方五船全部掉頭，加入追擊的行列，它們雖有損傷，卻是微不足道的。徐子陵卓立船頭，暗忖自己這麼鋒芒畢露的助興昌隆大敗京兆聯和廣盛行的聯軍，究竟會爲自己帶來甚麼後果？

清晨。寇仲在老夫人貼身俏婢寶兒的引領下，來到沙老爺子的艙房，爲他進行第二次療治。

除老夫人和寶兒外，只有沙芷菁在房內，這貴女遞上一個長方形飾以古樸紋理的銅盒，道：「這是先生要求的各式灸針。」

寇仲接過銅盒，在榻旁爲他特別擺設的椅坐下，見到老爺子又回復精神萎靡、沒精打采、病入膏肓的模樣，暗自心驚。

老夫人擔心的道：「今早起來，老爺的精神又差了很多，究竟是甚麼原因？」

在沙芷菁的美目灼灼注視下，他怎敢談論病情，道：「老夫人放心，我的一指頭禪只有治標之力，沒有治本之能。但我的金針大法，必能根除大老爺的頑疾。只是有一個請求。」

老夫人道：「莫大夫請說，無論多少酬金，我們必會如數照付。」

寇仲暗忖今後如若找不到楊公寶藏，大可改行做濟世的神醫，皆因會比開飯館的利潤豐厚得多。口上應道：「夫人誤會啦！鄙人只是想獨自留在房中，因爲我的金針大法絕不能有絲毫差錯，所以最忌有人在旁影響我的專注。嘿！五小姐該最是明白吧？」

老夫人點頭表示明白，扯著絕不情願的沙芷菁，和寶兒往只一帘之隔的外進去等候。

寇仲舒一口氣，打開橫放膝上的銅盒，九枝灸針一排並列，有頭大末銳的，又有針鋒如卵狀，各種形式，無不俱備。他以武學的修爲，迅速判斷出若借金針施出眞氣，配以不同深淺位置，將會生出不同的功效。心中暗喜，憑自己的療傷聖氣，加上九根神針，必是如虎添翼，登時信心倍增。經過昨晚一夜苦思，他早擬定好爲老人家療治的策略，當下立即著手進行，忙個不休。

一個時辰在寇仲來說只是彈指間的迅快事。但對老夫人和沙芷菁來說，卻是長若經年，所以當寇仲喚她們入內時，兩人迫不及待的擁進去。只見寇仲得意洋洋的昂然立在榻旁，床上的沙老爺子不但臉色大有改善，且甜甜的睡去，不住發出均勻的鼾聲。只要不是盲的，也看得出他大有起色。老夫人固是千恩萬謝，沙芷菁也驚奇得瞪大一對美目，喜出望外。

寇仲把銅盒交回美女手上，微笑道：「下次需要時，再向五小姐借用！」

言罷掀帘而出，聲音傳回來道：「我要回房大睡一覺，晚膳時才喚醒我吧！」

船隊沿河逆流西行，直往關中進發。勝利的氣氛籠罩整個船隊，雖是徹夜無眠，但人人精神興奮，仍高談昨夜的戰況。

卜廷把大功臣徐子陵請到房內，先說一番感激的話，轉入正題道：「昨夜一役，京兆聯和廣盛行均損失慘重，短期內休想恢復元氣，再來與我們爲難。」

徐子陵道：「但這必招來楊文幹妒忌，爲了京兆聯的顏面，他定會作出反擊。」

卜廷冷哼道：「他想動我，可沒那麼容易。他京兆聯不好惹，難道我關中劍派又是易與之輩，我大師兄段志玄更是天策府猛將，多年來與秦王出生入死，關係深厚。說到關外，誰不看秦王的顏面，他李建成算是甚麼東西？我不怕他。」接著欣然道：「何況我們有莫兄加入，更不怕跟廣盛行正面硬幹。我剛才和三姐夫商量過，決定先送莫兄十兩黃金，以後每月餉銀黃金五兩，年尾結算時尚可分享紅利，莫兄若還不滿意，請隨便說出條件來，我們絕不會介意。」

徐子陵當然不敢拒絕，以免洩露自己非爲求財的眞相，扮出感激的姿態，連聲道謝。

卜廷道：「梁居中已去，他的首席武師之位，由莫兄來坐上。」

徐子陵誠心的道：「此事萬萬不可，論年資威望，該由陳良兄補上才對。莫爲必會盡心盡力去助他辦事，七少爺明察。」

卜廷愕然道：「難得莫兄如此謙讓，居功而不驕，你說的話亦不無道理，暫時依你之言吧！」

徐子陵心念一轉，道：「若我猜得不錯，我們和京兆聯的鬥爭，已從關外移到關中，那亦代表秦王府與太子系的一場明爭暗鬥。七少爺如沒有意見，我願留在關中照應我們興昌隆的生意，並應付敵人。」

卜廷動容道：「莫兄確看得通透，我和三姐夫也正有同樣的憂慮，幸好我們做的是批發生意，只要能保住長安總店和幾個大倉房，一切可如常運作，我和三姐夫亦會在長安逗留一段時間，莫兄想不陪我們留下也不成呢！」

徐子陵暗鬆一口氣，這個掩飾的身份不但重要，且可暗助終算是朋友的李世民一臂之力，得此尚有何求。窗外河水滔滔，但他的心神早飛到長安城去。

山河千里國，城闕九重門；不睹皇都壯，安知天子尊。文物薈萃，千秋帝都。長安位於有「八百里秦川」之稱的關中平原渭河南岸，周、秦、漢、西晉、前趙、前秦、後秦、西魏、北周、隋、唐均建都於此。

南是秦嶺山脈中段的終南山，重巒疊嶂，陡峭峻拔，成爲南面的天然屏障，有「重巒俯渭水，碧嶂插遙天」的磅礡氣勢。北則有堯山、黃龍山、嵯峨山、梁山等構成逶迤延綿的北山山系，與秦嶺遙相對峙。在這些山嶺界劃出來的大片沃原上，長安城雄據其中，涇、渭、滻、灞、灃、滈、潏、澇諸水宛如晶瑩閃爍、流蘇飄蕩的珠串般環繞縈迴，形成「八水繞長安」之局。這些河流猶如一道道的血脈，既給長安提供豐富的水源，也使長安充滿活力。「秦中自古帝王州」，正因種種戰略和經濟上的有利條件，自古以來，長安一直得到歷代君主的垂青。

秦始皇嬴政以之收拾戰國諸雄割據的亂局，開創出中央集權大一統的局面。到西漢張騫兩次出西域，開闢了長安至西域的絲綢之路，促進東西方經濟和文化的交流，長安更升格爲國際級的名城，聯結中外文明的紐帶。其況之盛，只有東都洛陽堪與比擬。

隋朝建立後，創建新都，名爲大興。唐代繼續沿用大興爲都城，更名長安，取其「長治久安」之意，並不斷修建擴充，使之更爲宏偉壯麗。隋唐長安城由外郭城、宮城和皇城三部分組成。宮城和皇城位於都城北部中央，外郭城內的各坊從左、右、南三面拱衛宮城和皇城。以正中的朱雀大街爲界，東西分屬萬年，長安兩縣。

宮城和皇城乃唐室皇族的居所，郭城則爲百姓聚居生活的地方，各有布局。千百家似圍棋局，十二街如種菜田。長安郭城共有南北十一條大街和東西十四條大街，縱橫交錯地把郭城內部劃分爲一百一十坊。其中貫穿城門之間的三條南北向大街和三條東西向大街構成長安城內的交通主幹，其中最寬敞的是等若洛陽天街的朱雀大街，闊達四十丈，餘者雖不及朱雀大街的寬闊，其規模亦可想見。長安除朱雀大街外，最著名就是位於皇城東南和西南的都會市和利人市，各佔兩坊之地。市內各有四街，形成交叉

「井」字形的布局，把整個市界劃爲九個區，每區四面臨街，各種行業的店鋪臨街而設。每區之內，尚有小的巷道，便其內部通行。兩市爲長安城最熱鬧的地方，酒樓食肆不少更是通宵營業，爲長安城不夜天的繁華勝地。

徐子陵隨卜廷、田三堂從明德門安然入城，踏足朱雀大街，亦爲這不平凡且深具帝皇霸主氣象的都城的鼎盛局面震懾，感到要從這麼一個地方把楊公寶藏搬走，是多麼緲茫的一件事。走在這條貫通長安城南北的主軸上，心中豈能無慨，想到歷經無數險阻，最後終抵此處，那種感覺確難以言宣。

爲防止積水，城內主要大街兩旁設排水溝，寬若小川，在路口水溝交匯處，均舖架石橋，形成長安的一個特色。大道兩旁，植有槐樹，不過際此寒冬之時，茂密的枝葉早由積雪冰掛替代，令人感受到隆冬的威嚴。嚴寒的天氣，無損長安的繁榮盛況。街上車水馬龍，行人如鯽，比之洛陽的熱鬧有過之而無不及。興昌隆的長安主店位於皇城東南的都會市內，三個大倉則分設於郭城西南角的和平坊和東南角的敦化坊。卜廷吩咐陳良負責把鹽貨存倉後，和田三堂及徐子陵同往主店，可見他對徐子陵的器重。

朱雀大街兩旁無論商舖民居，均是規製寬宏的大宅院，院落重重，擁有天井廂堂。坊巷內的民居則爲瓦頂白牆，單層構築列成街巷的聯排。宅門多作裝修講究的瓦木門檐，高牆深院，巷道深長，與熱鬧的大街迥然有異，寧靜祥和。富戶人家的宅院固是極盡華麗巍峨，店舖的裝置亦無不竭盡心思智巧，檐桶樑架，雕飾精美，或樑枋穿插，斗拱出檐，規法各有不同。得魯妙子建築學眞傳的徐子陵瞧在眼內，自是興致盎然，津津入味。目不暇給下，皇城的朱雀門赫然在望，隨著卜廷和田三堂，徐子陵策馬轉入貫通城東春明門和城西金光門的光明大街，夕陽斜照下，朝又被稱爲東市的都會市馳去。

寇仲被請到艙廳進晚膳，列席者除沙家三兄弟沙成就、沙成功和沙成德外，尚有沙福、陳來滿和一個叫毛世昌的人。毛世昌只是中等身材，可是背厚肩圓，步履沉穩，該是擅長硬功的高手，乃沙家的首席護院。四十來歲的年紀，說話帶點江湖的圓滑味道，態度倒不令人討厭，還有點風趣，不時露出親切的笑容。對他最友善的當然是三少爺沙成德、陳來滿和沙福，皆因關係不同。大少爺沙成就客氣卻保持一段距離，既不投入也不冷漠。但一副二世祖紈袴子弟模樣的二少爺沙成功的囂張態度雖有所收斂，但總不自覺地對寇仲流露出一種輕蔑的神色。

俏婢們送上佳餚美酒，大少爺把席上各人逐一介紹後，微笑道：「莫先生醫術的高明，教人驚服。不瞞先生，家父自年前得病之後，曾遍請洛陽的名醫，仍是絲毫沒有起色。可是先生只兩天的功夫，竟使家父像脫胎換骨般能如常進食，走路說話，先生的醫術確是神乎其技。」

三少爺沙成德關切的問道：「家父患的究竟是甚麼病？照莫先生的判斷，要多少時間可望完全復元？」

寇仲暗忖年許前發病，剛好是洛陽王世充與楊侗、獨孤閥一方鬥個不亦樂乎的時間，只看沙家現在舉家遷往關中，可猜到沙家多多少少與獨孤閥有點關係，心中有個大概，從容答道：「老爺子的病並非傷寒，是因過度思慮以致鬱結成病，心鬱則氣結，所以藥石無靈，故而我不投藥而施針，活血行氣，乃效果如神。嘿！其實這並不算甚麼功夫，只是能對症下──嘿！下針吧！」

沙福心悅誠服的道：「莫先生像令叔般從來都謙虛自抑而不居功，眞是難得。」

二少爺沙成功問道：「先生此回到關中去，是否準備設館爲人治病，大展所長。」

寇仲暗忖若坦白告訴他自己到長安的眞正目的，保證可把他嚇個半死。笑答道：「我還沒有甚麼謀定的想法，只是遵從家叔的指示，四處遊歷以增廣見聞。」

毛世昌微笑道：「看先生氣度沉凝，體格健碩威武，又刀不離身，顯然身懷絕學，不知先生的正技是否亦傳自令叔。」

陳來滿欣然道：「先生的絕技，我們早見識過，當日先生出手，只兩個照面便把奸徒馬許然生擒活捉，若非一流高手，如何辦得到。」

奇怪地沙成就和沙成功等對此事竟一無所知，連忙追問，聽罷無不動容，令二少爺沙成功對他態度也大有改善。

寇仲忍不住問道：「那姓馬的傢伙後來怎樣哩？有否招出爲何要與那小珠暗害進哥兒？」

三少爺沙成德歉然道：「先生和令叔走後的當夜，馬許然自行掙脫繩索逃走，還將小珠一併帶去，所以到現在我們仍弄不清楚他們爲何要那樣做。」

沙成就不悅道：「這麼嚴重的事，爲何不告訴我？」

沙成德道：「大哥切勿怪我，這是爹的意思，看樣子爹該是有不便言明之處。」

毛世昌打圓場岔開話題道：「莫先生能醫擅武，到關中後必大有作爲，在此先預祝莫先生馬到功成。」

舉起酒杯。衆人紛紛舉杯祝酒，把稍爲不愉快的氣氛沖淡。

沙成就友善的道：「先生到關中行醫後，肯定會因活人無數而成最受歡迎的人，只要我們再爲先生宣揚，不用多少時日，先生勢將聲名更盛，德傳四方。」

寇仲心中叫苦，若眞是如此，他將大禍臨頭才眞。

沙成就把一袋重甸甸裝著該是金錠銀兩的東西放到寇仲跟前，欣然道：「這是感謝先生爲家父治病先付的一半酬金，小小心意，先生萬勿推辭。」

寇仲囊內的銀兩早用得山窮水盡，見狀半推半受的接過，登時心情大佳，談笑風生。同時更知沙家上下接受了他這個外人，對到關中尋寶一事大有幫助。

晚膳在這種融洽的氣氛下結束，飯後二少爺沙成功竟親自送他回房，低聲道：「我有個小妾長年患上偏頭痛，這種病有沒有可能根治？」

寇仲把心一橫，大力一拍他肩頭道：「這事包在我身上，明早爲老爺子治病後，會爲二少爺的如夫人效勞。」

沙成功大喜，千恩萬謝的去了。寇仲關上房門，倚門而立，猛一咬牙，心中暗下決心，務要憑長生訣的眞氣加上一套灸針，成爲莫甚麼神醫，鑽營自己硬逼出來的醫術。只有借此身分，他方可在長安來去自如，令任何人聯想不到他的眞正身分。他還要改穿與前不同的服飾，改變說話的聲音語調，至乎行動坐臥的姿態習慣。種種變化都要在沙家諸人不覺察下逐步轉變。三天後抵關中時，他將會成爲另一個人。

興昌隆在長安都會市的總店由卜家次子卜傑主持大局，此人長得風度翩翩，衣飾講究，說話得體，不懂武功但長於交際應酬。聞得鹽貨安然運抵，早在鋪後的廳堂擺下一桌盛筵，爲卜廷、田三堂和徐子陵洗塵，陪席的尚有主理總店財務，卜傑、卜廷的親叔卜廉，負責買賣的費良，武師肖修明和謝家榮。後兩人是卜廷的師兄，同屬關中劍派，謝家榮還是長安著名幫會長安幫的人。他們是在關中交遊廣闊，吃得開的地頭蛇。當曉得京兆聯和廣盛隆偷襲的聯軍差點全軍盡墨，卜傑等驚訝得大出意外。

田三堂道：「這回全憑莫老師看破粱居中這吃裏扒外奸賊的底細，又巧施妙計大破敵人，否則情況將會完全掉轉過來。」

卜傑等登時對徐子陵另眼相看，讚譽不已。

卜傑問卜廷道：「你們怎樣處置那幾個叛賊？」

田三堂微笑道：「這些人不能囚起來，皆因我們不想洩露莫老師的眞正本領，如此才能教敵人難知虛實。」

其實這是出於徐子陵的請求，他甚至以此作藉口，請卜廷把他加入興昌隆的時間提早一年，那就算有人想到要調查他，也會因此釋疑。

卜傑同意道：「這一著非常重要，京兆聯必不肯罷休，莫老師則是我們興昌隆的秘密武器。而我們必須統一口徑，那就算有人查問，亦不會露出破綻。」

田三堂再把擬好的策略整理和解說一遍後，衆人均點頭稱善。

卜廷問道：「長安現在情況如何？」

卜傑露出憂色，嘆道：「我們和秦王的形勢相當不妙。自秦王擊敗薛舉父子後，秦王更招建成太子之忌，建成太子在居心叵測的齊王元吉慫恿下，採三管齊下之法，首先曲意奉承討好皇上的妃嬪，藉爲內助。由於秦王常年將兵在外，遠者疏近者親，且秦王一向不賣諸妃之賬，此消彼長下，以張婕妤和尹德妃爲首的妃嬪，均心向建成太子，爲他在皇上駕前搬弄是非，中傷秦王，使皇上逐漸對秦王生疑，情況教人擔憂。」

興昌隆的最大靠山是秦王府，李世民的起跌自是和他們憂戚與共。徐子陵本已放棄喬扮岳山去會李淵，以免多生枝節，但聞得這對李世民不利的形勢，又另有想法。他現在身處長安，審度情況下，差不多可有十成信心肯定寇仲決帶不走楊公寶藏。既然如此，爲了百姓的幸福，他應該暗助李世民一臂，讓天下蒼生可因他這明君登基而得長治久安的局面。只有化身作「霸刀」岳山，他才有機會接觸李淵，看可怎樣爲李世民出力。

田三堂追問道：「大公子說他們採三管齊下之法，另兩個策略又如何？」

尙修明搶著冷哼道：「當然是擴充實力，自李密和獨孤閥歸降，南海派更公然投向李建成，兼且突厥人又與他接上關係，令李建成的長林軍實力大增，再加上跟楊文幹的勾結，秦王的天策府登時給比下去。至於第三個策略，是第二個策略的延續，就是不惜威逼利誘以收買秦王的部下。大師兄前天才告訴我，說建成太子曾以重金引誘他，手段非常卑鄙。」

卜廷皺眉道：「這麼說，局勢對秦王確很不利，看來遲早會釀成大禍。」

此時下人來報，段志玄來了。衆人慌忙起立，無論段志玄是以天策府重臣或關中劍派首徒任何一個身分，均是非同小可。段志玄三十五、六歲的年紀，長得一表人材、健壯結實，無論肩背、脖頸和粗大的手掌指頭，均透出一種內斂的狠厲霸勁，不愧天策府著名的高手勇將。

他跟卜傑、卜廷等稔熟至乎不用多說門面和客氣話的地步，坐下便道：「我剛收到消息，京兆聯和廣盛隆的人跟你們在入關前火拚衝突，京兆聯的歷雄還左肩中箭受傷，是否確有其事？」

卜傑欣然道：「大師兄的消息眞靈通，事實果是如此。」

段志玄的目光落在徐子陵臉上，道：「這位是？」

田三堂道：「這位是莫爲老師，劍法高明，我們這次能取得這麼驕人的戰果，全賴他識破梁居中已被敵人收買作內奸，否則後果不堪設想。」

段志玄聽罷不禁對徐子陵多望兩眼。

徐子陵忙微笑道：「我爲田爺辦事早有一段日子，只因一向在外奔走，少來關中，沒機會拜見段爺吧！」

段志玄露出釋然神色。田三堂等本不打算瞞段志玄這自己人的，不過見徐子陵這麼說，亦只好將錯就錯，含混過去算了。徐子陵卻不得不這麼說，否則若被段志玄得知他入關前始加入興昌隆，不引起疑心才怪。

段志玄哈哈笑道：「好！能一挫楊文幹的氣燄，總是大快人心的事。楊文幹連我都不肯給半分面子，以後我們不用對他客氣。」接著又道：「杜公對這次你們運來關中的大批海鹽非常重視，令廣盛行想屯積居奇的願望落空。杜公還特別找我說話，希望能把價錢降低，好平抑物價。」

徐子陵對這杜公大生好感，問旁坐的田三堂，始知杜公就是天策府的軍師謀臣杜如晦。

卜傑忙答道：「既是杜公的意思，我們當然照辦。」

段志玄舉杯祝賀，酒過三巡後，欣悅的道：「興昌隆大挫京兆聯和廣盛行一事，已傳入秦王耳內，並著我安排你們與他見面。」

卜廷、卜傑、田三堂頓時喜動顏色，雀躍不已，能引得秦王李世民的注意，乃無比榮幸的事，何況能獲得接見。

段志玄又道：「待會我先帶小廷和三堂到杜公處打個招呼，落實壓低鹽價一事。修明你該好好盡地主之誼，招呼莫兄。」

徐子陵忙道：「段爺太客氣哩！不過我待會要去找一位朋友，不用勞煩肖兄。」

肖修明笑道：「人生路不熟，讓小弟作嚮導吧！」

徐子陵要找的人當然是雷九指，難以推卻下，只好答應。來長安的尋寶遊戲，就在這種情況下開始，只要待寇仲入城，將可展開行動。徐子陵首次感覺到來長安的意義和趣味。

在謝家榮和肖修明這兩個地頭蛇陪伴下，徐子陵走出總店，踏足長街，都會市繁盛興旺，燈火映照得明如白晝，不愧是名都大邑的通街鬧市。井字形布局的四條主街布滿各行各業的店鋪，除銷土產百貨外，其他珍玩亦無不具備，酒舖倉店，林立兩旁。行人摩肩接踵，好不熱鬧。在卜廷特別吩咐下，兩人均對徐子陵照顧備至，非常熱情。走在石板鋪築的整齊的街道上，徐子陵放開懷抱，縱目四覽，擠在前推後湧的人流中，感覺著長安城太平的興盛氣象。

肖修明問道：「剛才聽莫兄口氣，在長安似有素識，只不知貴友高姓大名，家居何處？看看我們可否助上一臂。」

徐子陵決定坦然相對，答道：「我這位朋友名雷九指，只比小弟早幾天來到長安，刻下該是住在朱雀大街近皇城的東來客棧。」

謝家榮動容道：「是否人稱『北雷南香』的雷九指，此人賭術聞名天下，曾在這裏的明堂窩與大仙胡佛決戰賭桌之上，僅以一局之差敗走，但當年已非常轟動。」

徐子陵這才知雷九指當年在大仙胡佛手下吃過虧。不由想起胡佛的美麗女兒胡小仙，不願談論下去，岔開話題指著東市中心一座特別宏偉的建築物問道：「那是甚麼處所？」

肖修明道：「那是東市署，市令和市丞就在那裏辦事，管理東市的一切買賣。凡是以次充好，以假冒眞，粗製濫造，短斤少兩者，一旦查實，貨物沒收，人則杖責。無論東市西市，用的戥秤均由他們統一製作供應，嚴禁私製，市場物價也由他們釐定。這都是由秦王府擬出來的利民德政。這回廣盛隆想弄垮興昌隆，讓他們可提高鹽價謀取暴利，皆因有建成太子在背後暗中撐腰，賺來的錢用之擴充長林軍，此事令人氣憤。」

徐子陵至此更眞正明白廣盛隆和興昌隆之爭背後的關係爲何重大，且是忠奸分明，含糊不得，更添他義助李世民的決心。身處其地，愈明白爲何師妃暄會選取李世民作將來的明君。

謝家榮道：「東西市署之上又有總市署，統管兩市，東市內目前共有五千餘家店舖，分屬二百多個行業，可謂盛況空前。」

徐子陵聞之咋舌，在這方圓里許修以圍牆，四道大街通接八座市門的繁華市集，正代表著李閥如日中天的氣勢和高效率的統治，比起來王世充治下的東都洛陽立顯遜色。

三人此時路經一排而設的數十間絲綢店，肖修明欣然道：「長安的絲織和金銀器最是有名，其中尤以絲織名聞天下，故有『南山樹盡，織絹不竭』之語，而生產上乘絲織的均爲官府辦的作坊，宮內只是供應貴妃的織匠便有三百多人。」

謝家榮又以內行身分指著陳列的一匹綾緞道：「這是以彩纈法印花成紋的絹布，把織料以針線繡出一同花紋，染印時花紋處不能接觸染料，染色後，解去線結，花紋可保留原色，倍顯華采。」

徐子陵心情輕鬆，興趣盎然的聽著，順口問道：「這些店舖何時收市呢？」

肖修明道：「平時早就收舖，不過年關臨近，人人趕辦年貨，附近鄉城的人又湧來長安購物，所以延長買賣的時間。」

謝家榮壓低聲音道：「顧天璋是看準這時機發難。目前來往關內外的鹽商雖有數百家，但主要還是我們的興昌隆和他的廣盛隆，近半的鹽都由這兩家供應。現在天下不靖，群雄割據、盜賊橫行，沒有點斤兩和人面的可說是寸步難行。在南方或沿海一帶鹽算不上甚麼，在這裏若缺貨時，價錢可比黃金，所以秦王府對鹽的供應非常重視，因爲對民生的影響實在太大。」

徐子陵想起自己和寇仲那批私鹽，更想起生死未卜的段玉成和被陰癸派害死的三位雙龍幫兄弟，新仇舊恨，泉湧心頭。

二人由東市都會市北門進入接通春明門和金光門的光明大街，朝皇城的方向走去。

肖修明笑道：「皇宮左右最多權貴巨富，目的是易於攀附皇室，故而競相修建宅第，兼有購物方便之利，所以東西市以北的幾個里坊，有金坊之稱。」

來往於光明大街的馬車極盡華飾，行人衣著光鮮。而肖修明所指的宅第院落重重，茂林修竹，樓閣巍峨，便知此言不虛。沿途所見，長安的交通要點均有唐兵駐守，戒備森嚴，一切井然有序。愈接近皇城，巡弋衛兵更是隨處可遇，崗哨林立。暗忖在這種情況下，他和寇仲稍令人生疑，後果實不堪設想，要在這情況下去尋躍馬橋附近某處的寶藏，等如是痴人做夢。他很想探問躍馬橋所在處，當然最後也把這不智的衝動按捺下去。

皇城南面有三座城門，由東向西依次是安上門、朱雀門和含光門，每座大門均與城內大街相通。其中當然以皇城正門的朱雀門最是巍峨寬大，氣象萬千，由三個門道串成，深進逾百步。守門的御衛被稱爲御門郎，晝夜宿勤，輪番把守，門禁森嚴。

見到這種情景，徐子陵正頭痛如何去見李淵，總不能拍胸脯自稱是李淵的朋友「霸刀」岳山。肖修明笑道：「莫兄初來甫到，可知這裏的規矩？」

徐子陵一臉茫然的問道：「甚麼規矩？」

肖修明道：「官府立例不能向宮城內窺探，違者要坐牢一年，若向宮城投石又或翻越城牆者，處以絞刑，像莫兄剛才凝望城門，已算犯規。」

徐子陵愕然道：「這是誰訂出來的規矩。」

謝家榮道：「當然是太子建成，秦王才不會這麼嚴酷，多看兩眼也算犯事。」

三人左轉進入朱雀大街，把朱雀門拋在後方，肖修明道：「莫兄算來得合時，若在早前唐軍與薛舉父子交戰時便要嘗晚晚宵禁的滋味，日暮更鼓一響，所有行人必須返回坊內，到天明鼓響後才准離坊，那種枯燥的生活可教你悶出鳥兒來。啊！」

忽然拉著徐子陵的衣袖，與謝家榮橫過大街，避開一群十多個華服錦袍的大漢。

徐子陵目光掃過那夥人，沉聲問道：「是甚麼人？」

肖修明道：「現在長安共有三幫惡人，被稱爲兩黨一聯，聯就是京兆聯，兩黨則爲太子黨和貴妃黨。剛才那夥是太子黨長林軍的人，帶頭那個郎將爾文煥，武技強橫，最愛撩事生非，我們犯不著和他正面碰上。」

謝家榮冷笑道：「看情況他們又是聯群結隊往平康里胡混，聽說昨晚爾文煥才和人爲爭名妓巧巧大打出手。」

肖修明解釋道：「長安所有青樓妓寨均集中在平康里，因地近長安北門，又稱北里。」

謝家榮興致大發，笑道：「今晚莫兄如不急於訪友，我們定領莫兄去享受一下長安北里的風月。到哩！」

「咯、咯！」寇仲正施展內視之法，研究氣海穴與全身經脈的關係，抱著第一個曉得針灸之術的人該也像他現下般盲摸瞎撞的信念，不住把眞氣一絲一絲的從這位於臍下的眞氣集中之地遊往各大竅穴，心忖自己認穴之準，保證其他名醫瞠乎其後。但門聲頓時把他驚醒過來。

他不情願的從床上爬起來，啓門一看，一位頗爲妖冶艷麗的美婢氣急敗壞的道：「二少爺有請莫先生。」

寇仲一呆道：「甚麼事？」

艷婢探手扯著他衣袖，焦急的道：「夫人不知是否受不起風浪，不但頭痛大作，還嘔吐了幾次，二少爺請先生立即去診治哩！」

寇仲心知不能推託，否則在沙家內立時會多了個敵人，只得隨她出房，朝通往上層的階梯走去，順口問道：「姐姐怎麼稱呼？」

艷婢嫣然一笑，拋他一個媚眼道：「小婢玉荷。莫先生眞本事，我們二少爺從不服人，但對先生卻非常欣賞，說你能文能武，是非常之人。」

寇仲心中大樂，心想原來男人有點本領便可獲得女人的青睞，比起初來時沙家上下人等對「貌醜如他」的鄙屑，與此妖嬈艷婢的媚眼兒便有天壤雲泥之別。道：「玉荷姐可否去問五小姐借灸針一用呢？」

玉荷帶頭步上階梯，欣然道：「早有人去借針啦！莫先生身材眞健碩。」說時香肩輕靠過來，碰他一下。寇仲心中一蕩，旋又壓下旖念，暗忖若淫亂沙家，搞上這明顯是二少爺內寵的艷婢，不但三夫人程碧素看不起自己，也會大大影響自己心無掛礙的情緒。只好扮作不解風情的魯男子，粗聲粗氣的道：「自幼便有人喚我作大野牛，做慣粗活的人，身子當然健碩紮實點。」

玉荷掩嘴嬌笑道：「女人誰不喜歡紮實健壯的男人呢？粗野中能顯溫柔，最能教人家動心嘛！」

寇仲聽得瞠目結舌，這麼言辭露骨的女子，他還初次遇上，恐只要他略有回應，今晚便會與她成其好事。幸好此時到達二少爺成功的房門外，沙成功親自開門把他迎進房內，眉頭深鎖的道：「莫先生勿要見怪，美娥她病情轉急，很難忍待到明天。」

寇仲只看他那緊張的神色，遠過對乃父病情的關心，心知肚明沙成功是甚麼人。隨他揭簾步入內進，床旁有三位女子，兩個該是沙成功的寵妾之流，另一位則是聞訊而來的五小姐，正坐在床沿爲娥夫人切脈，見寇仲來，起立讓位道：「嫂嫂一向患有頭痛頑疾，加上舟車勞頓，不服水土，才有這種情況，先生看看有甚麼辦法可消除她的頭痛？」

娥夫人臉青唇白、虛弱無力的擁被臥床，氣息喘喘，若不知情者會以爲她命在旦夕。寇仲在萬衆期待下坐到五小姐芷菁剛才坐的位置上，仍感到她殘留的體溫，心中湧起異樣的感覺。若非當上大夫，休想有這種深入女性香閨的機會。寇仲有樣學樣，像沙芷菁般把三指搭在娥夫人腕脈上，分別送出三注眞氣，瞬間遊走全身，赫然發覺這頗有美色的娥夫人不但氣虛血弱，且經脈不暢，但至於爲何會頭痛，則非他所能知也。

正連他自己的頭都開始痛起來，五小姐低聲向熱切期待的沙成功道：「若能打通她足厥陰肝經和足少陽膽經的絡穴，讓表裏相貫，說不定可治好她的病。」

寇仲正要問她這兩個絡穴位在哪裏，沙成功代問道：「甚麼叫絡穴？」

沙芷菁道：「絡穴就是十五大絡和十二經脈經氣交會的穴位，與原穴相爲表裏。」

寇仲聽得登時心領神會，嚷道：「拿針來！」

沙成功另一姬妾立即獻上沙芷菁的針盒，寇仲用心挑出其中頭大尾尖的一根，著人把娥夫人扶起坐好，一針刺在她後背督脈上的大椎穴處。沙芷菁看得秀眉大蹙，不知道他的眞氣早來個暗渡陳倉，沿督脈而下，再分叉往兩足蹻脈鑽進去，把所有懷疑是絡穴的氣脈交會處都加以疏通。娥夫人嬌軀猛顫，張開檀口「啊」的叫了起來，臉色不但好看得多，還張開眼睛。衆人包括沙芷菁在內，全驚訝得合不攏嘴來。

寇仲一不做二不休，眞氣順勢遊走她全身經絡竅穴，把自己早前思量出來的療法付諸實行，等若閉門苦思奇招後，再拿出來與人動手過招般，一時好不暢快。不過若非他身懷的長生訣眞氣本身是療傷的「聖藥」，功效絕難神奇至此。寇仲收針時，長生訣眞氣早由娥夫人頭頂的百匯到雙足的湧泉走遍十二大周天。

沙成功關切問道：「還痛嗎？」

娥夫人像脫胎換骨變了另一個人般，喜叫道：「眞神奇！多謝先生，妾身不但頭痛消失，人更是精神百倍。」

寇仲聽著沙成功的千恩萬謝，感覺像眞的變成神醫，享受到助人脫困的欣悅和喜樂。

肖修明與店夥一番說話後，回來笑道：「這回看來莫兄不到平康里見識也不行。雷兄半個時辰前離開這裏，留話說如有朋友來訪，可到平康里的六福賭館尋他。」

徐子陵搖頭道：「今晚我太累啦！可否交代店夥通知他，明早我再來找他去吃早點呢？」

肖修明答應一聲，吩咐店夥後，三人回到朱雀大街。

謝家榮興致勃勃的道：「若不是莫兄舟車勞頓，今晚定要和莫兄到北里尋開心，哈！此事可留待明晚，現在我們找間酒館灌兩杯水酒如何？」

肖修明欣然道：「首選當然是有西市第一樓之稱的福聚樓，三樓的景致最好，靠東的座席更可盡覽永安街和躍馬橋一帶的迷人風光。」

徐子陵心中一震，道：「躍馬橋？」

肖修明笑道：「亦有人稱之爲富貴橋，皆因橋的兩旁皆屬富商貴胄聚居的地方，其地靠近西市。」

徐子陵忽然感到與楊公寶藏拉近了距離，心情矛盾下，隨兩人右轉入開化坊和安仁坊間的街道口，朝與朱雀大街平行貫通城北芳林門和城南安化門的安化大街走去，越過橫跨清明渠的石橋後，切入與朱雀大街並列爲長安六大街的安化大街。西市輝煌的燈火，映得附近明如白晝，行人車馬往來，氣氛熱鬧。經過延康坊後，他們左轉往永安大街，寬達十多丈的永安大渠橫斷南北，在前方流過。一座宏偉的大石橋，雄據水渠之上。

肖修明道：「永安渠接通城北的渭河，供應長安一半的用水，是水運交通要道，這座躍馬橋更是長安最壯觀的石橋。」

談笑間，三人登橋而上。筆直的永安渠與永安大街平行的貫穿南北城門，橋下舟楫往來，橋上行人車馬不絕，四周盡是巨宅豪戶，在這樣一個城市的交匯區內，哪有絲毫楊公寶藏埋藏的痕跡。

肖修明忽然低喚道：「眞是冤家路窄！」

徐子陵從對楊公寶藏的迷思中驚醒過來，朝前瞧去，只見以爾文煥爲首的十多名來自長林軍的大漢，正從橋上走下來。這回是避無可避。

二少爺沙成功親自把新紮神醫寇仲送返艙房，還留下來和他攀交情親近說話，寇仲乘機問他遷往長安的事。沙成功嘆道：「我當莫兄是自己人，才對你實說，這次我們是從洛陽溜出來的，王世充氣運已盡，只看何日大唐精銳南來，把他收拾。」

寇仲聽得大不是滋味，但又知這是不爭之實，道：「你們這次到長安去，是否早把落腳的地點安排妥當？」

沙成功還以爲寇仲因想倚靠他沙家，所以特別關心這方面的事，煞有介事的壓低聲音吹噓道：「不瞞莫兄，我們沙家不單是洛陽的首富，富族中更不乏人累世爲官。莫兄聽過獨孤閥嗎？閥主獨孤峰就是我爹的表弟。現在獨孤閥得唐帝李淵照拂重用。我的四妹夫常何，不但是武林中有名的高手，更是御內猛將，負責把守長安宮城重地玄武門。我們這次到長安去，是得到建成太子的邀請庇護。過程驚險處，說出來你也不會相信。」

寇仲把握到沙家在長安的人事關係，再沒興趣和他磨蹭下去，故意打個呵欠道：「我這次是路遇貴人，原來二公子家世如此顯赫。啊！施針確比用藥更費精神。」

沙成功雖重紈袴子弟的習氣，卻並非蠢人，知他有逐客之意，道：「抵長安後，小弟尙有一事相求，請莫—兄萬勿推卻。」

寇仲恨不得他說完立即滾蛋，裝出老友狀道：「我和二公子一見投緣，已成莫逆，二公子有甚麼事可放心說出來，只要我莫嘿！只要鄙人力所能及，必爲二公子辦妥。」

沙成功大喜道：「只是小事一件，小弟有位紅顏知己，刻下正在長安。她也患有頭痛症，不時發作。莫兄若能巧施回春妙手，小弟會非常感激。」

寇仲暗忖神醫這一行，自己怕是當定了，笑道：「這麼舉手之勞的一件小事，有甚麼問題？哈！二公子眞風流。」

沙成功雙目射出熾熱和期待的神色，像從心底內把話掏出般神馳道：「這位美人兒堪稱人間絕色，男人見到莫不動心。」

寇仲好奇心大起，問道：「能令二公子魂縈夢牽的女子，究竟是何家小姐？」

沙成功悠然神往的道：「她就是色藝雙絕，名播大江南北，被譽爲天下第一名妓的尙秀芳。」

寇仲失聲道：「甚麼？」

沙成功爲之愕然，難以置信的打量他的醜臉道：「莫兄見過她嗎？」

寇仲心知自己失態，忙道：「哪輪得到我這種粗鄙低下的人去見她，鄙人只因能爲她治病，感到莫大的榮幸吧！」

沙成功笑道：「當莫兄成爲長安第一名醫，就再非低三下四的人。坦白說，開始時小弟一點都看不起莫兄，但現在莫兄卻是我最尊敬的好朋友。只要有眞材實學，再加點機緣，自有出頭的一天。晚哩！

成功再不敢阻莫兄休息。」

寇仲起立相送，沙成功走後，他轉身倒在床上，想起尙秀芳，又思念徐子陵。明早將可入關，大唐的長安城究竟是一頭可把他吞噬的猛獸，還是一塊能令他爭霸天下的踏腳石呢？

肖修明湊到徐子陵耳邊迅快的道：「爾文煥左邊的是長林軍校尉喬公山，右邊那人是隴西派掌門金大椿座下三大弟子之一的『劍郎君』衛家青，三人均是長安有名的高手，莫兄小心。」

說話間，爾文煥一方的人發現從橋下迎頭走來的竟是肖修明和謝家榮，立即收止談笑，目光灼灼的打橫排開，攔著大石橋靠北的一截行人道，除非三人由中間車馬道或靠南的行人道繞行，否則將直撞入他們的陣勢裏。其他往來的行人，見狀無不橫過車馬道，從另一邊的行人道過橋，出奇地沒有人敢停下來看熱鬧，變成兩方對峙的局面。

徐子陵目光掃射。爾文煥身材健碩，貌相凶頑，一副好勇鬥狠的模樣。喬公山年紀較長，約三十來歲，體型略爲矮胖，長有短鬚，但手足粗壯，左右太陽穴高鼓，顯是內外精修的好手，武功該不在爾文煥之下。「劍郎君」衛家青長相風流瀟灑，雖遠比不上「多情公子」侯希白的神采翩翩、儒雅不凡，應亦是很受鶯燕歡迎的俏郎君。徐子陵記起當日在漢南城外的驛站，與李元吉硬拚時，寇仲在三刀之內重創隴西派另一高手「柳葉刀」刁昂，想不到甫抵長安，即遇上這衛家青。

謝家榮在另一邊低聲道：「我們絕不可示弱，否則對方會得寸進尺，以後的日子更難過。無論甚麼事，只要道理在我方，秦王府可爲我們出頭作主。」

徐子陵聽他這麼說，心中已有主意，落後半步，隨兩人來到爾文煥等一衆長林軍人馬前丈許處立定。

爾文煥一拍腰掛的佩刀，嘿嘿笑道：「原來是關中劍派的肖兄和謝兄，不見這麼久，爾某還以為你們封劍歸隱，聽說興昌隆近年大賺特賺，兩位自然油水豐厚，可否借兩個子兒讓我們一眾兄弟好到平康里快活快活。」

他的話登時惹起他那方的人一陣哄笑。

喬公山冷笑道：「如非爾將軍提起關中劍派，我差點忘記，邱文盛自卜廷後從沒收過弟子，是否改行跟徒弟賣鹽呢？」

長林諸眾更是喧笑震天，極盡嘲諷侮辱之能事。肖修明和謝家榮明知他們存心尋事挑釁，仍想不到如此不客氣，且辱及師門，氣得臉色發白，說不出話來。

「劍郎君」衛家青嘴角逸出一絲不屑的笑意，好整以暇道：「肖兄謝兄莫要怪爾兄和喬兄直腸直肚，有哪句就說哪句，皆因貴派近兩年只懂逢迎秦王府，又偏袒奸商，早惹起公憤。」

肖修明勃然怒道：「衛兄這番話是甚麼意思？」

衛家青背後有人嘲弄道：「衛爺說得這麼清楚，你仍不明白嗎？待老子解說你聽，關中劍派的人是馬屁蟲。」

對方又再一陣大笑。

謝家榮手按劍柄時，徐子陵踏前一步，微笑道：「借光！借光！老子沒時間聽你們的狂言亂語。」

「鏗鏘」連聲，以爾文煥、喬公山、衛家青為首的十多名大漢，紛紛掣出兵器，嚴陣以待。徐子陵身經百戰，甚麼惡人未見過，對方雖是人多勢眾，仍不放在他眼內。手握劍把，腳步穩定的「噗噗」連聲，凝起強大無匹的氣勢，直往敵人逼去。

爾文煥大喝一聲：「你是甚麼人！」同時搶出，長刀畫過虛空，朝徐子陵劈去。

喬公山終是高手，感覺到徐子陵可怕的氣勢威脅，忙配合上爾文煥的攻擊，往徐子陵左側一掌推來，帶起的勁氣狂飆，亦威勢驚人。衛家青是對方三人中唯一劍未出鞘者，含著冷笑，目不轉睛的旁觀戰事的發展。

徐子陵笑道：「謝兄肖兄請爲我押陣。」

說到最後一字時，長劍閃電掣出，迎上爾文煥的佩刀。「噹！」爾文煥不但感到勁氣外洩，對方長劍還生出一股拉扯力道，拖得他往右横移，剛好替徐子陵擋著喬公山那一掌。喬公山駭然收掌時，徐子陵來到爾文煥左側，肩頭硬撞爾文煥的左肩，勁力如山洪暴發，手中長劍迴轉一圈，化作長虹，向猝然拔劍的衛家青攻去。事起突然下，其他人根本無法幫忙。

爾文煥本可算是高手，吃虧在既輕敵又不知徐子陵的卸勁奇技，故一上來立吃大虧。如果他知道對方是名震天下的徐子陵，反不會顯得如此窩囊。慘哼一聲，爾文煥被撞得斷線風箏似的踉蹌跌出車馬道，撞在一輛駛來的馬車廂尾處，發出「砰」一聲的巨響，再反彈回來，差點變作滾地葫蘆，狼狽非常。

「嗆！」衛家青倉卒出劍，迎上徐子陵的長劍，悶哼一聲，長劍差些兒就給絞得甩手而去，正要變招，胸口如被大鎚擊中，臉色立時轉白，往後跌退，撞在兩名想擁前動手的自己人身上，擠作一團。

肖修明和謝家榮哪想得到徐子陵厲害至此，一時看得目瞪口呆，反不知應在旁押陣還是上前助陣。

徐子陵長劍旋飛一匝，分別掃中敵人五件攻來刀劍上，包括喬公山在內，全被他這勁道十足，帶起凜烈勁風，威猛如狂濤怒潮的一劍逼得紛紛後退。

爾文煥這時重站起來，惱羞成怒，厲喝道：「我們宰了他！」

正要橫攻徐子陵，有人大聲喝止道：「住手！」

衆皆愕止，循聲望去，只見五、六騎勒馬停在車馬道上，叱喝者頭戴法冠，身穿青色官服，外披禦寒厚襖，修長的臉龐留著五綹長鬚，年紀在四、五十間，長得仙風道骨的樣子，正虎目生威的盯著徐子陵。

爾文煥等一見此人，立時氣燄盡斂，還乖乖收起兵器，施禮道：「卑職拜見封大人。」

徐子陵還劍入鞘，喬公山惡人先告狀的搶著道：「此人擺明是來京城搗亂鬧事，請封大人爲我們主持公道，正之以法。」

肖修明憤然欲語時，那封大人打出不要說話的手勢，冷然向徐子陵道：「這位仁兄高姓大名，是何方人士？」

徐子陵從容自若的答道：「小民莫爲，來自巴蜀，年來一直爲興昌隆辦事。」

封大人目光掠過肖修明和謝家榮，再落在徐子陵臉上，略一頷首，淡淡道：「你的劍法非常出色，理該是大大有名的人，爲何本官卻從未聽過你的大名？」

徐子陵道：「小民的劍術傳自家父莫一心，這兩年才出來江湖行走，大人明察。」

封大人再微微點頭，迎上爾文煥等人期待的目光，肅容道：「此事是非曲直，本官全看在眼內，你們攔道挑釁的惡霸行徑，確是可惡，若非看在建成太子的面上，今晚會教你們好看。還不給我滾！」

爾文煥立即目露凶光，卻給喬公山在旁暗扯衣角，終沒發作出來，狠狠盯徐子陵充滿怨毒的一眼後，逕自率眾悻悻然的離開。

待爾文煥一夥去遠後，封大人露出一絲微笑，道：「莫兄弟雖劍術高明，但長林軍內高手如雲，這幾天最好暫避風頭。再見！」言罷策馬去了。

徐子陵目送他的背影，心中大生好感，問道：「這人是誰？」

來到他旁的肖修明道：「莫兄確是鴻福當頭，這人就皇上的親信大臣尚書省封德彝，建成太子也要給足他面子。」

徐子陵此時遊興大減，道：「不若我們回去早點上床休息吧！」

肖謝兩人深有同感，連忙打道回府，甚麼地方都不去了。

寇仲一覺醒來，天尚未亮，透窗觀望，兩艘大船正一先一後在大河逆水西行。艙廊處不時有人躡足走動，可知沙家的婢僕早起來為侍候沙家的老爺夫人少爺小姐等作準備的工夫。戴上面具，披上外袍，略事梳洗後，寇仲一手拿起放在枕畔以布帛包紮的井中月寶刀，推門外出，往船面走去。遇上的下人均對他恭敬有禮，表示出他已在沙家贏得一定的崇高地位。一緊手上的井中月，暗忖如果他日以此蕭銑贈送的寶刃，割下蕭銑的人頭，這位大梁朝的皇帝也算作法自斃。

忽然有人從後面呼他，原來是大管家沙福，這位對沙家忠心耿耿的老好人來到停在艙門前的寇仲身旁，有點神色緊張的道：「莫先生要到外面去嗎？」

寇仲愕然道：「有甚麼不妥？」

沙福低聲道：「自昨晚午夜起，有艘五桅大船從後追來，現在距我們不足半里，陳老師、毛老師等正在上面戒備。」

雖說五桅大船，在內陸河道頗爲罕見，但區區海盜，哪放在寇仲心上，他思忖片刻，忽然道：「我叫甚麼名字？」

沙福愕然道：「你叫甚麼名字？」

寇仲哈哈笑道：「此事說來好笑，家叔一向嫌我的本名莫大牛不好聽，所以另外又爲我改名作莫大，旋又覺這名字太妄自尊大，要另立新名，就如此再改名字、又不滿意的反覆改名換名，到現在攪得連我自己都弄不清楚該喚作甚麼，只好下個決心，就拿家叔那天告知三少夫人的莫甚麼作爲名字算了。不知那天家叔用那個名字爲三少夫人介紹小弟呢？」

沙福乃老實人，怎想到寇仲連自己叫甚麼都不曉得，信以爲眞道：「那莫先生就應是叫莫一心哩！」

寇仲大喜道：「哈！莫一心。」言畢跨過門檻，來到船面上。

沙家的十多個武師全集中在船面處，陳來滿和毛世昌正於船尾凝望在曙光中出現後方半里許處的一艘大船。沙家另一艘船的艙面上亦有武師戒備，人數更是這艘船的兩三倍。

寇仲手執井中月，來到陳毛兩人之旁，道：「它可能亦是像我們般要入關中的船吧！」

毛世昌神色緊張的道：「這艘是海船，吃水極深，如無必要，當不會學我們般連夜趕程，照我看事有可疑。」

寇仲功聚雙目，用神瞧去，忽然虎軀一震，差點失聲叫出來。毛世昌和陳來滿愕然望來。

寇仲心知失態，連忙掩飾道：「此船正在加速，可在半個時辰內趕上我們。」

毛世昌等這才釋然。

寇仲乾咳一聲道：「這艘船不該是衝著我們來的。否則船上的投石機早裝石待發了。嘿！我也該回去爲老爺治病啦！」

他一眼看去，立即認出是東溟公主單琬晶的座駕東溟號，作賊心虛下，還是躲回艙內穩妥點。

徐子陵來到後院的廳堂，正要從後門溜出去往朱雀大街的東來客棧找雷九指，碰上田三堂。

田三堂優禮有加，親熱的道：「有莫老師相助，是我們興昌隆的福氣。昨晚莫老師大發神威，狠挫爾文煥和喬公山等長林惡徒，不但爲我們大大出一口惡氣，還引起封大人的注意，實是一件好事。」

徐子陵不解道：「我卻正怕爲田爺惹來麻煩呢。」

田三堂冷哼道：「正如杜公所言，麻煩要來，避都避不了，段爺更聲言寸步不能退讓，兵來將擋，水來土掩，一切自有秦王擔待。」

徐子陵心中暗讚，李世民不愧是李世民，知道退讓只會令建成和元吉氣燄更張，到最後他將無可容身之地。

田三堂又道：「據段爺的分析，由於我們打了一場大勝仗，重創廣盛隆和京兆聯，所以我們已成了建成太子要報復的主要目標，昨夜的事當非偶然。」

徐子陵皺眉道：「段爺有甚麼方法應付。」

田三堂興奮的道：「段爺調來關中劍派的十多名好手義助我們，又把倉庫的鹽貨連夜送入秦王府的貨倉，任他李建成有天大的膽子，眼前仍不敢與秦王正面爲敵，但我們則要凡事小心點。」拍拍他肩頭道：「莫老師已成了我們的主力，更要千萬小心。李建成麾下不乏一流的高手，武功遠勝爾文煥、喬公山等大有人在，如若無事，最好留在舖內。」

徐子陵暗忖這怎麼成，笑道：「躲起來太示弱啦！田爺放心，莫爲絕不會丟興昌隆威風的。」

言罷出門而去。

第八章

新紮神醫

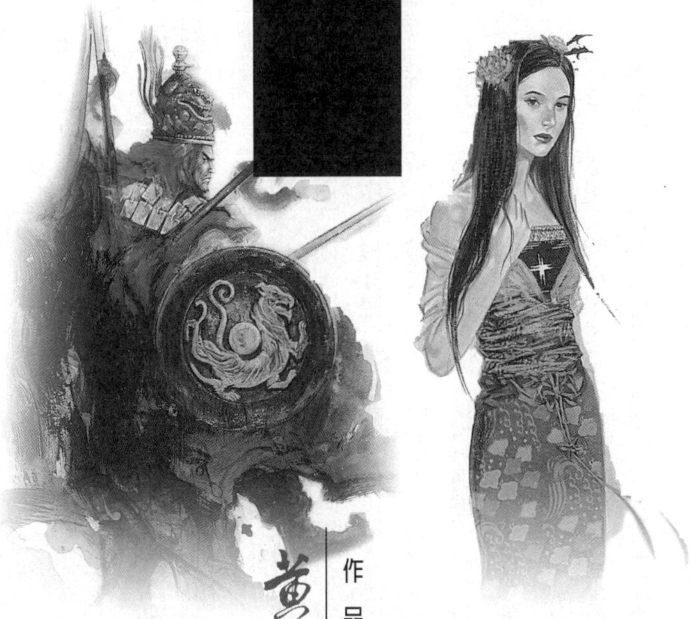

黃易作品集

第八章 新紮神醫

徐子陵為熟知環境，不依昨夜的路線，改從西市門往朱雀大街的方向走去，只要橫切過望仙、啓興和安上四條南北大街，便可抵朱雀大街。甫離興昌隆的總舖，徐子陵感到有人在身後遠吊著他，當然是來者不善。他故意放緩腳步，扮作四處觀覽。

市內大部分店舖剛開始營業，到市內購物的人紛從四方八道市門入市，逐漸喧鬧起來，充滿清晨開始新一天的勃勃朝氣。市門在望。三名漢子擠在入市的人流中，迎面而來，同一時間，徐子陵感到另兩人正在後方加速趕至。徐子陵心知不妥，表面雖裝作漫不經意，心中已擬好應付的策略。前後雙方迅速接近。前面那三人自顧談笑，但徐子陵清楚把握到敵人是蓄勢以待，準備發難，心中暗笑，倏地立定。

形勢立改。本來敵人計算精確，依照現時前後兩起人馬的步伐，當徐子陵和前方敵人擦身而過之際，後方的敵人剛好抵達可以近攻的位置，封死徐子陵的退路，形成合圍的局面。徐子陵的停步，卻令後來的兩名敵人快上一線。前三人愕然朝徐子陵望來時，徐子陵迅速後移，往後方兩人間撞進去。變起突然，後方兩敵自然而然掣出暗棉袍內便於埋身行刺的短刃，朝往後疾退過來的徐子陵刺去。前三人再顧不得掩飾，紛紛拔出暗藏的匕首，品字形搶前攻向徐子陵。事情發生得迅若電光石火，周圍的行人尚未弄清楚是甚麼事時，成敗已見分明。

徐子陵迅疾無倫的疾閃兩下，後兩人的利刃以毫釐之差刺在空處，而徐子陵卻嵌入兩人之間，左右開弓，雙肘重重撞在兩人胸脅的脆弱部位。兩人慘呼聲中，骨折肉陷的往橫拋跌，變作滾地葫蘆，若非徐子陵留手，只這一撞包管可要掉他們的小命。徐子陵再閃電前晃，施展埋身搏擊的絕技，與三人擦身而過，慘叫聲起，三敵打轉倒跌開去，駭得行人雞飛狗走，亂成一片。徐子陵哈哈一笑，頭也不回的回復先前的悠閒步伐，施施然的離開東市。暗忖自己很快會變成長安的名人，至於如此情況是凶是吉，他已無暇去想，管他的娘！

老爺子沙天南在床沿坐直身體，長長吁出一口氣，睜開眼睛。

老夫人關切的道：「老爺覺得怎樣呢？」

沙芷菁、三夫人程碧素、沙福和寶兒、小鳳兩婢等，滿懷希望的在期待答案。這是寇仲對沙天南第三回的療治，這回他可說用盡渾身解數，憑其過人的天份和苦思得來的辦法，用足整個時辰，爲沙天南驅走體內的寒氣，打通他鬱結的經脈，更固本培元，令他體內脈氣暢行，若仍不能治好他的病，他只好捲舖蓋引退，放棄作長安第一神醫的夢想。

沙天南又摸摸兩邊臉頰，目光落在卓立一旁的寇仲道：「莫先生確是老夫的救命恩人，我現在的感覺像從沒生過病般，天下間竟眞有這麼神奇的醫術。」

衆人一陣歡呼。寇仲立即渾身鬆泰，彷似卸下心頭的千斤重擔，暗忖醫好你或醫死你的機會其實各占一半。

老夫人熱淚盈眶的呼道：「謝天謝地！老爺眞的好了啦！」

沙芷菁喜孜孜的叫道：「娘啊！該先謝莫先生才對！」

老夫人語無倫次的道：「是的！啊！該先謝天地讓我們遇上莫神醫才對。」

寇仲感到臉頰一陣火熱，乾咳一聲道：「老爺請稍作休息，一心失陪啦！」

幾經辛苦，他終於知道自己是「莫一心」，說出來自己亦感荒謬可笑。

沙芷菁和程碧素恭恭敬敬的送他這神醫離房，前者把裝有九枝灸針的銅盒雙手奉上，含笑道：「這是拜師之禮，師傅萬勿推卻。」

寇仲心中暗叫苦，自己難道教她練《長生訣》上的內功嗎？尷尬笑道：「五小姐說笑了，我只是碰巧治好令尊的病吧！」

話雖那麼說，卻毫不客氣的接過銅盒，這九枚灸針乃將來在長安冒充神醫的謀生工具，他當然求之不得。

沙芷菁白他一眼道：「難道昨晚你治好二嫂也是碰巧嗎？」

程碧素欣然道：「莫先生就像他叔叔般，是從不肯邀功的謙謙君子，濟世救人的大醫師。」她對救回兒子一命的徐子陵顯是非常感恩，說起他時句句發自肺腑，毫不掩飾。

寇仲招架不來，含糊混過，匆匆溜出走廊，剛好碰上陳來滿，後者豎起拇指讚道：「莫先生眞是目光如炬，那艘只是途經的船，越過我們逕往關中駛去。船上的人還向我們問好。」

寇仲心道當然如此，難道單琬晶會改行做河盜嗎？口上謙讓道：「只是湊巧猜中吧！」

陳來滿搭上他肩頭，笑道：「來！我們到廳中喝酒，毛老師在等待哩！」

大公子、二公子和他們的妻妾聞訊趕來看沙天南的紛亂情況下，兩人步入艙廳。毛世昌和三位較有地位的武師正在據桌談天，見神醫駕臨，全體起立迎接。寇仲在衆人的恭賀讚賞聲中，飄飄然的坐下，任人侍候斟酒。船速忽然減緩。

毛世昌如釋重負的舉杯道：「乾杯！終到關中哩！過了河防，再個把時辰工夫，可在長安繼續喝酒！兄弟們！乾杯！」

寇仲把手中美酒一飲而盡，暗忖自己發夢也沒想過會喝著酒的安然潛到關內。世事之離奇，每每出人意表。

兩只茶杯碰到一起。

雷九指低笑道：「這一杯是老哥我賀你安然抵達長安的。」

在這附設於東來客棧的酒樓一角處，兩人心情開朗，相見甚歡，唯一的遺憾是仍未見到寇仲。徐子陵把入關前後的情況迅速述說一遍，又問起雷九指方面的情形。

雷九指搖頭嘆道：「不怕告訴老弟你，我曾在明堂窩『大仙』胡佛手上吃過大虧，論賭技，我和他只在伯仲之間，但他卻占上地頭之利，加上賭本雄厚，所以我以一著之差敗走。這次重來，除了要把香貴父子引出來，還要向胡佛洗雪前恥。」

徐子陵道：「雷老哥是否準備和『大仙』胡佛再一較高下。」

雷九指苦笑道：「在賭桌上我對他已洩了信心和銳氣，這心理上的陰影，將使我難以再揮灑自如，所以只能把報仇的希望，寄託在你這青出於藍的高徒身上。你怎麼也要為我出這口鳥氣。」

徐子陵駭然道：「我怎麼行！雷老哥在說笑吧！」

雷九指正容道：「怎會是說笑。你就當是赴考科舉試場，只要你能贏得關中賭界第一名家『大仙』

胡佛，立即聲名鵲起，再挾餘威鬥垮香貴父子在這裏開設的另一間與『明堂窩』齊名的『六福賭館』，香貴將不得不現身來會你。若不能把你擊敗，他會以重金將你收買作手下，那時你可混進他的窩裡去。」

徐子陵眉頭大皺道：「這怎麼行，我根本不是賭錢的料子。」

雷九指俯前微笑道：「我從未見過有人像你般在賭桌上仍能保持冰雪般的冷靜，論靈活變化，隨機應變更是無人能及。加上我傳授的技藝，再增添些臨場經驗，保證明堂窩也要給你贏回來。現在萬事俱備，只欠賭本。不過若能起出楊公寶藏，還怕沒本錢去賭嗎？」

徐子陵苦笑道：「你這如意算盤未必打得響，照我看能找到寶藏的機會微乎其微，一切待寇仲來到才說吧。」

雷九指見他沒再拒絕，心情大佳，笑道：「照我看你氣色甚佳，時來運到下，何事不成。不如我們今晚先去明堂窩踩踩場子，長安的達官貴人、公子貴介，誰不到那裡湊熱鬧？」

徐子陵搖頭道：「今晚不行！我想先去見李淵。」

雷九指失聲道：「甚麼？」

徐子陵解釋了岳山和李淵的關係，苦惱的道：「究竟怎樣才見得到皇宮內苑裏的皇帝呢？登門求見肯定是不成，只是徒給李建成、晁公錯等一個布局殺我的機會。」

雷九指苦思半晌，最後放棄道：「這事我真的沒法幫你忙，皇宮內崗哨重重，要偷進去根本無此可能，就算你有本領潛入去，偌大的皇宮到哪裡去找李淵？」

徐子陵待要說話，肖修明匆匆而來，見到徐子陵大喜道：「幸好莫兄真的在這裡喝茶，否則都不知該到哪裡找你。」

徐子陵把雷九指介紹他認識後，問道：「有甚麼急事？」

肖修明道：「封大人要見你啊！」

徐子陵和雷九指面面相覷，暗忖難道被封德彝看穿他的眞正身分，否則以一個唐室重臣，怎會有興趣見他這麼一個江湖浪人？

常可與夫人親自到關防來迎接岳丈沙天南，有他出面，關防官只派人上來打個轉，便算查過，便宜了寇仲這身分曖昧的人。兩船開出，朝長安城的方向駛去。

不一會沙福來找他，說老爺有請。步出走廊，沙福低聲道：「要見你的是四姑爺，當他聽到莫先生醫術如神，立即要把你請來相會。」

寇仲暗吁一口涼氣，希望常可眞是瞧中自己的醫術，而非心生懷疑，否則勢將全功盡廢，暗渡陳倉變成打草驚蛇。大廳一片喜氣洋洋的歡愉氣氛，沙家諸人見醜神醫寇仲跨步入廳，人人以親切的招呼和笑容相迎，幸好常可夫婦亦不例外，寇仲立時放下心來。

廳內早擺開三桌酒席，沙天南精神翼翼的起立道：「來！大家坐好再詳談。」又把寇仲介紹給常可夫婦認識。

常可的夫人，沙家的四小姐芷嫦長得端莊秀麗，論容貌只稍遜五小姐芷菁半籌，一派大家閨秀的風範。常可本人長得年輕俊偉，一副奮發有爲的樣子。不知是否官運亨通，顧盼間神采飛揚，對寇仲卻恭敬有禮，並不以他貌寢而有絲毫輕視之意。

寇仲被安排坐在常可和大少爺成就的中間，坐的當然是以沙天南爲尊的主席。同席的除老夫人外，其他女眷全集中到另兩席去。陳來滿、毛世昌和沙福也陪列主席。

酒過三巡，一番閒話後，沙天南欣然對寇仲道：「得少婿告知後，可卜莫先生這次到長安，必能大展懸壺濟世的抱負。」

常可接口道：「事情是這樣的，皇上的寵妃張娘娘忽罹患怪疾，這個月來茶飯不思，日漸消瘦，群醫束手，有關中醫神之稱的『活華陀』韋正興也治不好她的病，使得皇上終日愁眉不展。幸好莫神醫來了，只要治好張娘娘的病，不但是我們沙家莫大的榮耀，莫先生更可有享不盡的富貴榮華呢。」

寇仲心中叫苦，皆因他從未想過醫病醫進皇宮去，那可不是說笑的。猛下決心，入城後立即開溜，否則進入皇宮，不露出馬腳才是怪事。

表面當然裝作感激的道：「多謝常爺給鄙人這天大的良機，鄙人必盡心盡力，治好張娘娘的病，不負常爺之託。」

大少爺沙成就舉杯道：「這一杯，祝莫神醫妙手回春，治好娘娘的病。」

衆人轟然對飲，氣氛熱烈。只有寇仲差點痛哭流涕，爲自己辛苦經營出來的醫業悲泣。

徐子陵隨肖修明來到街上，天上灑下絲絲飄雪，一輛華麗的馬車，在八名騎士簇擁下，恭候路旁。白雪紛飛把寬宏規整的朱雀大街統一和淨化了，天地一片迷離，徐子陵似若重溫在洛陽那清早勇戰四大聖僧的舊夢。

肖修明搶前把門拉開，道：「莫兄請登車，小弟在總店等你。」

徐子陵把心一橫，登車而入。

身穿官服的封德彝正目不轉睛的瞪著他，淡淡道：「莫兄請坐到我身旁。」

徐子陵依言坐下，馬車緩緩開出。

封德彝望向窗外雨雪紛飛下的長安第一街，微笑道：「長安有三寶，莫兄可曾聽過？」

徐子陵茫然搖頭。

封德彝徐徐道：「就是絲織、三彩釉陶和銅鏡。」接而低吟道：「以銅為鏡，可正衣冠；以古為鏡，可知興替；以人為鏡，可以明得失。為人臣子者，必須像一面明鏡，莫兄明白我的意思嗎？」

徐子陵實在弄不清楚他說這番話的用意，不過他自喻為鏡，其中隱含至理，也表示出高潔的操守，非是逢迎吹拍之徒。心中肅然起敬道：「這樣才叫盡人臣的責任，福及萬民，小人敬服。」

封德彝收回望往窗外的目光，朝他瞧來讚許的道：「能令莫兄深有同感，可知莫兄亦是心懷大志的忠義之士，莫兄可知本官為何今早要來找你呢？」

徐子陵茫然搖首。

封德彝露出回憶的神色道：「莫兄昨夜表現的武技，有種天馬行空揮灑自如，充滿創意的味道，這種超凡入聖的劍法，為封某人平生僅見，禁不住大生憐才之意，不忍見你就那麼橫死長安，空負大好劍術。」

徐子陵恍然大悟，微笑道：「多謝封大人的關心，生死有命，小人若是把生死放在心上，昨晚就會逆來順受，不會與爾文煥等正面衝突。」

封德彝臉現訝色，欣然道：「原來莫兄並非徒逞勇力之輩，只是不把生死放在眼內，佩服佩服。」

徐子陵怕他要招攬自己作手下，那就甚麼地方都不用去，失卻眼前最需要的自由。先發制人的道：「小人一向淡泊名利生死，投身卜家，只因卜家是有名的大善人，不類一般謀利的商賈。待天下平定，四海歸一，小人便回鄉過些耕田種菜的日子，享受平凡中見眞趣的生活。」

封德彝微笑道：「莫兄竟是另有懷抱，本官非常欣賞。不過人在江湖，身不由己。莫兄可知已開罪了甚麼人呢？」

馬車此時切入光明大街，若繼續往前，將直進皇城的正門朱雀門，封德彝喝出去道：「到東大寺去！」御車揚鞭策馬，右轉往東。

徐子陵嘆道：「現今長安的形勢涇渭分明，皇上之下，不附太子，便附秦王，小人明白自己的處境。」

封德彝道：「若莫兄已是秦王府的人，我反不用爲你擔心，問題是莫兄初來甫到，雖在興昌隆辦事，依然只算外人，若有甚麼不測，秦王很難爲你出頭。正因看正此點，你的敵人可肆無忌憚的在這段時間內不擇手段務求殺你立威。所以本官大費唇舌，勸莫兄尋求自保之道。」

徐子陵從容道：「他們今早試過一次，在東市西門突襲小人，幸好小人運氣不錯，得避此劫。」

封德彝細問經過，徐子陵回答後，他沉吟片晌，忽然道：「莫兄在巴蜀家居何處？」

徐子陵怕給他問起「家鄉」的情況而啞口無言，只好說出自己最熟悉的地方，道：「小人家住成都獅子橋街。」

封德彝喜道：「那就行哩！最近成都發生了一件轟動武林的大事，莫兄有否耳聞。」

徐子陵一點不明白他「那就行哩」是甚麼意思，但見他充滿期待的樣子，卻不能推說不知道，只好說：「大人是否指『霸刀』岳山擊殺『天君』席應一事呢？」

封德彝一拍椅柄，欣然道：「正是此事，莫兄對此事知得是否詳盡？」

徐子陵心中有點明白，答道：「當時剛巧小人返鄉探望家父，適逢其會，目睹了整個過程。」

封德彝精神大振的反覆詢問他「目睹」的過程，徐子陵當然對答如流，到封德彝完全滿意，這位李淵的親信大臣點頭道：「本官已想到為莫兄解禍的妙法。」

徐子陵早心知肚明他想說甚麼，當然裝作一無所知的向他請教。

封德彝道：「待會皇上到東大寺為身罹怪疾的貴妃張婕妤許願，本官會安排莫兄得見皇上一面，只要此事傳入長林諸人耳內，保證莫兄以後可穩如泰山，沒有人敢動你半根毫毛。」

徐子陵心中大喜，故作訝然的失聲道：「參見皇上？小人怎有那個資格？」

封德彝笑道：「本來是沒有的，不過皇上正急於知道有關『霸刀』岳山的消息，而莫兄乃在長安唯一曾目睹兩人龍爭虎鬥的人，資格便有了。」

徐子陵發自眞心的感激道：「封大人這麼關心小人的禍福，小人來世結草啣環，也不足為報。」

封德彝道：「我和關中劍派的邱文盛有十多年的交情，對你又特別投緣，怎能眼睜睜看你橫死。不過莫兄弟須謹記見到皇上時，他問甚麼你就答甚麼，千萬不可提及爾文煥等人的事，明白嗎？」

徐子陵肯定的答應了。馬車剛巧駛進宏偉壯麗的東大寺去，徐子陵已心有定計，知道如何可讓岳山見到李淵，但還需寇仲來到長安才成。

沙家的兩艘帆船，在兩艘唐室戰船護送下，經由貫通黃河與唐京長安的廣通渠駛抵長安城內，碼頭處鞭炮大鳴，侍衛肅立敬禮，這般隆重的大陣仗，完全出乎寇仲這冒牌神醫意料之外。定神一看，寇仲差點要跳河逃生，來迎者認識的有獨孤峰、獨孤策、獨孤鳳等獨孤閥的領袖人物，不認識的人更多，看來該都是長安的權貴富商，至此才知沙成功說他沙家是洛陽首富，非是虛言。最吸引他注意的是身穿太子袍服，貌肖李世民的人，不用說是大唐太子李建成。他的身材與李世民相若，只是臉孔較爲狹長，亦欠了李世民凜然的正氣，但雙目神采逼人，絕非等閒之輩。

果然前面的常可低聲向沙天南道：「想不到太子殿下會親來迎接，真是給足我們天大的面子。」

沙天南則笑得合不攏嘴來。

寇仲縮在陳來滿、毛世昌等人中間處，事到臨頭，他反回復冷靜從容，心內重溫這些天來擬習的行動坐臥的舉止，說話的語調和聲音，希望能胡混進城，然後乘機開溜。幸好來迎者的注意力全集中到沙家諸人身上，連往寇仲瞥半眼的興趣都沒有。人走他便走，人停他也停，李建成迎上登岸的沙天南致歡迎詞時，寇仲等仍留在船面上，等候安排。

寇仲暗叫謝天謝地，瞧著沙家諸人逐一登上迎接的馬車，與李建成一道在衆兵衛拱護下離開，獨孤家的人也走得半個不剩，這才如釋重負的隨一衆護院及婢僕登岸。百多人由另一官兒招待，登上另一隊馬車，在雨雪紛飛中奔往沙家在長安的新宅院。

同車的陳來滿欣悅的道：「建成太子這麼禮待老爺，我們沙家必可在關中另創一番局面。」

寇仲正盤算如何開小差溜掉，聞言順口道：「我們沙家究竟是幹甚麼生意的呢？」

毛世昌訝道：「莫先生竟不曉得。我們沙家是以礦藏起家，以五金工藝名聞天下，只是分設全國的兵器廠更過百家，只在關中便有十多個礦場。」

寇仲暗忖難怪李建成這麼看重沙天南，原來是掌握軍工命脈的大商賈。王世充失去這個人，會是重大的打擊。

陳來滿壓低聲音道：「洛陽最厲害的守城神弩，是老爺親自設計和監督打造的呢！」

寇仲心中大喜，因已曉得李建成有親自督軍攻打洛陽之意。正思量時，蹄聲迎面而至，常可和另一將領策騎來到，把車馬隊截停。

寇仲「心如鹿撞」時，常可和那將軍策馬來到寇仲車旁，喚道：「莫先生！」

寇仲硬起頭皮探頭出去，回應道：「鄙人在，常爺有何指教？」

另一將軍客氣的道：「末將馮立本，見過莫先生。」

常可介紹笑道：「馮將軍是太子殿下東宮的統領，大家是好朋友。」

寇仲心知糟糕，果然馮立本道：「殿下不知莫先生大駕光臨，有失禮敬，故特命末將來迎接先生大駕，請先生立即到宮內相見。」

寇仲心中喚娘，偏又毫無拒絕良策，只好解下井中月，下車改乘馬兒，隨兩人往皇宮馳去。

徐子陵被安排到東大寺後的待客堂內等候封德彝作進一步的指示。大唐皇帝李淵聖駕未到，大批御衛已做好所有保安的防範功夫，使整座寺院刁斗森嚴，閒人止步。

陪伴徐子陵是封德彝的家將管孝然，閒著無聊，對正觀賞窗外雪景的徐子陵道：「封大爺對莫兄確是另眼相看，昨晚見識過莫兄的劍法後，還問過我們有何意見。」

徐子陵連忙謙讓。

管孝然道：「最難得是莫兄有種從容瀟灑的氣度，舉手投足，均是那麼完美無瑕，使人永久難忘。」

徐子陵心中大懍，知道若遇上熟人如李世民，會從這些地方對自己生出疑心。反扮成岳山不會出問題，皆因岳山本身正是這般級數的高手。

隨口問道：「天下無人不知長安武林是臥虎藏龍之地，有甚麼人物是特別出色的呢？」

管孝然道：「若論眞正高手，豎起十個指頭都不夠用，不過如數風頭最勁者，首推東突厥來的年輕高手可達志，此人的刀法已達出神入化的境界，屢敗秦王天策府的高手，令太子東宮聲威大盛。聽說在前晚宮內的宴遊中比試，長孫無忌也吃了虧，當時尙有天下第一名妓尙秀芳在場。秦王這個臉丟得太大哩！」

徐子陵心中暗唸可達志之名，反沒有留意尙秀芳。此時有人來報，著徐子陵到寺院後的貴賓室謁見唐皇。徐子陵收攝心神，在管孝然的引領下，往見李淵去也。

東大寺的貴賓堂外布滿御衛，無不是經過精心挑選，人人虎背熊腰，高挺慓悍。指揮的將領是率更丞王晊。管孝然與他非常稔熟，報上徐子陵的姓名後，徐子陵依規矩解下佩劍，在王晊陪伴下跨檻登堂。

堂北有一排窗子，外面是雨雪飄飛的園林。靠窗放置一排十多張太師椅，以茶几相隔，正中坐著的是位身穿赭色便服的男子，膚白如雪，顏容清秀，看上去只是三十來歲的年紀。但徐子陵一眼認出他正是大唐國的九五之尊，李閥的最高領袖李淵。不但是因他所坐的位置，更因其他人都穿上官袍，他的便服打扮反突出他尊崇的地位。

李淵的神情有點疲憊，可是濃密的眉毛下，眼神仍是明亮、清澈，且流露出一種頗為難以形容似是對某些美好事物特別憧憬和追求的神色。縱使坐在椅上，他的腰仍是挺直堅定，顯得他雄偉的體型更有逼人的氣勢。正捧起茶盅飲茶的雙手纖長穩定，整個人散發著非凡的魅力。一閥之王，確是氣概不凡。

徐子陵直覺感到他不喜歡擺皇帝的架子，仍是依禮下跪叩首道：「小民莫為，拜見皇上。」

左右相陪的四名大臣中，除封德彝外，徐子陵認識的尚有裴寂，當年把從東溟號盜得的帳簿送予李世民時，與他曾有共膳之緣。也就是那個早上寇仲拒絕李世民的招攬，並下決心要跟他爭天下。

李淵神態雍容的放下茶盅，淡然道：「給朕平身！王將軍可以退下。」

王晊與兩名御衛依令退出堂外，徐子陵徐徐站起，垂手側立，以表恭敬。

李淵神采過人的目光落在他身上，點頭道：「這裏並非皇宮，一切隨便。看你的舉止動靜，知你身懷絕學，非是一般等閒武夫。這回莫卿你到朕的關中來，是否有甚麼心願呢？」

徐子陵給他銳利的目光掃過，立時生出感應，才知這一閥之主，武功實是深不可測，難怪能調教出李世民、李元吉等兒子來。恭敬答道：「莫為只願能辨好家主人卜廷吩咐的事，以報知遇之恩，此外別無奢求。」他一直在留意裴寂的反應，只要他看不破自己的眞正身分，他可算是過了來長安的第一關。

李淵顯出閥主的霸氣，仰天發出一陣長笑聲，道：「好！朕最喜歡有忠有義的人，聽封卿說你曾目睹吾友岳山與席應的一場龍爭虎鬥，且給朕詳細道來，不要漏去任何細節。」

徐子陵暗鬆一口氣，曉得李淵並沒有對他生疑，可以依計行事了。

大唐的皇宮，由皇城、宮城兩個部分組成。前者是大唐中央政府的一應辦公機構所在；後者則為皇室治事起居之處。中間以一道寬達千餘步橫斷東西的廣場式大橫街分隔，所有改元、大赦、元旦、冬至大朝會、閱兵、受俘等全在這裏舉行，故有「外朝」之稱。

皇城皇宮的主門是位於南北中軸線上的三道門，皇城正南是遙對城南主門明德門的朱雀門，以長安第一大街朱雀大街連貫。宮城正南的主門是承天門，連接承天門和朱雀門的一截街道稱為天街。玄武門是宮城正北的大門，門外是宮城的後院「西內苑」。朱雀、承天、玄武三門，形成皇城宮城的主軸，有堅強工事和森嚴的警衛。玄武門更是宮廷禁衛軍司令部所在，兵力雄厚，誰能控制玄武門等於控制皇宮，甚至整個京師。

宮城由三個部分組成：中為太極宮，西為掖庭宮，東為東宮。太極宮是唐皇李淵起居作息的地方，東宮是太子李建成居處，西部掖庭宮為李世民居處，李元吉的武德殿，位於東宮北的西內苑裏。

太極宮內共有十六座大殿，最主要的四座大殿為太極殿、兩儀殿、甘露殿和延嘉殿，均建在承天門至玄武門的中軸線上。太極殿又稱「中朝」，是大唐宮內的主建築，每月朔望兩日，李淵在這裏接見群臣，處理政務。太極殿北是兩儀殿，為「內朝」，只有少數有資格作決策的親信大臣才能進出參與，國政大事往往先在此商討、決定，才輪到在「中朝」提出和討論執行的人選及方法。

寇仲這神醫隨著常何和馮立本從皇城南面靠東的安上門進入皇城，兩旁宮署林立，左有太常寺、大府寺、尚書省；右有太廟、少府監、都水監、東宮僕寺等等。他特別留意的是都水監，皆因這是掌管長安一切水道交通，對他尋寶的躍馬橋有莫大關係。他雖連躍馬橋的影子都未見過，心中早認定寶藏的入口最有可能在橋底下水道處，否則寶藏該早給人發現。

當進入分隔皇城宮城的廣場橫街，以寇仲如此見慣場面的人，也被這橫分南北、氣貫東西的長街式廣場的磅礡氣勢所震懾，嘆爲觀止。尤其是承天門上建有重樓，只要想像唐室有慶典在外朝舉行，帝君登上承天門樓主持的氣象，禁不住熱血沸騰。他想：終有一天，登樓主持慶典的人會是我寇仲而非李淵或李家的任何人。三人在東宮外重明門下馬，步入東宮。由東宮衛士組成的「挾門隊」分列兩旁，氣象森嚴。過了重明門就是顯德門，門內是東宮的正殿顯德殿，接著是崇教、麗正、光天和承恩等宮殿，兩側還有宜春院、崇文館、集賢館及其他一些殿堂樓閣。顯德殿是太子李建成接見文武百官和監國問政的地方，不過這次李建成接待沙天南父子卻選在宜春院。沙天南雖富甲一方，終非外國政要人物，故以建在東宮園林內的宜春院較爲合宜。寇仲直到這刻仍弄不清楚長林軍駐紮的長林門所在位置，估計該是東宮的北大門，等若太極宮的玄武門。在雨雪飄飛中，寇仲在門官大叫「莫一心先生到」的嘹喨唱喏中，步進宜春院去。

李淵用神聆聽，又於關鍵處打斷他的敘述細加追問。當徐子陵說罷，李淵大訝道：「人的性情，決定每個人出手的風格，岳山竟然變得這麼沉著冷漠，教人難以置信。」

徐子陵感到李淵這番話只是向他左右說的，並非要求自己答話，遂垂首不語。剛才他對戰況過程的描述，事前做足準備工夫，完全以一個旁觀者的心情和角度，去述說自己與「天君」席應的決戰。又故意屢在微妙關頭表達出自己看不破箇中玄虛，免被李淵瞧出自己的「高明」。

裴寂接過李淵的話道：「這證明岳山眞的練成『換日大法』，脫胎換骨的變成另一個人，否則何以棄刀不用？」

李淵長嘆道：「可是朕仍感到無限惆悵！想當年朕和岳大哥並肩作戰，歷盡生死凶危，方能盡殲肆虐北疆以『小旋風』馬俊為首的馬賊群。當時岳兄的霸刀何等威風厲害，只要想到此情難再，朕實深感惋惜。」

徐子陵心中一震，在岳山遺卷中，岳山曾詳細描述這馬俊的武功和如何把他斬殺的戰鬥經過，偏是在此事上對李淵卻一字不提，其中定有徐子陵不明白的情由。若弄不清楚，以後會在李淵面前露出破綻。

封德彝笑道：「臣以為皇上不用為此介懷，岳公棄刀不用，代表他的武功修為再有驚人突破，否則也不能將席應置諸於死地。」

李淵沉吟道：「還有使朕感到奇怪的，岳兄一向不屑與魔門中人交往，怎會忽然和『胖賈』安隆、『倒行逆施』尤鳥倦聯起手起來對付席應和邊不負兩人？」

這個問題誰能回答？廳堂一陣沉默。

李淵忽然問封德彝身旁那位大臣道：「遣人往尋岳山一事，叔達可知有甚麼進展？」

叫叔達的大臣搖頭道：「尚未有消息。像岳公那種高手，如要蓄意隱蔽行蹤，恐怕誰都難找到他。」

徐子陵知是時候了，臉上故意露出欲言又止的神色，果然瞞不過李淵的鋭目，問道：「莫為你是否有話想說？不用害怕，放膽說出來。」

徐子陵畢恭畢敬的道：「小民在來京途上，曾於恆縣見過岳老一面，當時他匆匆而過，轉瞬失去影跡，小民心中仍是印象深刻。」

李淵拍几道：「何不早說！」

坐在裴寂旁一直沒有說話，身材矮胖，臉上常掛笑容的一個大臣道：「岳老定是也惦記著和皇上當年在北疆快意縱橫的日子，所以要到關中來與皇上敘舊。」

李淵臉上現出緬懷的神色，旋又被傷感取代，搖頭道：「他是不會原諒朕的，永遠不會。雖然最後我們兩個都是失敗者。唉！往事如煙，轉眼數十年哩！」

徐子陵暗裏捏把冷汗，暗忖若自己依原定計劃貿貿然去找李靖，必會被李淵立即識破。他開始有些明白李淵的性格，他優柔寡斷的作風，非是因他欠缺膽色魄力，又或意志不夠堅定，而是因他太重感情。其中的苦樂，正顯出他對美好生命的依戀和追求。徐子陵有此一想法後，對這大唐皇帝登時好感大增。

裴寂再安慰這位對自己內心感情毫不掩飾的大唐皇帝道：「人的年紀愈大，對過去的事情愈是看淡，這麼多年啦！岳公該再不把舊事放在心上。假如皇上同意，微臣可在城內廣布眼線，只要岳公入城，皇上可立即曉得，到時再請皇上定奪。」

李淵沉吟片晌，龍目朝徐子陵瞧來，道：「此事不宜張揚，否則恐怕會令霸刀不快。莫為你既見過岳山，可為朕暗中留意，但此事只限你一個人知道並著意進行。賜金一兩，退下！」

徐子陵心忖一兩黃金雖是不俗的財富，不過比起卜廷十兩的大手筆贈金，只是小巫見大巫，可見李淵非是揮霍無度的君主。叩首後離開廳堂。

太子建成從座位起立，欣然直往從宜春院入堂的寇仲迎來，其他人等慌忙追隨左右，駭得寇仲心中喚娘，硬著頭皮「應忖」李建成的刮目相待。最令他提心吊膽的是獨孤峰、獨孤策和獨孤鳳三位「老相好」，若被他們識破身分，任他有通天徹地之能，亦只能以飲恨宜春院收場。

寇仲以過去三天反覆練習的姿態步法，又運功收斂眼內神光，改變咽喉的大小，扮作愚魯野民見到太子殿下時手足失措的畏敬模樣，未待李建成來到，往下跪拜道：「小人叩見太子殿下。」

李建成加速搶前，在他雙膝著地前一把將他扶起，呵呵笑道：「天佑我李建成，莫神醫來得合時，不必多禮。莫神醫是李建成的上賓，免去一切宮廷俗禮。」

寇仲心道這就最好，老子哪有興趣向你這小兒又跪又拜。表面當然裝出受寵若驚，半眼不敢朝其他隨李建成擁過來的人望去的戰戰兢兢模樣，顫聲道：「小人不敢，嘿——小人——」

李建成挽著他的手臂，欣然道：「坐下再說！坐下再說！」

寇仲在李建成身旁坐好，這位大唐的太子將大廳內諸人向他逐一介紹，除沙家四父子外，他認識的有獨孤峰、獨孤策和獨孤鳳、常何、馮立本，首次相見的是魏徵、王珪和謝叔方三人。王珪和謝叔方該是李建成的親信，魏徵原是李密的首席謀臣，未知是否因李密與李建成關係密切，所以魏徵也因而加入太子黨的陣營內。寇仲對此無暇深究，只要獨孤峰等沒對他起疑，可還神作福，哪還有空去想及其餘事。

在眾人目光下，寇仲接過宮女奉上的香茗，匆匆喝過後，李建成欣然道：「聽沙翁說莫神醫的針法醫術，乃家傳絕學。未知曾否遇過一種病狀，患者熱而心煩，皮膚痲木，耳鳴乏力，臍下氣逆上沖，兩足冰寒——。」

寇仲知他最關心張婕妤的怪病，因爲如能治好她，不但可討好李淵，更可進一步加強和這李淵寵妃本已極爲密切的關係。而他亦是騎虎難下，不得不面對挑戰，裝作「驚魂甫定」的用神沉思，才道：「全身煩熱而獨雙足冰寒，確可令一般大夫束手無策，皆因這有兩個病源。皮膚痲木，下氣上沖，正是兩病交侵之象。不過殿下放心，這病可包在小人身上，保證可針到病除。」

他信口胡謅，又把話說滿，完全是豁出去盡博一鋪，不成功便成仁的心態。心想憑自己的《長生訣》療傷聖氣，怎都能令張美人有些兒起色吧？

李建成大喜道：「如此有請莫神醫立即爲病人施針治病。趁父皇到東大寺去，若能憑神醫妙手回春，可令父皇驚喜莫名。」

寇仲硬著頭皮隨他起立，暗忖在長安混得是龍是蛇，就要看這娘的一鋪。

碧水澄潭映遠空，紫雲香駕御微風；
漢家城闕疑天上，秦地山川似鏡中。

太極宮與東宮有通訓門相通，過門後是太極宮的東園，也是著名的東御池所在處。在雪粉飛揚下，廣闊的東御池晶光亮澈，默默地反映著池畔舖上新裝的亭台樓閣、老槐垂柳，彷似人間仙境。寇仲在李建成、常何、馮立本三人陪同下，沿著池旁碎石舖築的園中小道，朝張婕妤所居位於東御池北園林內的凝碧閣緩步前行，在分隔東園和主殿群的隔牆外，遠處太極殿的殿頂聳峙於雪白的林木之上，氣象萬千。

李建成在寇仲耳旁低聲道：「張娘娘這次的病起得非常突然，半個月前她在宮內玩球戲時忽然暈倒，此後得此怪疾，一直時好時壞，韋正興都束手無策。」

寇仲記起韋正興是關中最有名的醫師，有活華陀之稱，順口問道：「韋大夫怎麼說呢？」

李建成冷哼道：「他說來說去仍是寒燥虛實那一套，只有秦王硬說他醫術了得。照本殿下看他不過醫道爾爾，只是湊巧醫好幾個病症，便聲名大噪，遇上眞正棘手的奇難雜症，立即束手無策。」

寇仲這才知韋正興是李世民方面的人，難怪李建成如此緊張和禮待自己。不過假如他寇仲出師不捷，立即會被打落冷宮。再想到李建成的狡猾，趁李淵離宮時讓自己去嘗試診治，醫不來李淵亦不知道，更不會怪到他這個太子身上。

問道：「娘娘一向的體質如何？」

李建成露出思索的神情，眉頭深鎖的道：「張娘娘以前的身子是相當不錯的，這次病發事起突然，令我們大感意外。」

說話間，衆人穿過蜿蜒於竹林的小徑，眼前豁然開朗，東御池之北，羅植各種花卉草木，凝碧的池水映照下，凝碧閣座落其間，台殿亭閣，與四周的環境融渾爲一。

李建成領著寇仲等登上台階，一名四十來歲的太監在兩個小太監的陪同下在大門相迎，李建成介紹道：「鄭公公，這位就是莫神醫哩！」

那鄭公公見到寇仲的尊容，鄙屑之色略現即斂，勉強打個招呼，道：「太子殿下請！」

徐子陵離開東大寺，整個人輕鬆起來。心想該是留下暗記的時刻，好能與寇仲聯絡，認準方向，在雪花紛紛中朝朱雀大街走去。

忽然有人從橫巷撞出來，哈哈笑道：「弓兄你好！眞是人生何處不相逢！」

徐子陵大吃一驚，忙低聲道：「我現在叫莫爲，希白兄勿要亂嚷。」

正是「多情公子」侯希白，縱使他的帽子遮去上半截臉，但其獨特出衆的體型風度，仍是非常易認。

侯希白發現他面具上的疤痕淺了許多，尷尬的道：「我這叫自作聰明。幸好我肯定沒人跟蹤莫兄後才現身相見，否則會暴露莫兄的身分。哈！莫爲！這名字可圈可點。」

一把扯著徐子陵衣袖，轉入橫巷去。

徐子陵奇道：「你怎知我在這裏？」

侯希白聳肩灑然道：「子陵兄──嘿！莫兄只是我的意外收穫。我眞正要跟蹤的人是楊虛彥。以爲他是隨李淵的車馬隊到東大寺去，豈知竟見到你從東大寺走出來，登時嚇了一跳，不敢相信自己的眼睛。到寒舍喝兩杯如何？」

徐子陵訝道：「你在這裏有落腳的地方嗎？」

侯希白領路而行，瀟灑笑道：「有錢能使鬼推磨。這幾年來我專爲付得起錢的人作畫像，賺了一大筆。雖說長安很難批到戶籍，卻給我將屋連戶籍一應買下來，以作藏身之所。」

兩人進入上書「宣平」的坊門，又是另一番情景。長安城內坊與坊間以圍牆街道分隔，井然有序，每坊四門，主要街道是以十字形貫通各門的石板路，小巷成方格網狀通向坊內主街。坊內民居多爲低矮的磚木房，樸素整齊，院落森樹時花，窗明几淨，一片安詳舒適的居住氣氛。

侯希白領他直入深巷，來到一所小院落的正門，推門道：「莫兄請進。」

當李建成等一衆留在大堂，冒牌神醫寇仲卻登堂入室，在鄭公公領路下，穿廊過戶的抵達大唐帝寵妃張婕妤的香閨門外。鄭公公著寇仲遠候一側，自己過去輕輕叩門，一副惟恐驚擾張婕妤的模樣神態。

寇仲閒著趁機欣賞凝碧閣的內園景色，縱在冬寒雪飄的時節，他仍可輕易想像出在園內繁茂的古槐和蒼柏下，春夏時在濃蔭遮地，滿園碧綠的蔓草襯托中，雪白的梨花和緋紅的桃花爭香競艷的迷人情景。這種睹此思彼的想像力，令寇仲心神提昇至超乎眼前的物象到達另一層次，感覺新鮮。院內正中處有個大池，池中築有一座水亭，亭旁有座假石山，近頂處雕鑿出龍頭，張口噴出一道清泉，射注池內，飛珠濺玉，蔚爲奇觀，更爲清寂的冬園帶來一點點的生氣，頗有畫龍點睛之效。

正欣賞間，宮門張開，一名宮女的聲音道：「鄭公公安好，是否神醫來了？」

鄭公公低聲道：「正是莫先生來了，方便嗎？」

寇仲當然詐作不聞不知，感到那宮女正探出來朝他張望。

宮女顯然被他的鄙俗模樣嚇怕，好一會後道：「就是他？」

鄭公公忙低聲道：「是太子殿下極力推薦的，我們做奴才的只有聽命行事。」

寇仲心中大罵，這太監一下子將所有責任推在李建成身上，確是可惡。

宮女道：「不如公公隨小婢進去稟告貴人，由她定奪好了。」

兩人足音遠去。陪伴寇仲的兩個小太監互打眼色，對寇仲這神醫似乎不大看好。事實上連寇仲亦對自己沒有信心，不由有點兒緊張。

片晌之後，鄭公公回來道：「有請莫先生。」

寇仲深吸一口氣，隨鄭公公進入布置得美輪美煥的內堂去，經過一進廳堂，才是閨闥。在兩名太監和數名宮女簇擁下，一位嬌滴滴的美人兒攬被坐在一張臥榻上，一副嬌慵無力，我見猶憐的抱病樣兒。

寇仲不敢飽餐秀色，正要叩首下拜，張婕妤柔聲道：「莫大夫不必多禮，只要你治好哀家的頑疾，哀家重重有賞。」

旁邊一位該是張婕妤貼身愛婢的俏麗宮女接口道：「我們貴人的意旨是醫者須講求望、聞、問、切；若拘於尊卑俗禮，顧忌多多，反防礙莫大夫的診斷。所以莫大夫可免去這些宮廷禮節。」

寇仲心道這就最好。作個揖後乾咳一聲，清清經運功改變後的喉嚨，開腔道：「娘娘果然是明白人，如此小人先為夫人把脈看看。」

張婕妤點首同意，鄭公公忙指點太監搬來椅子，讓寇仲在這美麗的娘娘身前坐下。氣清蘭麝馥，膚潤玉肌豐。當寇仲把三指搭上張婕妤無力慵移、滑比凝脂的玉腕上時，差點暈其大浪，忘記來此的目的非是偷香而是治病。在眾人目光虎視眈眈下，寇仲暗中送出三注眞氣，鑽進她的氣脈內。驀地張婕妤嬌軀劇震，寇仲大吃一驚，慌忙縮手。眾宮娥太監齊聲驚呼，魂飛魄散。

徐子陵接過侯希白奉上的香茗，輕啜一口，奇道：「這裏布置相當不俗，原先的主人當是高雅之士。」

侯希白微笑道：「多謝子陵對他讚賞，小弟這蝸居原來的布置全被小弟換過。唉！小弟的癖好是不能忍受庸俗的東西。」

室雅何需大。侯希白這小廳堂布置簡雅，窗明几淨，最令整個環境充盈書香氣息的是掛在東西壁間兩對寫得龍飛鳳舞、清麗高古的長對聯。其中一副的上聯是「放明月出山，快攜酒於石泉中，把塵心一洗。引薰風入室，好撫琴在藕鄉裏，覺石骨都清。」另一聯是「從曲徑穿來，一帶雨添楊柳色。好把疏簾捲起，半池風送藕花香。」既相對稱，且意境高遠，令人讀來心懷舒暢。

徐子陵本身對吟詩作對是門外漢，問道：「這對聯是否侯兄的作品和手筆呢？」

侯希白謙虛答道：「正是小弟劣作，請子陵賜教。」

徐子陵苦笑道：「在這方面你至少可做我的師公，我哪有資格去指教你？」

侯希白對徐子陵的坦誠大爲欣賞，笑道：「換過是其他人，無論是如何外行，也必胡謅一番，以附庸風雅，由此更顯子陵君子之風。」又岔開話題道：「子陵剛才爲何會從東大寺大模大樣的走出來？」

徐子陵扼要解釋後，反問道：「侯兄到這裏來又是爲了甚麼？」

侯希白嘆道：「當然是爲了要從楊虛彥手上搶回另半截的印卷，現在我對不死印法是一知半解，練得差點走火入魔。」

徐子陵大惑難解道：「令師究竟是甚麼心態，見到你們兩個門生鬥死的，竟也不置一詞嗎？他現在究竟站在哪一方？」

侯希白臉色一沉，緩緩道：「這情況正是他一手促成的，坦白說，我對不死印法並非那麼熱心，因爲世上尚有很多美好的事物可讓小弟去沉醉追求。只是知道楊虛彥必不肯放過我手上的另一截印卷。一旦讓他練成不死印法，他第一個要殺的人就是我侯希白。」

徐子陵皺眉道：「照情形推測，令師刻下的關係應與楊虛彥較爲密切，對侯兄大大不利。」

侯希白搖頭道：「這只是一種假象，楊虛彥該像小弟般，只能憑自己的本領去混出事業和成就來。當我和楊虛彥任何一人練成不死印法，首先須應付魔門兩派六道的挑戰。石師正是要通過種種考驗和鬥爭，要我們兩人之一能脫穎而出，成爲統一魔道的人。」

徐子陵不解道：「令師爲何不自己去完成這心頭大願，卻要把責任放在你們身上？」

侯希白沉聲道：「道理很簡單，皆因他的不死印法因碧秀心而出現破綻，所以躲起來暗中操縱；否則若惹得寧道奇或慈航靜齋的齋主出手，他很有可能吃敗仗。」

徐子陵心中一震，暗忖楊公寶藏內的「邪帝舍利」，極可能就是彌補不死印法破失的一個關鍵。

侯希白頹然苦笑道：「有時小弟亦對石師和楊虛彥的關係感到迷惘失落。子陵可否助我從楊虛彥手上把印卷搶回來？」

徐子陵苦笑回報，道：「你是我的朋友，朋友有難，小弟怎能坐視。」

侯希白大喜道：「子陵確是我肝膽相照的生死之交，我侯希白也助子陵去起出楊公寶藏，以作回報。」

徐子陵暗忖此事須得寇仲同意才成，點頭道：「此事遲些再說，眼前你對楊虛彥有甚麼眉目呢？」

侯希白沉吟片刻，冷笑道：「愈清楚我這位不同門師兄弟的行事作風，愈知道他是個手段卑鄙的人。」

徐子陵訝道：「侯兄何有此言？」

侯希白雙目殺機乍閃，沉聲道：「我來關中足有半個月，憑著對魔門的熟悉，摸清了楊虛彥的行藏居處，又曾數次趁楊虛彥離家時偷進去搜尋印卷，雖一無所獲，卻無意中發現他的其他勾當。」

徐子陵大感興趣，問道：「是甚麼勾當？」

侯希白狠狠道：「我發現了他煉製石師所傳『焚經散』的痕跡，他可瞞過任何人，如何瞞得過我侯希白？」

當寇仲送出眞氣，張婕妤嬌軀內的全身氣血經脈，像張一覽無遺的圖卷般盡展其腦海之內。就在此刻，他倏地發覺這高貴的夫人體內經脈欲斷，像經不起任何微弱力道衝激似的，駭然知機下立即收回眞氣，並抬起搭腕的右手。由於眼見張婕妤嬌軀劇震，衆太監宮娥同時飛撲過來。張婕妤痛得冷汗直冒，嬌軀打顫，衆人一時間連寇仲都忘掉。寇仲心中叫苦，若張婕妤就這麼香消玉殞，他跳落黃河都洗不清那令她致死的嫌疑。幸好張婕妤半晌後恢復過來，睜眼「啊」一聲呼叫。

鄭公公怒道：「莫大夫！這是怎麼一回事？」

寇仲這時完全明白自己的處境，曉得張娘娘的怪病是他能力以外的事，他唯一當神醫的本錢，就是靠「療傷聖氣」，但因張娘娘的「虛不受補」，當然派不上用場，也只能學「活華陀」韋正興般束手無策。

眼前的頭等大事，乃如何安然脫身開溜，忙肅容道：「公公切勿驚急，此乃應有之象，對娘娘的病小人已成竹在胸，眼下須先往採集草藥，解去娘娘體內寒熱交侵之毒，才能用針把惡疾根治，公公明察。」

鄭公公聽得半信半疑，雙目亂轉之際，張婕妤長長吁出一口氣，道：「莫大夫斷脈之法與別不同，顯是有眞材實學，剛才一下子令哀家全身氣血似欲翻轉過來似的。」

鄭公公乃精通武學的高手，聞言起疑道：「聽說莫大夫乃內家高手，不是想妄自爲夫人輸氣吧！」

寇仲爲之啞口無言，心中叫糟，幸好張婕妤親自爲他解圍道：「聖上也曾多次以眞氣送入哀家體內，卻無任何異樣情況，與大夫此回切脈截然不同。」

鄭公公欲言又止，張婕妤俏目往寇仲瞧來，問道：「大夫眞的胸有成竹嗎？哀家患的究竟是甚麼病？」

寇仲硬著頭皮胡謅道：「這是一種罕有的寒熱交侵症，病發時寒熱並作，不發時——唔！就像娘娘現在這情況。嘿！放心吧！只要我弄一劑對症的草藥出來，保證娘娘會大有改善。」

張婕妤就像沉溺在大海的人遇到浮木般，生出希望和信心，皆因從沒有大夫敢誇口可治好她的病，秀眸亮起來道：「麻煩莫大夫立即爲哀家開出藥方。」

寇仲心想這豈非立即要他出糗嗎？忙道：「這帖藥必須小人親自上山採藥選料炮製，馬虎不得，娘娘請給小人一兩天時間，聽說終南山最多名藥呢！」

張婕妤的貼身宮娥皺眉道：「剛下過幾場大雪，草樹都給冷死了！」

寇仲倒沒想及這破綻，急中生智道：「小人需要的一味主藥是一種叫長春花的根莖，絕不受風雪影響，姐姐請放心。」

張婕妤對她這個唯一希望所寄的莫神醫道：「如此有勞莫大夫。」

寇仲暗裏抹一把冷汗，心想總算把小命撿回來，離宮後他將能躲多遠就躲多遠，讓人認爲他畏醫潛逃算了。

第九章

焚經毒散

黃易作品集

第九章　焚經毒散

侯希白沉聲道：「這種毒散出自敝門的《五毒書》，如論毒性，則比書中羅列的其他毒藥相差難以道里計，它只能對一種人產生功效。」

徐子陵訝道：「是甚麼人？」

侯希白道：「就是不懂武功兼體質虛弱的人，對女人特別有奇效。中毒者會因經氣失調被大幅削減其對抗疾病的能力。」

徐子陵這才明白爲何侯希白指楊虛彥卑鄙。皆因他煉製出來的毒藥是要用來對付沒有武功的弱質女流。侯希白一向惜花，當然看不過眼。正如師妃暄所言，侯希白乃魔門中的異種，雖有點正邪難分，但對女性的愛護確發自眞心，言行相符。沉吟道：「這種毒散肯定有某些非常獨特的性能，否則不配被列入貴派的《五毒書》內。」

侯希白讚道：「子陵猜得不錯。無論任何毒藥，中毒者多少也會露出中毒後的某些徵狀，惟有焚經散不但無色無味，更由於它只是間接影響人的健康，且過程長而緩慢，所以即使第一流的大夫，也無法發覺患者是中毒。唉！只不知楊虛彥究竟想害誰呢？」

徐子陵苦笑道：「除非把楊虛彥抓起來拷問，否則恐怕我們永遠不知道答案。」

侯希白忽然道：「你聽過京兆聯的楊文幹嗎？」

徐子陵差些兒衝口而出說：「險些和他交上手」，但礙於這會洩露出「岳山」這身分，只點頭表示聽過。

侯希白道：「若我所料無差，楊文幹該與楊虛彥同爲舊朝的皇族，表面上與楊虛彥似乎同站在李建成太子黨的一方，事實上卻暗中與楊虛彥圖謀不軌。」

徐子陵同意他的分析，但因不宜逗留太久，道：「可否再約個時間碰面，然後再研究如何向楊虛彥著手搶印卷。」

侯希白明白他的處境，商量好聯絡的方法，徐子陵匆匆離開，在城內再留下給寇仲的暗記後，回到東市興昌隆，卜廷、田三堂等人全聚在後堂望眼欲穿的恭候他回來。

徐子陵把日間跟李淵晤面的經過交代後，卜傑訝道：「我們一直以爲封德彝是李建成的人，不過從他這樣的維護莫老師，內情又頗爲耐人尋味，此事必須向段將軍報告才行。」

卜廷最關心的是興昌隆，問道：「皇上有沒有提到興昌隆？」徐子陵老實地搖頭，道：「皇上只因我來自巴蜀，問起與該地有關的一些人事而已！」

田三堂沉聲道：「照我看封德彝只是想招攬莫老師。若從這角度看，他仍可能在爲李建成效力。」

徐子陵搖頭道：「在見皇上之前，我早向他表明忠於興昌隆的立場。而封大人仍穿針引線地讓我見到皇上，似有意令李建成方面的人不敢再碰我，則理該非像田爺所想的那般情況。」

卜傑、卜廷等爲之動容，對徐子陵的「忠貞」大爲激賞。興昌隆雖可予徐子陵厚利，但封德彝除財富外，更可使徐子陵得到最誘人的權勢。而徐子陵竟然不爲其所動，顯示出難得罕見的操守。經此表白，氣氛立時轉爲融洽，猜疑盡去。

卜傑欣然道：「今晚我們到上林苑去樂上一晚，不醉不歸。好讓莫老師欣賞一下長安的風花雪月。」

肖修明和謝家榮兩人轟然起哄。徐子陵知道若再拒絕就是不近人情，只好極不情願的答應。

田三堂顯是縱橫風月場的老手，笑道：「二叔最好預訂好上林苑最標緻的紅阿姑，否則若給成都散花樓的小姐比下去，我們的顏面何存。」

說到這方面的事，男人份外輕鬆放恣。

卜傑傲然道：「我卜傑敢拍胸口保證令莫老師滿意。」

卜廷悠然神往的道：「聽說尙秀芳寄居於上林苑，若能請她來唱上一曲，此生無憾矣。」

卜傑面露難色道：「尙秀芳身分超然，恐怕只有秦王才請得動她。」

田三堂道：「就算請得動她也勿作此想。長安城的男人誰不想一親芳澤，於此多事之秋，我們絕不宜作這類招忌的行爲。」

說起見李淵時除裴寂和封德彝之外的另兩個陪駕大臣，經徐子陵形容他們的外貌，卜傑道：「叫叔達的當然是陳叔達，胖子則肯定是蕭禹，蕭胖子是楊廣的妻舅，在舊隋已和皇上甚爲知交。除劉文靜外，與皇上關係最密切的幾個近臣，都給莫先生遇上呢。」

忽然有人來報：段志玄來了。

衆人心中大訝，段志玄匆匆走進來，道：「秦王想與廷師弟和莫老師見個面。」徐子陵立時脊骨寒氣直冒，他能瞞過李世民的銳目嗎？

李建成聽罷寇仲對張婕妤的「胡說八道」，面色立即陰沉下來，冷冷道：「莫先生有多少成把握可治好娘娘的病呢？」

寇仲心中暗罵李建成的人情冷暖，心道：「老子半分把握都沒有，你建成小子能奈我的屁何？」口上答道：「只要我依祖傳秘方煉成靈藥，包保娘娘藥到病除，永無後患。」

常何關切地問道：「莫先生要多少時間才可製成靈藥？」

寇仲心中只想著怎樣快點去取回井中月然後開溜，隨口應道：「小人會先在城中的草藥舖逛逛，看看有甚麼現成的好貨色，欠缺的就到終南山去採掘，大約兩天工夫可以啦！」

李建成容色稍舒，此時馮立本向他打個眼色，李建成露出一個充滿奸狡意味的笑容道：「此事交由常將軍負責，盡量予莫先生協助和方便，時間無多，有勞莫先生了！」

常何頓時色變，這番話不啻說若寇仲煉不成靈藥，又或靈藥無效，常何要負上責任。寇仲亦同時色變，幸好有面具遮擋。他自少就在江湖上混，從不幹害人的勾當，一切以義氣先行。若就此溜之夭夭，不但會害常何丟掉烏紗，沙家也要受到牽連。他怎忍心做出這種事來呢？

在段志玄和卜廷的陪同下，徐子陵終有機會穿過朱雀大門，進入皇城。走在又被稱爲「天街」，貫通朱雀、承天兩門的承天門街上，兩旁官署林立，右爲太常寺、太僕寺、尙書省、左武衛、門下外省；右爲鴻臚寺、宗正寺、右領軍衛、司農寺、右武衛、中書外省等。每座建築物均各有特色，聯成肅殺威嚴的景象，規劃整齊，氣概宏大。太極殿聳出城牆上的殿頂，在茫茫白雪中，更是氣象萬千，代表著大唐皇朝權力的極峰。剛策騎進入分隔宮城的皇城的橫貫東西廣場，一隊人馬從東宮重明門那方緩馳而來。由於處在非常時刻，李淵特許臣將可在皇城內策馬緩跑，免致浪費人力時間。

段志玄別頭看去，施禮道：「原來是常何將軍。」

徐子陵也順眼瞧去，差點由馬上掉下來，皆因他一眼認出寇仲的醜臉。寇仲亦想不到會在宮城與皇城間的橫貫大廣場遇上徐子陵這弓辰春，一時為之目瞪口呆，卻苦於不能交談。

常何領著寇仲和親衛來到段志玄馬前停下，施禮道：「段將軍好！」

段志玄目光移到寇仲的醜臉上，微笑道：「這位是——」

寇仲把握機會道：「小人莫一心，得自家父莫為真傳，世代習醫……。」

卜廷聞言一震，朝徐子陵瞧來，徐子陵心知糟糕：若讓卜廷因自己跟寇仲虛報的老父姓名一模一樣而詫異說出來，那常何和段志玄不更感懷疑才怪。忙對卜廷微微一笑，略搖頭，著他不用說出來。天下同名同姓的人比比皆是，卜廷這「沒心人」自不會因而起疑。

常何正憂心寇仲尚未出世的靈丹妙藥，又不想寇仲洩露太多事情予秦王府的人曉得，道：「末將身有要事，段將軍請啦！」

策騎便去，寇仲連眼色都不敢向徐子陵打半個，追著去了。

段志玄目送他們馳往朱雀門，沉吟道：「為了醫治娘娘的怪疾，我們都用盡法寶，唉！」

徐子陵心中劇震，猜到楊虛彥要害的人是誰和為甚麼要這樣做。

寇仲遊魂似的隨常何馳出朱雀門，常何勒馬道：「西市有條街專賣山草藥和成藥，各種貨色應有盡有，莫先生要到終南山採的藥說不定在那裏也有出售，不知是哪種草藥呢？」

寇仲暗叫救命，對山草藥他可說一竅不通，杜撰出來的終南山主藥尚可胡謅一個名字，其他配藥卻不能順口開河，首先草藥鋪的老闆會是第一個瞧穿他是冒牌貨。尤不幸者，是他連一種草藥的名字都說不出來。

就在這危急存亡之際，對街行人有人故意擺動一下，寇仲立即生出感應，往那人望去，登時喜出望外，提高聲量道：「西市是否往西走，我們邊走邊說，常將軍請。」

直到此刻，常何乃沒察覺到他有任何破綻，當然不會起疑心，策馬轉右，加入貫通東西兩大城門的光明大街那車馬流群去。

寇仲眼尾餘光察知雷九指暗隨一旁，故意放緩馬速，作苦思狀道：「這回爲張娘娘治此上熱下寒之症，我莫一心要顯些本領，要在幾帖藥內治好娘娘的病。所以必須找個清靜地方仔細思量，然後開出藥方。假若西市的藥舖齊備所有草藥，當然大可節省時間工夫。嘿！小人有個怪癖，就是推敲病癥與藥方時，須一人獨處才行。」

常何笑道：「這個容易，不如到小弟的舍下來，莫先生要多麼清靜都可以。」

寇仲心中暗罵，常何擺明由現在起直到他煉成「仙丹」，絕不肯離開他半步。先不說他不忍害常何，就算狠心開溜亦不容易，除非他拚著暴露身分大幹一場，但楊公寶藏卻要宣告完蛋。這種進退兩難的局面，甫到長安立即發生，他的運氣確是不能再壞，差點要大哭一場，以宣洩心中的怨憤。

幸好尙有雷九指這個令他絕處逢生，可拖延點時間的救星。忙道：「在清靜前又必須先來個熱鬧以振起精神。所以我才說是怪癖。不知長安最著名的是那家酒樓菜館？」

常何如數家珍的道：「晚上當然以北里最熱鬧，上林苑、明堂窩、六福賭館、小春院等青樓賭館全集中在該處。日間則首推東西兩市，若論菜餚則以有西市第一樓稱譽的福聚樓排名榜首，景致亦佳，三樓靠東的桌子可盡覽躍馬橋和永安渠一帶的迷人景色。」

聽到躍馬橋三字，寇仲立即雙目放光，差點忘掉刻下自身難保的困局。雪粉終於停下，但整條光明大街和兩旁的房舍早變成一個白皚皚的天地。旁邊暗中跟蹤的雷九指憑著一對靈耳，聽得心領神會，此時轉入橫街，先一步朝福聚樓趕去，好爲寇仲這冒牌神醫舞弊弄巧。

段志玄、徐子陵和卜廷三人在掖庭宮東園一名爲綾綺小院的廳堂坐下，喝著宮女奉上的香茗。此院當是李世民愛留連歇息的地方，景致極佳，門外是人工湖泊綾綺池，水光瀲灩、漁沉荷浮，湖旁花樹羅列，一道長橋跨湖而過，至湖心置一六角亭，通抵院門。可惜徐子陵心懸會否被李世民識破身分，故無心欣賞。

段志玄有一句沒一句地陪兩人閒聊。忽然有人進入廳堂，卜廷還以爲是秦王駕到，連忙起立。徐子陵早看到來者非是李世民，但「主子」既起立，亦隨之站立施禮。來者一身儒生打扮，年紀在三十許間，一副文質彬彬的外表，但徐子陵一眼看穿對方乃身懷武功的高手。

那人來至三人身前，施禮笑道：「侯君集見過卜兄與莫兄，秦王因有急事往見皇上，故使小弟來向兩位致歉，待改日再安排見面的時間。」

徐子陵暗中鬆一口氣，卜廷卻掩不住失望之情。

坐好後，段志玄皺眉道：「是甚麼事如此緊急？」

侯君集嘆道：「不就是建成太子招募突厥高手加入長林軍那件事。東突厥突利可汗對我們中土的野心，天下皆知。建成太子寵信突利派來亂我大唐的可達志，已屬不智，現在還重用可達志召來的突厥人當親衛，如此引狼入室，秦王自然要向皇上進言力諫。」又道：「這批近三百人的突厥好手來京有個多月，到今早文牘才正式遞入門下省，秦王聞訊遂立即往見皇上，事非得已，請卜兄和莫兄見諒。」

卜廷慌忙表示明白諒解和毫不介懷。事實得秦王肯接見，對他已是光宗耀祖的事，既沒資格計較李世民爽約，更不敢計較。侯君集顯然本身工作繁忙，不旋踵即起立送客。踏出掖庭宮的大門時，徐子陵只希望永遠不用回來。但又知醜媳婦終須見公婆，若給李世民看破，寇仲的尋寶大計肯定要完蛋。

永安渠北接渭水，是貫通長安城南北最大的人工運河，城內最主要的水道。躍馬橋雄跨其上，橋身以雕鑿精緻的石塊築成像天虹般的大拱，跨距達十多丈，兩邊行人道夾著的車馬道可容四車並行。在大拱的兩肩又各築上兩小拱，既利於排水，又可減輕大拱的承擔。巧妙的配合，令橋體輕巧美觀，坡道緩和，造型出色。橋上的石雕欄杆，刻有雲龍花紋的淺浮雕，中間的六根望柱更與其他望柱有異，為六個俯探橋外的石龍頭，默默注視在橋下流經的河水與舟楫，構想獨特。

寇仲手心緊握著剛才擦身而過時雷九指塞給他的救命藥方，虎目一瞬不瞬的從福聚樓三樓靠東的座位，透窗居高臨下的呆瞪著這座風格獨特的大石橋。與永安渠並排而列的景耀大街人車川流不息，躍馬橋四周全是院落重重的權貴人家的豪華大宅。即使楊公寶藏就在橋底，要從這麼一個人煙稠密的地方運走大批珍寶兵器，確是談何容易。橋的兩邊均有城衛站崗，大大增加起出寶藏的難度。旁伴的常何還以為他在苦思靈藥的問題，不敢打擾，哪知他腦袋內轉動的竟是這麼的一回事。其他隨員坐於旁邊的桌子。際此午膳時間，風景最佳的福聚樓座無虛席，僅有空出的兩三張桌子，只因預訂的客人尚未來到。

寇仲忍不住嘆一口氣。

常何大爲緊張道：「莫先生是否遇上困難？」

寇仲驚醒過來，收回凝視躍馬橋的目光，低聲道：「我要到茅廁去打個轉，常將軍要否陪我去。」

常何大感尷尬，老臉微紅，苦笑道：「莫先生眞愛說笑，小將只因受建成殿下的重命在身，份外緊張，莫先生請！」

寇仲剛想起立，一群人登樓進入這層廳堂，當先一人頎長挺拔，穿著剪裁合體的深藍綑白花邊的武士服，外披白色羊皮袍，背掛長刀。此君年紀不過二十五六，潔白、少女般嬌嫩的臉上泛著健康的紅暈，烏黑閃亮的頭髮以白巾紮著髮髻，長得英偉不凡，氣魄懾人。他一對修長的眼睛具有某種令人害怕的深邃而嚴肅的光芒，銳利得像能洞穿任何對手的虛實。他雖作漢人打扮，但寇仲第一眼瞥去已知他是突厥人，且必是以一手「狂沙刀法」，爭得與跋鋒寒齊名域外的年輕高手可達志。想不到甫抵長安，便在這種情況下與他碰頭，不知是否冤家路窄呢？

徐子陵藉口要去與雷九指續未了之約，與卜廷在朱雀門外分手，其實卻是去找侯希白，好幫寇仲這假大夫爲張婕妤治好她的「絕症」。

他先扮作沿朱雀大道往雷九指的客棧走去，肯定沒被人跟蹤，正要轉入橫道時，雷九指匆匆從後趕來，叫道：「莫兄等等！」

徐子陵待雷九指來到身旁，轉左進里巷，朝宣平里的方向走去。

雷九指低聲道：「我本在皇宮內爲你踩場探路，怎知碰上寇仲，幸好認得他那張假臉，這小子不知如何竟會變成大夫，到宮內爲李淵的妃嬪治病，卻不會開藥方。幸好我隨魯師時對醫道略懂皮毛，否則將不知如何助他過關呢。」

徐子陵沉聲道：「我也在宮內和他碰過正著，不過我是去見李世民。」

雷九指一震道：「你沒被他看破吧？」

徐子陵苦笑道：「尚是未知之數，他因急事爽約。唉！這一關比寇仲治病那一關更難過。」

雷九指得意洋洋的道：「寇仲那小子眞精靈，隔遠叫破喉嚨的說娘娘患的是寒熱症。而我對寒熱病則別有心得，保證不用幾帖藥便可藥到病除。」

徐子陵搖頭道：「她患的不是寒熱症，而是中了楊虛彥『焚經散』的慢性毒，好爲董淑妮清除強大的爭寵對手。」

雷九指劇震停下，臉容轉白，顫聲道：「若是中毒，那就糟了，我開的其中一味燈盞花，中毒者絕不能內服，否則會催發氣血內的毒性，令那美人兒一命嗚呼。」

徐子陵大吃一驚，斷然道：「找到侯希白再說。」

提氣前掠，再顧不得路人的眼光。

寇仲故意背對可達志那桌而坐，面對桌上從酒樓借來的紙筆墨，一口氣寫下燈盞花、生地、紅花、柴胡、炙甘草、丹皮、香附等藥名，並列明份量，似模似樣的。

常何見這藥方果然與一般大夫開的大有分別，信心倍增，但仍不放心，問道：「這些藥的藥性如何？哪一種是莫先生說須往終南山採取的主藥呢？」

寇仲無以爲對，作狀思量時，穩定有力的足音從後接近，不純正的漢語響起道：「常將軍你好，今天不用當値嗎？」

常何起立，爲過來打招呼的突厥年輕高手可達志拉開椅子道：「可兄請坐！」

可達志岸然坐下，銳利的眼神落在寇仲臉上，微笑道：「這位是否剛抵長安的神醫莫先生呢？」

寇仲早收斂眼內神光，裝出不善交際，手足無措的神態，道：「正是小人，閣下──」

常何訝道：「可兄的消息非常靈通。」

可達志欣然答道：「只因小弟剛見過太子殿下。」又轉向寇仲道：「小弟東突厥可達志，最佩服是身懷奇技，眞材實學的人，待莫先生治好張娘娘的病，可達志再向莫先生請益。」言罷含笑離開。

寇仲雖恨他話裏有話，笑裏藏刀，暗指自己沒有能力治好張婕妤的病，但仍感激他打斷常何的追問，爲他解圍。

常何送客後坐下，寇仲湊過去低聲道：「我還要爲處方細加參詳，常爺不如先著人去買回藥單上的東西，我們再作研究。」

常何心想自己怎有資格和他研究藥方，順口問道：「待會是否回小弟舍下？」

寇仲搖頭道：「不！坐在這裏我靈思泉湧，絕不可離開。」

實情是雷九指在紙上寫下要他留在此處，好待他去聯絡徐子陵。常何怎知他的眞正心意，只好同意。

侯希白聽畢整件事後，俊容轉白，失聲道：「糟糕！我只知焚經散如何煉製，卻不知解毒之法。」

徐子陵的心直沉下去，道：「既是如此，我立即去通知寇仲開溜，總好過醫死人。」

雷九指道：「且慢！對醫術我雖只是略懂皮毛，但在解毒方面我卻下過一番苦功，侯兄可不可以說出焚經散的製法，讓我參詳一下，看看可否稍盡人事？」

侯希白沉吟道：「焚經散的兩味主藥在東南沿海一帶非常普通，其巧妙處主要在煉製的複雜過程，以其他各種草藥加上蒸漏的方法，煉至無色無味，令人難以覺察，而主藥的毒素互相中和相剋，以致改變毒性。」

雷九指色變道：「只聽聽便知此毒非常難解，那兩種主藥究竟是甚麼？」

徐子陵提議道：「能否以內家真氣硬把毒素從經脈間擠逼出來？」

侯希白低頭道：「這正是焚經散名字的來由，毒素化成脈氣，侵蝕經脈，若妄以佛道兩門的正宗內家真氣注入經脈，只會使毒性加劇，適得其反。」又轉向雷九指道：「兩種主藥是斷腸草和羊角扭，我正因見楊虛彥在宅院內培種這兩種含劇毒的植物，兼有採摘過的痕跡，才知他要製煉焚經散。」

雷九指愕然道：「這兩種都是帶劇毒的藥草，只宜外敷，不可內服，中毒者會立即暈眩、咽腹劇痛，口吐白沫以至衰竭死亡。侯兄可否把整個煉製的方法說出來。」

侯希白一口氣地說出十八種藥名，又扼要解釋煉製的過程後，雷九指霍地起立，道：「我要親自去向寇仲問清楚張娘娘的情況，說不定真能對症下藥，解去焚經散的毒素。」

言罷匆匆去了。剩下侯希白和徐子陵兩人你眼望我眼，空自焦急。

寇仲自己也乾坐得不好意思，但常何仍毫無不耐煩的表現。

此時可達志一夥人用膳後離開，過來打個招呼後下樓，寇仲心內悶得發慌，忍不住試探常何道：「突厥人不是專來搶掠我們的子女財帛嗎？爲何竟會是太子殿下的貴賓。」

常何嚇了一跳，壓低聲音道：「莫先生勿要胡說，更不要隨便對人說。唉！此事說來話長，有機會再和先生談論。」

寇仲只聽他的語調，立知常何心內對李建成重用突厥人，亦頗爲不滿。購藥的人剛好回來，把大包草藥交到常何手上，再由常何遞交寇仲。在這拖無可拖的時刻，救星出現；寇仲惟有再施借水遁的上計，告罪到茅廁間與雷九指碰頭。回來時春風滿臉，拍拍常何臂頭道：「我們走。」

常何愕然道：「我們還沒進食，怎麼說走就走？」

寇仲搖頭：「我的腦袋最古怪，大解時尤其有靈感。現在我們立即到西市購齊所需藥物，即可到常將軍的府第著手煉藥，保證可治好娘娘的怪病。」

常何奇道：「不用到終南山去了嗎？」

寇仲反問道：「到終南山去幹甚麼，走吧！」

侯希白頹然倚在椅背，嘆道：「若我猜得不錯，那半截印卷該是被楊虛彥隨身攜帶，除非我們能清楚他的一舉一動，趁他落單時憑小弟、子陵和少帥三人之力，攻其不備，把他搏殺，否則休想把印卷搶回來。」

徐子陵皺眉道：「就算眞能把楊虛彥擊殺，可是侯兄這般借助我們兩個外人的力量，不怕惹怒令師嗎？」

侯希白苦笑道：「因爲子陵並不知道我急於奪得印卷的眞正原因，除了要先發制人，更重要是爲求能在石師手下保命。魔門的規矩，對外人來說，都是匪夷所思。在小弟十八歲那一年，石師曾立下魔門咒誓，假若我在二十八歲時擋不過他全力出手的花間派最高武技的花間十二支，我將要以死殉派，小弟今年二十六，時日無多，橫豎要死，哪還顧得其他事。」

徐子陵對魔門層出不窮、邪異奇詭的事早見怪不怪，聞言道：「既是如此，我可代表寇仲答應侯兄，會盡力助你取得下半截印卷。」

侯希白露出少許歡容，嘆道：「現在我唯一占得的優勢，就是楊虛彥仍不知我在旁虎視眈眈，一旦暴露形跡，輪到我有難了。」

徐子陵心中一動，道：「假設侯兄能變作弓辰春，侯兄不是可隱去形跡嗎？」

侯希白一對眼睛立時亮起來，上下打量徐子陵好一會後，點頭道：「我確有把握可把你這個弓辰春扮得十成十，只是若我變成弓辰春，子陵還憑甚麼身分在長安活動，你可比我更見不得光。」

徐子陵把心一橫，微笑道：「我可扮回擊殺『天君』席應的霸刀岳山，豈不是兩全其美？」

這個決定來得突然，但卻有千百個理由支持徐子陵這麼做。首先是秦王李世民這一關。扮成弓辰春後的侯希白，自有與徐子陵的弓辰春迴然有異的「氣質」，只有這樣才能令李世民看不破弓辰春是徐子陵，因爲根本是另一個人。至於其他人如卜廷等，只要侯希白曉得整個交往的過程細節，由於相處時日尚短，憑侯希白的才智，有心應付無心，定可應付裕如。

侯希白呆瞪著他，好一會搖頭嘆道：「原來你是岳山，難怪岳山變得這麼厲害。人人以爲是『換日大法』的功效，原來眞正的原因卻是子陵的換人大法。哈！這事說出去肯定不會有人相信。」

徐子陵正容道：「侯兄要留心聽著，我會把扮成弓辰春後所遇到的人事對話無有遺漏的告訴你，當你再學足我的聲調語氣，你就成爲弓辰春啦！」

寇仲在常府的膳房內忙個不了，感覺像重演當年在飛馬牧場當廚師時的情況，只不過這次不是弄點心，而是精心炮製雷九指想出來的驅毒丸。常何挑了府中頭腦與手腳特別靈活的兩個男僕在旁負責各種幫忙細活，又特別從相熟的藥舖請來製藥的師傅作寇仲的助手，自己則在旁督師，眞個忙得天昏地暗，日月無光。寇仲自己知自己事，把製法交代後，其他一概由請來的製藥師傅「獨挑大樑」，他則裝模作樣的在旁監察，只敢在常何耳邊胡謅，因怕給製藥師傅聽到。

常何半信半疑的問道：「服下此丹，娘娘是否眞的可以痊癒？」

寇仲硬著頭皮道：「服丹後再施針灸，保證娘娘會比以前更健康明艷，嘿！」

常府的管家忽然一仆一跌，氣急敗壞的奔來，兩人被他嚇得一齊吃驚時，管家嚷道：「皇上來了！皇上來了！」

首先是製藥師傅和兩名年輕健僕驚惶失措的跪伏地上，寇仲則和常何面面相覷。「皇上駕到」聲中，身穿便服的李淵在李建成、陳叔達、王晊和一衆御衛簇擁下，旋風般衝進膳房來。

常何和寇仲連忙下跪。前者高呼道：「臣常何拜見皇上。」

李淵的目光落在寇仲身上，然後移往製藥的師傅，道：「莫神醫請起。」那製藥師傅竟被錯認作莫神醫，駭得像灘泥漿般軟倒地上，哪能說得出話來。

李建成在李淵身後低聲道：「父皇！這個才是莫神醫。」

李淵乾咳一聲，爲表歉意，搶前把寇仲這既不似神醫更不是神醫的神醫從地上扶起，同時下令道：「諸位請起，一切工作照常進行。」

製藥師傅聞旨戰戰兢兢的爬起來，在李淵的利目注視下繼續製丹大業。

李淵親切的牽著寇仲衣袖移往一旁，低聲問道：「婕妤患的究竟是甚麼病？」

寇仲在衆人注視下，乾咳一聲，挺胸作出胸有成竹的神醫款兒，道：「娘娘的病乃罕見奇症，勉強可喚作虛寒陰熱，嘿！眞不常見。」

「請問莫先生，甚麼叫虛寒陰熱？歷代醫書，好像從沒有這般名字的病例，幸先生有以教我。」說話者乃隨李淵來的人員之一，四十來歲的年紀，長著一把及胸的美髯，貌相清高。

李建成向寇仲打個眼色，道：「這位就是有『活華陀』之稱的韋正興大夫，與莫先生份屬同行，兩人多多親近。」

寇仲暗忖幸好得雷九指點化，否則這刻就要出糗，最怕是揭露自己這神醫是冒充的，更要吃不完兜著走。微微笑道：「先生大名，早如雷貫耳，今日有幸得會，實小人的榮耀。」

韋正興目光掃過製丹的材料，冷冷道：「犀角片、天花粉、麻黃、崩大碗等多爲解毒滋陰之藥，不知跟娘娘的病有何關係？」

寇仲怎敢和他直接對陣接招，又不能透露張婕妤是中了楊虛彥焚經散之毒。只好避重就輕的道：「娘娘病發之初，是否兩頰生赤，口乾卻不願多飲，脈搏轉緩，舌苔灰黃，整天昏昏欲睡呢？」

韋正興微微一怔，李淵龍顏大悅道：「正是如此，莫先生有如目睹似的，教人驚訝。」

寇仲說的其實是中了焚經散的徵象，此時他豈容韋正興繼續質疑，道：「這就是虛寒陰熱的症狀，陰陽交劫，病變最速。我這回春丹功可治本，再經小人施針貫通脈氣，包管娘娘可在數天內痊癒，皇上請放心。」

李淵大喜道：「如此朕再不敢打擾莫先生的工作，先且回宮等待先生的好消息。」

寇仲暗叫一聲謝天謝地，眼前唯一的願望是希望這顆雷九指想出來的回春丹靈驗，可治好張婕妤的怪病，否則將輪到他自己患上絕症。

寇仲在常何的陪伴下，坐在凝碧閣的外廳，靜候張婕妤服下解毒藥後的佳音。雷九指在這方面因得魯妙子眞傳，務求以猛制緩，行險在一帖藥內盡清她體內焚經散的毒素。經常何解釋後，他始知道「婕妤」非是這位美麗娘娘的名字，而是貴妃的一種級別。所以不能喚她作婕妤娘娘，只可一是喚張娘娘，一是叫作婕妤貴人。宮廷禮節，只名號一項足可令寇仲此等「野民」大感頭痛。兩人餓著肚子直等到宮城全亮起燈火，鄭公公來請寇仲到內堂去。

常何生出與寇仲「患難與共」的感覺，低聲道：「萬事小心，不求有功，但求無過。」

寇仲暗忖以常何這在宮場打滾的人，肯說出這番話，已非常有情義，心中感動，點頭應是，隨鄭公公往內堂步去。美麗的張婕妤仍像今早般擁被虛弱無力的軟靠臥椅上，乍看似沒有起色，但落在寇仲的銳目內，察覺出她的臉色大有分別，少了以前白中透灰黯的可怕色素，顯然雷九指開出來的解毒藥方生出神效，寇仲頓時心中大定。李淵坐在張婕妤的身邊，右手探入繡被內緊握她的左手，愛憐地看著這個寵妃，像不知寇仲來到。其他太監宮娥恭立兩旁，氣氛肅穆。

寇仲正要下跪，李淵頭也不回的道：「莫先生請到這邊來，其他人給朕退下。」

鄭公公和一衆太監宮娥忙叩首離開，寇仲則神氣的來到李淵旁邊。

李淵朝他瞧來，和顏悅色的道：「莫先生不愧神醫之名，婕妤自得病後尙是首次服藥後沒有嘔吐出來，臉上顏色更有好轉。不知下一步該如何著手治理呢？」

張婕妤勉力睜開修長入鬢的笑目，朝寇仲略一點頭，以示謝意。

寇仲移往另一邊爲他特設的椅子坐下，道：「小人可否再爲娘娘把脈？」

李淵灑然道：「朕雖當上皇帝，但仍有半個江湖人的身分，莫先生不用拘禮。」

張婕妤把玉手探出被外，寇仲忙把三指按下，暗喚一句老天爺保佑，緩緩送出眞氣。

李淵震道：「莫先生的眞氣非常精純。」

寇仲知他因握著張婕妤的左手，故生出感應。李淵乃一閥之主，爲天下有數高手之一，眼力當然高明。

眞氣暢通無阻的穿行經脈氣血之間，寇仲更肯定解去了焚經散的毒害，心智亦靈活起來，肅容應道：「家叔有言，用針不練氣，等若有肉無骨，事倍功半，所以小人自幼練氣。嘿！由於小人尙未娶妻，童子功自然精純一點，多謝皇上讚賞。」

張婕妤忽地長長舒一口氣，嬌聲道：「莫先生的家傳氣功確有獨到之處。」

憑著這些天來療治沙天南等的經驗，寇仲積累了一點心得，橫豎韋正興這大行家不在，怎都要顯點神醫的本色，胡謅道：「察其血氣，則寒邪在表；診其脈沉，則陰寒在裏。若要表裏兼治，必須大小針並用。照小人判斷，不出三日工夫，每天施針一次，娘娘必可霍然而癒。」

李淵對他已是信心十足，大喜道：「有勞莫先生啦！」

徐子陵扮成商旅，偷偷溜出城外，到城門關閉前，再化身為岳山，憑侯希白買回來的戶籍大搖大擺的入城。在昏暗寒冷的冬夜裏，徐子陵以斗篷厚袍把頭臉掩蓋，除非是熟悉岳山者，否則誰都只會以為他是個行將就木的老人家。入城後徐子陵重現岳山的霸氣，揭開斗篷，昂然在朱雀大街跨步疾行。

尚有三天就是新春佳日，嚴寒的天氣也擋不住辦年貨的人潮。比起關外，關中就如巴蜀般，一派太平盛世的興旺情況。

徐子陵兵行險著，就揀雷九指的東來客棧投店。直到此時，曉得雷九指和他們關係的只有林朗和公良寄兩人，所以雷九指理所當然地成為他和寇仲間聯繫的橋樑。雷九指像魯妙子般周身法寶，又是老得不能再老的江湖客，甚麼棘手的事和場面都能隨機應變的應付裕餘。

在房內坐下片晌，雷九指聞風摸過來，笑道：「岳老你好！」

徐子陵笑道：「有沒有人跟蹤岳某人呢？」

雷九指悠然坐下，道：「暫仍未見，岳老這幾天安排了甚麼節目遣興，要不要晚輩為你籌謀策劃。」

徐子陵知他念念不忘要自己去為他在賭桌上擊敗明堂窩的大仙胡佛，岔開去問道：「莫神醫那邊有沒有消息？」

雷九指道：「怎會這麼快有消息，岳老請放心，解毒乃我雷九指拿手本領之一，醫不好人，也絕不會醫死人。哈！你這小子真走運。」

徐子陵一怔道：「走甚麼運？」

雷九指湊近低聲道：「剛才弓小子來過一趟，告訴我剛見過秦王，座中有位賓客是巴蜀人，不住向他套問巴蜀的情況，包括當地的風土人情。你說假如換作是你，會有甚麼後果？」

徐子陵倒抽一口涼氣，李世民確是厲害。假若那見他的弓辰春是徐子陵而非侯希白，無論他外表神態如何天衣無縫，全無破綻。也要立即被揭破身分。只有侯希白這生於斯長於斯的巴蜀人才能過關。

雷九指道：「侯小子只是路過時順道進來說了兩句，聽說今晚還要陪卜傑等到上林苑去，我們不如也到明堂窩湊個熱鬧，否則長夜漫漫，如何可捱到天明。」

徐子陵失笑道：「長夜漫漫，正是上床作夢的大好辰光，被窩不是比賭窩更迷人嗎？」

雷九指笑道：「岳老到長安來不是只為睡覺吧？」

徐子陵知道纏不過他，無奈道：「好吧！我尚有一副黃臉漢的面具。問題卻在你那方面，最好不要扮作雷九指。」

雷九指大喜道：「不扮雷九指便扮山東來的行腳商吧？這是我另一個能保命的身分，皆因我眞的幹過這行業。哈！只要我從九指變回成十指，誰都不會懷疑到我身上來。岳老放心。」

常何只看李淵滿面春風紆尊降貴地親自把寇仲送到外堂，便知寇仲已大顯神醫本色，做出好成績來，連忙向李淵下跪。

李淵笑道：「常將軍請起，朕本要請莫神醫留在宮內好讓朕盡地主之誼，可是醫者父母心，莫神醫卻要回去看令岳的病況進展，明早再入宮為婕妤治病。常將軍給朕好好款待莫神醫。」

寇仲心中暗道：假若留在宮內，實與坐囚牢沒甚麼分別，還怎能跟徐子陵商量大計，看看如何著手尋寶。常何領旨，領寇仲離開太極宮。

到承天門外，馮立本早在恭候消息，寇仲尚未有機會說話，常何興奮的搶著道：「莫先生果然不負太子殿下重託，娘娘的病情大有起色，皇上不知多麼讚賞莫先生呢。」

馮立本大感意外，李建成不敢等候消息，正因對寇仲信心不足，眼不見爲淨下，自行到北里上林苑享樂去也。

馮立本得聞佳音，當然精神大振，換過另一副恭敬的臉孔，使手下牽來馬匹，道：「莫先生請上馬，太子殿下正在上林苑恭候先生大駕。」

寇仲心中叫苦，偏是推辭不得，就算藉口說累要回「家」休息，須親口向李建成提出。這麼搞下去，他哪還有時間去尋寶？

明堂窩與上林苑毗鄰並立，對面是六福賭館，這三組各自獨立的建築組群，形成北里的中心區和重點所在，其他規模較小的青樓和賭館，衆星拱月般更襯托出它們的氣勢。在這些青樓賭館門外，有人大做買賣，有擺小攤賣燒餅與脆麻花的，有炸油糕、賣雞蛋的，熱鬧非常。

上林苑之所以名聞全國，確有其獨特的風貌，不像六福賭館和明堂窩般那樣用大量的彩色琉璃的三彩磚瓦作裝飾，而是追求一種高貴淡雅、充滿書卷氣味的裝飾。入門後的主建築物最具代表性，大片的灰磚牆，屋頂是黑色琉璃瓦綠色的剪邊，檐下是青綠的彩畫，支柱和槅扇欄杆都不施彩繪而露出木材原色，柱上楹聯亦以硬木製作，溫文爾雅，難怪詩人墨客頌聲不絕。

徐子陵只是路經時驚鴻一瞥，也生出想內進一遊的興趣。想起侯希白扮的弓辰春此刻正在內中某處風花雪月，當是如魚得水，樂在其中，更大覺有趣。對賭場這種能令人傾家蕩產的地方，若非被雷九指半強迫的架來，他自己絕不會踏足半步。不過他生性隨遇而安，既來之則安之，隨著雷九指扮的山東布商，擠在賭客群中，糊裏糊塗地進入明堂窩的大堂。

徐子陵不能置信的瞧著宮殿般寬敞的大堂內的熱鬧情景。近千人分別圍著五、六十張大賭桌，正賭得天昏地暗，日月無光。不知是否防人舞弊出術，堂內的燈火特別輝煌明亮。骰子在盅內搖撞得震天價響的清脆音，配合著男女的吆喝起哄，采聲拍掌，令他幾疑置身噩夢裏。

雷九指湊在他身旁道：「你有多少銀兩在身？」

徐子陵隨口答道：「共有十一兩黃金。」

雷九指咋舌道：「好小子！竟然身懷鉅資，全給我拿來。」

徐子陵愕然道：「不用這麼多吧？」

雷九指毫不客氣地探手入他囊內取錢，笑道：「你若不想在這裏把卵蛋都擠出來，當然要顯示一下實力，看我的！」逕自去了。

徐子陵呆立一旁，暗忖雷九指每次踏進賭場，就像變成另一個人似的，恐怕這便是賭徒的本色。好一會雷九指携著大袋籌碼回來，還揚手顯示兩個銅牌，得意洋洋的道：「有這兩個貴賓牌，我們可像其他達官貴人般，到其他四個貴賓堂去湊熱鬧。兄弟！來吧！行樂及時啊！」

徐子陵苦笑道：「賭錢有啥樂子呢？」

雷九指興奮的搭著他肩頭，朝另一端走去，嘆道：「在賭場上決生死，總好過在戰場上打生打死吧！今晚你定要贏出個名堂來，否則以後的計劃會很難進行下去。賭場只會尊重兩種人，一種是有輸不盡錢財的豪客，另一種就是能贏錢的高手，明白嗎？」

李建成帶頭舉杯向寇仲祝賀道：「祝莫先生藥到回春，早日治好張娘娘的頑疾。」

布置講究，以書畫補壁，充滿書卷氣息的上林苑西座二樓北端的廂廳內，盈溢著勝利祝捷的氣氛，寇仲帶來的喜訊，頓時令李建成對他刮目相看，視之如上賓。陪席者除新加入的常何和馮立本外，尚有神態倨傲的可達志、曾與徐子陵交手而吃了虧的爾文煥、喬公山、衛家青三人。其餘就是獨孤策和一位叫薛萬徹的將領。寇仲特別留心薛萬徹，憑寇仲的眼力，從其舉手投足的氣度，當知此人武功不在李建成之下，比起可達志這特級高手亦所差無幾。而獨孤策只在幾年前在雲玉眞的船上跟他碰過一次頭，對他認識不深，不虞會被他窺破自己的眞正身分。出奇地李建成並沒有召來姑娘陪酒唱曲，只與衆親信手下談笑喝酒。寇仲給安置在李建成左邊的座位，另一邊是可達志，由此可看出李建成對他這冒牌神醫的禮待和重視。

李建成忽然湊過身來，低聲對寇仲道：「莫先生那顆回春丹，是否眞如韋正興所指，主要是用來驅毒的？」

聞弦歌知雅意，剎那間寇仲把握到李建成的壞心腸在打著甚麼鬼主意。

此時薛萬徹突沉聲喝道：「我們不用侍候，給我退下！」

侍候的四位俏婢慌忙離開。李建成讚賞的向薛萬徹微一頷首，其他人肅靜下來，聆聽兩人的對答。

寇仲心中暗罵，忖道無論自己如何與李世民對敵，亦不屑於用這種卑鄙的手段去陷害李世民。因爲只要透過他這神醫之口，又早有韋正興的話作伏筆，若告訴李淵張婕妤是被人暗中下毒，李淵必深信不疑，而在現今的情況下，最有下毒嫌疑可能的當然是一向與張婕好不和的秦王府一眾人等。

寇仲扮糊塗地點頭道：「確有驅毒的靈效，不過驅的只是寒熱之毒，在用藥來說乃家常便飯，眞正的主藥是——」

李建成哪有興趣聽他長篇大論的談論醫學上的問題，打斷他道：「此事遲些再向莫先生請教，在尙小姐鳳駕光臨前，諸位可有甚麼助興節目？」

喬公山獰笑道：「聽說興昌隆卜氏兄弟正在隔鄰款待那叫莫爲的小子，不如我們也略盡地主之誼，好好爲他洗塵。」

寇仲一呆道：「莫爲！家叔也叫莫爲啊！」

常何怎知寇仲是先發制人，點頭道：「眞的很湊巧。」

衆人亦毫不在意，李建成皺眉道：「此事不宜輕舉妄動，父皇今早在封尙書安排下，曾在東大寺接見過此人，詢問岳山與席應在成都決戰一事。」

可達志淡淡道：「只要我們不傷他身體，只是挫折他的氣燄，皇上怎會怪罪殿下？」

寇仲心中叫苦，若出手的是可達志，徐子陵便不得不使出眞功夫，那豈非立即露底，致前功盡廢。

爾文煥、喬公山和衛家青三人立即附和，推波助瀾。

薛萬徹沉聲道：「我看這個莫爲有點問題，雖說江湖臥虎藏龍，但像他如此高明的劍手，怎會從未聽過他的名字？」

寇仲心中叫糟，偏又毫無辦法。

李建成悠然道：「我亦懷疑過他，可是今天秦王曾召見他，並使人詳細盤問他有關巴蜀武林的事，這莫爲一一對答無誤，可知他確是來自巴蜀的劍手。」

這回輪到寇仲大惑不解，從雷九指口中，他得悉徐子陵的確化身爲莫爲加入興昌隆，可是徐子陵雖曾到過巴蜀，但只屬走馬看花的逗留兩三天，何來資格應付有關巴蜀的諸般問題。

可達志長身而起道：「管他是哪裏人，讓本人過去和他拉拉交情吧！」

寇仲心中叫娘，眼睜睜的瞧著可達志往廂門走去。這一關可如何化解呢？

李建成在可達志推門前，忽然叫道：「達志請把那莫爲喚過來，讓本殿下看看他是何方神聖。」

可達志怔了一怔，高聲答應，這才出房。

明堂窩的四個貴賓堂是四座獨立的建築物，以遊廊把主堂相連起來，遊廊兩旁是亭池園林的美景，環境清雅，與主堂的喧嘩熱鬧大異其趣。

由於歷代君主不時有禁賭的措施，所以賭場有「明堂子」和「私窩子」之別，前者是公開的賭場，後者則是以私人公館作爲賭場。明堂窩把「明堂子」的「明堂」與「私窩子」的「窩」字撮合而成「明堂窩」，可見「大仙」胡佛在賭林的威望聲勢，亦可見在天下尙未統一的紛亂形勢中，各方賭豪賭霸爭相競起的熱烈情況。由於牽涉利益巨大之極，所以能出來開賭館者，不但本身財力雄厚，在黑白兩道都吃得開，背後更必有權貴在撐腰。

長安最大的兩家公開和合法的賭場是明堂窩和六福賭館，前者有李淵寵妃尹德妃之父尹祖文撐腰，後者則有李元吉包庇，所以都站得非常硬，連主張禁賭的李世民也奈何不了這兩家賭場。表面上主持六福賭館的人是有「神仙手」之稱的池生春，但據雷九指猜估，池生春該是香生春，乃香貴的長子，香玉山的大哥。這些事都是在去明堂窩途中，雷九指逐一說與徐子陵知道，好堅定他爭雄賭國的決心。只有分別在賭桌上擊敗「大仙」胡佛和「神仙手」池生春，方可把香貴引出來，進行雷九指要從內部摧毀香家的大計。

明堂窩的四座貴賓堂以「大仙」、「天皇」、「地皇」、「人皇」命名，徐首堂的「大仙堂」不設定局，後三堂均各有所事，天皇堂賭骰寶、地皇堂賭番攤、人皇堂賭牌九，都是廣受歡迎的賭博種類。大仙堂則實爲明堂窩的最高聖地，內分爲十八間小賭廳，任賭客選擇賭博的方式，賭場方面無不奉陪，也可安排客人成局互賭，賭場只以抽水收取頭串。

徐子陵和雷九指進入專賭骰寶的「天皇堂」，此堂只有主堂三分之二的面積，但人數則是主堂人數的四分之一，賓客品流較高，無不衣著華麗，剪裁得體，雖不像外堂賭客的喧嘩吵鬧，但氣氛依然熱烈。其中還不乏華衣麗服的女性，佔大多數爲貴賓巨賈攜來的青樓姑娘，人人賭得興高采烈，昏天昏地。雷九指來到賭場，像回到家中般舒適寫意，拉著徐子陵到擺在一角的椅子坐下，自有賭館的看場過來招呼，奉上香茗。

徐子陵飲上一口熱茶，搖頭嘆道：「我眞不明白爲何這麼多人會在此沉迷不捨，難道不知十賭九輸這道理嗎？」

雷九指悄聲答道：「這道理雖是人人曉得，可是人性貪婪，總以爲幸運之神會眷顧著自己，故都趨之若鶩，否則賭場早垮掉了。」

雷九指的目光又在賭客中來回搜索，好整以暇的道：「賭場是個具體而微的人間世，甚麼形式的人也存在其間。有人只爲消磨時光或遣興，閒來無事藉賭博來調劑生活；有人則爲炫耀財富，一擲千金而不惜，賭場等於他們擺闊氣的地方；對另一些人來說，賭桌上緊張的競爭，是一種心理上的超脫，可把煩惱轉放到玩樂上，寄情賭局；更有人只為好奇，又或藉通過賭局與別人拉關係，進行交際活動，甚至故意輸給對方，等於變相的賄賂。最壞的一種是偏執狂賭，輸了想翻本，贏了還想贏，那就沉迷難返，永沉苦海。」

徐子陵大訝道：「你倒看得透徹，我雖想過這問題，但只能想到賭客是受賭博中放蕩刺激的氣氛，變化多端的局勢，勝負決定於剎那之間，僥倖取勝贏大錢的投機心理所吸引，卻沒有想過其他的情況。」

雷九指微笑道：「閒話休提，不如去看看老弟你聽骰的本領，會否因疏於練習而消失。」

「巴東三峽巫峽長，猿鳴三聲淚沾裳。巴東三峽猿鳴悲，猿鳴三聲淚沾衣。」

卜傑、卜廷、田三堂、肖修明、謝家榮、陳良、吳登善、劉石文和陪酒的九名美妓，哪想得到「莫為」的即興詩與他的劍法都是那麼高超，無不喝采叫好，互相痛飲一杯。

陪侯希白的美妓喚桂枝，半邊身挨到他懷裏，嬌聲滴滴道：「莫爺文心敏捷，看來在長安是難逢對手哩！奴家再敬你一杯。」

侯希白心中卻略感後悔，吟詩作詞對他來說是輕而易舉，但若由徐子陵扮回他這個莫為，恐怕會成為難題。只恨他身到青樓，就像賭場之於雷九指，兩杯下肚，美女在旁，立即蕩志忘情，不能自已。

在眾人喝采助興聲中，他喝著美女送至唇邊的美酒之際，有人在門外操著不純正的漢語笑道：「希望莫兄的劍也像出口成詩的本領，讓達志能大開眼界。」

卜廷等同時色變。

侯希白把酒一飲而盡，長笑道：「朝發上林，暮宿上林；朝朝暮暮，上林依舊。可兒既要見識小弟的劍法，乃小弟的榮幸。只是刀光劍影，不怕大煞上林的風月嗎？」

大門敞開，現出可達志偉岸的身形，這來自東突厥的年輕高手雙目如電，凝注在侯希白的臉上，從容自若的道：「以武會友，其實是以詩酒會友外的另一種形式，我們又不是以性命相搏，何礙於上林苑的良辰美景？」

侯希白瀟灑笑道：「說得好！讓小弟敬可兒一杯。」

侯希白的閒適寫意，大出可達志意料之外，豈知侯希白天生是這種揮灑隨意的人，就算落敗被殺，至死也不會改變本色。

可達志表現出高手的氣度，踏前直趨桌旁，接過侯希白親自為他斟滿的美酒，舉杯道：「莫兄果然氣概不凡，我們就以三招爲限，爲上林苑的美景添點顏色。」

侯希白心中大定，若放手相搏，被迫要亮出獨門的美人扇，便糟糕之極。在卜傑等人憂心忡忡注視下，侯希白長身而起，與可達志舉杯互敬，在以武相會前先來個以酒相交。

可達志表現出突厥武人的狂悍，隨手摔掉杯子，發出一下清脆的破碎聲，雙目閃過濃烈的煞氣，語氣卻出奇的平靜，道：「太子殿下的廂廳比較寬敞些，莫兄請！」轉身便去。

侯希白向卜傑、卜廷等打個著他們安心等待的手勢，跟在可達志背後出房而去。

其他賭客以艷羨的目光，瞧著徐子陵收取贏得的彩注，更關心的是他接著押的是大小兩門的哪一門。

徐子陵賭了七手，押中五手，令他贏得近五十兩的籌碼，等若五銖錢近二百兩的可觀財富。

原來隋室一統天下，統一貨幣，鑄造五銖錢，到煬帝登位，由於征戰連年，國庫開支繁重，隋室遂大鑄五銖錢，令質數和幣值大跌，通膨加劇，兼之王綱弛亂下，更有巨奸大惡狂鑄私錢。唐室立朝關中，李淵採李世民之議，另鑄新錢，名爲開元通寶，積十文重一兩。治下民衆可以舊朝五銖錢換新幣，以四兩五銖錢換算開元通寶一兩，所以在長安贏五十兩，等於在關外地區贏五銖錢二百兩，數目不菲。若直接以黃金兌換通寶，每兩黃金約可換三十多兩通寶，所以徐子陵的籌碼身家，實是一筆可觀的財富。

天皇廳雖專賭骰寶，但也有各種形式的賭法，有賭大小兩門，亦有分十六門押注，或以各骰本身的點數下注。如三顆骰子中，有一顆符合押中的點數，是一賠一，兩顆則一賠二，三顆全中一賠三。有的是採番攤式的賭法，把三骰的總點數除以四，餘數作押中的點數。最複雜的是用天九牌的方式作賭，以三顆骰配成天九牌的各種牌式，再據天九的規則比輸贏。形形式式，豐富多樣，難以盡述。

徐子陵採取最簡單的大小二門方式，皆因聽骰仍不是那麼百分百準確，未能每次都聽到三顆骰的落點，所以賭兩門賠率雖只一賠一，但卻有較大的勝算。雷九指故意不靠近他身旁，只在賭桌另一邊幫他把風。

叮噹不絕，蓋盅在一輪搖動下靜止下來，搖盅的女荷官嬌唱道：「有寶押寶，無寶離桌。」

圍著賭桌的三十多名賭客目光投在徐子陵身上，看他押哪一門，好跟風押注，望能得他的旺氣提攜贏錢。徐子陵早得雷九指提點，知道不宜在這種情況下贏錢，否則會惹起賭場方面的注意，遂故意押往輸錢的一門，累得人人怨聲大起，莊家當然是大獲全勝。徐子陵見好就收，取起籌碼，向雷九指打個眼色，移往另一桌下注。

忽然一把女聲在他身旁響起道：「這位大爺可否請移貴步，我家夫人有事想向大爺請教。」

徐子陵愕然朝說話的姑娘瞧去，對方作婢子打扮，年紀不過雙十，可是眉梢眼角含蘊春情，目光大膽，不像正經人家的婢女。皺眉道：「姑娘的夫人是誰？」

艷婢伸指一點，媚笑道：「我家虹夫人在長安誰人不識，大爺定是初來甫到，對嗎？」

徐子陵循她指示的方向瞧去，只見一名盛裝美服的美婦，正俏坐一隅，身後還站著兩名保鏢模樣的大漢，對他的眼光正以微笑回報。

徐子陵心中大訝，這女人似乎是看上自己，當不會是因自己這張蠟黃的假臉。若是瞧中他徐子陵的賭術，則更是奇怪。皆因他只賭過那十手八手，實不足讓對方可作出判斷。冷哼一聲道：「老子正趕著發財，沒時間和貴夫人閒聊。」不再理那艷婢，擠進圍在另一賭桌的人堆內去。

李建成拍掌道：「好！京兆又多了一位有膽色的好漢，不論勝敗，本殿下均賜每方各十兩黃金。」

侯希白依禮拜見，朗聲道：「多謝太子殿下賞賜。」目光從李建成處移往寇仲，目光一觸即收，雙方都即時把對方人認出來。不過如非兩人均知對方在長安，恐怕一時間也不能猜個八九不離十。

寇仲則心中大定，知道侯希白決不會洩露底細，更因李建成擺明想籠絡侯希白這個假「莫爲」，更令他少了擔心，剩下的就是可舒舒服服的摸清楚可達志的狂沙刀法，他日對上時將更有取勝把握。

「鏘！」可達志拔刀出鞘，擺開架勢，動作完美無瑕，卻沒有劍拔弩張的味道。初次見可達志拔刀的寇仲和侯希白都心中大懍。要知就算是一流的好手，只要以兵器擺開起手進攻的準備招式，總會自然而然流露出殺伐逼人的氣勢，像可達志般連氣勢都可控制得收發由心，全由心意決定，實已臻達宗師級的境界。其中玄妙處，只有高明如寇仲、侯希白者始可明白。正急望可達志爲他們討回公道的爾文煥、喬公山和衛家青同聲叫好。李建成則臉帶歡容，從容自若的注視仍未露劍的侯希白，只見他風度灑脫，也是一派武林高手的氣度。薛萬徹仍是那副深藏不露，莫測高深的神氣，看似並不關心即將在廂廳上演的龍爭虎鬥，但寇仲卻曉得他正全神貫注在可達志身上，反而對侯希白不太關心注意。

侯希白往腰際一抹，長劍即來到纖長的手上，像把玩美人扇般在身前搧起一片精芒，這才遙指十步許外的對手，欣然笑道：「若非可兄定下三招之數，小弟恐怕會嚇得連劍都拿不穩呢，可兄請！」

常何、馮立本均露出訝色，皆因侯希白的動作瀟灑自如，悅目好看，隱然有大家之態，更想不到是他竟能面對名動長安的可達志，仍不露出絲毫虛怯的情狀。

可達志目光忽然變得無比銳利，冷喝一聲「好」！狂沙刀立即催逼出剛猛無倫的刀氣，直逼對手。本是「風和日麗」般的氣氛，立時轉爲「狂暴風沙」般的凜冽氣勢。最令人驚異的是他通過寶刀催發出的氣勁，就像一捲狂沙般「一粒粒」的往侯希白投去，觸膚生痛。如此詭奇的氣功，侯希白尚是首次遇上。以侯希白之能，當下亦被迫以劍劃出一個小圈，暗藏扇招的以抵禦對方刀氣。若以高下論，他已落在下風。可達志得勢不饒人，像一頭找到獵物的猛虎般微往前俯，兩腳一撐，離地撲前，手上狂沙刀似是毫不費力的往侯希白劃去，但廳內諸人無不感到他這一刀重逾萬斤，實有無可抗禦的威勢力道。寇仲看得心內駭然，只以這一刀而論，可達志的刀法絕不下於當日擊敗「鐵勒飛鷹」曲傲的跋鋒寒，其舉重若輕處，則尤有過之。侯希白卻是無暇多想，只見對方刀勢一發，刀氣已先一步及體，忙把劍當扇使，往橫斜退，這才發招。頓時電光激閃，劍氣瀰漫，把攻來的可達志完全籠罩其中。

「嗆！」刀劍相交。

侯希白踉踉跌退兩步，險險挑開可達志的狂沙刀，後者不進反退，回到原處，長笑道：「莫兄確沒有令達志失望！不過此回若非以武會友，達志的狂沙刀法將會如狂沙滾滾般攻往莫兄，莫兄認為可接本人多少招呢？」

侯希白驚魂甫定，暗忖若用的是這把不趁手的劍，不出二十招之數可能他便一命嗚呼，但若換過是美人扇，則勝敗難料。

他為人瀟脫，並不把一時得失放在心上，抱劍笑道：「可兄的狂沙刀法確是名不虛傳，鄙人甘拜下風。」

可達志心中愕然，他本想引侯希白作強硬回應，便可再展絕技務在兩招之內殺得他俯首稱臣，豈知對方竟當場認輸，下兩招還怎能施展？

李建成長笑而起道：「莫兄能擋可達志全力一刀，足可名揚京兆，如此人材，豈可埋沒，賜坐！」

寇仲亦聽得心折，李建成雖然慣用見不得光的手段去害人，但本身卻是個有眼光和懂得收買人心的材料，堪為李世民的頑敵。

侯希白還劍鞘內，正和可達志坐入位內，門外有人嚷道：「秀芳大家到！」

眾人連忙起立，即使李淵駕臨，其尊敬的神態亦不外如是，可達志也露出渴望期待的神色，可見尙秀芳足以驕人的魅力。寇仲和侯希白交換個眼神，心有同感，就是想不到在如此情況下，與這久違了的絕世嬌嬈再次相逢。

第十章

寶蹤何處

黃易作品集

第十章　寶蹤何處

徐子陵加入共分十六門押注的骰寶賭桌，賭七鋪勝三鋪，但因他贏的每鋪均押下重注，莊家須按他押的比率賠貼，所以仍然贏得七十多兩通寶。加上剛才贏回來的共百多兩，確是滿載而歸。他已惹起賭場方面的注意，不但有人在旁監視他，搖盅的亦換過另一個年紀較大的老手。這新莊家搖盅的手法別有一套，骰子在盅內不是橫撞而是直上直落的彈跳，忽然三粒骰子同時停下，教人大出意料。

莊家露出一絲充滿自信的笑意，盯著徐子陵道：「各位貴客請押寶。」

徐子陵暗忖，要顯眞功夫，就看這一鋪，一股腦兒的把贏來的百多兩全押在十二點那一門上。能入得貴賓廳者皆是非富則貴，可是見到徐子陵如此面不改色的大手筆押注豪賭，一擲百金而不惜的模樣，仍惹起一陣輕微哄動。其他人紛紛下注，大部分人都跟風押十二點。

在萬衆期待下，莊家雙手揭盅，眼明手快的一下子熟練地舉起盅蓋，露出骰子向上的三面，分別是「四」、「五」和「六」，加起來總點數是「十五點」。包括徐子陵在內，沒有人押中寶，登時惹起一陣失望的嘆息聲。徐子陵自知功夫仍差一點，被莊家特別的搖盅手法所惑，把「六點」錯聽爲「三點」。

莊家傲然一笑道：「這位爺兒這次的手氣差一點，還要不要再試一下賭運。」

徐子陵感到那虹夫人的目光凝注在自己身上，由第一鋪起，她一直在旁別有居心的看自己下注，且不時賭上一兩鋪。徐子陵把雷九指換來分給他的籌碼共二百多兩從懷內掏出，放在桌面上，心想只要輸掉這筆錢，雷九指也不得不放他回客棧睡覺。衆人一陣交頭接耳，氣氛熱烈起來。老手莊家似亦有點緊張，若給徐子陵以孤注押中，賭場須賠出千多兩，可算得不是小數目。

徐子陵當然沒有十足把握去贏這一場，不過他眞的毫不把這筆夠一般人家過一年奢華生活的錢財放在眼內，所以全無任何得失成敗的壓力，暗捏不動根本印，把靈覺提至極限，他不但用「耳」去聽，更用「心靈」去感受。「砰！」骰子落下，盅子亦輕巧的安放桌面上。徐子陵聽到其中一粒骰子仍在盅內輕輕翻動，再非先前盅停骰落的格局，而是其中一粒骰子仍在轉動。暗叫好險，前一局正因聽不到這微小的變化，致輸了一著。這手法顯然是針對懂聽骰的高手。

徐子陵含笑把籌碼全押在九點上。這回衆人各押各的，只有虹夫人把二十兩籌碼跟他押在同一門上。盅開。正是九點。

尙秀芳烏黑閃亮的秀髮在頭上結成雙鬟望仙髻，身穿傳自西北外族的流行淡綠回裝，高翻領，袖子窄小而衣身寬大，裙長曳地，領袖均鑲有錦邊，穿著一對翹頭軟棉鞋，在兩名俏婢陪伴下，翩然而至。其風華絕代的神采艷色，即使貴爲大唐太子的李建成，亦生出自慚形穢之感，更遑論他人。

李建成本對尙秀芳姍姍來遲頗爲不滿，豈知給她能攝魄勾魂的剪水雙瞳掃過，立時所有怨憤全拋諸九霄雲外，忘得一乾二淨。尙秀芳施禮道歉，仍是嬌息喘喘的，包括寇仲和侯希白在內，無不爲她的軟語鶯音，動人神態色授魂與。李建成向尙秀芳介紹初次見面的寇仲和侯希白，這美女表現出一貫的客氣，卻沒怎麼在意。隨在尙秀芳身後，兩名健僕捧來古箏，安放在廳子中央處，一切妥當，尙秀芳輕移玉步，在箏前坐下，衆人重新歸座，婢僕退往廳外。

在一眾期待下，尚秀芳神色寧靜的撥弦調音，隨口輕吟道：「結廬在人境，而無車馬喧。問君何能爾，心遠地自偏。采菊東籬下，悠然見南山。山氣日夕佳，飛鳥相與還。此中有眞意，欲辯已忘言。」她以吟詠的方式，不徐不疾地把前代大詩人陶淵明的田園詩，配以調較箏弦發出來跌宕有致，迂迴即興的清音，彷彿輕柔婉轉地說出一段充滿神秘觸感的美麗詩篇，教人忍不住傾神聆聽，希望她迷人的聲音永遠不要休止。

寇仲別頭瞧往窗外，大雪之後的長安一片雪白，反映著天上半闋明月的色光，忽然感到自己給尚秀芳帶有強大感染力的吟詠攜至很遙遠的地方，再從那裏出發，孤獨地在某一個無盡無窮的天地間漫遊，甚麼爭霸天下、楊公寶藏，已是另一人世間發生跟他無關痛癢的事。以往他每次見到尚秀芳，都有「直接參與」的感覺，這回化身爲醜男莫一心，成了「旁觀者」，反而更爲投入，連他自己也弄不清楚爲何會如此。

「叮叮咚咚。」尚秀芳吟罷，露出凝神思索，心馳物外的動人神態，纖長秀美的玉指在弦上看以漫不經意的撥弄，全無斧鑿之痕地編織出一段一段優美的音符，隱含揮之不去哀而不傷的淡淡怨愁。音符與音符間的呼吸，樂句與樂句間的轉折，營造呈示出樂章的空間感和線條美，音色更是波瀾壯闊，餘韻無窮。

在全無先兆下，尚秀芳飄逸自如的歌聲悠然在這箏音的迷人天地間裏若明月般昇上晴空，純淨無瑕的唱道：「名都多妖女，京洛出少年、寶劍值千金、被服麗且鮮。鬥雞東郊道，走馬長楸間。馳騁未及半，雙兔過我前——」

在難以捉摸，又配合得天衣無縫的箏音伴奏下，她以迷離、性感而誘人的嗓音唱出感人的心聲。廳內各人無不感到此曲乃是爲自己而唱，那種溫存窩心的感受，確是難以形容。「白日西南馳，光景不可攀。雲散還城邑，清晨復往還。」箏音轉急，綻露鋒芒，滌鍊有力，就在餘情未盡，欲罷不能之際，箏音由近而遠，倏然收止。

就在衆人仍在如夢初醒的狀態，侯希白忘情地帶頭鼓掌，嘆道：「『白馬飾金勒，連翩西北馳。借問誰家子？幽并游俠兒。』秀芳大家一曲道盡京城衆生之相，在下佩服得五體投地。此曲只應天上有，人間那得幾回聞。」

包括寇仲在內，衆皆愕然。這番話由李建成來說，是理所當然。可是出自侯希白這「外人」之口，卻有點喧賓奪主。

尙秀芳微微一怔。朝侯希白瞧去，柔聲道：「莫公子原來文武全才，秀芳由衷佩服才眞哩！」寇仲爲謀補救，忙插口道：「小人剛才首次得聞秀芳大家的動人仙曲，忍不住也想大聲喝采，卻給莫兄搶先一步。」

李建成想起自己初聆尙秀芳色藝雙全的表演時那渾然忘我的情景，亦立時釋然，長身而起道：「秀芳大家請入座。」

侯希白這才知自己失態，更知不宜久留，乘機告辭。寇仲也趁勢藉口疲累離去，常何無奈下只好陪他一道走。李建成亦不挽留，只是心中訝異爲何絕色當前，兩人仍是那麼的說走便走。尙秀芳雖沒有爲此說話，但心中對兩人卻留下深刻的印象。

徐子陵和雷九指離開明堂窩，來到街上，到北里湊熱鬧的人仍是有增無減，兩人漫步朝客棧走回去，寒風呼呼下，另外有一番滋味。

雷九指提著沉甸甸一袋開元通寶，道：「這筆賭本，足夠讓你成爲長安的賭王，照我看你的聽骰絕技，已比爲師我青出於藍，即是已臻天下第一。」

徐子陵笑道：「這種天下第一不要也罷。你有沒有打聽過那虹夫人是何方神聖？」

雷九指道：「虹夫人在關中賭場是無人不識的名人，皆因她有個很硬的靠山，你猜是誰？」

徐子陵道：「聽你的口氣，應該是熟人，究竟是誰？」

雷九指壓低嗓音道：「就是京兆聯的楊文幹，虹夫人本是上林苑的紅妓，給楊文幹收作小妾，最愛在賭場留連，卻少有聽說勾引男人，因爲誰都不敢碰楊文幹的女人。眞不明白她爲何找上你。」

徐子陵淡淡道：「該是看上我的賭術，奇怪是其後再沒找我說話。不過我們亦不應和楊文幹的女人纏上，對我們有害無利。」

雷九指拉著他轉進橫巷，訝道：「我還以爲有人會跟蹤我們，看我們在甚麼地方落腳，好摸清我們的底細。」

徐子陵道：「此正是我們的一個難題。若給有心人看到我們兩大賭徒走進東來客棧，而客棧內其實又沒這兩個住客，不引起人疑心才怪。」

雷九指搭著他肩頭，走出里巷，橫過光明大道，沿望仙街南端走去，得意道：「這麼簡單的事，老哥當然已安排妥當。在西市東南方永安渠旁的崇賢里我有座小院落，就當是我們往來經商落腳的地方。你的身分我亦安排妥當，保證就算有人調查都不會出岔子。」

徐子陵大訝道：「這並非可在數日內弄妥的事，是誰在背後支持你？」

雷九指領著他左轉朝朱雀大街走去，放緩腳步，道：「當然是弘農幫的人，老哥我千方百計的去摧毀香貴的販賣人口集團，有一半也是為我這個拜把兄弟。皆因他的親妹在舊朝時被香家的人擄走獻入隋宮，當時有楊廣撐腰，誰都奈何不了他巴陵幫，現在該是跟他們算賬的時候。」

徐子陵憶起素素的音容，點頭道：「好吧！我會依你的計劃去進行的。」

雷九指道：「回住處後，我會把全盤計劃向你交代清楚，好讓你能靈活執行。任他香家父子如何狡，亦想不到有我們在暗中圖謀他香家的覆亡。尚有一件事差點忘記告訴你，小仲著我為他張羅兩副水靠，今晚他若能抽身，會來與你會合去探寶藏。魯師的構想確是與眾不同，竟把寶藏埋在河床下，難怪沒有人能找得到。」

徐子陵苦笑道：「我已三晚未闔過眼，希望他今夜脫身不得吧！」

常何把寇仲送回在躍馬橋東北光德里的沙家華宅，千叮囑萬叮囑明天會在卯時初來接他入宮對張婕好進行第二輪的療治，告別離開。

沙福把他迎進大廳，寇仲見廳內仍是燈火通明，人聲嘈雜，駭然止步道：「甚麼人來了？」

沙福興奮的道：「數都數不清那麼多人，老爺從皇宮回來後，來訪的賓客沒有停過，你看看外院停了多少輛馬車。」又湊到他耳旁道：「莫爺妙手回春，令娘娘霍然而癒的事已傳遍長安，來訪的人沒有不問起莫爺的。老爺吩咐，莫爺回來後，立即請莫爺到大堂去和客人打個照面。」

寇仲聽得心中喚娘，心想自己千不扮萬不扮，為何蠢得要扮神醫，這麼下去，自己恐怕連睡覺的時間也要騰出來去行醫治人。人謂言多必失，自己則該是醫多必失。一把扯著正要起步的沙福，避往暗處。肅容道：「明天大清早姑爺會來接我到宮內為娘娘治病，事關重大，我現在立即上床休息。我睡覺時更千萬不能被人驚擾。嘿！皆因我練的是睡功，哈！該稱為臥功才對，明白嗎？」

沙福不迭點頭道：「當然是為娘娘治病要緊，小人送莫爺回房後，立即去稟知老爺。」

寇仲這才放心，但心神早飛到院外不遠處的躍馬橋去。

二更的鼓聲從西市傳來，一隊巡軍從躍馬橋走過，沿永安渠南行，在寂靜無人的大街逐漸遠去。帶走照明風燈的光芒，月色又重新柔弱地斜照著寒夜下的躍馬橋。

徐子陵無聲無息的從橋底的水面冒出頭來，游往橋拱的支柱，兩手攀附柱身，調息回氣。好一會後輪到寇仲浮出水面，來到他旁，急促的喘了好一陣子後，苦笑道：「娘臨終前只說躍馬橋，餘下未說的可能是橋東一千步又或橋西二千步，總之絕不在這橋之下。」

長安可能是當今中原管理最妥善的城市，大渠底應在最近清理過，積在渠底的瘀泥，已給濾清得乾乾淨淨的。兩人花了近半個時辰，逐尺逐寸的敲打搜尋，仍找不到任何寶藏入口的痕跡。

徐子陵環目掃視拱橋四周黑壓壓的豪門巨宅，嘆道：「我們總不能逐屋逐戶的去搜索吧？這些華宅都有護院惡犬，而我們更是見不得光的人。唉！你告訴我該怎麼辦？」

寇仲不悅道：「陵少從來不是輕言放棄的人，怎麼在尋寶一事上卻偏會例外？」

徐子陵怔了半晌，歉然道：「是我不對！好吧！由此刻開始，我會盡全力為你找出寶藏，無論成敗，也由你來主持決定。」

寇仲探手搭著他肩頭道：「這才是我的好兄弟。暫時不要想寶藏，先說說你那『換人大法』的事，看大家以後如何配合。好小子，眞有你的，竟懂得找侯小子扮你，否則只李小子一關你已過不了。」

徐子陵扼要的說出自己眼前的處境，寇仲奇道：「聽李靖說封德彝該是李建成的謀臣，爲何卻像與李建成作對的模樣呢？」

徐子陵道：「照我看他和李建成的關係頗爲微妙，見李淵前他曾吩咐我不要提及李建成的任何事。如果眞和李建成作對，就該透過我去揭發長林軍的惡行。」

寇仲道：「遲早你會弄清楚他們的關係。不過你扮岳山去見李淵，卻有一個極大的風險，不知你有否想及。」

徐子陵茫然道：「甚麼風險？」

寇仲訝道：「你少有這麼善忘的，可能因我剛才曾見過尙秀芳，印象仍是非常深刻，所以想起此事。」

徐子陵恍然道：「我眞的沒把這事放到心上。不過只要我未弄清楚尙秀芳和岳山的關係前，對她避而不見，該可沒有問題。」

寇仲同意道：「幸好你扮的是性情孤僻高傲的岳山，做出甚麼事來別人只當作是理該如此。哈！眞想不到你有晁公錯這麼老的一個情敵。」

徐子陵的心神卻用在另外的事情上，問道：「你對雷九指和侯希白有甚麼看法，應否讓他們加入我們的尋寶行動？」

寇仲皺眉沉吟道：「你對他兩人比我熟悉些，你又怎麼看呢？」

徐子陵肯定的道：「他們該是信得過的朋友，只是侯希白與石之軒恩怨難分，楊公寶藏更牽涉到邪帝舍利，我們不得不小心點。」

寇仲點頭道：「這就叫親疏有別。雷九指怎都可算是自己人，侯希白則是半個外人，就以此界定他們參加的方式吧！」

徐子陵道：「不是我要橫生枝節，雷九指要對付香家的行動我們於公於私均是義不容辭。而侯希白要從楊虛彥手上奪回印卷，我們亦勢難袖手旁觀，這……」

寇仲笑著打斷他道：「大家兄弟，說話為何還要見外，陵少的決定就是我寇仲的決定，多餘話再不用說。」

徐子陵仰望天色，道：「趁尚有兩個許時辰天亮，不如早點回去睡覺，明天醒來再想如何去尋寶。」

寇仲道：「且慢！魯大師贈你有關建築學的遺卷內，有沒有提及地室的建造？」

徐子陵一震道：「幸好有你及時提醒，他的遺卷內確有一章說及秘道和地下密室建造的法則。」

寇仲苦笑道：「你不是沒有想及，而是根本沒用心去想。唉！還說甚麼一場兄弟！」

徐子陵啞然失笑道：「你尋不到寶藏，便不斷怨我，好吧！我再次道歉。在他的遺卷裏，這一章內有一段話寫得內容隱晦，大約是地下窖藏是否隱蔽，全看入口的設計，虛者實之，實者虛之，可令人百世難尋，他寫這番話時，心中想的說不定正是楊公寶藏。」

寇仲雙目立時亮起來，一邊掃視渠旁林立的華宅，壓低聲音道：「楊公寶藏可能仍在橋底，但入口卻在附近某所宅院之內，只要我們曉得某間大宅是屬於當年楊素的，又或某間宅院是在楊素當權那段時間建成，便該有個譜兒。這些資料該可在皇城內甚麼局司的宗卷室找到吧！」

徐子陵皺眉道：「憑你我的身手，想偷入皇城仍是非常危險的事，比起王老狐那洛陽的宮城，這裏的戒備森嚴很多。」

寇仲精神大振的道：「相信會有老長安知道的，這就不用涉險查探。你我分頭尋找，只要找到這類房舍，調查的範圍將可大幅收窄。時日無多，早一日攜寶離開，可少一分危險，你也不想我窩窩囊囊的栽在長安吧！」

徐子陵失笑道：「你這小子，總怕我不肯克盡全力，兜個彎也要再提醒我一次，快回去吧！明早你尚要當你的神醫！」

寇仲道：「還有一件重要的事未告訴你，就是你的公主也來長安哩！」

徐子陵愕然道：「公主？」

寇仲湊在他耳旁邊：「就是東溟公主單琬晶嘛！」

徐子陵聽得劍眉緊蹙，隨口反擊道：「你和你秀寧公主的約會又如何？」

寇仲兩眼一翻，往橋頭游去道：「我還沒有想過。」

徐子陵暗嘆一口氣，不知是爲自己還是爲寇仲，茫然追在他身後游往橋頭。

常何和寇仲在凝碧閣的外堂等候，前者低聲道：「皇上今早在內朝與太子殿下及秦王有急事商議，否則皇上一定會親來的。」

寇仲睡眠不足的揉揉眼睛，隨口問道：「爲何不見齊王呢？」

常何當他是禍福與共的老朋友般道：「齊王到關外辦要事，尚未回來。」

鄭公公來了，笑容滿臉的恭敬道：「娘娘有請莫神醫。」

寇仲隨他進入內室，這回張婕妤穿著整齊的坐在躺椅上，雖與精神煥發仍沾不上邊兒，但病容盡去，兩頰現出少許血色，不是瞎的，當會知她正在康復中。張婕妤頭帶鳳冠，穿的是講究的深青色褘衣，以朱色滾邊，外披錦袍，腰間繫上白玉雙佩，顯得雍容華貴，嬌美可人，難怪如此得李淵愛寵。她對寇仲當然非常禮待，展現出親切的笑容，道：「哀家這半個月來從沒像昨晚般睡得那麼好，莫先生確不負神醫之名。」

寇仲一揖到地後大模大樣地坐到她身旁爲他特設的診病椅上，心想美人兒你睡得充足，可憐我剛閤眼就給沙福喚醒。

張婕妤乖乖的從羅袖伸出玉手，讓寇仲把三指搭在她的腕脈上，竟有感而發的道：「爲甚麼人生在世，要不時受到大大小小的各種痛苦折磨呢？」

陪在一旁的太監婢僕當然沒有人能答她的問題，寇仲正專志於她嬌體內氣血的詳狀，心不在焉的隨口答道：「那要看人是爲甚麼生在世上，若爲的是人生的經驗，那自應每種經驗都該去品嘗一下。嘿！我只是胡言亂語，娘娘請勿見怪。」

張婕妤怔怔看著他的醜臉，道：「先生的話非常新鮮，從沒有人對哀家說過這看法，可見先生不拘俗禮，性格率直，想到甚麼說甚麼。哀家怎會怪先生呢？不過病情的折磨，不嘗也罷。」

寇仲本想唯唯諾諾的點頭應過算了，又忍不住道：「病痛也非全無好處，至少可提醒我們去小心健康。像刀割肉會痛，我們才會躲避刀子，若不痛的話，給人把手割掉都不知道。哈！所以練武的人該是最怕痛的人。」

張婕妤一怔道：「先生所說的不無道理。」

寇仲心忖胡謅完畢，該是下針的時間，取出沙芷菁的九針銅盒，微笑道：「此回之後，小人該不用再來為娘娘治病了！」

大清早侯希白的弓辰春摸到東來客棧找雷九指和徐子陵，後者為避人耳目，戴起蠟黃面具依雷九指的指示化名為一個叫作雍秦的山東賭徒兼行腳商。

三人在房內商議，侯希白道：「昨晚李建成使人送來五兩黃金，我當著興昌隆的人面前把賞賜推掉，不知是否做對了呢？」

雷九指倒抽一口涼氣道：「對是對極了，可是李建成怎嚥得下這口氣。」

徐子陵則道：「管他的娘！眼前形勢微妙，弓辰春這傢伙分別與李世民、李淵和封德彝拉上關係，李建成並非沒有顧忌的。」

侯希白苦笑道：「不過可達志的狂沙刀法確是名不虛傳。換了我可以用美人扇去對他的狂沙刀，勝負仍在未知之數，若用劍則怕走不了多少招，這人終究是個禍患。」

徐子陵淡淡道：「用兵器或不用兵器對我來說分別不大，若有碰上可達志的機會，我們可在動手之前先行掉包，由我來應付他。」

雷九指皺眉道：「最怕忽然碰上，掉包也來不及呢。」

侯希白聳肩道：「這個倒不成問題，這裏是唐室的天京，可達志又是長林軍人，不能動輒殺人。我就引他定期決戰，那時子陵可從容頂上。不過這突厥蠻子乃有實學的人，子陵千萬別掉以輕心。」

徐子陵微笑道：「無論對手是誰，我也不會輕敵的。」

侯希白道：「另一個問題是秦王似有招攬我入天策府之意，小弟該如何處理？」

徐子陵斷然道：「這會變成作繭自縛，侯兄可以祖宗遺訓莫家後人不准當官來推卻。最好是早點向卜廷等作出暗示，只要輾轉傳入李世民耳內，可化解這個難題。」

雷九指讚嘆道：「子陵的腦筋轉動迅快，無論甚麼難應付的事，到你手上立即迎刃而解。」

侯希白欣然道：「小弟正要借助子陵的才智，為我從楊虛彥手上把印卷討回來。」

徐子陵沉聲道：「你這個問題，怕要通過『霸刀』岳山來解決，只要讓李淵曉得裴矩的眞正身分和與楊虛彥的關係，最好是買一開三，把楊文幹和楊虛彥、楊虛彥與董淑妮的秘密勾結也一併奉上，那我們說不定可混水摸魚，順手宰掉楊虛彥亦非沒有可能。」

雷九指想起楊文幹的小妾虹夫人，點頭道：「對楊文幹我們尚要做點工夫才行。」

徐子陵從容道：「時間無多，該輪到岳山他老人家出場啦！」

寇仲在鄭公公陪伴下回到大堂，常何緊張的問道：「張娘娘情況如何？」

鄭公公搶先答道：「莫先生不愧神醫，這次施針功效更是神奇，娘娘的臉色就像從沒病過的樣子。」

寇仲回復本色，笑嘻嘻道：「娘娘現在需小睡片刻，我敢保證她的病已完全根除，再不會復發。」

常何整個人輕鬆起來，皆因此事成敗關係到他以後的官運。

「尹德娘娘到！」

三人同感愕然，連忙下跪迎駕。尹德妃乃張婕妤以外皇宮最有權勢的貴妃，同受李淵恩寵，更是李建成蓄意巴結討好的另一位重要妃子。寇仲偷眼一瞥，只見一位身披大袖對襟，長可及膝，上綉五彩夾金線花紋披風的美女，在太監和宮娥簇擁下，姍姍而至。披風內穿的是短襦長裙，裙腰繫在腰部之上，高處接近腋下，使本是身長玉立的尹德妃更顯修長婀娜，蓮步輕移時搖曳有致，非常動人，比之張婕妤毫不遜色。寇仲心忖無論尹德妃或張婕妤，都是天生麗質令人爲之顛倒的美人兒，比之董淑妮多添一種成熟的風情，難怪楊虛彥要出旁門左道的功夫來爲董淑妮爭寵。

「三位平身！」

寇仲跟著常何和鄭公公站起來，扮作驚惶的垂首不敢平視對方。

尹德妃柔聲道：「這位定是莫神醫，姐姐的病況如何呢？」

寇仲答道：「張娘娘已完全康復，天佑皇上。」

尹德妃一陣歌頌讚嘆，道：「莫神醫這次立下大功，皇上必重重有賞。莫神醫若有甚麼心願，儘管直說。」

寇仲像徐子陵般，最怕給官職纏身，那就甚麼地方都不用去，忙道：「小人唯一心願，是希望常將軍步步高陞，此次若非常將軍陪小人踏遍長安去找到合用的靈藥，絕難有此神效。至於小人，則須遵從祖先遺訓，在四十歲前遍遊天下，造福蒼生，並廣見聞。」

常何聽得大爲感動，慌忙跪下。

尹德妃對寇仲的「淡泊名利」心生佩服，讚道：「先生原來是有大志之士，尹德失敬哩！」轉向常何道：「常將軍憑著將莫先生推薦給太子殿下，已是立了大功，哀家定會提醒皇上，絕不會忘掉常將軍的功勞。」言罷入內堂探望張婕妤去了。

離宮時，常何早把寇仲當成「生死之交」，硬拉他到福聚樓舉行慶功午宴，兩人現在的心情，與昨天當然有天淵之別。

徐子陵扮成的岳山，昂然步上躍馬橋，無論他奇特的貌相，偉岸的身形，霸道的氣勢，均令人不得不多望他兩眼。下橋後轉往西市的方向，目的地是西市東北毗隣皇城的布政里。能住在這區的不是有錢便能辦得到，還要有權有勢方成。

里坊內府第林立，都是達官貴人的官邸，徐子陵在一所巨宅外停步，只見門匾上寫「海南晁府」四個大字。徐子陵深吸一口氣後，暗聚功力，當蓄至巔峰時，沉喝一聲，鐵拳疾出，施展寶瓶印，重擊在以紅木雕成縷花精美的大木門上。「轟！」螺旋勁發，大木門像不堪摧殘的破木殘屑，旋轉著往院內激濺彈射，院門變成一個方洞。巨響頓時驚動居住宅內南海派的徒眾，一時人聲鼎沸，從主宅正門處擁出十多名武裝男女。徐子陵的假岳山正是要來鬧事，還要鬧得愈大愈好，最理想莫如轟動全城，教人人知道「岳山駕到」。輕挽著「岳山招牌」長袍的下襬，跨檻而入。

兩名大漢怒叱一聲，分提一刀一槍往他殺來，背後有人大喝道：「誰人敢來我南海派撒野！」

徐子陵一晃雙肩，行雲流水的往前飄去，在刀槍及體前左右各晃一下，以毫釐之差避過敵人兵器，接著左右開弓，兩人明明見他揮掌攻來，偏是無法躲避，應掌拋跌，再爬不起來。兩男一女刀劍並舉，從台階上攻下來，他們顯是在群攻陣法下過苦功，配合得天衣無縫。由於掌門人「金槍」梅洵與派內高手，多隨李元吉到關外對付寇仲和徐子陵兩人，所以眼前留在長安的除「南海仙翁」晁公錯外，均屬較次的好手。徐子陵正看準這形勢，公然上門尋釁，找晁公錯算賬。再沒有另一個更好的方法去通知李淵他岳山到也。

徐子陵雙目模仿岳山射出森冷的光芒，凝起強猛無儔的氣勢，一步不停的登階迎上，兩手閃電劈出，冰寒的殺氣潮湧而去，在敵人攻至前已使他們感到肌膚生痛，呼吸困難，登時志氣被奪，施展不出眞正的本領。「噹噹」聲響個不絕，四柄敵人刀劍無一倖免的被徐子陵以重手法劈中，兩人兵器脫手，另一人被他起腳踢飛，持劍的女弟子則被他奪去長劍，變得潰不成軍，四散退開。

徐子陵反手一劍，把身後另一名壯漢掃得連人帶棍滾下長階，正要殺入廳內，棍影從門內閃出，當頭疾劈，動作快逾電光石火，且棍風如山，凌厲無比。以徐子陵之能，也不敢硬攖其鋒，同時記起岳山遺卷中曾提起過此人，說他乃南海派中除晁公錯外唯一堪稱高手者。持棍者是個鬚髮俱白的錦袍老人，鐵棍一擺，毫不停滯的中途變招，由疾劈變作直戳，疾取徐子陵腰眼，又狠又辣。

徐子陵發出岳山的長笑聲，哂道：「『齊眉棍』梅天，這麼多年看來你也沒甚麼長進哩！」說話間，早運劍把長棍挑開，接著隨手反擊，殺得對方左支右絀時，忽然棄掉長劍，一拳轟去。梅天哪想得到他會棄劍用拳，慌忙間揮棍擋格，卻慘哼一聲，被他的拳勁送入門內去。主宅門終於失守。

雙方連串交接，只在數下呼吸間完成，其他人此時方有機會再朝徐子陵攻來。徐子陵大步跨入宅堂，兩手展開借勁卸勁的奇技，使來攻者左仆右跌，潰不成軍。梅天再掄棍攻至，徐子陵當然不會客氣，以硬攻硬，不到十招，一指點中對方肩井要穴，梅天踉蹌跌退，差點坐倒地上。一番激戰後，廳內再無能戰之人。

徐子陵仰天大笑道：「晁公錯何在，我岳山討債來哩！」

梅天強壓下翻騰的血氣，狠狠道：「晁公正在西市福聚樓上，岳山你有種就去找他吧！」

徐子陵不屑的道：「找晁公錯要有種方成嗎？若非老夫早收斂火氣，今天此宅內休想留下一個活口，算你們走運。」哈哈一笑，揚長去了。

常何和寇仲坐在昨天那張桌子，舉杯相碰，興高采烈。常何一口氣點了七、八道菜，任他兩人如何大食，也絕吃不下這麼多道菜。

把黃湯灌進咽喉後，常何喘著氣道：「尹德娘娘一句話，比太子殿下說十句更有力，莫兄這回眞夠朋友。以後莫兄的事，就是我常何的事。」

寇仲正游目四顧躍馬橋周遭宅院的形勢，漫不經意的道：「小弟除醫道外，亦沉迷建築之學，嘿！這都是由家叔培養出來的興趣。」

常何已視他如神，衷心讚道：「原來莫兄這麼博學多才，不過長安是新城，最舊的建築亦只是數十年光景。」

寇仲胡謅道：「新舊不重要，最重要是有創意的建築，在長安有誰對這方面特別有研究和心得呢？」

常何道：「前代的大建築師當然是宇文愷，長安城是由他監督建造的。現在該找的人應是工部尚書劉政會，沒人比他更熟悉長安城的建築。」

寇仲大喜道：「可否安排我與這位工部大人見個面？」

常何欣然道：「你想不見他也不行。他昨天找過我，問莫兄能否爲他兒子治病，但昨天我哪有閒情和他說話？」忽然湊近低聲道：「可達志又來哩！」

寇仲朝入門處瞧去，可達志正昂然登樓，領頭者赫然是李密，背後還跟著王伯當，嚇得寇仲別過頭去，心兒忐忑亂跳。

常何又道：「今天福聚樓特別熱鬧，連南海的晁老頭也來了，陪他的竟是齊王的寵將宇文寶和吏部尚書張亮。」

寇仲偷眼瞧去，果然看到貌似仙翁的「不老神仙」晁公錯，在另一角與兩人談笑甚歡。

常何言歸正傳，返回先前的話題道：「莫先生既有意結識工部的劉大人，待會小弟陪先生登門造訪，保證他倒屣相迎。」

寇仲正要答話，可達志過來和兩人打招呼，笑道：「今晚我們再到上林苑痛飲一番，由小弟作個小東道，兩位定要賞個薄面。」

寇仲想到李密和王伯當說不定也是其中兩位座上客，忙道：「不是小人不賞面，而是——唉！所謂人怕出名豬怕壯，待會便要四處奔波診症，不信可問常將軍。」

常何不斷點頭，事實上他對可達志這外族的超卓劍手亦沒多大好感，不想與他親近。

可達志聞言毫不客氣的一屁股坐下來，正要說話時，一把低沉嘶啞的聲音從躍馬橋的方向傳上來道：「晁七殺，立即給我岳霸刀滾下來！」

原本鬧哄哄的整座福聚樓立即變得鴉雀無聲。寇仲探頭瞧去，駭然見到「岳山」正卓立橋頭，整個人散發著不可一世的霸道氣概，不由心中叫絕，明白到徐子陵行動背後的目的。

晁公錯穿窗而出，流星般從福聚樓三樓破空而下，橫過近二十丈的跨距，落在躍馬橋西端登橋處，身子沒晃動半下。可達志把椅子移到窗前，俯首下望，雙目射出鷹隼般銳利的神光，緊盯著「岳山」，目不轉睛。寇仲忙學可達志般把椅子挪到靠窗處，變得坐在可達志和常何中間，在其他人離桌擁往這邊窗旁觀戰前，占得有利的位置。

在橋頭站崗的守衛見動手的一方是長安宗師級的名人晁公錯，樓上的高官大臣又沒出言阻止，不敢上前干預。際此戰亂之時，天下武風熾盛，長安雖說禁止私鬥，但以武相會卻時有發生，長林軍更是橫行無忌。所以城衛對晁公錯這類屬於太子黨的頭臉人物，在一般情況下豈敢干涉他們的行爲。

可達志似在自言自語的沉聲道：「岳山應是贏面較高。」

寇仲心中大懍，知他眼力高明，從徐子陵的氣勢瞧出他的厲害。要知寇仲和徐子陵兩人，經過這些年來轉戰天下的磨練，已脫穎而出，成爲能與寧道奇等輩擷抗的高手。即使以祝玉妍、婠婠等魔門殿堂級人物，至現在仍欲殺他們而不得。到至善寺一戰，兩人力敵佛門四大聖僧，雖說非是以生死相搏，四僧更留有餘地，但兩人的實力足以媲美四僧任何其中之一，卻是不爭之實。當兩人跨出至善寺的外院門，兩人同時也置身於天下頂尖高手之列，再不用懼怕任何人。在以戰養戰下，這兩位天才橫溢的年輕高手，武功終臻大成之境。

李密的聲音在寇仲背後響起道：「晁公錯豈是易與之輩，照我看仍是勝敗難料。」

不知誰人問道：「晁公錯比之『天君』席應又如何呢？」這問題當然沒有人能答他。

此時「岳山」發出一陣長笑，衆人收止私語，全神觀戰。衛兵截止登橋的車馬行人，當晁公錯來到橋上與「岳山」隔遠對峙，整座躍馬橋變成他們兩人的專用戰場。

徐子陵有遏雲裂石之勢的笑聲剛罷，淡然自若地微笑道：「晁七殺在關外不是想送我岳山歸天嗎？本人本無入關之意，既然你蓄意阻我入關，必有不可告人之秘，本人偏要入關來看看究竟，看你晁七殺這些年來究竟有否長進。」

晁公錯表面神色如常，其實心內卻是怒火中燒，他完全不明白岳山為何能完全避過楊文幹龐大的監視網，忽然出現於長安城內，不過眼前當然非是計較這些枝節的時刻。事實上他亦陷於進退兩難的地步，他當然明白岳山和李淵的關係，此正是他阻止岳山入關的主要目的。假若他殺死對方，李淵的反應實是難以預估，當然被對方擊傷或殺死則更是萬萬不行。

當下冷然笑道：「你岳霸入關與否干老夫何事？不過你既敢送上門來，我晁公錯就和你算算多年來的舊賬。閒話休提，動手吧！」

徐子陵完全把握到晁公錯心內的矛盾，哂然道：「本人平生閱人無數，但像晁公錯你這麼卑鄙無恥的人，尚是首次碰上。敢作不敢認，算是哪一門子的人物，今天你想不動手也不行。我岳山這趟重出江湖，正表示你氣數已盡。」

晁公錯不再打話，踏前一步，目光罩定對方，神態老練深沉，不愧成名達一甲子以上的宗師級高手。就在他踏步之際，強大的氣勢立即像森冷徹骨、如牆如刃的冰寒狂流般湧襲對手。

徐子陵暗揑不動根本印，傲立如山，長笑道：「這該是我們第三度交手，希望你晁七殺不會令本人失望吧！」

口氣雖大，但岳山挾擊殺「天君」席應的餘威，誰都不覺得他是口出狂言。

晁公錯冷哼一聲，又跨前一步，氣勢更盛，自己的衣衫固是無風自動，也逼得徐子陵衣衫獵獵作響。高手相爭，氣勢果是不凡，無論在樓上或橋旁觀看的武林人物，除有限的幾個人外，均感到若把自己換到「岳山」的位置上，說不定早因心膽俱裂而敗下陣來。

徐子陵收攝心神，不敢眨一下眼睛的瞪著晁公錯。他故意以言語刺激對方，正是要逼他主動進攻。他的心神進入平靜無波的至境，把生死勝敗置諸度外。就在晁公錯第二步觸地前的刹那，他迅疾無倫的大大跨前一步，把兩人間的距離拉近至八尺。雖然雙方出步時間稍有先後，但觸地的時間全無差異，就像預早配合排演多次般。樓上的寇仲看得心中喝采，徐子陵這一著將逼得晁公錯從主動淪爲被動，不得不搶先出手，以扳平局勢。可達志發出一下讚美的嘆息。李密和王伯當亦同時喝了聲「好」，卻不知是針對哪一方說的。

晁公錯果然大喝一聲，一拳擊出，猛厲的拳風，直有崩山碎石之勢，令人不敢硬攖其鋒。徐子陵嘴角逸出一絲笑意，可是出現在岳山的假臉上，卻有無比冷酷的意味，配合得天衣無縫。晁公錯這一記七殺拳，事實上只用上六、七成的威力，而這正是徐子陵以種種手段智計得回來的理想後果。自他揚聲挑戰，一直占在上風。晁公錯則因被他公開揭破阻他入關的奸謀，兼之心情矛盾，對要否全力出手又是顧慮多多，在種種不利情況下，功力自然大打折扣。何況他尚有一致命的弱點，就是徐子陵從岳山遺卷中對他的七殺拳已瞭若指掌，而他晁公錯卻對眼前的「岳山」絕對地莫測其高深。此消彼長下，晁公錯自然要吃大虧。

「蓬！」徐子陵運掌封架，毫無花假的硬擋晁公錯一拳，兩人同時往後晃去，竟是功力相若的平手之局。寇仲心中大叫好小子，他最清楚如論功力火候，徐子陵怎都及不上晁公錯，若給老晁一拳擊得踉倒退，別人會不懷疑他是否眞岳山才怪。可是徐子陵巧妙製造形勢，變得能硬拚晁公錯一拳而毫不遜色，以後再施展身法避重就輕，就誰都不會感到他在功力上遜於對手，這做法確是明智之舉。其中微妙處，圍觀者雖在千人過外，但只有他一個人明白。

果然徐子陵往左一晃，避過晁公錯第二拳，兩手如鮮花盛放，拳、指、掌反覆變化，長江大河般朝晁公錯攻去。晁公錯怎想得到一向以霸道見稱的岳山會展開這麼一套大開大闔中別具玄奇細膩的拳掌功夫，大失預算下只能見招拆招，陷於被動之局。不過他守得無懈可擊，綿密的拳法令對手滴水難入，並非屈處下風。雙方勁氣如濤翻浪捲，狂風波盪，凶險至極，只要有一方稍露破綻弱點，勢必是橫死橋上之局。「伏！」徐子陵一指點出，正中晁公錯拳頭，借勢往橋的另一端飄開。

寇仲旁邊的可達志大喝道：「好岳山！」

衆人除寇仲等有限數人外，都大惑不解，爲何岳山當此近身肉搏，招招搶攻之時只輕點一指，卻往後退開，這只會是助長對手氣勢，而可達志反而爲他這不智之舉喝采呢？果然晁公錯渾身劇震，竟不進反退，後挫一步。衆人才知「岳山」這一指既凌厲又集中，竟破去晁公錯的七殺拳勁，直侵其經脈，令晁公錯忙於化解下，坐失良機。而寇仲更清楚徐子陵窺準時機，借飛退的同時卸勁借勁，打破攻守均衡的僵局，展開第二輪的攻勢。

在衆人包括可達志在內完全料想不到下，徐子陵在飛退的勢子未盡之時，竟神蹟般倏地改向，流星電閃地重往晁公錯飛投回去。以晁公錯超過七十年的武學修養，亦大吃一驚，信心頓失，只好斜退右後方，貼至橋欄，雙拳齊出，嚴密封格，不求有功，只求無過，再次陷於苦守之勢。

徐子陵心知肚明成功失敗，就在此時。他可說施盡渾身法寶，從對方的心理、信心、氣勢、判斷等無孔不入的尋找晁公錯的破綻錯失，到這刻才眞正占得上風。不過晁公錯一甲子以上的功力確非等閒，氣脈悠長、韌力十足，一旦讓這前輩高手放手反攻，最後敗陣的可能是自己而非對方。

徐子陵凌空疾掠，腳不沾地的橫過兩丈遠的橋面，十根手指向掌心彎曲，左右十指交錯，右手拇指壓在左手拇指上，一式內縛印，迎上晁公錯轟來的雙拳。同時喝道：「換日大法！」這四字暗含眞言印咒的心法，以晁公錯爲目標而發，每一喝音巨鎚般敲打在晁公錯的心坎上。假若晁公錯不是打開始因矛盾的心情以至氣虛勢弱，這「四字眞言」最多只能做成小騷擾；可是此刻晁公錯因摸不透他的攻勢而心生慌亂，這「四字眞言」的影響便非同小可，登時拳勢減弱。拳印相接，竟是全無勁氣交擊之聲。

寇仲身後的李密低呼道：「糟啦！」

話猶未已，晁公錯略一踉蹌，往橫錯步，連不懂武功的人也看出他是身不由己，給對手帶得失去平衡。

寇仲旁的常何咋舌道：「厲害！」

徐子陵心知得手，他以內縛印配合卸勁之法，硬把晁公錯的拳勁縛鎖消卸，這著奇兵頓時害得晁公錯像用錯了力道般，難過得差點吐血。徐子陵由內縛印改爲外縛印，拇指改置外側，勁氣疾吐，此時兩雙手仍是緊纏不放，晁公錯哪想得到他的內氣可隨心所欲的改卸爲攻，頓時應印而加速橫跌之勢。

晁公錯暗嘆一聲，跟著暴喝如雷，同時順勢騰身而起，再顧不得顏面，越過橋欄，往永安河投去。眼看他要濕淋淋的掉進渠水裏，對岸圍觀的群衆中突然射出黑忽忽的東西，越過七、八丈的水面，後發先至的來到晁公錯腳下，精準無誤的令晁公錯點足借力，就憑這一換氣騰升，安然返回永安渠的西岸，再看清這黑忽忽的東西原來竟是隻鞋子。寇仲感到可達志把目光投往擲鞋的人堆中，忽然雄軀微震，顯然瞧出是誰如此幫晁公錯的忙，而他肯定認識這個人，否則絕無可能從人叢中迅快把這人分辨出來。像他寇仲便自問辦不到。

徐子陵瞧著鞋子沉進水裏，知道該見好即收，否則再與晁公錯交手，對方在盛怒之下，拋開所有生死顧忌，吃虧的大有可能是他現在這威震長安的岳山，仰天發出一陣長笑，道：「晁七殺！本人失陪啦！」

斜掠而起，往躍馬橋另一端射去，幾個起落，消失在圍觀者的人牆後。

樓上諸人重新歸席，李密和王伯當順勢隨可達志坐入寇仲、常何的一桌。可達志爲兩人引見常何和寇仲，李密有點心神不寧，對寇仲並沒有特別在意。雖說李密和寇仲仇深似海，但兩人並不熟識，若換過是沈落雁，看穿寇仲的機會勢將大增。

可達志的心神仍在剛才的龍爭虎鬥上，惋惜的道：「想不到棄用霸刀的岳山，仍有威凌天下的霸氣，換日大法不愧天竺絕學，奇詭玄奧，令人嘆爲觀止。」

此時晁公錯神色如常的登樓繼續未竟的午宴，連寇仲也佩服他的深沉，暗忖換過是自己，必找個地方躲起來無顏對人。

王伯當笑道：「可兄是否手癢哩！」

可達志一對眼睛亮起來，露出一絲充滿自信的笑意，卻沒有答話。

李密瞧著窗外回復人來車往的躍馬橋，輕嘆一口氣道：「岳霸這趟來長安，必掀起一番風翻雲湧，可兄若能擊敗岳霸，將立即名震天下。」

常何壓低聲音道：「聽說皇上與岳霸乃多年知交，可兄應三思而行。」

他一向雖不喜歡可達志，此時見李密和王伯當推波助瀾，一副唯恐天下不亂的樣子，仍忍不住出言警告。寇仲則在檯底暗踢常何一腳，示意他找藉口離開，對著李密和王伯當兩人，實是非常辛苦的事。尤其想起王伯當對素姐的惡行，更是慭得心中難受之極。

可達志微笑道：「若在下只是找岳霸切蹉武技，皇上該不會怪罪吧？」

李密盯著可達志淡淡道：「剛才擲鞋子爲晁公解困的是否可兄的熟人呢？」

寇仲暗呼厲害，從可達志微妙的反應，精明的李密得出與自己相同的結論。

可達志神態如常的悠然道：「密公既瞧不出擲鞋者，在下又怎會看到，只是因此人高明至極而心生驚異吧！」

李密當然不信他的鬼話，目光移到寇仲的醜臉上，目露精光，似要把他看通看透，含笑道：「目前長安最受人矚目的兩件事，就是岳霸入城和莫先生在此懸壺濟世。不知莫先生有否打算落地生根，長做長安人呢？」

寇仲不敢說出向尹德妃胡謅的那番話，皆因並不合乎情理，道：「多謝密公關心，小人仍未作得決定。」

常何知是時候，起身告辭道：「莫兄還要到工部大人處爲他愛兒治病，請各位恕過失陪之罪。」

寇仲暗喚謝天謝地，忙隨常何告罪離去。

馬蹄聲鋪天蓋地而來，到東來客棧門外倏然而止。徐子陵負手面窗而立，凝望客棧後園大雪後的美景。馬蹄聲驟止後，整座客棧肅靜下來，這突然而至的靜默本身已是一種沉重的壓力，令人知道不尋常的事發生了。

徐子陵沉聲道：「進來吧！門並沒有上鎖。」

門外的李淵微微一怔，先命手下驅走附近房間的住客，推門而入，來到徐子陵背後，抱拳道：「李淵剛得知大哥法駕光臨，特來拜會問好。」

徐子陵冷笑道：「李淵你是高高在上的大唐皇帝，一統天下指日可期，該是小民岳山向你叩拜請安才合規法。」

倏地轉身，凝起岳山的心法，雙目精芒暴閃的與李淵目光交擊。李淵仰天長笑，道：「岳大哥休要耍我，無論李淵變成甚麼，但對岳大哥之情，卻從來沒變。大哥練成換日大法，此次重出江湖，先擊殺天君席應，今天又敗老晁於躍馬橋上，早成就不朽威名。小弟衷心為岳大哥你鼓掌喝采。」

徐子陵嘆一口氣，搖頭苦笑道：「江湖虛名，只是鏡花水月，何足掛齒！岳山已非當年的岳山，往事如煙，更不願想起當年舊事。小刀你回去當你的皇帝吧！岳山這次來長安，只為找晁七殺算賬，說不定今晚便走，罷了罷了！」

「小刀」是岳山遺卷裏曾出現過兩次對李淵的暱稱，由於徐子陵根本不知岳山和李淵間發生過甚麼事，所以先發制人，擺出往事不堪回首，不願計較的姿態。

事實上李淵亦像祝玉妍般從沒有懷疑過岳山也可以是假冒的，最關鍵自然是「換日大法」可令岳山有脫胎換骨的變化。此時岳山的「小刀」一出，登時勾起李淵對前塵往事的追憶，百般情緒湧上心頭，劇震道：「岳大哥再不怪小刀當年的舊事嗎？」

徐子陵旋風般轉身，背向這位大唐朝的皇帝，沉聲道：「現在我最大的心願，就是與『天刀』宋缺再較高下，不過在這事發生前，先要找一個人算賬。」

李淵一呆道：「這個人是誰？」

徐子陵一字一字的道：「就是『邪王』石之軒，若非他的卑鄙手段，秀心怎會含怨而終。」

李淵雙目殺機大盛，冷哼道：「石之軒還未死嗎？」

徐子陵淡淡道：「他不但未死，且還在你身旁虎視眈眈，若非有此原因，小刀你怎能在這裏見到我呢？」

李淵終於色變。

寇仲拍拍小孩的臉蛋，故作謙虛的道：「並非小人本事，而是劉大人令郎患的只是小病，所以兩針立即收效，看！寶寶退燒哩！」

劉夫人比劉政會更迅快地探手輕摸兒子的額頭，大喜道：「莫神醫眞是醫術如神，小南沒燒哩！」

劉政會喜出望外，千恩萬謝的說盡感激的話。

回到外堂時，常何笑道：「招呼莫兄的重任暫且交給劉大人，末將已有三天沒有回廷衛署了。」

與寇仲約好晚上到沙家相晤後，即匆匆離開。

兩人在大堂坐好，劉政會欣然道：「聽常將軍說莫先生對庭院建築有獨到心得，不知對小弟這座府第有甚麼寶貴意見？」

寇仲暗忖你錯把我當是陵少，我怎能有甚麼意見，避重就輕地笑語道：「劉大人這座府第構思獨特，自跨進院門，小人便感到宅主人必然是氣宇不凡，胸懷遠志的人物。」

千穿萬穿，馬屁不穿。寇仲的吹捧，被捧者劉政會雖也覺得有點過分，仍是樂得飄飄然的謙虛道：「怎敢當！怎敢當！」

寇仲避過一劫，信口開河道：「小人雖然除醫書外沒看過其他的書籍，嘿！其實看過的醫書都不多，全賴家叔口傳訣要。不過我自小愛看美好的事物。哈！可能是因小人天生貌寢吧！」

劉政會心有同感，但口頭上當然要表示不會認同，笑言道：「男人最重要的是本事和成就，莫先生長得這麼高大軒昂，哈……」

寇仲笑著打斷他道：「多謝劉大人的誇獎，小人之所以會迷情建築，皆因建築物除好看外，還有實用的價值，令它和書畫只可供觀賞不同。嘿！就像漂亮的女人那樣。哈！」

劉政會忙陪他發出一陣曖昧的笑聲。

寇仲知是時候，轉入正題問道：「這兩天小人在福聚樓三樓用膳，從那裏看過來，發覺躍馬橋四周的建築最具特色，不知劉大人對這區域的建築有否留心？」

劉政會欣然道：「長安城的大小建築均要先經我工部的批准，故對這些建築瞭如指掌，不知莫先生想知道哪方面的事？」

寇仲笑道：「我這人性情古怪，喜歡一些東西時會鉅細無遺，窮追不捨的尋根究柢，若劉大人有關於這方面的資料，就最理想不過。」

劉政會笑道：「這個容易，莫先生看看哪天有空，請駕臨小弟辦事的衙署，在那裏所有資料均完備無缺，可任莫先生過目。」

寇仲心中大喜，卻知不能表現得太過猴急，強壓下心中的興奮，道：「請恕小人不客氣，不如明早爲娘娘治病後，找個時間到工部拜訪劉大人如何？」

說這兩句話時，似感到至少半個楊公寶藏已落進口袋裏。

李淵動容道：「裴矩就是石之軒？」

徐子陵道：「此事經我多年來暗中訪查，可肯定不會冤枉錯他。」

李淵歉然道：「岳大哥勿怪小弟尚存疑心，只因事關重大，且太令人難以相信。」

徐子陵暗呼好險，自己剛才一副唯恐李淵不信的神態，絕非霸刀岳山的作風。換過是眞岳山，老子愛說甚麼就甚麼，哪有閒情去理你是否相信。心中暗自警惕，否則會在這些細節處暴露出自己像寇仲的莫神醫般是冒牌貨。

李淵移到他旁，與徐子陵並肩而立，凝望園內的雪景，沉吟道：「我曾與裴矩共事楊廣多年，回想起來，此人確有點深沉難測，甚有城府。而大隋之敗，他亦脫不了關係，可是他爲何要這樣做？弄得天下大亂，究竟於他有何好處？」

徐子陵冷笑道：「我看你是養尊處優慣了，竟忘記魔門中人只要能損人的事，決不理會否利己，也要一意孤行。若我所料不差，他該有兩個目的，首先是一統魔道，然後再一統天下。那時道消魔長，他將可任意胡爲。說到底，只有這樣才可除去正道與魔門的所有敵人。」

李淵一震道：「有我李淵一天，怎輪到他石之軒橫行無忌。石之軒現在究竟身在何處？」

徐子陵冷然道：「這次我重出江湖，故意與魔門中人拉上關係，正是要找出石之軒究竟躲在哪一個洞裏。」

李淵恍然道：「難怪在成都岳大哥對付席應時，竟有安胖子和尤鳥倦兩人為你助陣，我初時大惑不解，原來內中有此因由。」

在補救破綻方面，徐子陵做足工夫，遂轉入正題道：「沒有人曉得石老邪刻下在甚麼地方，又或化身作任何人，但我敢寫包單他下一個對付的目標，必是你大唐皇朝無疑。」

李淵愕然道：「岳大哥為何如此肯定？」

徐子陵迎上他瞧來精芒電射的雙目，一字一字的道：「小刀可知楊虛彥的真正身世？」

李淵面容不見絲毫情緒波動，顯然作了最壞的打算，沉聲道：「他究竟是何人之子？」

徐子陵淡然自若道：「他是誰人之子仍非最關鍵的地方，但楊虛彥卻肯定是『邪王』石之軒苦心培育出來的邪惡種子，天邪道這一代的傳人。我這次路經關外，遭晁公錯、楊文幹和楊虛彥意圖置我於死，正是怕我入關來把這些事情告訴你。我本無入關之意，再三思量後，終於還是來了。」

李淵露出感激的神色，旋又雙目殺機大盛，冷哼道：「現在我既已曉得此事，他們還想活命嗎？」

徐子陵現出一個由石青璇教給他真岳山的招牌笑容，充滿冷酷深沉的意味，道：「放長線才能釣大魚，要殺這三個人絕非易事，一個不好他們反會溜得無影無蹤。更何況照我看晁公錯並不知楊虛彥與石之軒的關係，為的純是私仇。」

李淵皺眉道：「楊虛彥究竟是甚麼人？」

徐子陵答道：「楊虛彥實乃楊勇的幼子。」

李淵失聲道：「甚麼？」

徐子陵道：「楊虛彥仍未知道他的身世被我揭穿。前次他在關外與晁公錯和楊文幹來對付我時，亦沒有暴露身分。所以只要你把楊文幹召來，嚴斥一頓，當可令他們減去疑心。至於下一步棋怎麼走，我們須從長計議，絕不可輕舉妄動。」

李淵長嘆道：「岳大哥仍對我李淵這麼情深義重，眞教李淵——」

徐子陵打斷他道：「我岳山爲的並非你李淵，而是碧秀心，她一生人最大的遺憾，就是不能見到天下太平盛世，止戰息兵的情況，只有除去石之軒這禍亂的根原，你的大唐朝才有希望爲中原帶來統一的局面，其他的都是廢話。回去吧！待我想想再到皇宮去找你。」

李淵走後，徐子陵立即離開東來客棧，在橫街小巷左穿右插，肯定沒有人追躡之後，潛往侯希白的小院，與雷九指和寇仲碰頭。

寇仲讚道：「陵少今早在躍馬橋的演出確是精采絕倫。晁老怪明明功力火候均在你之上，但偏偏從開始便縛手縛腳，給你玩弄於股掌之上，氣得差點吐血。若非有人擲出臭鞋，他還會變成落水鴨呢。哈！究竟臭鞋是誰擲出來的？」

徐子陵沉聲道：「趙德言。」

寇仲失聲道：「甚麼？」同時想起可達志的奇怪反應，心中信了九成。

徐子陵道：「那表示趙德言已放棄追殺突利，甚至可能猜到我們已在長安，又或即將來長安。」

雷九指此時才至，坐下道：「你這重出江湖的岳山成了另一個寧道奇，根本沒人敢跟蹤你。我巡了幾遍，沒有任何發現。」

徐子陵道：「目前長安最大的兩股勢力，就是天策府和太子黨，但因怕開罪李淵，有誰敢來惹我。」

接著把與李淵見面的經過一句不漏的交代出來。

寇仲喜道：「這確是反客爲主的最佳招數，通過岳山，我們可對魔門窮追猛打，否則就算能起出寶藏，最後可能只是白便宜了石之軒或祝妖婦，而我們可能還會像過街老鼠般人人喊打。」

徐子陵道：「你那方面進行得如何？」

寇仲得意洋洋道：「憑我莫神醫的手段和人面，有甚麼弄不妥當的。你最好過兩招建築學的花拳繡腿來給我防身。明早我會大搖大擺地到工部去翻查躍馬橋一帶的建築資料，說不定晚上我們便可在寶庫內喝酒。哈！想不到入關後如此順利，可能轉了運哩！」

雷九指肅容道：「少帥萬勿小覷，自石之軒和祝玉妍兩人領導魔門後，道消魔長，魔門兩派六道的勢力如日中天，人才輩出，現在的局面，可說是他們一手促成的。他們鬥爭經驗之豐，敢說天下無出其右者。兼之他們行事不擇手段，陰謀詭計層出不窮，一個不小心，就會爲他們所乘。他們目前雖是偃旗息鼓，可能只是效法那坐觀鷸蚌相爭的漁人，好坐享其成，到我們起出寶藏才動手罷了。」

寇仲微笑道：「雷老哥教訓得好。樂極生悲的情況我們早遇過不知多少次，一定會步步爲營的。」

徐子陵最清楚寇仲的性情，知他雖「得意」卻不會「忘形」，問道：「下一步該怎麼走？」

寇仲沉吟片晌，道：「我已用特別的暗記通知雙龍幫的兄弟我們兩人來了，待會我便要返沙家繼續做神醫，聯絡高占道等人的事交由你去負責。」

雙龍幫乃多年前由寇仲創立，原是海盜的高占道、牛奉義、查傑和一衆手下成爲班底，奉寇仲之命潛來長安，作好把寶藏起出後運送的準備。寇仲本不打算這麼快聯絡他們，現在改變主意，當然是因對找到楊公寶藏有較大的把握。

徐子陵點頭道：「這個沒有問題，我這岳山勝在可隨時失蹤，連皇帝都不敢過問。」

寇仲轉向雷九指道：「老哥現在成為我、陵少和侯公子三方面聯繫的橋樑，須得擬出一套靈活的手法，才能不致誤事又或坐失良機。」

三人研究一番後，定出聯絡通訊的方式，分散離開。徐子陵變回黃臉漢子，到南城門找到寇仲留下的暗記，果然在旁邊見到新的印記，徐子陵心中欣喜，把所有印記抹掉後，往城西北的安定里趕去。

安定里是永安渠出城連接渭河前最後一個里坊，亦是城內的碼頭區，所有經營水運的商舖均集中該處。徐子陵轉入永安大街後，沿永安渠西岸北行，經過躍馬橋時，不由特別注意兩岸的建築物，尤其令他注目的是座門匾刻有「無漏寺」的寺院，規模不大，但精巧別致，大殿、藏經殿、講經堂依次排列。東西側有菩提殿、廂房、跨院，院內花木扶疏，閒靜雅致。若非有事在身，定要入內一遊，說不定可尋得進入楊公寶藏的線索。過西市，徐子陵加速腳步，只一盞熱茶的工夫，抵達安定里的碼頭區。這段渠面加倍開闊，數十座碼頭泊滿大小船舶，以百計的伕役正忙碌工作，起貨卸貨，忙個不休。

徐子陵轉入安定里，整條橫街全是營辦水運生意的店舖，其中有些店舖門口聚集著似屬幫會人馬的武裝大漢，透出一種緊張得異乎尋常的氣氛。徐子陵當然無暇理會，到抵達由街口數過去靠北第八間舖時，朝內瞧去，睽違已久的高占道，正在舖內和人說話，見徐子陵瞪著他，露出警惕的神色。徐子陵露出微笑，大步走進去。

《大唐雙龍傳》（全套二十卷）卷十終

新人間叢書117

大唐雙龍傳修訂版〈卷十〉

作者—黃易
主編—葉美瑤
編輯—邱淑鈴
校對—蕭淑芳・黃易・本心・邱淑鈴
企畫—王嘉琳
董事長
總經理—趙政岷
總編輯—余宜芳
出版者—時報文化出版企業股份有限公司
10803台北市和平西路三段二四〇號三樓
發行專線—（〇二）二三〇六—六八四二
讀者服務專線—〇八〇〇—二三一—七〇五・（〇二）二三〇四—七一〇三
讀者服務傳真—（〇二）二三〇四—六八五八
郵撥—一九三四四七二四　時報文化出版公司
信箱—台北郵政七九～九九信箱
時報悅讀網—http://www.readingtimes.com.tw
電子郵件信箱—liter@readingtimes.com.tw
印刷—盈昌印刷有限公司
初版一刷—二〇〇二年十月二十一日
初版八刷—二〇一五年一月十五日
定價—新台幣二五〇元
⊙行政院新聞局局版北市業字第八〇號

ISBN 978-957-13-3780-3
Printed in Taiwan

國家圖書館出版品預行編目資料

大唐雙龍傳修訂版／黃易著．--初版．-- 臺
北市：時報文化，2002〔民91- 〕
冊； 公分．--（新人間；117）

ISBN 978- 957-13-3780-3（卷10：平裝）

857.9 91013842

編號：AK0117	書名：大唐雙龍傳〈卷十〉
姓名：	性別：________ 1.男　2.女
出生日期：　年　月　日	身份證字號：

________ **學歷**：1.小學　2.國中　3.高中　4.大專　5.研究所（含以上）

________ **職業**：1.學生　2.公務（含軍警）　3.家管　4.服務　5.金融　6.製造　7.資訊　8.大眾傳播　9.自由業　10.農漁牧　11.退休　12.其他

地址：________縣（市）________鄉鎮區________村________里

________鄰________路（街）______段______巷______弄______號______樓

郵遞區號 ____________

（下列資料請以數字填在每題前之空格處）

________ **您從哪裡得知本書／**
1.書店　2.報紙廣告　3.報紙專欄　4.雜誌廣告　5.親友介紹
6.DM廣告傳單　7.其他 ________

________ **您希望我們爲您出版哪一類的作品／**
1.長篇小說　2.中、短篇小說　3.詩　4.戲劇　5.其他 ________

您對本書的意見／
________ 內　容／1.滿意　2.尚可　3.應改進
________ 編　輯／1.滿意　2.尚可　3.應改進
________ 封面設計／1.滿意　2.尚可　3.應改進
________ 校　對／1.滿意　2.尚可　3.應改進
________ 翻　譯／1.滿意　2.尚可　3.應改進
________ 定　價／1.偏低　2.適中　3.偏高

您的建議／

____

____

____

請沿虛線摺下裝訂，謝謝！

廣　告　回　信
台北郵局登記證
台北廣字第2218號

時報出版
CHINA TIMES PUBLISHING COMPANY
尊重智慧與創意的文化事業

地址：10803台北市和平西路三段240號3樓
讀者服務專線：0800-231-705．(02)2304-7103
讀者服務傳真：(02)2304-6858
郵撥：19344724 時報文化出版公司

請寄回這張服務卡（免貼郵票），您可以——
●隨時收到最新消息。
●參加專為您設計的各項回饋優惠活動。

新人間

新感覺．新人間．文學的新版圖

寄回本卡，掌握新人間系列的最新訊息